他与微光皆倾城 3

绛美人 /著

江苏凤凰文艺出版社

图书在版编目（CIP）数据

他与微光皆倾城 .3 / 绛美人著 . -- 南京：江苏凤凰文艺出版社，2020.11
ISBN 978-7-5594-5128-6

Ⅰ . ①他… Ⅱ . ①绛… Ⅲ . ①长篇小说 - 中国 - 当代 Ⅳ . ① I247.5

中国版本图书馆 CIP 数据核字 (2020) 第 164829 号

他与微光皆倾城 .3

绛美人 著

责任编辑	张　倩
特约编辑	何　进
装帧设计	ABOOK STUDIO 殷舍 Design QQ 812784044
封面绘制	亦良璇子
出版发行	江苏凤凰文艺出版社
	南京市中央路 165 号，邮编：210009
网　　址	http://www.jswenyi.com
印　　刷	湖南凌宇纸品有限公司
开　　本	880mm×1230mm　1/32
印　　张	10
字　　数	279 千字
版　　次	2020 年 11 月第 1 版
印　　次	2020 年 11 月第 1 次印刷
书　　号	ISBN 978-7-5594-5128-6
定　　价	39.80 元

江苏凤凰文艺版图书凡印刷、装订错误，可随时向承印厂调换，联系电话 025-83280257

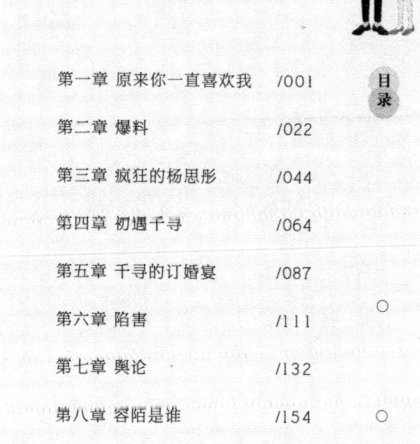

CONTENTS

目录

第一章 原来你一直喜欢我　　/001

第二章 爆料　　　　　　　　/022

第三章 疯狂的杨思彤　　　　/044

第四章 初遇千寻　　　　　　/064

第五章 千寻的订婚宴　　　　/087

第六章 陷害　　　　　　　　/111

第七章 舆论　　　　　　　　/132

第八章 容陌是谁　　　　　　/154

CONTENTS

目录

第九章 遇险　　　　/177

第十章 我们很合适　　/198

第十一章 当年的真相　/220

第十二章 她是姐姐　　/242

第十三章 绑架　　　　/264

第十四章 婚礼　　　　/286

番　外 熊孩子日记　　/310

第一章

原来你一直喜欢我

午后的阳光穿过层层叠叠的树叶，星星点点地落在身上。

时光走进街角一家充满欧洲风情的咖啡馆，一眼便看到坐在窗边的杨驰风。时光走过去，在他的对面坐了下来，服务员立刻向前询问，但是时光什么也没有点，她又不是来喝咖啡的。

时光挥手让服务员离开，然后问杨驰风："我姐在哪里，什么时候可以让她回来？"

"我们都搞错了，你姐姐不是思彤绑架的。"

"不是杨思彤？你之前打电话时，杨思彤明明已经承认是她绑架了我姐姐，也是她发信息让我离开陆彦辰。"

杨驰风揉了揉抽痛的额角，无奈地说："那条短信是思彤发的，但人不是她绑架的，她去医院时无意中看到你姐姐被人带走，于是就借着你姐姐被绑架这件事，威胁你离开陆彦辰。"

他快被这个妹妹气死了，陆、杨两家因她而闹翻，杨家瞬间垮塌，若再没有资金注入杨氏，杨家就彻底完了。

杨驰风搅拌了一下面前的咖啡，道："人不是我妹妹绑架的，以前思彤做的事情确实不应该，可是她已经受到惩罚了，杨家已经一落千丈，你真的要让我们彻底破产吗？"

时光看了他一眼，神色疏离，问："你什么意思？"

"你还不懂？陆彦辰为了你，对杨氏出手了，现在杨家出现了巨大的财务问题，急需周转资金，但是没有任何人和公司敢伸出援助之手。"杨驰风说完，语气沉了沉，"是陆彦辰，是他插手了，才会没有人敢帮杨氏。"

时光冷冷地看着他，说："既然是陆彦辰插的手，那你就去跟陆彦辰说，和我说有什么用？我现在只想找到我姐姐。"

杨驰风英俊的脸上写满愤怒："难道陆彦辰不是为了你才出手的吗？"

原以为杨家终于成了真正的豪门，没想到最终不过是镜花水月一场空。

闻言，时光笑了。片刻后，她反问了一句："杨驰风，你觉得我是以德报怨的人吗？"

他不知道时光是不是，可是他对她的心动，总让她在他心里有一点特别，觉得她是一个美好的女孩。

"你妹妹伤害了我的姐姐，她还把我关在厕所里，让我失去了飞鱼杯的冠军，也让我差一点无缘省队，她还可怕到让人在我喝的水里下药，她想毁掉我！"时光说着，轻嘲了两声，语气微凉，像是寒冬里凛冽的风，"你有没有想过，如果她得手了，我怎么办？我使用禁药，不仅再也不能参加比赛，还要背上一辈子的骂名，舆论又会怎么攻击我？我还会成为反面教材，被世人批判！"

杨驰风的脸色有些不自然，对于杨思彤做的这些事，他也怒不可遏。尴尬了片刻，他轻声说："对不起，关于思彤曾经做的事情，我很抱歉，是我管教不好，才会让她一次次犯错。我答应你，她以后不会再出现在你面前。"

时光冷冷一笑，道："你要知道，有些伤害一旦造成，就没有办法弥补。我有时候真的想不通，我何德何能，让你妹妹那么对我，一次又一次，简直恨不得我死。"

杨驰风垂着眼眸:"她这么做,无非是真心喜欢陆彦辰。"

时光冷声质问:"喜欢就可以伤害别人?如果有一天,一个喜欢你的女人害得你家破人亡,你是不是可以当作什么事也没有发生过?"

杨驰风沉默不语。

时光又道:"我就罢了,可以说是因为陆彦辰,那么我姐姐呢?我姐姐和她又有什么恩怨情仇,可以让她下那样的毒手?"

她问的时候,眼睛紧紧盯着杨驰风,想要试探出什么。

杨驰风内心了然,但是他没有表现出来,而是顺着她的诘说:"事情已经这样了,我只能说抱歉,我也想帮你找回姐姐。据我所知,思彤会知道你姐姐的事,是因为你那个当网红的表姐。"

是乔雨薇,有可能是她,那她是不是知道姐姐在哪儿?时光没法静坐了。

"你们杨家的事情我帮不了你,就算我姐姐不是你妹妹绑架的,可是她给我发了威胁短信,哪怕我可以当作没发生过,但是我没有办法做到让陆彦辰放过你们杨家。就我对陆彦辰的了解,他这么做不可能全是因为我。毕竟你们杨家和陆家有那么多年的交情,如果陆父没有同意,陆彦辰不会做得这么绝,你还不如回去好好想想,你们杨家到底做了什么得罪了陆家,让陆父可以不顾恩情对你们出手。"时光说着站了起来。

杨驰风眯着眼,惊讶地看着她。

这话简直一语惊醒梦中人。枉他自诩聪明,却被思彤的事给障目了,没有时光看得透彻。难道他曾私下打着陆家的名号干的事情,都让陆家的人知道了?

"你想帮我,从你妹妹手里救我姐姐的事情,我感谢你,可如果你妹妹不给我发信息,我也不需要找你。记住,看好你妹妹,不然,我一定不会放过她!"时光说完,头也不回地离开了。

她一点也不觉得杨驰风会束手无措,很明显杨驰风是一个聪明的、有野心的男人,在商场上混得这么好,怎么可能不是个人精?

他女朋友是苏雅,苏雅的家庭可不一般。杨驰风找她打的什么主意,她不知道,也不想知道,但她不可能帮他!

时光离开后,直接打车去了乔雨薇家。

杨思彤是从乔雨薇那儿知道她姐姐被人绑架的事情,也就是说乔雨薇早就知道她姐姐会被人绑架。那么乔雨薇是一个人,还是背后有人?

乔家的大门没有关。时光走到门口,就听到表姐莫槿的咆哮声:"你真的是太过分了,为了钱,你居然能做出这样的事情!"

乔母在旁边帮着求饶:"阿槿,雨薇已经知道错了,你就不要骂她了。"

苏奶奶也在帮乔雨薇说话:"雨薇可是你的妹妹。"

莫槿气得直接砸东西,吼道:"非非也是我姐姐!"

原来表姐也知道是乔雨薇做的,时光攥着拳头,大步走了进去:"果然是你跟别人一起绑架了我姐姐。"

看到时光,乔雨薇立刻惶恐不已,疯狂摇头:"不是我,不是我!"

时光的指关节掐得惨白,她大声吼道:"我都听到了,就是你跟人一起合谋绑架了我姐姐!"她激动地说着,伸手按住乔雨薇的肩膀,使劲摇晃,"你快说,我姐姐在哪儿?我姐姐到底在哪儿?"

"我不知道!"乔雨薇被摇得整个人都快散架了,大喊着"救命"。

乔母立刻上前,使出全身力气把时光扯开,道:"你姐姐的事和雨薇没有关系。"

时光向后倒退,莫槿赶紧扶住她:"她说她只是拿钱签了个字,其他的什么也不知道。"

乔雨薇躲到乔母身后,赶紧说:"对呀对呀,有人在网上联系我,说会给我一笔钱,条件是让我签个字。我承认我不应该贪钱,可是我真的不知道他们是要绑架你姐姐。我没有见过他们,我真的不知道他们是什么人。我已经知道错了,那些钱我给你,都给你,还不行吗?"

"你知道错了,我姐姐就能回来了吗?把钱给我,我姐姐就能回来吗?"时光咬牙切齿,一字一句地质问着。

乔雨薇满心不悦,只觉得时光太过嚣张,太咄咄逼人。她不就是签个字嘛,现在她都道歉了,时光还得寸进尺。她一时没有忍住,大声吼道:"那你还想怎么样?你姐姐本来就是植物人,现在不见了,你不是应该感到高兴吗,最好死了,一了百了,这样就再也不会给你造成任何负担了。你凶什么凶,你没有负担了,其实心里是高兴的吧,装模作样,唬谁呢?"

时光心里一阵阵地发冷,简直难以置信。她控制不住地扬起手,狠狠一巴掌甩过上去:"平时我容忍你,不是我怕你,是我懒得理你。"

这个巴掌,时光用了十分的力气,清脆而响亮,就连一旁的莫槿都被吓到了。

乔雨薇惊慌地摸着自己被打的左脸:"你……"

她刚开口,时光反手又是一巴掌,甩在了乔雨薇的另一边脸蛋:"你平时尖酸刻薄没有关系,可你不应该轻视我姐姐的性命!"

乔母立刻向前拉开女儿,还想帮乔雨薇打回去,时光抬手挡住,将她狠狠一推,看向她们的眼神冷漠如冰:"还有心情打我,你们不会是法盲吧,是你签的转院书,导致我姐姐失踪了,你是第一嫌疑人,我要报警,你就等着坐牢吧!"

报警?坐牢?

众人一听,顿时倒抽了一口气。

乔雨薇终于知道怕了,脸色瞬间惨白如雪,身体摇晃着差点儿摔倒,惶恐不已:"我不要坐牢,我不要坐牢!妈,外婆!"

苏奶奶向前,大声谴责时光:"时光,你从小在我们苏家长大,可不能忘恩负义。"

"我爸妈出车祸,我小姨拿了那笔抚恤金,她还没有揣热就被你拿走了。你拿了那些钱,难道不应该养我吗?"时光转头,冷冷地看着她,"再者,就算你好心养大了我,你们就可以伤害我姐姐,却不用受到法律的制裁吗?"

苏奶奶看着面前的时光,只觉得陌生而可怕。

旁边的乔母急忙说:"可是真的不关我们雨薇的事。"

时光冷声道:"转院至少得有一个亲属的签字,要不是有她签字,就算动用关系,我姐姐也不可能被转走,我姐姐的失踪她要负一半以上的责任。"

"就算这样,把雨薇送进监狱,你姐姐就会回来了吗?"

"如果今天换成是你女儿失踪了,还是因为我的一部分责任,你会当作什么也没有发生过吗?"时光闭了闭眼,狠绝地道,"你们最好向老天爷祈求,保佑我姐姐没事,如果我姐姐不能好好地回来,你们也别想过好日子。"

时光丢下这句话,转身就走了。

乔母和苏奶奶见说不动她,就想让莫槿劝劝时光。

莫槿甩开她们的手,立刻跟着时光离开了,而等待乔雨薇的,将是法律的制裁。

"我以前就知道她是没良心的人,可是我真的没想到她居然可恶到这种程度。"莫槿握着拳头在空中挥舞着,"气死我了!"

正大步走着的时光像是突然想到了什么,倏地停下步子,转身看着莫槿,问:"你怎么知道这件事和她有关?"

"陆彦辰告诉我的,他不想让她们烦你,就想让我来把这件事情解决了。"说到这儿,莫槿也奇怪了,"你又是怎么知道的?"

"从杨驰风那儿知道的。"时光说着,揉了一下太阳穴,"我姐不是杨思彤绑架的。"

"什么?不是杨思彤?"

"对。"

时光和莫槿在路边的花坛上坐了下来,然后把从杨驰风那儿知道的一切都和莫槿说了。

"陆彦辰大概是以为能从杨思彤那里找到非非姐,所以才会把乔雨薇交给我处理,结果非非姐根本不是杨思彤绑架的……"莫槿站了起来,在花坛边来回踱步,嘴里嘀咕着"会是谁绑架了非非姐"。

"线索全断了,我姐姐到底去哪儿了?"

因为担忧姐姐,时光一天没有吃饭,莫槿担忧她,提议去小区外面的一家西餐厅坐坐。

"还是算了吧,我想回去了。"时光已经两天没有回家了,而且她想回去问问陆彦辰,有没有姐姐的线索。

"你等等我。"莫槿看了一圈,突然转身跑了。她走到街边的一个小摊边,不一会儿就回来了,拉着时光在小区的椅子上坐了下来,将手里的东西递给时光:"吃完了再回去吧。"

时光打开一看,是一个烤红薯,甜香的味道扑面而来,夹杂着热气,十分诱人。

这种食物充满了回忆的气息,时光的眼眶一下就红了。

莫槿在旁边说:"还记得以前吗,我和你还有非非姐,我们三个在乡下一起烤红薯的日子。"

"记得，那会儿真的幸福，无忧无虑。"时光说着，剥开红薯皮，咬了一小口。

"虽然非非姐不见了，但是我们也要好好的，你不能不吃饭，非非姐也不想看到我们因为她而萎靡不振。再说了，你必须振作起来，找到她。"

时光知道莫槿是怕她急出什么病来，她笑了笑，说："表姐，你放心吧，我没事，而且我相信姐姐会回来的，只是时间问题罢了。"

莫槿沉重的心情放松了一半："你也相信非非姐没事，那不就好了。"

时光说："虽然这件事从头到尾都透着一股阴谋的味道，但我觉得他们应该不会伤害姐姐。如果只是为了伤害姐姐，他们直接在医院动手就好了。"

莫槿笑了笑："你这么一分析，我也觉得有道理。有时候没有消息，就是最好的消息。"

虽然时光觉得绑架姐姐的那个人不会伤害姐姐，可是姐姐昏迷了七年，到底是谁把她弄走的，又想干什么？

时光回到家，陆彦辰不在，她一个人躺在沙发上，有些困就睡着了，但是睡得并不沉，稍微有一点动静，她就惊醒过来。

好像是楼下传来的声音。

霍湛回来了，但是她最近太忙，回来后就跟他和李芳菲吃了一顿饭，也没能好好聊一下。

时光下楼，才发现霍湛的房间之所以发出声响，是因为要装修。她惊愕地看着正在指挥的霍湛，霍湛也看到她了，笑着向她走来："你怎么下来了，吵到你了？"

屋里乱糟糟的，也没地方可以坐，时光邀请霍湛上楼坐坐，霍湛拒绝了，两人便坐到楼下小区的长椅上。

时光发现，不过半年时间，霍湛身上吊儿郎当的神气都不见了，少年时的冲动和轻狂似乎也都消失了。

现在的他看上去沉稳了很多，也不知道发生了什么事，让他一下子成熟了起来，而霍湛也永远不会告诉她，那个原因就是她。

"你怎么突然想到装修房子？"

"我准备结婚了。"霍湛突然朝时光抛出一个重磅炸弹。

时光果然目瞪口呆，万分震惊："你说什么？你要结婚了？"

霍湛看着时光那双睁得大大的眼睛，挑了挑眉，道："怎么惊讶成这样？"

"你说的是真的？不是跟我开玩笑？"时光眨了眨眼，好半响才回过神。

霍湛移开视线，看着前方，脸上露出一个笑容："当然不是开玩笑，这是我深思熟虑之后的决定。"

时光看着他一脸幸福又得意的样子，问："那个女孩是谁呀？怎么都没有让我们见见，你就直接结婚了。你是终于遇到真爱了？都直接结婚了。"

她猛地想起前一段时间，霍妈妈给她打了个电话，语气结结巴巴，似乎还很不好意思。

霍妈妈让她去霍家玩，她说没有空，还直接把霍湛找她演戏的事情说了。霍妈妈听了不仅没有生气，反而松了一口气，并且说要认她当干女儿，让她有空去家里吃饭。

现在想想，那会儿霍湛应该就是找了个女朋友。

霍妈妈知道，误以为她被霍湛抛弃了，所以才会那么紧张。知道他们是演戏后，霍妈妈不仅没生气，还很开心。

"她挺不错的，我觉得就是她了，不想换了。"没有说是不是真爱，霍湛只表达了他的满意。

"你们哪天结婚？下个月我要训练，怕参加不了你的婚礼。"时光是怕自己找姐姐，可能没时间参加。

"没那么快，先订婚吧，礼金肯定少不了你的份，别想逃。"霍湛说着，用手指戳了一下她的小脑袋。

时光摸摸脑袋，朝他扑哧笑了一声，她突然想到一个很重要的问题："那你结婚了，芳菲怎么办？"

霍湛好奇地看着他："芳菲？你什么意思？"

时光一脸纠结："你难道不知道芳菲喜欢你？说实话，与其娶别人，你还不如和芳菲在一起呢。"

"你瞎说什么呢。"霍湛瞪眼道，"我和她不是那种关系。"

"我一直以为你和芳菲会是一对呢，那天……"

看到时光还想继续说下去，霍湛打断她的话："行了行了，不要瞎扯了。我拿你当妹妹，芳菲也是一样的。"然后他换了个话题，"对了，你们怎么样？

我觉得陆彦辰家太有权势,他的脾气又太坏了,一副跩得二五八万的样子,谈恋爱还行,真要结婚,肯定矛盾一大堆,我真怕你被他欺负。"

时光忍不住笑了:"怎么可能,你想多了,他也就表面冷,脾气可好了。在我面前他就是小绵羊,我说东他不敢往西,我说西他不敢往东。"

霍湛不信:"真的假的?"

时光有点心虚了,但绝对不能表现出来,很硬气地表示:"真得不能再真了。"

霍湛还是狐疑,说道:"那改天一起吃个饭,我倒要看看他是不是真拿你当女王。"

时光不想再继续这个话题,她冷哼了一声:"别说我了,说说你吧,你是怎么跟那个女孩认识的?谈了多久了?居然这么保密,还直接结婚了。我真的很好奇是哪个小妹子,到底是她收了你呢,还是你骗了人家。"

霍湛戳了一下她的脑袋:"小时光,我们是相爱!为什么非要谁骗谁,谁收谁?"

时光怒了:"别动手动脚的。"

霍湛偏不,又伸手,时光直接抬起手去拍他的手时,于是两人打闹起来,不知道的还以为他们在打情骂俏呢。

"你们在干什么?"一道熟悉的男声响起,冷得仿佛来自雪域高原。

时光身体一僵,待看到自己这会儿还抓着霍湛的手时,她赶紧放开,然后站了起来,看着声音的主人。

放开后她又想,自己又没做见不得人的事,为什么要放开,搞得她做贼心虚了一样。

她和霍湛只不过是朋友见面聊天,她之所以会这样紧张,还不都是因为他太小气,她怕他多想。

不过现在,她似乎有点弄巧成拙。

"我们就聊了两句,你回来了。"

时光走到陆彦辰身边。

霍湛也大大方方地对着陆彦辰笑了笑,算是打招呼。

陆彦辰没有说什么,只是看了时光一眼,时光真怕他怒不可遏,指着她的鼻子骂她红杏出墙。

霍湛一看时光的样子就知道是怎么回事了，他想了想说："我要结婚了，想着过几天一起吃个饭，陆公子有空吗？"

陆彦辰挑了挑眉，然后淡淡地回了一句："好。"

时光闻言，总算松了一口气。她想霍湛都说他要结婚了，陆彦辰这会儿应该相信她和霍湛没有什么了吧。

可是回去的路上，她说话，他都没有理她。

回到屋里，陆公子也完全没有要理她的意思。

"那个，我姐姐有消息了吗？"时光紧张兮兮地看着他，这么重要的事情，她想陆彦辰不会不回答。

果然，陆彦辰将手机放下，摇摇头，说："没有。"

时光整个小脸都垮了下来："那怎么办？"

知道她在想什么，陆彦辰肯定地说："虽然找不到你姐姐，但是我可以肯定你姐姐暂时不会有生命危险。"

"真的吗？"

"嗯。"

"放心，我会找到你姐姐的。"

陆彦辰低下头吻住时光的嘴唇，这是一个炽热的吻。

他强势地索取，带着小小的报复，仿佛要将她吞噬一般。

时光的身体不由自主地在他身下软了，仿佛化成水一般。当陆彦辰松开她的时候，她娇俏的小脸已经染上了情欲。

她靠在他怀里，想起在陆家看到的那沓明信片："昨天你妈妈拿了一沓明信片给我，上面写的话，我都看完了。"

陆彦辰身体一僵，眸底滑过一丝尴尬。

"哼，原来你一直喜欢我。"

"谁告诉你那些明信片是写给你的，你的脸皮真是越来越厚了。"陆彦辰轻描淡写地道，恢复了那股清冷傲娇的气场。

"就是写给我的。"

"上面写你名字了吗？"

"没有。"

"那你如何肯定是写给你地，而不是写给别人的？"陆彦辰抵死不认，决不能让这丫头骄傲得飞上天。

时光气愤地看着他,抬头去咬他的耳朵。

男人的耳朵是很敏感的,他感觉全身的力气都被抽走,身体的某处不受控制。

一阵天旋地转,时光被压在身下,陆彦辰突然没头没脑地问了一句:"我脑回路很'奇葩',嗯?"

时光记得那是她用小号发的微博,恍然大悟,道:"果然,你就是那个'想吃雪糕'!"

陆彦辰没有回答,只是嘴角勾起一丝讥笑。

时光嘴角微微一翘:"你不回答,我就当你默认了。"

陆彦辰不和她聊这个,咬着她的耳朵说:"我占有欲很强,哼?"

能说会道的人,霸道强势的人,从来都很会占便宜,嘴巴上,身体上,便宜都被占尽了。

时光躺在床上缓过劲来时,感觉自己像是死过一回。她拿起手机,用小号发了一条微博——陆公子的小娇妻:被欺负了,不开心,天蝎男的报复心真的好强好强!

发完后,她就等着陆彦辰的回复。她已经在心里认定了陆彦辰就是"想吃雪糕"。

不想陆彦辰不但没有回复,连手机都没有响,这让时光又不确定"想吃雪糕"是不是陆彦辰。

半晌之后,时光按捺不住,终于问了出来:"陆彦辰,你快告诉我,你到底是不是'想吃雪糕'?"

时光想叫醒他,但手伸到半空又停了下来。一向是在她睡了之后才会睡的陆彦辰,已经发出了均匀的呼吸声。

时光慢慢地放下手。

这几天为了找姐姐,陆彦辰应该也是没有吃好睡好,这几天他们的神经都绷得太紧了。想到这里,时光就有点心疼陆彦辰,伸手将他揽住,轻声说了一句"晚安"。然后她闭着眼睛,往他怀里蹭了蹭。

这是姐姐失踪这几天以来,她第一次安稳地沉睡。表姐说得对,人是肯定要找的,但生活还得过。

清晨，时光被手机铃声吵醒了，陆彦辰伸手摸过手机，直接躺着接通。

两人离得很近，虽然没有听太清楚讲了什么，但她隐约听到对面说"失踪""莫非非""疗养院"等关键词。

这已经足够让时光猜到他们在说什么。

睡意瞬间没了踪影，她噌地坐了起来，看着陆彦辰，问："是不是找到我姐姐了？"

她面上难掩焦急之色，一双眼眸红得跟兔子一样，陆彦辰看着这样的她，停了片刻才回答："没有。"

时光闻言，眼里难掩失望："那刚才楚牧北说找到什么了？"

"根据调查以及从杨思彤和乔雨薇那里得到的线索，我们找到了那辆运输你姐姐的商务车，不过那辆车出了一点意外。"陆彦辰告诉她自己知道的一切。

"在哪儿？我们马上去！"找到车却没有找到人，那姐姐还是下落不明，时光不死心，她还是想去现场瞧瞧。

"别着急，先去洗漱，吃了早饭，我就带你去。"

"好好好。"时光已经心急如焚，连鞋子都来不及穿，光着脚进了洗漱间。

陆彦辰皱眉，跟了上去，把时光从洗漱间里提了出来。

等时光和陆彦辰出门时，已经十点了，莫非非失踪的事已经在警局报备，负责案件的人是刑警队长叶崇均。

据他们调查到的信息，那辆商务车是套牌车，查了几天也没找到踪迹。这次要不是因为车祸，在那辆商务车里发现了一堆车牌，估计还有得查。

叶崇均说："车祸非常严重，相撞的两辆车，一辆是黑色的桑塔纳，司机死亡，据行车记录仪显示，车上只有司机一个人；另一辆就是运送你姐姐的商务车，司机已经死亡，还有一名随行的医护人员，目前还在昏迷中，根据推断，车上应该就是他们三人。"

时光紧张地看着叶崇均，问道："那现场的人应该都在，两个人死了，一个人重度昏迷，那我姐姐呢？她去了哪里？她是一个植物人，如果所有人都在，我姐姐不可能自己离开，难不成她醒了？"

"不排除这种可能性。"

时光咬唇，现在想知道姐姐的行踪，只能靠那个随行的医护人员。她问：

"那个医护人员什么时候会醒？"

"不确定。"叶崇均简简单单地说完三个字后，明显感觉到时光的绝望，他犹豫了一下，又道，"接到消息后，我就让人把车祸现场封锁了，下午我们会去现场查看，如果有你姐姐的线索，我会第一时间通知你。"

"我能去吗？"时光期待地看着他，那是姐姐最后出现的地方，她想去瞧瞧。

"这个……"

"叶队长，拜托你了。"时光满眼期待，弄得叶崇均都不好意思拒绝。

陆彦辰看着时光担忧的样子，也对叶崇均道："我们只是在旁边看看，绝对不会影响你。"

叶崇均开始以为只是时光要跟去，如果陆彦辰也去的话，叶崇均当然是愿意的。

某人可是当过特种侦察兵，指不定能在现场发现一些他们都没注意到的线索。他点点头，说："行，那就一起去瞧瞧吧。"

时光万分感谢，已经有些迫不及待了。

叶崇均带了一个助手，四人两辆车一起出发，赶往郊区的环林大道。

这条路很是颠簸，崎岖不平，车子在狭窄的路上艰难地前行着，没有人烟，越往里林子越深，寒气逼人。因为这儿挺偏僻的，所以车祸发生了很久之后，才有车辆经过，然后在车上的人报了警。

现场被保护得很好，因为不会影响其他车辆正常行驶，除了人被移走，肇事车子都还留在现场。

陆彦辰、叶崇均和叶崇均的助手，三人一边勘查一边讨论，当时车祸是怎么发生的，相撞之后司机的反应，简直跟身临其境一样。

时光就在旁边默默听着，眼睛盯着那辆商务车，真的好想从里面走出来一个姐姐。

他们勘查得差不多时，陆彦辰对时光说："前面有个村子，我和叶均崇过去看一下，顺便找人问问有没有人看到车祸发生时的情况，你和小李在这儿等着。"

小李就是叶崇均的助手，他不能跟上去，还需要留下来做记录。

天气越来越冷，虽然已经穿上薄外套，可是在山林里，时光还是觉得有点冷，就坐到车里去了。

时光看着前方空荡荡没有尽头的山路，也不知道姐姐一个人孤零零地在哪儿。

那辆车里其他人都在，那姐姐呢？当时是被人救走了，还是摔到了哪里，有没有被人发现呢？

时光想着，下意识地往外瞧了瞧。突然，她看到路边的草丛里好像有一个闪闪发光的东西。

隐隐约约，她看到是一颗星星。

那好像是她很久以前送给姐姐的发夹上的星星。这些年来，看护阿姨给姐姐洗完头发后都会再夹回去，一直都在姐姐头上。

时光的一颗心悬了起来，她不确定那是不是姐姐的，赶紧推门下车。

她站到路边，半蹲着弯腰，伸手，想要去拿。可是太远了，够不着，她又往前迈了两小步，然后伸手，不想脚下的泥土太滑了，她身体又向前倾，整个人摔了下去。

"啊——"

时光一声惊叫，整个人趴在地上，右侧手肘被擦出一道口子，鲜血直流，右手内侧也被蹭掉一块皮，立马有血珠渗了出来，但是她依旧死死地握着那颗星星。

助手听到时光的尖叫，吓了一大跳。

"时小姐！"他立刻下去把时光扶了起来，搀着她上来，"你没事吧？"

站起来之后，时光才觉得脚踝一阵刺痛，顿时冒出一身冷汗。

完蛋了，她不会崴到脚了吧？

时光坐在地上，说："我好像扭到脚了。小李，你都记录好了吗？"

"差不多了，剩下的回去就能搞定，我马上打电话让叶队长他们回来。"

小李火急火燎地拿出手机，但是被时光阻止了："不用告诉他们了，他们在追查我姐姐的案子，让他们查完，麻烦你送我去医院。"

"好好好，那我扶你上车。"

陆彦辰和叶崇均回到车祸现场后，才发现时光和小李不见了，打了电话询问才知道他们已经离开了。

听到时光受伤，陆彦辰的脸色瞬间就不好了，他狠狠地瞪了叶崇均一眼，仿佛在说"你带的什么助手，一个小姑娘也保护不了"。

叶崇均哭笑不得，表示很无辜。

两人以最快的速度赶去医院，时光的伤已经处理好了。

小李坐在病房外面，看到他们来了，立刻起身，向他们报告情况："还好，脚踝肿了，手掌擦伤了一片，但医生说不严重。"

陆彦辰没说话，抬脚便走进病房。

病房里，时光躺在床上，一只脚打着石膏。

看到陆彦辰俊朗的眉眼之间满是冷漠，深深凝视着她的目光也冷若冰霜，时光呵呵笑了两声："你回来了，幸好，我没事，医生说没有伤到筋骨，休息几天就好了。不过因为我是运动员，所以还是得小心护理，才给我打了个石膏。"

陆彦辰拧了拧眉，伸手敲了一下她的头，说："你怎么回事，走个路都走不稳。"

时光揉了揉他敲打的地方，撇了撇嘴说："我不是走路，是捡东西的时候不小心摔倒了。"她把手里捏着的星星递到陆彦辰面前，"这个星星，是我送给我姐姐的发夹上面的。如果是整个发夹掉了那还好，可是只掉了发夹上面的星星，就只有一种可能——碰到、摔倒、碰击、撞击，发夹上的星星才会掉落。你说有没有可能，我姐姐也跟我一样，在刚才那个地方摔了一跤，然后就醒了。也可能在车祸时就醒了，醒来之后她就失忆了。对，失忆，她失忆，所以才会没有来找我，毕竟医生都说了，植物人醒来失忆是再正常不过的事。"

陆彦辰觉得这种推测挺荒唐的，可能性几乎为零。但是看到她眼里闪烁的充满希望的光芒，他又不忍破坏，便轻轻地"嗯"了一声。

时光不需要住院，当天就跟陆彦辰回家了。

回到家里，时光靠在沙发上，一条腿被架在茶几上。陆彦辰进了厨房，打开冰箱看了半晌后，他走出来，对在调电视频道的时光说："家里没菜了，点外卖吧。"

"不会呀，我昨天买了很多菜，都放在冰箱里呢。"时光眨着眼睛，天真地拆穿了某人的话。

"不全。"陆彦辰再次道，脸上闪过一丝不自在。

"很全呀。"时光拢了拢长发,风情万种地靠在沙发上,然后开始数她昨天买的菜,"有鱼有鸡,还有青菜,配料也是够的,蒜头、生姜都有。"

陆彦辰无话可说。

时光眼睛微眯,继续说:"我随便吃点就好了,什么红烧肉、水煮鱼、飞龙汤、辣子鸡都行,我一点儿也不挑,你做什么我就吃什么。"

一下子报那么多菜名,都是极难做的,这还叫不挑?

陆彦辰道:"你怎么不直接说满汉全席呢?"

时光一脸认真:"你会做满汉全席呀?"她两眼放光,像是盛满了亮晶晶的星星,一脸崇拜地说,"你好厉害哦。"

陆彦辰心想:臭丫头,怎么不笨死你。

缄默不语的陆公子转身回了厨房,不一会儿厨房里就传来水流声。

时光单腿直立,脑袋往前探着,就见陆彦辰关了水龙头,又打开冰箱挑食材。

她单腿跳着在沙发另一边坐下,这个位置刚好可以看到厨房里的陆彦辰。

拿了食材之后,陆彦辰又站到流理台前,灯光笼罩在他身上,全身仿佛披了一层淡淡的金光,整个人散发着一种叫人无法忽视的气息。

从她这个角度看去,他高大挺拔的身影给人一种卓尔不凡的感觉——俊美中透着优雅,优雅中又带着尊贵,尊贵里又含着无尽的威严。

这一刻,时光感觉自己犯了花痴。

看到茶几上的速写本,时光拿了起来,然后开始描绘陆彦辰做菜的背影。

感受到她强烈的目光,厨房里陆彦辰不着痕迹地看了她一眼,又继续忙自己的。

陆彦辰在煎鸡蛋,一阵香气慢慢飘来,时光心里顿时就被一阵幸福感充斥着。

真好,这个男人属于她。

画完之后,她又画了几盘食物——陆彦辰还没有端菜出来——这就是她心里幻想的,陆彦辰给她做的菜。

时光画完陆彦辰之后,用手机拍了照。

原本是想用小号发微博的,结果发的时候她忘记切换大号了就直接发了出去。

时光：傲娇公子的爱心晚餐。

配图就是她画的陆彦辰做菜的背影和那张食物图。

微博一发，没过几分钟，评论区就热闹了起来。

网友A：被秀了一脸恩爱。

网友B：做晚餐的男人肯定是时光老公，求曝照。

当然还有人向时光告白：求吻，求爱，求回复。

时光这才知道自己忘记换号了，本想立刻删除，但是想了一下也没什么内容，更没有说明什么，就没理会了。

她看了一会儿微博评论，陆彦辰已经把饭菜做好了。

她刚才幻想了陆彦辰做菜的整个过程，从冰箱里取出新鲜的蔬菜和肉，洗干净之后，熟练地切菜，热油，翻炒，所以房间里才会弥漫着诱人的香味。

在她心中，陆彦辰是无所不能的，再看他做的菜，也是非常有食欲的。时光感觉应该很好吃，吃的时候应该还会有一种幸福的味道。

"这些菜的卖相都属上乘，味道应该也会特别好。"

时光笑眯眯地说着，夹起一块红烧肉吃进嘴里，下意识地皱了一下眉。

不对呀，这肉的味道怎么有点儿怪怪的，好像有点咸，有点老，一口咬下去硬邦邦的。

时光很想给陆彦辰面子，但那肉实在是太难吃了。她拿了一张纸巾，捂着嘴，吐了出来。

她看了看陆彦辰，对方面无表情，她觉得他应该会不高兴才是。时光不想打击他，笑了笑，指着鱼说："这个，这个看着不错，我尝尝。"

时光又夹了一块鱼放进嘴里，她感觉鱼是最容易做的，放点盐和酱油蒸一下就好了。

但是这鱼为什么是甜的，他不会把盐和糖搞错了吧？

为什么那么好看的菜，味道却那么差呢？时光不想伤某人的自尊心，但是真的很难吃啊。

"这个菜有点儿特别，我再尝尝这个。"时光说着又夹了一筷子西红柿炒鸡蛋。

这么容易的菜品，厨房"小白"应该都会吧。时光想，这个菜肯定不会差了，可这个也好咸，感觉盐不要钱一样。

陆彦辰看着时光那副如同吞毒药的表情，说："难吃就不要吃了。"

时光嘿嘿一笑："也还好啦，就是这两个菜有点咸，鱼有点甜，但是菜色都特别好看，可见你还是有隐藏的厨艺天赋的。我感觉，你去厨师培训学校进修一下就好了。"

她还顺嘴练了一句台词："你去烹饪学校修行修行，就能成为厨师长，迎娶白富美，走上人生巅峰，想想还是有点儿激动呢。"

陆彦辰用看白痴一样的目光瞥了她一眼："不要敷衍我。"

然后他把刚才时光试的三个菜全部倒在旁边的垃圾筒里。

"那我吃什么呀？"时光苦着小脸，"其实味道还是挺不错的，没有那么难吃，咸的话多吃点饭就好了。"

陆彦辰把最后的菜——煎荷包蛋推到时光面前："饿了就先吃这个，我已经叫了外卖，等会儿就到。"

他一共做了四道菜，荷包蛋是最后一道菜，一共就两个。

时光用筷子夹起一个荷包蛋咬了一口，立刻笑着点头，竖起大拇指："这个鸡蛋不错，好吃，真好吃。"

大概只需要煎，不用放佐料的缘故，陆公子做的菜只有"色相"，而有"色相"又有内涵的陆公子可迷人多了。

现在她算是明白了，明明有一冰箱的菜，陆彦辰为何要一再强调没菜了，原来是他根本不会做，又不想让她知道，才会故意那么说。

傲娇！

"那你饿吗，要不要也吃一口？"吃完一个荷包蛋的时光，又夹起另一个荷包蛋在陆彦辰面前晃了晃，但最后又回到自己面前，"嗷呜"咬了一口。

含着满嘴的荷包蛋，时光一脸揶揄地看着陆彦辰，挑了挑眉："想吃吗？"

陆彦辰眼里闪过幽暗之色。

剩下半个荷包蛋，她又在陆彦辰面前晃了一圈，当然最后还是放到自己嘴里。

陆彦辰的眼眸危险地一眯，他突然站了起来，伸手捏住她的下巴。

时光瞬间瞪圆了眼睛。下一秒，陆彦辰咬在她的唇瓣上，强势地撬开她的牙关，然后与她共享半个荷包蛋。

等时光气喘吁吁快要窒息时，陆彦辰才放开了她，手指魅惑地摸着自己性感的嘴角，似笑非笑地道："这个鸡蛋不错，好吃，真好吃。"

时光一时语塞。

莫槿因为乔雨薇的事来找时光，时光知道，乔家不可能放任乔雨薇不管，肯定会有人来求情，只是她没有想到，第一个来求情的会是表姐。

"时光，非非姐的案件扑朔迷离，乔雨薇在中间起的作用不大，如果没有乔雨薇，关系足够，他们还是能把姐姐转走。不过不可否认，乔雨薇有错，她也应该受到惩罚。可是时光，乔母和苏奶奶说，只要你放过乔雨薇，她们就不会跟外婆说这件事。"

时光冷笑一声："怎么，她们还想威胁我不成？"

"不是威胁，她们也知道你不想让外婆知道，所以才没有找外婆，只找了我和我妈。"

对于自己的姑姑，莫槿还是了解的，现在她已经知道时光惹不得，也惹不起，就算时光不答应，她也不敢闹到外婆那儿。她还是想把女儿捞出来，知道鱼死网破不是上策。

时光紧紧皱着眉头，声音冷厉得像一道鞭子："那我考虑一下吧。"

莫槿一看她露出这种表情和这样的语气，就知道她没打算放过乔雨薇。

她也不想原谅乔雨薇，可是乔雨薇是她姑姑的女儿，人情世故，错综复杂，很难处理。

莫槿没有多说，但是这事情并没有完。

第二天，小姨又来了。

知道莫非非失踪，还和乔雨薇有关系时，小姨彻底震惊了。

在她的人生阅历中，这样的事情是匪夷所思的，而且她没有想到，她这个小姑子的女儿为了钱真是什么都敢做。

想到失踪的莫非非，她也焦急，这人都做手术了，都说要醒了，怎么就突然不见了？

乔母在小姨面前哭了许久，苏奶奶又是小姨的婆婆，她一边用身份压迫，一边动之以情，小姨这才来帮乔雨薇求情。

"她一个女孩子，真坐了牢就留了案底，她这一辈子也就毁了。时光，大家好歹亲戚一场，她也关了那么多天了，你看要不就放过她吧？"

时光很郁闷，也很烦躁。

乔雨薇现在的处境都是她应得的，她害了姐姐，与人联手绑架姐姐，就应该坐牢，留案底。

一辈子毁了？那她姐姐呢？她姐姐的这一辈子又应该谁来负责？

凭什么放过乔雨薇，一切都是她咎由自取！

时光没有给小姨明确的答复，但是心情却沉重了起来。

小姨是她这辈子最应该感谢、最重要的亲人。

在她最困难、最无助的时候，帮她的人是小姨。而整件事情，小姨也是最难处理的。

她是一个简单朴素的女人，勤俭持家，心地善良。

一个是姐姐的女儿，一个是小姑子的女儿，小姨不管怎么做，两边都不讨好。

时光不想小姨为难。

晚上，陆彦辰回来后，时光问了姐姐的行踪，依旧没有任何消息。姐姐就好像从这个世界上蒸发了一样。

她又把今天小姨来找她的事说了一下，然后问陆彦辰："你说，我要放过乔雨薇吗？"

这个问题，陆彦辰也没有办法回答她。

成年人的世界是复杂的。

朋友之间，你不喜欢我，我不喜欢你，大可扭头就走，老死不相往来。可是亲戚之间，亲情怎么也斩不断。谁家都会有几个亲戚，再怎么不喜欢，还是要来往，因为这就是所谓的人情世故，说白了，就是你得付出。

"你不知道应该怎么办，那么就拖着，等你有了决定再说。"陆彦辰轻描淡写地回她，然后到吧台给自己倒了一杯酒。

陆彦辰一边摇晃着杯里的酒，一边淡淡地说："乔雨薇的控罪是存在漏洞的，如果真要告她，可能也就是拘留十天半个月。"

时光惊讶了，说道："可她都让我姐姐失踪，下落不明了，怎么会才拘留十天半个月？"

陆彦辰定定地看着她，这一瞬间，他的眼眸漆黑又寂静，那是一双让人看不清情绪的眼睛。

"你姐姐现在没有被确定死亡,而且乔雨薇只是签了转院书,在法律上,这构不成真正的犯罪。"

时光哭丧着脸,半晌没有出声。她尊重小姨,最后她肯定会妥协。

陆彦辰这样说,只是想让她不再纠结,心里也好受一点。

第二章

爆料

时间从指间流淌,一个月过去了。这段时间,时光放下了训练,每天都想着如何找姐姐。可是莫非非一直没有任何消息,时光越来越沮丧,每晚做噩梦,经常半夜惊醒。

她每天都告诉自己,不要消极,不要哭,就像一定要找到姐姐那般坚定。没有消息并不是最残酷的事,只要她不放弃,终有一天一定会找到姐姐。

又是一个晴朗的夜晚,繁星满天,却无一颗照亮前方。

时光黯然地回到家,却在家里看到了沈灵双。

沈灵双离家出走,是因为陆家今天的来客。

来客是一对母女,母亲叫苏丽萍,她的丈夫和陆父是同学,更是发小。

后来这个同学出国了,前段时间遇到车祸,临终前打了个电话,希望这对母女回国后,陆父能帮忙照顾一下。

陆父当过兵，重情重义，自然答应了，同意在她们找到住的地方之前，先在自己家里住一段时间。

这原本也没有什么，沈灵双是一个很好客的人，但她在意的是苏丽萍是陆父的初恋情人，不知为何与陆父分手，后来嫁给了陆父最好的朋友。

沈灵双也没有见过苏丽萍，她和陆父结婚的时候，那个同学已经带着苏丽萍出国了。

但是她听了不少关于苏丽萍和陆父的爱情故事，据说两人缠绵悱恻、山盟海誓。

这会儿陆父居然将人带回家里来住，沈灵双能沉住气才怪。

时光觉得自家婆婆并不是那种无理取闹的人，如果不是苏丽萍真的想干什么，她觉得婆婆不至于离家出走。

她婆婆这人有点儿单纯，陆彦辰还曾说过他妈过于天真，就是电视剧里那种典型的"傻白甜"。

如果苏丽萍是个有手段的人，肯定会想勾搭公公，而她婆婆的战斗力又那么弱，怎么都不会是对方的对手，她必须回家帮婆婆。

但是直接叫婆婆回去，婆婆是怎么都不愿意的，时光与陆彦辰商量着使了一计。

时光进屋时，沈灵双正坐在床头生闷气。

"妈。"时光喊了一声，然后就撇了撇小嘴，红了眼眶，却死死地咬着唇，不让自己哭出来。

"怎么了？别哭别哭。"沈灵双那个心疼，赶紧起身握住时光的手。

"我今天和陆彦辰吵架，胡乱冲他发脾气，他生气了，刚刚给我打电话，说要跟我离婚。"时光说着，忍不住哭了出来。

她哭得撕心裂肺，把自己这几天的焦急和难受通过泪水发泄了出来，这可吓坏了沈灵双，拼命地安慰着她。

时光抽泣着道："妈，我不想离婚。"

"怎么吵一下架就要离婚，这臭小子跟谁学的。你放心，我一定替你主持公道！"沈灵双微蹙着眉头，有些疑惑，也有点恼怒。

"我给陆彦辰打电话，让他回来。"

沈灵双说着就要掏手机，时光立刻制止，握住她的手说："陆彦辰的电话关机了。妈,我不想离婚,他现在在陆家,你陪我回去找他好不好?"

"小小,陆彦辰是我儿子,我最了解他,他这人因为性子冷傲,在感情上是被动了一些,但绝对不是拿婚姻当儿戏的人。他会跟你结婚,肯定打的是和你过一辈子的心思,不会像现在的年轻人那样,高兴了就结婚,不高兴就离婚。"

沈灵双这么说,显然是不想回去,但看着儿媳妇哭得楚楚可怜,又不忍心地点了点头。

时光和沈灵双回到陆家,一进门就看到了坐在客厅里的苏丽萍,她这会儿正在和陆父说话,陆彦辰就坐在旁边。

苏丽萍保养得还行,看得出来年轻的时候应该也是一个美人,但是比起沈灵双还是要差上很多。

时光看着陆彦辰,撇了撇小嘴,一副快要哭了的表情:"陆彦辰。"

然后她排山倒海般向前扑去,陆彦辰赶紧伸手扶住她。

时光顺势抱住他的腰,将头埋在他的胸口,然后可怜兮兮地哭了起来:"对不起,老公,都是我的错,你不要生气,不要跟我离婚,好不好?"

这演的哪一出?离婚都弄出来了。

时光没有跟陆彦辰对过台词,只是让他在家里等着,她会把妈拐回家。

沈灵双眼见时光都死死抱着陆彦辰了,可陆彦辰还是一副冷漠的样子,气愤地道:"我说你多大的人了,还动不动就生气,没吵几句就要跟老婆离婚,你不知道老婆娶回家是要疼的吗?"

陆彦辰看向她,继续保持沉默。

真是头疼,有个"傻白甜"妈,又来一个蠢老婆。

时光长长地吸了一口气,仿佛这样才能平复心情,然后看着沈灵双说:"妈,都是我的错,我耍小性子,陆彦辰才会生气的。谢谢你呀,妈,要不是你答应陪着我来,我也不敢来道歉。"

这话变相地告诉大家,沈灵双不是自己要回来,是被她强行拉回来的。

苏丽萍笑了笑,起身对着陆父道:"你们家有事,我就先去休息了。"

陆父对苏丽萍很客气,点了点头。

时光仿佛这个时候才看到有客人,忙打了声招呼:"你好,伯母。"

陆父就顺势介绍了一下:"这是我儿媳,老四媳妇。"

苏丽萍对着时光温婉一笑，大方得体："你好，你和我女儿年纪差不多，有空你们可以一起玩。"

时光笑着应道："好。"

对于时光的反应，陆父是满意的，然后他看了一眼沈灵双，就忍不住生气。

沈灵双对上陆父的目光，脸色也不好了，几乎阴沉如水。

眼看沈灵双被嫉妒冲昏了头，马上要顶撞陆父，时光身体一软靠到她身上说："妈，我听说苏伯母还没有找好房子，可我们家有点小，陆彦辰有套别墅是空的，要不，让苏伯母住到那儿去吧？"

沈灵双还没说话，苏丽萍便笑着回绝了："不用麻烦了，我们就住几天，待房子弄好了就会搬过去。那我就先去休息了，不打扰你们了。"

时光很热情："那可不行，必须要的，必须要的。"

陆父也点头同意了："行，那就这么说定了。"

他也不管苏丽萍同不同意，反正一锤定音。

对于这个安排，时光万分满意，陆父在她心中的形象又高大了一些。

沈灵双的脸色瞬间柔和多了，不过还是有些生气。苏丽萍离开后，她便对陆彦辰和时光说："好了，你们都和好了，那就一起回去吧。"

这话的意思，还是要带着时光和陆彦辰一起离开。

陆父瞬间又沉下了脸。

时光无力地揉着太阳穴，对沈灵双说："妈，我有点累了。"

然后她给陆彦辰使个眼色，陆彦辰当然知道她的用意，立刻抱起她："我带你上楼睡觉。"

"哎，你们……"看着抛弃自己的儿子儿媳，沈灵双如泄气的皮球般在沙发上坐下，将身子背对着陆父，以表达此刻她内心的极度不爽。

刚才还威严霸气的陆父，见周围没有人之后，摸了摸鼻头，坐到沈灵双对面，说道："还生气？"

沈灵双瞪了他一眼，将头别开不看他。

"别气了，你就把她当作普通的客人招待就好了。"陆父软着声音说。

"你可以直接让她当主人。"

"我说你，都多少年了，怎么才能相信我，我不喜欢她。"陆父凑过去，抱着沈灵双，"我也知道你不喜欢她，可是她老公是我从小到大最好的朋友，现在人没了,她们又刚回国,我怎么都应该帮着点。"

楼上的陆彦辰和时光并没有立刻进屋,两人竖着耳朵在听,尤其是时光,半个身子都要探过去了。陆彦辰见爸妈没啥事,就把时光抱回了卧室。

时光许久都处在震惊中。

她怎么也没有想到,在她心中威严高大的公公,没有人的时候,在婆婆面前居然是个温柔好丈夫。

想到这儿,时光幽怨地瞪了一眼旁边的陆彦辰下意识地问:"你心目中的老婆是什么样的?"

一问完,她的心就提到了嗓子眼,她怎么就问出来了呢?陆彦辰会怎么回答?

时光开始想着陆彦辰可能会给出的各类答案,然后她要如何巧妙地提到她的要求,她需要一个温柔的老公。

陆彦辰高冷至极地回道:"反正不是你这样的。"

时光无语凝咽。

我心中的老公也不是你这样的,我喜欢温柔一点的老公。

不是我这样的,那你还娶我?

为啥陆彦辰就没有遗传到陆父温柔的优良基因呢?

手机响了一声,时光打开看了一下,是李芳菲发来的信息,说她之前看中的那件大衣正在打折,问她要不要买。

那是姐姐失踪之前与李芳菲说的,现在她哪有心情买什么大衣,时光默默地关掉了手机。

陆彦辰偏头看了她一眼,目光深沉,瞥到她手机里的大衣,眉梢微微挑了一下。

早餐时间,时光见到了苏丽萍的女儿颜紫。

时光不露痕迹地打量了颜紫一番,她挺漂亮,尖尖的脸,高高的鼻梁,黑亮的瞳孔配上深层的双眼皮,是时下最流行的网红长相,虽然没有什么辨识度,但不可否认确实挺美的,气质像她妈妈苏丽萍,很柔美。

不知道为什么,时光总感觉"颜紫"这个名字很熟悉,似乎在哪里听过。

之前她听到莫言止的名字时,也觉得好像在哪里听过。

"言止"和"颜紫"同音，整个早餐时间，时光都在纠结这两个同音，且耳熟的名字。可不管她怎么想，就是想不起来到底在哪里听过，又为何会觉得熟悉。

时光心不在焉地吃完早餐，然后给莫槿打了个电话："表姐……当年欺负我姐姐的一共有四个人对吗？"

"苏雅、杨思彤，还有两个人的名字，非非姐没有说，我也不知道是谁。"莫槿颔了颔首，疑惑地问，"你怎么突然问这个？"

时光脸色略白，眼睫毛微微垂着，脸上显出几分沉思来，似回忆般讲述："姐姐当年没有说名字，但是姐姐做噩梦的时候好像念讨一个名字……颜紫。"

莫槿皱眉："你确定？"

时光摇头："不确定，那个时候我不知道姐姐在学校里被人欺负了，那会儿我们睡一间房，当时姐姐做噩梦，说了一些话。我睡得迷迷糊糊的，听得也不是很清楚，更不知道她是被虐待了，才会做噩梦。直到后来我知道她遭受校园暴力，才知道了杨思彤、苏雅，再回想起姐姐在噩梦中，就喊过她们的名字，好像就有一个'颜紫'。"

但到底是"颜紫""言止"，还是"言执"，她就不确定了。

言执，陆言执，那不是陆彦辰大哥的名字吗？

天啊，怎么扯到陆大哥身上去了？

姐姐当时念的是谁的名字呢？陆大哥和臭言止应该不太可能。

颜紫吗？那天陆彦辰说，苏丽萍嫁给颜紫爸爸后就一直在国外，所以也不应该是她。

但是也不排除她曾经回国读过书，现在姐姐失踪，这个颜紫回来了，她会不会和姐姐的失踪有关系呢？

时光摇了摇头，觉得自己脑洞开太大了。

自从姐姐失踪后，她就草木皆兵，看到什么都觉得和姐姐有关系。

同一时间，陆宅里的葡萄架下。

颜紫坐在石凳上，一只手托着腮，另一只手把玩着自己的波浪长发，她抬眸看了苏丽萍一眼，然后问道："你非要带我住进来，不会是觉得陆原对你旧情未了，你在他面前多晃晃，就能让他再次深深地爱上你，然后和沈灵双离婚娶你吧？"

陆原是陆父的名字。

苏丽萍的表情微微僵了一下，但她没有回答女儿的这个问题。

她微微垂着头，看着自己放在桌上交叉的手，当年若不是因为一些意外，她怎么会选择和陆原分手，然后嫁给另一个男人。

原本陆家的一切、陆夫人的宝座都应该是她的。

以前陆原明明很爱她，现在也对她颇为照顾，陆原根本就不爱沈灵双，他和沈灵双只是联姻。

她以前弄丢了自己的爱情，这一次她一定要找回来。

如果她回到陆原身边，陆原一定还会选择她的，因为陆原爱她，而不爱沈灵双。

苏丽萍想着想着，嘴角不自觉地带上了一抹若有似无的微笑。

颜紫一看她这样，就知道自己没有猜错。她忍不住冷笑一声："那你想好要怎么做了吗？要不要我帮你呢？我也不怕告诉你，陆老头喜欢什么，不喜欢什么，我都了如指掌，比你这个初恋情人还要了解……"说到这里，她脸上的笑瞬间消失，突然坐正了身体，手狠狠一拍桌子，咬牙切齿地说，"这些年，你是不是巴不得我爸早点儿死，他死的时候，你是不是在心里哈哈大笑，觉得终于可以与陆原再续情缘了？"

苏丽萍惊讶地看着自己的女儿："你在说什么呢？"

颜紫抿着嘴唇，嘴角上翘，挂着冰冷的笑："我说什么，你不知道吗？你以前让我回国读书，还特意找了这个男人，你以为我不知道你想干什么？那个时候你就想我爸死，就想嫁给这个男人了吧？"

苏丽萍暴跳如雷，反手抽了颜紫一耳光："当年你缠着陆彦辰的未婚妻，想借她来报复陆家，还好我把你带走了。你为什么要执迷不悟？我跟你说了很多次，我和你爸的关系差，跟陆家没有任何关系。我也没有对不起你爸，我现在所做的一切，也都是为了你。"

她以前想离婚，她老公就认定她忘不了初恋情人，整天郁郁寡欢，以致出了车祸。

她女儿则认定她已经出轨了，私下和陆原有联系，满心愤怒，一心想报复，这实在没有道理。

颜紫目光冷森森地看着她，凌厉地道："别说那么大仁大义的话行吗？你就是贪慕虚荣，想要嫁给陆老头！"

苏丽萍心肝一颤，呵斥道："我是你妈！"

颜紫冷酷无情地道："在我心中，我妈早在十年前就死了！"

时光打算这段时间就住在陆宅，她要陪着沈灵双，直到苏丽萍母女离开为止。

没办法，她婆婆的战斗力太弱了，她若不帮忙，感觉她婆婆会被那个苏丽萍"吃"得渣都不剩。

时光回到卧室，发现床上摆了一个大礼盒。

谁给她的礼物？婆婆还是老公呢？她感觉婆婆的可能性会比较大，可是她打开一看，居然是她喜欢的那件大衣。

婆婆怎么会知道她喜欢这件大衣，她今天和婆婆在一起的时候说过吗？总之，谢谢她的绝世好婆婆！

时光把衣服摊开在床上，然后拍了一张照，发了一条微博。

傲娇公子的小娇妻：谢谢神秘礼物，超喜欢。

她发完后，顺便又刷了一下微博，惊讶地发现她家陆公子居然上热搜了。

中午的时候，营销号爆料：陆家四公子逛某品牌店，疑似给未婚妻挑礼物。

时光又点开配图。

图里，陆彦辰所处的地方是一家品牌店，他正看着销售员打包礼盒，侧着脸，嘴角被挡住，距离有些远，看得不清楚，但是熟悉他的人还是能一眼认出来。

时光惊愕地睁大眼睛，看了看微博，又看了看被自己摊在床上的大衣。

那家品牌店不就是这件大衣的品牌店吗，那个礼物不就是她刚才打开的礼盒吗？

原来这件衣服不是婆婆送的，而是老公送的，陆彦辰怎么会知道她喜欢这件大衣？

哦，肯定是昨晚陆彦辰看到了她的信息，所以今天亲自去买了，然后让人送过来的。

臭傲娇！

不是说他想要的老婆绝对不是她这种吗？那为什么还要这么贴心？

时光双手捂着脸，傻笑了两声。

不过幸好刚才她用的是小号发微博，不然陆彦辰去这家品牌店买大衣，她下一秒就晒这家品牌的大衣，网友一看就知道他们俩有问题。

时光看了一会儿评论，发现这条微博不见了，然后相关陆公子的照片，全部被删除。

即便如此，陆家四公子俊美高冷，狂妄睿智的威名依旧传播了开来。

时光正想关掉微博，突然又看到了"娱乐大V"的爆料：神秘的豪门骄子陆彦辰结婚了……

娱乐大V：刚刚那位神秘的陆家四公子其实已经结婚了，他结婚的对象并不是他的未婚妻，据说是一个心机女，死缠烂打，用卑鄙的手段怀上了他的孩子，所以陆家四公子才不得不娶了她。但是陆公子的真爱是他的未婚妻，并不喜欢这个新婚老婆，陆家其他人也不喜欢她，所以婚礼也没办。据说陆公子娶她的第二天，就想和她离婚了。

一时媒体哗然，这条微博评论下方全是辱骂之词。

时光看着评论，顿时火冒三丈。

什么叫她长得非常丑，她哪里丑了？她虽然不是美女，可也不丑呀，见都没见过她，都不知道陆彦辰娶的谁，怎么就能断定人家长得丑呢？

时光看了一圈评论后，就感觉自己的三观都要碎了，在心里各种吐槽。看到后面，她一时没有忍住，直接用小号在评论区回复：你们都错了，不是女方用卑鄙手段怀上了孩子，而是陆公子推倒了女方，准备用孩子套住人家，然后任他为所欲为。

这样的评论刷了好几条，有人回复她：你怎么知道？熟人？哇，来个大爆料？

"我才不要给你爆料……"时光嘀咕着，便把微博关了。

之前陆彦辰的照片被处理得很快，这条微博估计也很快会被处理了……定然是闹不大的，她明天再打开微博，估计什么都没有了，然后会看到一个新的八卦。

时光把大衣穿在身上，然后对着镜子臭美了半天，又用手机连续自拍了好几张，觉得都不太好，又继续自拍。

女人自拍起来果然是很疯狂的……

陆彦辰回来时，时光还在自拍，不过看到他，她立刻就结束了自拍，然后跳到他面前，晶莹的眸子忽闪着："好看吗？"

娇娇媚媚的小脸，一副讨要夸奖的表情。

陆彦辰却觉得有点儿傻，眉梢上挑："又不是冬天，你穿大衣干什么，不热吗？"

不解风情的臭男人，时光在心里嘀咕了一句，脱下外套，向他抛了个媚眼，说："我这不是想穿给你看看嘛。"

陆彦辰伸手一把揽住她的腰，将她紧紧搂在怀里，说："我觉得你不穿最好看。"

接着，独属于他的气息铺天盖地而来，他吮住了她粉嫩的唇瓣，强势掠夺，简直像要将时光嚼碎了吞掉一般。

时光被他吻得呼吸不畅，身体发软，站都站不稳。

晕晕乎乎间她感觉自己被陆彦辰压到了床上，新买的大衣就在身上，这么压着会皱的。

"你干什么？快起来。"

陆彦辰趴在床上，半眯着眼眸好似看着自己的猎物一般，带着野性的魅惑，他的手在她身上游走，唇在她耳边暧昧低语："生孩子，套住你！"

这话怎么那么耳熟，时光的心"咚咚咚"地跳着。

陆彦辰在她唇上印下一吻，依旧强势地索取……

时光感觉自己的唇瓣和舌尖都酥酥麻麻的。

他每一下都吻得很重，像是恨不得吃了她。

"你就不能轻一点吗？"时光喘息不止，"衣服，衣服……"

两人衣衫凌乱，意乱情迷，下一秒就要合二为一时，房门突然被人推开了。

"小小……啊！"

沈灵双推门进来，先是一惊，后是一乍，最后用手挡住了脸："你们……继续……"

赶紧再关上门。

天啊，她不会吓得儿子那方面出什么毛病吧？

时光手足无措，一把推开陆彦辰："快起来，妈肯定找我有事。"

被打断了好事的男人一脸欲求不满："能有什么事？"

"还不是因为苏丽萍。"

"她根本无须担心，就我对我爸的了解，他把人弄进来只是因为重情重义，没有旧情复燃！"

时光也这么觉得，私下里，她的"老虎公公"在婆婆面前就是绵羊呢。

时光睡觉前又看了一下微博，果然如她所料，陆公子被迫娶妻的新闻不见了。毕竟只是捕风捉影的新闻，只要稍微让人带一下节奏，热度很快就下去了。

她想，等到明天，估计就不会再有人记得这件事了。

可是次日，时光还在睡觉就被电话吵醒了，是李芳菲打来的："时光，你快上微博看看，不得了了。"

发生什么事了？结束和李芳菲的通话后，时光一打开微博，接到的转发评论就没有停过，"嘀嘀嘀"跟下暴雨似的一股脑地砸了下来。

陆彦辰又上了热搜……不对，这次没有点名是陆彦辰，代号是某公子。

爆料大事件：据圈内人士爆料，最近结婚的某公子，并不如传言那般，真爱是未婚妻，却被陷害不得不结婚。未婚妻救了他的命，于是两人订了婚，青梅竹马一起长大，感情原本很好，未婚妻等了某公子很多年，今年谈婚论嫁，未婚妻什么都准备好了，就等着某公子迎娶她进家门，不想半路杀出来一个心机女。某公子移情别恋，迅速和心机女搅在一起，现在马上就要当爸爸了。可怜那个救了他的未婚妻，不仅惨被抛弃，还因为心机女的陷害，搞得家里破产，也不知道后不后悔当年救下某公子。

这条微博一出，全网关注，网友迅速猜出来某公子是谁。

虽然陆彦辰已经让人处理了先前的绯闻，但是并不代表不会留下任何痕迹，很显然这个某公子就是陆彦辰。

知道某公子是陆彦辰，那自然就轻易知道杨思彤是他未婚妻。

查出了这两人，那么强大的网友想要再查出心机女是谁，似乎就不是什么难事了。

果然又有营销号爆料，是一张照片。

时光未老，你我正好 3

照片上，时光穿着一身运动服站在一身西装的陆彦辰旁边，两人对视，正说着话，看起来十分亲密。

拍摄角度很奇怪，照片也不是很清晰，很显然是在当事人不知情的情况下偷拍的。

有人确定男的是陆彦辰，而女的也很快被认出来是时光。

接着又有人爆料，那个心机女是个运动员，于是网友就确定了时光是陆彦辰的新婚妻子，也是爆料里的心机女。

于是时光的微博再次被"轰炸"了。

有很多网友是不相信的，一些自诩她真爱粉的网友也都纷纷质疑，甚至觉得失望，脱粉回骂。

时光微博下面言语不堪，泥泞一片。

"时光，请问你和陆公子是什么关系，他真的是你老公？"

"还有脸在微博上秀恩爱，你这脸皮简直无敌了。"

时光看着微博评论，气得快要跺脚，这些人骂得一句比一句难听。

她知道微博上很多"键盘侠"和"黑粉"，不会考虑现实因素，张口就骂，可只是一个爆料，无凭无据，怎么就这么冠冕堂皇地骂人？

只因为在网上，就可以随意发泄，不用负任何责任了吗？

杨思彤做了那么多坏事，却因为这件事情，受到一致好评。

而杨思彤在这个时候实实在在地刷了一次存在感——她顺势发了一条微博：我很好。

还配了一张自拍，顿时吸引了很多粉丝，评论里都在夸她皮肤好，长得真美。

时光心里燃起一股怒火，但并没有失去理智，她觉得整个事件特别奇怪，就好像有人事先设计好了一样。

先是曝光陆彦辰给她买衣服的照片，再是爆料他结婚了，还是被算计的，接着爆料他是移情别恋，可是对方的目的是什么？

时光去找陆彦辰。

陆彦辰正在二楼书房里打电话，声音压得很低，透着一股冷意。

时光想他肯定知道微博的事了，他那么严肃，估计是事情让人头疼，处理不好，是不是会影响陆家？

陆彦辰打完电话,看到时光像是怕被人抛弃的孩子一般,可怜又无助地坐在沙发上。他脸上的神情微微缓和,走到时光旁边,抬手摸了摸她的头顶,低声道:"会没事的。"

时光询问:"是不是有人在背后操纵了这件事?"

陆彦辰点点头。

时光握紧了拳头,蹙着眉,犹豫了一下,问道:"那我们现在怎么办?直接告诉大家实情好了。"

"实情?"陆彦辰眼神一暗,脸色阴沉如水,"对方就是挖了一个二选一的坑,而且两边都是死坑。"

时光不解,怎么个二选一?

陆彦辰不疾不徐地道:"我们说出实情,应该怎么说?说我们关系不好,那就验证了前者,你费尽心机勾引我,利用孩子嫁入陆家;说我们关系好,那又验证了后者,我抛弃我的救命恩人未婚妻,移情别恋,娶了你。"

时光的脸色瞬间变得惨白,心底一片冰凉,她真没有想得这么深。对方是想一箭双雕,射不死陆家这只"老鹰",也要让她这只"小麻雀"不好过。

她想了想,咬牙道:"我知道杨思彤是你的未婚妻,但我没想到她是因为救了你才成了你的未婚妻。如果说我们关系好,婚姻幸福美满,这很不好,可能还会影响到爸爸和哥哥们。我们选择前一个吧,就说我们关系不好,我勾引了你,反正也没有关系。"

陆彦辰直接敲她的脑袋:"你是不是傻!"

时光可怜兮兮地说:"这不是最好的办法吗?"

"谁说这是最好的办法?"陆彦辰给她分析,"你承认前者,以为自己把一切都扛了就没事了吗?你错了,那是一个陷阱,想彻底证明是前者,陆家必须得做些什么,你可能觉得不如离婚吧,离婚了,大家就会觉得你和陆家没关系了。可是离婚之后呢?还是会有人盯着我们,我们只能选择老死不相往来。如果往来了,被人拍到,那么接下来媒体会怎么写?陆家为了证明自己不是忘恩负义,把一个女人推出来当挡箭牌?"

这件事情又不是她引起的,她没关系,他有关系。

时光没有想那么深,她捂着额角,一副头疼的样子,问:"那我们该怎么办?"

"看着办。"

她当然要看着办了，可是他这么回答，时光还真是有些哭笑不得。她身体微微倾斜，头偏着靠在他肩膀上："那你说，这件事情的幕后主使会是谁？杨思彤吗？"

和她过不去的人，她下意识想到的只有杨思彤。

"不排除这种可能。"

他和杨思彤订婚的原因，知道的人并不少。但是过去那么多年了，也没有什么人会刻意提起，还拿这个事情做文章。

除了杨家，特别是在杨家破产之后。

时光无奈地叹了一口气。

陆彦辰摸摸她柔软的脸颊，然后揽过她，覆住她的娇唇。

一吻结束之后，他拉开她的手站了起来："我还有正事要去处理。"

时光去送陆彦辰，下楼梯时他在前面，她在后面，她直接跳起来趴到他背上，让他背她下楼。

两人在一楼客厅碰到了颜紫。看到他们，颜紫出声问候，唇畔绽放出温和的浅笑："早上好，你们这是要出去吗？"

陆彦辰没有理她，只是冷漠地看了她一眼。

这一眼让颜紫愣了好一会儿，他的眼神极度冷酷，如寒冬的雪，她进入他的视线里，只是一个没有生命的死物。

她觉得遍体生寒，连血液都快凝固了。

颜紫愣了好一会儿才回过神来，陆彦辰已经离开了，她只能对着时光笑了笑，以掩饰自己刚才的失态。

"是我老公出山去，我不出去。"时光随口回了她一句，然后进了厨房，家里的帮佣阿姨见她醒了，立刻笑着问早，还给她准备了早餐。

时光用早餐的时候，颜紫在餐桌边坐了下来。

她满眼担忧，关心地询问："时光，你脸色不太好，没事吧？"

"没事呀，我挺好的。"时光轻描淡写地回道，抬眸看了她一眼，敏锐地在她担忧的眸子底下捕捉到一丝玩味。

"是吗？"颜紫似乎并不相信，她斜撑着身子，把玩着头发，"刚才我看陆彦辰也是一脸冷漠，好像发生了什么大事。他的眼神有点吓人。"

时光咽下嘴里的粥，抬眸看着她："那你以为发生什么事了？"

"我怎么会知道？"颜紫往后靠在椅子上，不动声色地说。

"可我看你的样子像是知道什么。"

时光突然失去了与她敷衍周旋的耐心。她要试探一下，确定一下这个颜紫是不是当年欺负姐姐四人组里的一人。

颜紫眼神复杂地看着时光，突然巧笑嫣然，说："怎么可能，我只是一个人无聊，又刚回国，什么人都不认识，就想着找你出去逛街。"

"你在国内没有朋友？难道你没有在国内的同学？我可是听人说过，你的中学在省城的×中……"时光说着，瞳孔微敛，目光越发锐利，似乎将颜紫看穿了，"刚好我姐姐以前也是那所中学的，我问了一下，你们还是同届，不知道你认不认识我姐姐？"

颜紫很惊讶："你姐姐？"

时光定定地盯着她，不放过她脸上一丝一毫的表情："对，我姐姐，她叫莫非非。"

颜紫想了想，随意笑笑："不认识。"

时光冷漠一哼："不认识？不可能吧。"

颜紫讶然："这有什么不可能，不认识你姐姐很奇怪？"

"你们可是同一个学校同一届的，我姐姐的成绩高居年底第一名，她还是你们学校的风云人物，你居然不知道，还是你……"时光说着停顿了一下，冷笑着加了一句，"想装作不知道？"

颜紫定定地看着时光，半晌没动，但她脸上的笑意慢慢消失了，眼底是无边的寒意，之后是死一般的沉寂。

时光的话是暗示，也是明示，显然她已经把什么都查清楚了。

颜紫心想，就算杨思彤是个没脑子的人，也不至于沦落到现在这样。今天她算是见识了时光的厉害，外表看着乖巧，其实挺难对付的。难怪杨思彤会输得那么惨，不仅没有嫁入陆家，反而害得杨家破产，而时光却能轻轻松松地嫁给陆彦辰，还得到陆家人的喜欢，确实有点手段。

片刻后，颜紫惊疑不定地问道："那你姐姐现在在哪儿？"

时光嘴角上扬，嘲讽地笑了笑，审视着颜紫的目光越来越冷。她讥诮道："这是个好问题，我不知道我姐姐在哪儿，就如同我不知道你听到当年被你虐待的人是什么心思、想法一样。"

颜紫似笑非笑地看着她，说："看来，我今天是没办法找你出去逛街了，那我就先走了。"

她妖娆一笑，转身离去，留给时光一个美丽又潇洒的背影。

时光黑着脸，恨恨地瞪着她的背影，紧紧地攥着拳头。

颜紫没有承认，但是她可以确定，是她了，姐姐在噩梦里叫的"颜紫"就是她。

满腔的怒火让她差点儿咬碎一口白牙。

过了好一会儿，她才慢慢平静下来，可是眼里全是泪珠，一滴一滴砸在桌子上，早餐怎么都吃不下了。

沈灵双下楼，见她这样，吓了一跳："小小，你怎么了？"

看到她，时光直接哭出声了："妈……那个颜紫也是欺负我姐姐的人中的一个。"

什么？沈灵双自然知道时光姐姐的事，是从陆彦辰那儿知道的，但她以为只有杨思彤和苏雅，没想到居然还有颜紫。

她顿时震惊了，气得手臂上青筋暴突。

时光可是她的儿媳妇，欺负时光的姐姐，就是欺负陆家。

她心里的保护欲被唤起，根本不管陆父，直接让阿姨把苏丽萍和颜紫的东西收拾好，让她们直接滚蛋，给她们处理房子的事想都别想。

沈灵双的这一系列举动令苏丽萍惊讶不已，她当然不想离开，于是立刻给陆父打了电话。

虽然陆父也想让她们离开，可并不是如沈灵双这般直接把人赶走。

他看着沈灵双，脸色铁青地道："你搞什么，耍什么性子？"

沈灵双气愤地说："我没有耍性子，我是郑重决定的，绝对不能让她们住下来，因为她女儿就是当年欺负小小姐姐的人，让她们住在家里，你让小小天天看着仇人，还对她们笑脸相迎吗？"她难得强势一次，"不管你愿不愿意，这次的事情我来决定，她们必须走！"

时光觉得沈灵双好帅，好像妈妈。她觉得眼睛发涩，鼻子发酸，眼泪似乎又要流出来了。

陆父愣了愣，妻子的性格一直柔柔软软的，这还是第一次表现出强硬的姿态。

陆原又看了时光一眼，似乎跟她接触久了之后，柔顺甜美的妻子才会变得越来越有自己的个性，这是不好的迹象。

走走走，全部走！

苏家母女走了，她和老四也会搬走，都赶紧走，免得带坏他老婆。

但知道时光和陆彦辰要走，沈灵双万分不舍："多住几天吧？"

时光也想多住几天陪陪沈灵双，不过看到站在一边满身铁血肃杀之气的"老虎公公"，还是算了，任由陆彦辰把自己带回家。

回去的路上，陆彦辰问时光："你们是怎么把人赶走的？"

就他对父亲的了解，没有一个正当理由，他是绝对不会同意的，做什么事情，他愿不愿意不是最重要的，理所当然才是。

时光有点心虚，说："我就直接和妈妈说，颜紫是伤害我姐姐的人，我也没有想到妈妈突然发飙了，然后直接让人把她们的东西打包了。"

"倒是越来越像你，难怪……"父亲会打电话命令他回家，是怕时光把妈妈彻底带坏了。

他就不觉得他那"傻白甜"的母亲有什么好，遇上情敌了还得找儿媳妇帮忙。

"难怪什么？"时光问了一句。

陆彦辰没有回她，只是问她："你没上微博？"

"微博？"时光摇了摇头，随即心惊肉跳地道，"难道又发生什么不好的事情？"

陆彦辰淡淡地瞥了她一眼："你自己看。"

时光整颗心都悬了起来，赶紧拿出手机打开微博，待看到头条时，顿时惊出一身冷汗。

"怎么会这样？"她难以置信，随即去揪陆彦辰的手，激动地大叫，"啊，完蛋了完蛋了，现在怎么办？怎么办？"

正在开车的陆彦辰赶紧稳住方向盘，说道："你再扯，我们就可以永远地沉睡了，不用想怎么办了。"

快要疯掉的时光赶紧松开自己的手，苦着脸说："怎么办？我的小号被扒出来了。"

高手在民间，网友的眼睛都是非常雪亮的。

更何况最近她是非多，本来就有网友在顺着蛛丝马迹查她。

时光：傲娇公子的爱心晚餐。

配图是她画的陆彦辰做菜的背影和食物图。

就因为这条不小心发错的微博，有人把她的小号给找出来了。这还不是最可怕的，最可怕的是他们为了确定这就是她的小号，有条不紊、有凭有据地进行时间比对。

时光开微博后，"傲娇公子的小娇妻"这个号在停更两年后再次更新了。

两年后发的第一条微博是：腹黑的天蝎男，脑回路太奇特了！

五分钟后，时光用认证微博号发了一条：飞鱼杯，进入决赛了，开心。

两条微博的时间只差五分钟，显然是发了小号，再立刻切换到大号。

时光：今天收到省队录取通知书，开心。

傲娇公子的小娇妻：我的傲娇公子，冬天马上就要来了，你愿意继续给小雪糕暖床，把小雪糕化掉吗？爱你。

这两条微博发的时间也是相差几分钟，这次是发了大号再发小号。

还有前几天，这两个微博号也是一前一后发微博。

傲娇公子的小娇妻：传说中的醋王最近频繁上线！

时光：和我老公度蜜月。

两个微博号发的微博都不多，就有三条微博的发布时间撞在一起，要说没问题，实在让人难以相信。

如果说因为发布微博的时间相近而怀疑她们是同一个人，未免也太牵强了。可是"傲娇公子的小娇妻"和"时光"都发过一条差不多的微博，那就是卖葡萄，内容是不想亲戚家的葡萄烂掉，发微博的时间也差不多，更重要的还都是亲戚家。

是她们都是葡萄卖主的亲戚呢，还是她们就是同一个人呢？

"傲娇公子的小娇妻"这个博主一直称呼她男朋友是傲娇公子，而时光某天用大号发了一条微博"傲娇公子的爱心晚餐"。

这个傲娇公子是谁？和"傲娇公子的小娇妻"博主口中的傲娇公子是不是同一个人呢？

她配的速写图，也和"傲娇公子的小娇妻"的速写图是一种风格，怎么看都像是同一个人画的。

陆公子被人拍到在××品牌店买礼物后,"傲娇公子的小娇妻"发微博说她收到了神秘礼物,晒的图就是陆公子在××品牌店买的大衣。

最后一点,也是最重要的一点。"傲娇公子的小娇妻"微博停更两年后发的第一条微博是吐槽"腹黑的天蝎男,脑回路太奇特了",而陆公子就是天蝎座。

因此可以百分百肯定,"傲娇公子的小娇妻"的博主就是时光,而傲娇公子就是陆公子!

时光翻着网友找出来的铁证,急得小心肝一颤一颤的。

她欲哭无泪,嘀咕着:"完了完了,网友已经确定是我了,怎么办怎么办,陆彦辰你倒是给个主意啊!"

她心慌意乱,六神无主。

"删了删了,把小号的微博都删了……"她抖着手切换到小号。

在她即将点击删除的时候,陆彦辰伸手拿过她的手机,道:"你删了有什么用,我可以肯定你的每条微博都被截图了。"

时光心尖一颤,这下更急了:"呜呜呜,那怎么办?完蛋了,这下真的完蛋了!"

前面红灯,陆彦辰停稳车后,挑眉看着她,嘴角微微勾起一丝笑:"有什么完蛋的……你的小号有什么见不得人的东西?"

时光摇头:"没有,就是秀恩爱罢了。"

"那你怕什么?"

陆彦辰的语气波澜不惊。

时光愣了一下,眨巴了两下眼睛,一颗悬着的心突然就平静了下来:"对呀,我怕什么呀,我的小号也没有发什么见不得人的东西,就算被找出来也没有关系,反正我们的关系已经曝光了。"傻笑了一会儿后,她突然清咳一声,"那个,你不生气吗?我可是在小号里骂了你。"

"这笔账我以后再跟你算。"他冷漠地说着,可眼底的笑意却是掩饰不住的。

"好怕怕……"时光露出一个惊恐的表情,表演很浮夸,脑子灵光一闪,她心里突然有了个猜测,当即脱口而出,"不会是你故意让人引导网友猜出来的吧？"

"有时候，你的智商还是在线的。"

这是夸她吗？

时光冷冷地睨他一眼："那我要不要发两条微博回应一下？"

"不需要，看戏就好了！"

这话似乎在说后面还有招，来自陆彦辰的反击才刚刚开始。

时光很好奇，陆彦辰下的是一盘什么棋？

"那个，我不删微博了，我就看看！"时光从陆彦辰那儿把手机拿回来，不过一会儿工夫，网上又掀起了新一轮的风暴。

他们不仅把时光的微博小号扒出来了,还把陆彦辰的微博号也猜出来了。

时光小号的简介上面写着：我是他的小雪糕，洪荒了千年的寂寞，因他微微一笑，而融化在他心间。

她还发过一条微博：你愿意继续给小雪糕暖床，把小雪糕化掉吗？

可见时光以前的昵称是"雪糕"。

在时光的评论区，有一个"只想吃雪糕"的微博账号。

在时光发微博"好想将这个臭男人干掉"时，"只想吃雪糕"发了一个"擦汗"的表情。

在网上曝出"泳坛王子和泳坛女神秘密幽会"的新闻时，那条微博下面，"只想吃雪糕"评论"眼瞎"。

语气那么酸，显然这个"只想吃雪糕"就是陆公子，于是"只想吃雪糕"这个账号急速涨粉。

在扒完"傲娇公子的小娇妻"这个账号的所有微博之后，有人怀疑"傲娇公子的小娇妻"是不是真是时光。

因为之前爆料，未婚妻救了陆公子的命，于是两人订婚，青梅竹马一起长大，感情原本很好，今年谈婚论嫁时，才半路杀出来一个"第三者"。而根据"傲娇公子的小娇妻"这个账号内容来看，这个博主和傲娇公子很早就认识了，后来才恋爱结婚。

这跟前面的爆料对不上。

要么"傲娇公子的小娇妻"的微博号不是时光的，要么就是之前的爆料是假的。可是前者证据越扒越多，几乎可以确定，"傲娇公子的小娇妻"就是时光。

那么也就是说爆料是假的,陆公子并不是在和未婚妻谈婚论嫁后才认识时光的。

五年前,"傲娇公子的小娇妻"发了第一条微博。

两年前,"傲娇公子的小娇妻"发了一条"他走了"的微博,配图是一男一女分别向左走、向右走。

这不排除他们那时可能已经分手了,然后陆公子和未婚妻在一起,今年两人重遇又复合,不过这种可能性不大。

因为两年前陆公子去当兵了,根本没有时间和未婚妻谈恋爱。

最大的可能是两年前陆公子和时光并没有分手,而是陆公子去当兵了,他们依旧在一起,只是都去为梦想而奋斗了,所以才没有更新微博。

不然的话,两年后时光发第一条微博就不会是吐槽了,与其说是吐槽,不如说是另类秀恩爱。毕竟极端偏执、闷骚别扭、高冷孤傲又工于心计的天蝎座是闷骚、善妒、占有欲极强的男人。

当然也有可能是当年家里人知道他们恋爱,反对他们在一起,他们转为地下恋,直到各自有了成绩,才又公布恋情。

可以肯定的是,陆公子和小娇妻是真爱。

时光看得一愣一愣的,问陆彦辰:"这都是你让人发的?"

陆彦辰说:"除了引导网友发现小号是你的,后续的发展走向,网友的分析帖,都和我没有任何关系。"

时光震惊了,网友简直是神一般的存在,几乎还原了事情的经过。

时光有点儿哭笑不得。

她小号的粉丝噌噌地往上涨,几乎快赶上大号了。

评论区清一色好评——

"不行啊,不行啊,甜到掉牙了。"

"你们这是要虐尽天下单身人士,甜得太致命了。"

"希望你们能一直在一起,爱你爱你,要幸福哟。"

就在大家猜测到底哪边是真哪边是假时,又有营销号爆料:据圈内人士爆料,最近结婚的某公子早就和未婚妻退婚了。他交女朋友,未婚妻也交了男朋友,但还是一直以未婚妻的身份自居,并且利用救命之恩,对陆家予取予求。

　　配图是杨思彤在国外生活的一组照片，照片上，她和一个男孩一起逛街、吃饭、看电影，甚至还一起去酒店过夜，还有她身穿大尺度泳衣的照片，在国外玩得特别开。

　　这两天借着时光和陆彦辰的事，网友都认定杨思彤是最可怜的，她博得了很多人的同情。于是杨思彤借着无辜的"白莲"形象，开始刷人设，吸了一大批粉丝。

　　当时光的小号一曝光，她的人设就崩塌了！

　　不是说青梅竹马吗？原来陆公子早就有女朋友了。

　　不是说今年谈婚论嫁？原来陆公子早就已经跟杨家退婚了。

　　不是说痴情的未婚妻？怎么一下子变得这么浪荡？

　　网友们觉得都是套路，然后又明白过来，原来这才是真正的心机女。

　　杨思彤觉得自己很无辜，国外本来就很开放，只是泳衣尺度大了一点而已。

　　之前她获得了多少同情、多少支持，现在就受到多少鄙视和辱骂，甚至翻倍。

　　不仅网友骂了，各大营销号微博也纷纷开启嘲讽模式，甚至开始全网查找有关杨家的消息，一时之间，关于杨家的负面新闻满天飞。

　　杨驰风见事情闹得这么大，赶紧花钱删除相关信息，微博也屏蔽了他名字的关键字。

　　即使如此，因为杨思彤，网上讨论他的人依旧很多。

　　杨思彤也就算了，杨氏也损失严重。

第三章

疯狂的杨思彤

在时光与陆彦辰决定结婚后,沈灵双就给时光定制了婚纱,婚纱制作好之后,需要新娘试穿,看看需不需要修改。

因为莫非非的事,沈灵双也不好开这个口,便让陆彦辰去问一下。

外婆并不知道莫非非失踪一事,时光不想外婆担忧,就没有推迟婚礼,希望在这期间能够找回姐姐,那婚纱自然是要试的。

试婚纱那天,莫槿与李芳菲也去了,时光的婚纱放在二楼,她去了二楼试衣室,陆彦辰在一楼试西装,而其他人都在一楼等着。

试婚纱前,销售员出去拿配套的鞋子,让时光在试衣室稍等一下。

不一会儿,试衣室的门又被人打开了,时光还以为是销售员回来了,可是一抬眸,就在镜子里看到一张神情扭曲、满是怨恨的脸……

婚纱店里,近百平方米的大厅里,一整厅都是纯洁如雪的白色婚纱,那圣洁的雪白刺激着人的眼球，让人对唯美婚姻心生向往。

李芳菲在白色婚纱的海洋里漫步，满心渴望地表示："好美呀，我也好想拥有一套。"

莫槿在旁边打趣她："那你快点找个男朋友。"

沈灵双表示赞同："对，你赶紧找个男朋友，阿姨送你一套婚纱。"

几人聊着天，陆彦辰换了衣服出来。

他一身剪裁得休的白色西装，背着光走了出来，步伐缓慢，冷漠的神情里满是高雅，眉宇之间闪着淡淡的光华，那一抹英挺不凡的身影落在厅中时，俊美得像是优雅的王子。

在他出现的那一瞬间，所有人的目光都移到他身上，眼里都迸出惊艳的亮光来。

李芳菲还花痴地说了一句："好帅啊！"

旁边的沈灵双立刻轻咳两声："咳，矜持点，别人的男人，懂不懂。"

看沈灵双的表情，好像在怀疑她起坏心思，要挖时光墙脚一样，李芳菲哭笑不得："伯母，你就放心吧，我就纯粹欣赏美男而已，没有想法啦。"

沈灵双笑着看了她一眼，走到陆彦辰面前一顿夸赞，陆彦辰却心不在焉，因为时光一直没下来。

"穿婚纱比较麻烦，再等一下。"沈灵双说。

"对，穿婚纱花费的时间是男人穿西服的十倍。"李芳菲说。

"我上去瞧瞧，看一下有什么需要帮忙的。"莫槿说着，结果却看到销售员下楼了。

原本以为是时光换好了，结果那销售员说："你们看到时小姐了吗？她不知道去哪儿了，我等了半天，她也没有回来，你们要不要给她打个电话？"

"不见了？"

"上楼了就没有下来呀？"

"她带了手机，我给她打个电话。"

陆彦辰皱眉，下颌紧绷成一道分明的弧线。

时光是个非常有时间观念的人，不可能一去不复返，就算有事，也会打招呼。他的心脏刹那间缩成一团，心里升起不好的预感。

眼里滑过一抹阴沉，陆彦辰迈步朝着二楼快速而去……

三楼的杂物间里,时光瞥了一眼离自己只有几厘米的刀尖,再看了看拿刀的杨思彤,杨思彤的神色疯狂,也很可怕,宛若来自地狱的厉鬼。

刚才在试衣间,杨思彤二话不说拿着刀就直接对着她,那疯狂的样子,好像随时要跟她同归于尽。

匕首离自己太近,她为了稳住杨思彤,只好听话地跟着杨思彤来到三楼的杂物间。

看到杨思彤把杂物间的门锁起来,时光提醒道:"杨思彤,你这是绑架,要坐牢的。"

"我就是要绑架你!"杨思彤突然扭头,冷漠地瞪着她,"也让你尝尝被绑架的滋味。"

她说着,手里的匕首向前一戳,刺到时光面前:"都是因为你,陆彦辰才这样对我的,全都是因为你,你想我死!"

时光强迫自己镇定,安抚她的情绪:"我没想你死。"

"不要狡辩,你们故意在网上曝光那样的新闻,故意想逼我死!"杨思彤暴怒到眼睛都猩红了,伸手狠狠推前面的箱子。

箱子砸在地上,时光吓了一跳。

什么意思?时光不解,难道网上的那些爆料和杨思彤没有任何关系?

杨思彤胡乱挥舞着手里的匕首:"我是真没看出来你到底哪里好,为什么陆彦辰就非你不可,明明两年前你们已经分开了,明明你已经不要他了,他为什么还要抛弃我去找你!"

看着离自己很近很近的刀尖,时光往后退了两步,可是已经退无可退了。

她贴着墙,小心谨慎地回道:"这个,我怎么会知道,你得问陆彦辰,要不我们把他叫来问问,也许他对你有什么误会。"

"你当我傻呀!"杨思彤的匕首一歪,放在时光的脖子处,她狠厉地吼道,"把陆彦辰叫来了,你还会乖乖听话吗?"

时光相信,不管谁被人用刀贴着脖子,都会被吓得大气也不敢喘一下。她僵硬着身体,轻声道:"我相信你今天来找我,不是想杀我的,不然不会和我说这么多话,我相信你只是想和我把话说清楚,对吗?那么你先把匕首放下来,我答应你不跑,和你好好地聊一下。"

"你怕!"杨思彤笑着,用那冰冷的刀片在时光脖子上划了一下,"我感觉到你的心在发颤，你是不是特别害怕我的刀会狠狠一划？"

说完她冷笑着用刀片往时光的脖子上一压。

时光觉得她真的疯了，精神出问题了，真的太可怕了。

"虽然我们之间有过节，有过很多的不愉快，但是我从来没有想过让你死，我相信你也是一样。"时光尽量让自己的声音听起来平稳些。

杨思彤哈哈大笑起来："你知道你现在有多难看吗？"

除了第一次见面，每次看到她时，时光都特别嚣张，现在终于知道怕了，幸亏她提前来到婚纱店藏起来。

"杨思彤，我相信你是聪明人，不会真的想杀了我，陆彦辰就在外面，我那么久没出去，他肯定会来找我的。你要真杀了我，你也逃不了，你的命可是很值钱的，你何必为了我而拼命呢？"时光语气柔和，"这样，你先把刀放开一点点，我们好好说话可以吗？"她降低了条件，顿了一下，又补充道，"我也答应你，我会和你好好商量，把我们之间的恩怨化解了，你今天所做的事情，我也绝对不会计较，也不会让陆彦辰为难你的。"

杨思彤的眼神里闪过一丝犹豫。

显然，她被时光说动了，刀尖慢慢地离开了时光的脖子。

时光赶紧再接再厉，继续说道："我知道我姐姐不是你绑架的，也知道在网上攻击我的人不是你。你发微博也不过是想告诉大家你真的过得很好，我相信你是无辜的，我不会为难你，等会儿还可以发条微博告诉大家，其实你是一个好女孩。所以你也不要做傻事，不然你妈妈和你哥哥会担心你的！"

听到时光提起她哥哥和妈妈，杨思彤想到他们因为公司的事而对自己的责怪，阴森的眼睛里瞬间又升起了掩饰不住的疯狂。她气得浑身发抖，眼眶微红："他们才不会担心我，你们都巴不得我死，你肯定也不会放过我，你们都想我死！"

那匕首又贴住时光的脖子了。

时光不知道自己又踩了她心中哪颗雷，怎么突然之间又发疯了呢？

是因为最后一句？可是她妈妈和哥哥对她很好啊，难道是吵架了？

不行，不能干等下去，杨思彤显然是精神出问题了。

"不不不！"她赶紧否定，"杨思彤，虽然你欺负了我姐姐，害得我姐姐成了植物人，我恨你、讨厌你，可是我真的没有想过让你死！"

"害得你姐姐成了植物人？"杨思彤轻笑一声，"害你姐姐的不是我，是你……时光，是你害得你姐姐成了植物人，你凭什么怪我？你不仅害了你姐姐，还害死了你爸妈……"说着，杨思彤突然癫狂地笑了起来。

她笑的时候动作有点儿大，手下意识地往外扩，于是那匕首离开了时光的脖子。时光抓住这个机会，眼疾手快地握住她拿着匕首的手，再狠狠踢了一下她的脚。

杨思彤吃痛，重心不稳，手上的匕首掉到了地上。

时光把杨思彤死死地压在旁边的墙壁上，然后大喊："来人啊，救命呀！来人呀，救命呀！"

"你骗我！你居然又骗我！"杨思彤仿佛受到了极大的刺激，怒气化成力气狠狠地推了时光一把。

时光被她推得连连后退，撞在旁边的墙上。

见杨思彤把又匕首捡了起来，她瞳孔猛地一缩，立刻就往门的方向跑，杨思彤拿着匕首追了上去。

开门是需要时间的，小小的停顿就足够杨思彤追上时光，时光只能停止开门的动作，往旁边闪去。

千钧一发之际，房门被人一脚踢开，然后一个挺拔的身影奔了进来，看到拿着匕首的杨思彤，来人直接抬腿，一脚狠狠踹了过去。

陆彦辰可是当过兵的人，他一这脚真的重。

杨思彤直接狗吃屎似的趴在地上，痛得全身半晌都没有知觉。

她的匕首也被甩在地上，时光赶紧过去，把匕首踢到外面，不让杨思彤再够到。

店里的员工带着保安上来了，把杨思彤制住，并且报了警。

沈灵双和莫槿她们也跟来了，两人满脸惊愕，后怕不已："天啊，这是怎么回事？"然后，两人跑向时光，"小小，你没事吧？"

刚刚受惊的时光摇了摇头："我没事。"

陆彦辰冷冷地瞥了杨思彤一眼，伸手将时光抱在怀里，脸贴近她的耳侧，声音轻柔温和："别怕。"

他怕时光被吓坏了，其实是他自己刚才被吓坏了，那匕首离她那么近，如果他晚来一步，后果不堪设想。

沈灵双、李芳菲和莫槿看到时光没事，都如释重负般舒了一口气。

在保安的压制下，杨思彤发疯一般挣扎着。

看到抱在一起的时光和陆彦辰，她心中的妒火熊熊燃烧着，抓狂一般大吼道："我真是后悔！后悔我刚才没有直接杀了你，还和你说那么多废话，我早就应该杀了你，我早就应该杀了你！"

众人惊愕地看着她，全都被吓到了，这个女人是疯了吗？

陆彦辰的双眼如利刃一般扫视她："你是不是不想活了！"

"我就是不想活了！"杨思彤凶狠地朝陆彦辰狂吼，"我爱了你那么多年，从第一次见到你就爱上你了，为什么你要那么残忍地对我！"她喊着喊着，声音里带了些苍凉，"我还救过你，可是你为了她，竟然想让我们家破产。为了她，你是不是什么事都做得出来？"

"对！"陆彦辰回答得没有一丝犹豫。

沈灵双有点儿吓到了，心情特别复杂，虽然杨思彤做得很过分，可是她毕竟救过彦辰，这样做会不会太过分了？

可是她刚才居然想杀人。

天啊，她太可怕！

泪水淌了满脸，杨思彤面容狰狞地看着面前冷酷绝情的男人，心痛得快要不能呼吸了。

她再看向沈灵双，沈灵双的眼睛里全是愤怒，没有一丝怜惜，她撕心裂肺般，突然发出两声绝望的笑。

看来所谓的救命恩情完全没用了，看来这次他们绝对不会再放过她了！

他们要让她死，那她也不让他们好过！

杨思彤的眼神瞬间变了，她看向时光的目光突然之间变得很诡异，她弯了弯嘴角，像是讽刺，又像是揣度："时光，你是不是一直很好奇，当年我为什么要那样对待你姐姐？你是不是以为我嫉妒她？我现在告诉你，不是，我一点儿也不嫉妒你姐姐。相反，我还很可怜她，从天才少女变成植物人。可是这不能怪我，要怪就怪你，都是因为你，全都是因为你！"

时光紧紧地皱着眉。

杨思彤刚刚也这么说，这是什么意思？时光怒道："你在胡说八道什么？"

杨思彤嘴角绽开一抹放肆的冷笑："八年前，你在护城河旁的体育馆有一场游泳比赛，当时是不是因为救一个落水的人而差点错过了比赛？"

众人都不明所以，好端端的她提什么当年？

陆彦辰和沈灵双却惊愕地瞪大了眼睛。

八年前，杨思彤就是在护城河救起了落水的陆彦辰，难道当年那人不是杨思彤，而是时光？

时光突然感觉自己的心脏被什么揪住了，她有点儿不安，冷冷地道："杨思彤，你到底想说什么？"

杨思彤那双看着时光的眼睛阴森而狠毒，像是怨毒的蛇，她说："当年你要参加比赛，你救了那人之后就把他交给了你姐姐。可是你姐姐又把人交给了我，我把那落水的人送去了医院，那人的家人特别感谢我，把我当成了救命恩人。"说着，她突然哈哈大笑了起来。

这种笑，不像是刚才癫狂的笑，而是一种掩饰不住的发泄，好像多年来压在心里的苦楚、不安，终于在这一刻全部释放出来。

沈灵双一脸不可置信，震惊地看着时光。她又惊又喜，冲着时光笑了笑："原来当年是你……"

陆彦辰的脸上却只有惊没有喜，脸色甚至有些苍白。他目光阴冷，戾气沉沉，瞪着杨思彤，吼了一句："闭嘴！"

众人惊愕。

不知道他这话，到底是对谁说的。

杨思彤有一瞬间被他狠戾的语气震得愣了神，可就是这一瞬间的愣神，让她心中涌起更大的愤慨，胸腔内翻江倒海的怨恨从头到脚袭遍了全身。

"你怕什么呀？找到了真正的救命救人，你不是应该高兴吗？为什么不让我说？害怕让她知道，都是因为你，她才会家破……"

"我让你闭嘴！"陆彦辰一反常态，突然大吼出声，目光如刀般往她身上剜，对她恨之入骨。

陆彦辰给了她警告之后，转过身，想拉着时光离开。

时光却甩开了他的手，走到杨思彤面前，问："你刚才的话到底是什么意思？"

杨思彤害怕地看了看陆彦辰。

时光扭头看了一眼陆彦辰："你让她说完！"然后她看向杨思彤，"你说，我当年救的人是谁?和我姐姐又有什么关系?"

杨思彤喘了两口气,冷笑了一声:"你当年救的人就是陆彦辰!"

时光缓缓瞪大了眼睛,满眼震惊。

"当年你姐姐把他交给了我,我顶替了你,成为陆彦辰的救命恩人,还成了陆彦辰的未婚妻。我是后来才知道真正救人的是你,起初我以为是你姐姐,而你姐姐偏偏跟我一个学校。如果陆彦辰见到你姐姐,那么陆家就会知道我是假的,所以我必须让你姐姐从学校彻底消失,所以你的姐姐是你害的!如果你没有救陆彦辰,我就不会成为陆彦辰的未婚妻,那么你姐姐也不会成为植物人,你爸妈也不会遭遇车祸。是你,是你害死了他们!"

杨思彤说着说着,兀自笑了起来,在昏暗的光线下宛若鬼魅。

她恶狠狠地咬咬牙,悲恸地大喊道:"时光,因为你救了陆彦辰,你的爸妈没有了,你的姐姐成了植物人,现在还失踪了,下落不明,而你现在每天跟这个男人恩恩爱爱,还跟他结婚,你就不怕你爸妈变成厉鬼来找你吗?"

时光身体僵硬,眼神有点儿涣散。

她突然感觉整个人如坠冰窟,又仿佛置身火海,脑子里一阵热意来袭,身体却是一阵阵发寒。

她心头绞痛,死死地揪着胸口,可是脑子里又浮现出许多久远的画面。

姐姐对着她甜甜地笑;爸爸妈妈那天离开家前,笑着对她说"小小,你要照顾好姐姐,爸爸妈妈很快就会回来"。

时光又悲又痛,几度咬牙,想说什么,可是都在喉中哽住,嘴唇剧烈颤抖。

过了好半晌,她也没有说出话来。

突然,她痛苦地哼了一声,闭上眼睛陷入昏厥,世界一片黑暗。

安静的陆宅,医生给时光做了简单的检查,轻轻地关上门,取下口罩,看着关心的众人说:"人已经没事了,是长期失眠引起的血压不稳定,周围血管收缩扩展障碍,再加上情绪起伏太大,身心都承受不了过大的刺激,所以才会昏倒。"

沈灵双舒了一口气:"没事就好。"

尖锐的酸涩涌上鼻端,莫槿垂着眼眸轻声道:"非非姐不见了,她这段时间能睡好才怪。"

"刚才那个杨思彤像疯了一样,她肯定被吓坏了,才刚刚缓过来,结果杨思彤又说了那样一堆话……"李芳菲现在想想当时的情况都有些后怕。

在一片令人窒息的氛围里,陆彦辰眯起深邃的冷眸,迈步想要进屋。

莫槿突然迈步,挡在他面前:"我觉得……你现在最好还是不要进去。"

她眼眶很红,莫名想哭。听到杨思彤那些话,她都觉得难受,更不要说时光了。她吸了吸鼻子,笑了笑说:"我相信你现在也很难受,你不要觉得时光会怪你,她不是那种会迁怒别人的人。她不会怪你的,但是这件事情的真相对她而言真的太残忍了,所以我希望……你能让她静静!"

莫槿突然有点后悔了,不要说对时光有多残忍,她都觉得难以接受。

救了陆彦辰没有错,可是她会意难平!

她突然后悔极了,如果当初不告诉时光当年两人分手的真相,或许就不会知道今天这一切,时光也就不会那么难受了。

李芳菲也心如刀绞,眼睛泛红。

这件事情对时光来说真的太残忍了。

她只不过是好心救了一个人,没想到惹祸上身。如果是为了这个救的人好而做出什么牺牲,似乎也没有什么,问题在于,杨思彤为了隐瞒是她救人这个秘密,才让家里人发生了那样的意外。

她可以不去怪那个她救的人,但是对于她自己呢?该是怎样一种伤痛?

沈灵双何尝不明白这其中的利害轻重,当她知道救陆彦辰的人是时光时,她惊喜极了,也开心极了。可谁又能知道,其中还发生了那么多的事。她难受地道:"都怪杨思彤,以前只是觉得她人品不太好,没想到她居然是一条毒蛇。"

"我们也知道,这都是杨思彤的错,所以我才说时光不会怪陆彦辰,但是……时光的性格,没有人比我更了解,这些年她一直怨恨杨思彤……无缘无故为什么要伤害她的姐姐,今天却知道是因为她,姐姐才会……这个时候,你让她如何受得了?"

莫槿微微哽咽,说不下去了。

陆彦辰转身,闭了闭眼睛,里面满是寒冽的泪光:"我从来没有觉得她会怪我。"

他是害怕她会接受不了,诚如莫槿所言,事情的真相对她而言太残忍了。

很久以前，他就觉得救他的人跟杨思彤总有些不太像，不是他记忆中的感觉。

他也不是没有想过，或许那天救他的人根本不是杨思彤，可是护城河那个地方无法查到当时发生的一切，而且把他送到医院的确实是杨思彤。

当杨思彤询问时光八年前是否在护城河旁救过一个落水的人时，那一瞬间他是惊喜的、高兴的。原来八年前救他的真的不是杨思彤，而是时光，居然是她！可是下一瞬间，他就明白了，杨思彤之所以把这件事公布出来，绝对是有目的。

他突然想到那一年去杨思彤的学校时，在校园后面看到她和苏雅，还有一个趴在地上的女孩。

苏雅先走了，而杨思彤在离开的时候狠狠踢了那个女孩一脚，冷冷地笑了一声。

那个时候，他不知道那个女孩就是时光的姐姐莫非非，更不明白他警告了杨思彤之后，杨思彤为什么还要变本加厉地欺负莫非非。她想嫁给他，难道不应该在他面前稍微掩饰一下自己吗？

直到今日，他才明白当年杨思彤为何会对莫非非施暴，又为何在他警告她之后，不但没有收敛，反而变本加厉，甚至直接痛下杀手！

那一瞬间他慌了，他希望真相永远不要出现。

时光以前说杨思彤不杀伯仁，伯仁却因她而死，他害怕这样的说法用在他身上更贴切。

他也是第一次觉得，心底最深处冷成冰山。

他想阻止，可是杨思彤已经说到那个份上了，他再阻止也没用。

不知道等时光醒来，她会如何责怪自己。不过他可以肯定时光不会怪他，但是发生了这么多事，现在她姐姐又下落不明，他想，换成任何人，都不可能毫无芥蒂地当作什么也没有发生过。

家里的阿姨上了楼，对着沈灵双说："大姐，家里来客人了，是杨小姐的妈妈和哥哥。"

沈灵双愤怒地一哼："他们居然还好意思来！"

杨思彤被抓了，人证、物证俱在，等待她的将是锒铛入狱，余生都在牢里度过。

杨夫人嘴里恶狠狠地骂女儿是个蠢货,却还想努力救女儿一次。

他们只能找到陆家,用最后一丝情谊来换杨思彤的性命。然而,他们等了半天,也没见陆家的人接待他们。杨夫人想,如果想救女儿,看来是要用点手段了。

她看了同样焦急的儿子一眼,眼里满是歉意和愧疚。

杨驰风还没有反应过来,就看到杨夫人走到院子里,大喊了起来:"还有没有天理呀,你们陆家也太过分了,我们家思彤可是救了你们儿子,就算她做了错事,你们让我们杨家破产也就罢了,现在居然还把我女儿送到牢里,你们叫我们思彤以后怎么办?她当年真的是救了一条毒蛇啊!"

"妈?"杨驰风惊愕至极,他在自己妈妈的眼里看到了决绝。

这会儿陆父刚好回来,身边跟着陆彦辰的大哥陆言执。他迈着铿锵有力的步伐走了进来,稳如泰山,带着铁血的气势。

杨夫人看着他们凄惨地道:"我们思彤是不懂事,可是看在她救了陆彦辰一命的分上,你就放过她吧,我保证她以后再也不敢了!"

"你够了,不要再想着用救命之恩予取予求了!"沈灵双的声音响起,她和陆彦辰、莫槿他们走了出来,她胸口剧烈起伏,恨得咬牙切齿,"老话说物以类聚真是一点也没错,有你这阴险狡诈的妈,才会生出一个那么歹毒的女儿。你现在居然还好意思在我们家说什么救命之恩,想让我们放过杨思彤。我告诉你,不可能!你们骗我们陆家那么多年不算,时光姐姐的事情不算,就她今天想杀了时光这一件事就不行!"

陆彦辰阴鸷地盯着杨夫人和杨驰风,凶狠地道:"我现在很肯定地告诉你们,我不仅不会放了杨思彤,还会不遗余力地打压杨家!"

还不知道真相的陆家父子立刻询问沈灵双:"这是怎么回事?"

"当年救彦辰的根本不是杨思彤,而是时光⋯⋯"接下来,沈灵双便把整件事情和盘托出。

杨夫人整个人有点蒙,仿佛被数道雷电击中。她怎么也没有想到,杨思彤没给自己留后路,居然向陆家交了底。

"虽然不是思彤下水救的彦辰,可是她把彦辰送到医院了,您也不能这么绝情呀!"杨夫人眼底闪过一丝不甘,气急败坏地说,她又突然跪了下来,"我求求您了,思彤没有爸爸,这么多年来,她一直拿您当亲生父亲对待,有什么好的都会想着您,您就放过她这一回吧。"

陆彦辰吐出三个字:"不可能!"

他不给陆父说话的机会,冷冷地看着杨夫人,杨夫人被他此刻流露出来的愤怒震住了。

"放心,她暂时死不了,她将会受到法律的制裁!"

杨夫人闭了闭眼,身体摇晃着,差点儿晕厥。

杨驰风惊愕道:"陆彦辰,你不要太过分了!"

陆彦辰冷笑着,说:"过分?有她对莫非非过分吗?整个事情里,被残忍对待的可不是杨思彤……"

而是他的时光!

那个永远笑容灿烂、坚强乐观的女孩,在听到杨思彤所说的那一切时,是怎样的绝望和哀痛才会直接晕过去?谁又能感同身受?

院子里吵成这样,时光怎么可能不醒,她迷迷糊糊地盯着天花板看了一会儿,然后坐起身。

她下楼的时候,刚好看到杨夫人向陆父下跪求情那一幕。她也看到了陆彦辰独自立在中间,如同站在战场,带着为她讨伐的强大气势。

眼神越来越蒙眬,时光转身从后门走了出去。

走到十字路口,她茫然地站了片刻,然后坐上一辆出租车。车子停在郊区一座山下,时光下车后在路边的小店里买了一些香和纸钱,便沿着郁郁葱葱的林间小道上山。

一路经过许多墓碑,突然,时光定住步子,愣愣地站了许久,才鼓起勇气右转来到一座墓前,那里埋着时光的爸爸妈妈。

她跪了下来,将刚刚在山下买的香和纸钱烧了。

她一直跪着,也不怕腿酸,跪到麻木。她低垂着头,双手放在腿上,目光涣散地看着墓碑上爸爸妈妈的照片,一动也不动。

许久之后,她发出一声低低的叹息,弯下腰将脸埋进两手之间,肩膀轻轻颤动了几下,然后微弱的抽泣声传了出来……

她不是一个爱沉迷在过去伤痛中的人,这些年她早就学会了自我调节。可是今天知道的一切对她来说太过沉重,或许这世上没几个人能懂得她这种复杂心境……

八年前在护城河旁体育馆举办的那场比赛，是她第一次参加全国性的比赛，姐姐看出来她有些紧张，就带着她出去走走，开解她、安慰她。可她还是有些紧张，有些不安。

回去的时候，姐姐看到河里有什么东西扑通扑通地响着。

姐姐不会游泳，护城河的水又脏又浑，光听这个声音，她以为是有什么动物在里面。

为了缓和她的紧张情绪，姐姐还笑着说里面是不是有怪物之类的。

她看向姐姐手指的方向，看着河里冒出来的气泡以及越来越微弱的水花，就她多年游泳的经验来说，下面应该是一个溺水的人。

她当时根本没有想那么多，直接跳了下去。

初冬，护城河的水已冷得刺骨，她的举动把姐姐给吓到了，拼命地在岸上喊她，生怕她出事。

脏兮兮的水里，一点光线都没有。她在冰凉的水中游了好一会儿，才捞到落水的人，又用了好大的力气才把人从水里给拖了出来，然后给他做急救处理。

那会儿也幸亏是遇到了她，不然陆彦辰的小命可能就真的没有了。

感觉他一口气吊了上来，她就把他交给了姐姐，然后自己先走了，因为比赛马上就要开始了，她必须赶快回去。

比赛后她问姐姐，那个落水的人怎么样了。

姐姐说他的朋友来了，她把人交给了他的朋友照顾，于是救人事件就这么过去了，她也没有再想起。

对于一个游泳运动员而言，救起一个溺水的人是一件再平常不过，也根本不需要跟人刻意提起的事。

不过她当时挺高兴的，因为救人之后，她不再紧张了，比赛发挥得很好，拿了第一名，那是她拿的第一个全国冠军。

那会儿她还和姐姐说，好人有好报，冠军是她好心救人的礼物。可是谁又会知道，这一切只是开始……

不久之后，笑靥如花、自信开朗的姐姐突然变得内向起来，整天说不上一句话，成绩一落千丈，晚上还经常做噩梦，好像受了伤的蜗牛，只想躲在自己的世界里，再也不出来。

她逗姐姐开心，姐姐最多也就是扬扬嘴角，她心里好像藏着许多事，可就是不告诉她。

某一天，她偷听到爸爸妈妈的谈话，才知道姐姐在学校里遭受的一切。

那天她还听到妈妈对爸爸说："实在不行就转学。"

第二天他们出门前，吩咐她要好好照顾姐姐，说他们很快就会回家，可是他们没有回来。她接到了小姨的电话，匆匆忙忙地赶到了医院，看到他们冰冷无息地躺在病床上。

再回来的时候，她又看到姐姐从楼上跳了下来。

她当时呆呆地站着，大脑仿佛被什么击中，一片空白，她以为自己在做噩梦，梦醒了，她又能看到爸爸妈妈和姐姐站在她面前对着她笑……

可是她却又不得不接受，那不是噩梦，而是现实。

真实而残酷的现实！

人们总说，时光在不经意间带走了属于我们的美好，而时光不曾让你知道的才是最无情与残忍的。

"爸爸妈妈，对不起……"时光掩面痛哭了许久，像个迷路的孩子，直到太阳渐渐西斜，她才站了起来。

她揉了揉发麻的腿，又在爸妈的墓碑前坐了一会儿才转身慢慢地下山，又在路上走了一会儿才打到车。

她没有回家，而是去了车站。

当她坐上前往小县城的汽车时，远处一个一直跟着她的男人拿出手机拨打了一个电话："彦辰，你媳妇从山上下来，打出租车去了车站，坐上了前往小县城的汽车。"

"她吃东西了吗？"

"没有。"

"没钱？"

"她带了手机，我看到她付车费、买车票的时候都是用手机付款。"

哦，没钱怎么打出租车，他算是明白了，原来聪明的男人谈起恋爱来也是会变傻的。

"人怎么样？"

"不太好，在墓碑前哭了很久很久，你看我要不要跟上去？"

"跟，远远看着她就好了。"

"好的！"

那人买了一张车票，然后上了时光所在的那辆汽车，不一会儿车子就发动了。

时光站在小姨家门口，抬手揉了一下自己的脸蛋，又狠狠地咬了一下唇瓣，让脸上有点颜色，整个人看起来精神一些，而不会显得萎靡。

小姨来开门的时候有些惊讶："时光，你怎么回来了？"

时光打起精神，笑了笑："我想外婆了，回来看看外婆。"

外婆听到她说回来看她可开心了，拉着她坐下，询问她今天婚纱试得怎么样，她岔开了话题，外婆也没有再问，然后说着说着就说到了小表弟。

小姨也坐下了，三人说说笑笑，时光感觉自己的心情稍微好了一些。

也不知道是因为心情变好了，还是因为饿了，她晚上吃得居然比平时多，看来她还真是不适合悲伤。

吃过饭，时光坐在她和表姐共用的房间里，翻看她和爸爸妈妈、还有姐姐一起拍的照片。

以前不知道看过多少遍了，每次都是幸福的感觉。

这是她第一次觉得心酸，想哭。

她眨了眨红着的眼睛，抬头望着天花板，这时门被敲了两下，接着外婆走了进来。

她立刻微微一笑："外婆。"

看到她手上的旧相册，外婆笑了笑，在她旁边坐了下来："又想你爸爸妈妈了？"

时光淡淡地"嗯"了一声，然后合上相册，随手放到旁边，外婆深深地看了她一眼："怎么了？突然跑回来，和小辰吵架了？"

"没有啊。"

"你们年轻人，我还不知道，什么来看外婆，就是哄外婆。"外婆捏捏她的脸，"你呀，小辰那孩子真的挺不错的，你要好好珍惜，别总欺负他。"

时光抱着外婆，一副吃醋的样子，娇嗔道："外婆，我才是您亲生的，您怎么总是帮他说话。"

妈妈长得像外婆，时光抱着外婆的时候就像在妈妈的怀里，她抿了抿嘴唇，突然轻声问了一句:"外婆,如果我将来没能和陆彦辰在一起……"

外婆立刻打断她的话,紧张地问她:"吵这么凶?都闹得要离婚了?"

"我们真没有吵架!"时光无奈地看着外婆,笑了笑说,"我只是觉得我们都还年轻,我怕我们都太年轻了,将来会后悔。"

"我看你是得了'婚前恐惧症',你们这样的小年轻得这种病的太多了,并不是两个人谈恋爱久了就适合结婚,也不是两个人年纪大了就适合结婚。同样,不是谈恋爱时间短就不能结婚,也不是年纪小结婚将来就会后悔。"外婆拍了拍时光的手,"没有人能预料到将来会发生什么,不到最后一刻,谁都不会知道那个人适不适合自己。"

时光微微弯着身体,将自己的头枕在外婆的腿上。

外婆轻轻地抚摸着她的头发,宠溺地教训着:"你呀,要脾气好点,别闹离婚了,两人能走到一起真的不容易,好好过日子。"

时光没有说什么,只是缓缓地闭上了眼睛。她没打算把一切告诉外婆,就准备让外婆误会着,真相她自己知道就行了。

不过外婆说的是对的,两个人走到一起不容易。可是,她和陆彦辰能好好过日子吗?

她这天晚上又做噩梦了,梦到姐姐被人欺负,无助又可怜。

在没有找到姐姐之前,她如何能够跟陆彦辰好好地过日子?

第二天早晨,时光醒得很早,因为做噩梦,所以她脸色很差。

外婆看着她的小脸,担忧死了:"你说你们没事吵什么架,你们这些小年轻啊,一吵架就通宵打游戏看剧,存心找虐。"

时光解释:"昨晚是看剧睡得晚了点,不过真不是为了赌气。"

姨父笑道:"吵架没什么,我和你小姨每天不吵吵都不舒服了。"

"哪有你这么说话的。"小姨瞪了小姨父一眼,然后看着时光说,"不过夫妻吵架是正常的,越吵越好,别较真就行了。"

时光呵呵笑了两声。

用了早餐,小姨去买菜了,外婆让她去补觉,时光不肯,去了厨房洗碗。

她听到开门声,还以为是买菜的小姨回来了,下意识地偏头看向客厅,却看到了陆彦辰。天气冷了,他穿了一件黑色的宽松毛衣,配上烟灰色的休闲裤，帅气逼人。

也不知道怎么了，时光突然有点心虚，跟做贼似的收回了目光。

她听着外面外婆和陆彦辰的对话，整个人有点儿不在焉。

耳边传来脚步声，她用余光看到了陆彦辰向着厨房走来，手颤了一下，随即觉得自己的一颗心擂鼓一般跳动起来。

她把最后一个碗洗好，然后拿着毛巾擦了擦手，刚要把毛巾放回去，身后的人就紧紧抱住了她。

时光的手不自觉地下垂，手里的毛巾掉到水槽里……

她脖子间全是他温热的呼吸，有点痒，身体也有点麻。她闭着眼睛，歪了一下脖子，动了动唇，却什么也没有说。

"小小。"他叫她。

"嗯。"

陆彦辰的头埋在她的肩胛骨处，他只是叫了她一声就没有再说话了。

厨房里面静悄悄的，只能听到彼此心跳加速的声音。

"小辰……"外婆的声音突然响起，又戛然而止。

时光身体一僵，看着站在厨房门口的外婆，下意识地挣扎起来。

陆彦辰顺势松开了她，时光尴尬极了，不自在地看着外婆，说："外婆，那个……"

外婆憋着笑，跟个没事人一样："没事没事……就是家里酱油没有了，我想告诉你们，我去买瓶酱油。"

时光更尴尬了，红着小脸道："外婆，我去，我去。"

然后她也不敢看外婆是什么表情，直接用手捂着额头就跑出去了。

陆彦辰对着外婆笑了笑："我陪她去。"

"好好好！"外婆乐呵呵地笑着，待他们都离开后，她摇着头叹息，谈恋爱那么久了，都要结婚了，还不好意思，果然是小年轻。

时光快步走着，眼角的余光瞥到跟在身后的陆彦辰，整个人有点心神恍惚，没有留意到前面的石梯，脚被狠狠绊了一下，身体因为失去平衡向前扑去。

眼看就要正脸着地，她惊恐得面无血色，下意识地伸手想要撑到地上时，被人从后面一把搂住。

陆彦辰的声音里是掩饰不住的关心："小心点！"

"谢谢！"时光站直身体，往后退了几步，和陆彦辰拉开了一段距离。

陆彦辰垂在身侧的手攥紧，压着眼睛里的情绪，轻轻地说："对不起。"

他纵有千言万语，此刻也不知道该怎么和她说，不过他确实欠她一声对不起，还有谢谢。

时光嘴角似乎带着一丝极淡的笑意，看着他问："你为什么要和我说对不起？"

陆彦辰伸手过去，疼惜地抚上她的小脸，沙哑地说道："如果不是因为我，你们家也不会……"

这话令时光皱了皱眉，她打断他的话："不是因为你，你不要这么想，不是你的错，你也不需要跟我说对不起。非要说如果当初怎么样，那也应该是如果当初我没有丢下你和姐姐跑去比赛，那就没有杨思彤什么事了。"

这一瞬间，陆彦辰觉得自己的心跳得格外快，他漆黑的瞳仁骤然收缩，嗓音低沉："你在怪自己，你想离婚？"

时光胸口难受，鼻子酸酸的，眼睛也涩涩的。她是自责，但是她没有怪陆彦辰，也没后悔救陆彦辰，重来一次她还是会选择救陆彦辰，但是她不会急着去拿什么冠军，她会和姐姐一起把陆彦辰送到医院去。可是她又会想，她为什么非得在救人和比赛之间选一个，她只是低估了一个人的贪欲。

她看着陆彦辰，轻声问："你说我想离婚，那你会答应吗？"

杨思彤为了陆彦辰，欺负了她姐姐；而她为了报复杨思彤，处心积虑地追求陆彦辰。

她不相信命运，奈何命运弄人。

陆彦辰一言不发，可是答案已经很明显，他是不会答应离婚的。

时光说完，突然弯了弯嘴角，可眸子里没有半点笑意。

陆彦辰伸手摸了摸她的长发，时光本能地往后退了一步，拉开和他之间的距离："可是我需要冷静。"

他原本抚摸她的手就悬在半空中，僵了一会儿，轻而单手揽着她，伸出另一只手将她紧紧抱在怀里。

纤细的身子越发瘦了，一个运动员居然这么瘦，这样要如何拿冠军？

他闭着眼睛，又将头埋到时光的颈侧深吸了一口气。

现在的他们是进了死胡同吗？是不能挣扎，不能往前，只能后退一步，才能海阔天空吗？

可是谁知道又会不会柳暗花明呢？

人生本来就充满了无数的不确定，两年前他就已经放手一次，这一次他是无论如何都不会再放手了。

时光心尖一颤，眼睛一阵酸涩。

她好迷茫，信念好像崩塌了，也好害怕，怕自己再也见不到姐姐，怕姐姐就像手心的流沙，终会消散，在这世界上再也找不到一丝属于她的痕迹。

"莫姐，你看那个小姑娘，是不是你们家时光？"一个豪爽的女声突然响了起来，打断了他们之间一怀旖旎、几丝忧愁的气氛。

"是呀，是我们家时光跟她老公。"

听到小姨的声音，时光和陆彦辰下意识地分开了。他们看到小姨跟两个大妈说说笑笑地走了过来。这两个大妈当然都认识时光，小姨就向她们介绍了一下陆彦辰。

两个大妈也没说什么，打了个招呼就一起走了，不过转身后，两个大妈就开始讨论起来："时光的老公可真俊。"

"可不是，跟个大明星一样。"

"那些大明星比他强不到哪里去。"

"要是我们家小雨也能找个这么俊的老公就好了。"

随着两人的声音越来越远，陆彦辰伸手去接小姨提着的菜篮子："小姨，我来拎。"

小姨也没客气，反正都是一家人了。

她观察着两个小年轻的动作和神态，想到刚才他们抱在一起，便笑了笑，开口时语气有些暧昧："和好了？你们呀，就爱瞎折腾，这婚姻哪有不磕磕绊绊的。小辰，时光就是小孩子脾气，她这脾气来得快，去得也快，但是人是好的，气生完了也不会放在心上……"

小姨一路上说了很多。

回到家，外婆又接话："你们和好了就好，以后不要再吵吵闹闹，把离婚当成儿戏，要好好过日子！"

陆彦辰笑了笑，声音里包含了一些宠溺和无奈："是我不好，让你们担心了。"

外婆和小姨完全不相信他的话，一点儿也不觉得是陆彦辰不好，而是一直说时光，让她不要耍脾气。时光一直低着头，也不知道该怎么说。

用了午餐之后，时光就准备回去了。

她现在真的需要冷静，可是陆彦辰来了，在外婆这里她是冷静不下来的。

外婆舍不得她，留了好几次也没留住两人，就将他们送到楼下，走之前还一直叮嘱时光要好好照顾自己。

陆彦辰是开车来的，时光坐在副驾驶，车子平稳地行驶着，她昨晚没休息好，上车后没多久就睡着了。

每次停下来等红绿灯的时候，陆彦辰都会看向旁边的时光。

每一次看她，他都会感觉自己的心像是被什么紧紧攫住。

他竭力想要挣脱那铺天盖地的窒息感，却又找不到任何挣脱的办法。他想将她抱在怀里，哪怕她像困兽一样挣扎，他也要紧紧地抱着她，似乎只有这样才能够证明她会永远陪着他，而不会像现在这般失落而空虚，心有千言万语，却不知道怎么开口，又应该从何说起。

第四章

初遇千寻

　　时光醒来时已经到了省城，她是被陆彦辰打电话的声音吵醒的，开始时还是迷迷糊糊，突然间隐约听到姐姐的名字，她瞬间清醒了，一脸紧张地看着陆彦辰。

　　陆彦辰瞧了她一眼，继续听电话里的汇报。片刻后，他挂断了电话，时光立刻焦急地问："是……"

　　找到我姐姐了？

　　她现在都不敢这么问了，她怕自己问出来，得到的依旧是否定的答案。

　　陆彦辰严肃又沉静，他定定地看着时光好一会儿，似乎在犹豫要不要告诉她，又似乎在斟酌用词，最后他轻声道："是关于你姐姐的消息。"

　　时光心里有喜，也有深深的惊，她害怕不是好消息，身体紧紧绷着，屏住呼吸。

她手指攥紧，指关节都泛白了，仍旧难以平息心里的不安。她深深地吸了一口气，艰难地开口："是什么消息？"

她整个人瞬间紧绷起来，胸口剧烈起伏，害怕他说出来的消息会让自己承受不住。

"可能你猜对了，你姐姐醒了！"

"醒了？真的醒了？"

"对，有人在京都见过她，说她进了杜鹃城，然后就不见了，我已经让人去找了，但是……"陆彦辰便顿了一下，看着时光期盼的眼神，缓缓开口，"那个人可能只是长得像你姐姐，并不一定就是你姐姐。"

时光久久没有回过神，可是眼里却是难掩的心酸和激动。

她看着窗外，有些迷离。

姐姐真的醒了吗？那个人是姐姐吗？

片刻后，她的理智渐渐回归，看着车子行驶到熟悉的路段，她转头对陆彦辰说："你送我到我表姐那里，我想冷静两天。"

陆彦辰并没有改道，当车子停在公寓楼下时，他对时光说："我送你上去，两天后再来找你。"

陆彦辰的意思是，不让时光去她表姐那里，让她回家，在家里好好冷静，他不会打扰她。

时光心里莫名酸涩，一瞬间说不出话来。她默默地推开车门，往公寓走去，陆彦辰跟在她身后，两人沉默着进了电梯。

一路上，谁也没有说话。

时光推门要进去的时候，手腕突然被拽住了。她身体僵了一下，缓缓扭头，对上了陆彦辰深邃的眼眸。

他脸上的高冷孤傲已经被风吹散，平静而温暖，他的手轻轻地抚上她的脸，掌心是滚烫的温度，他轻轻喊了她一声："小小……"

时光愣了一下。

她被他骤然袭来的暖意惊了一下，也被他突然低沉的声音烫了一下，他上一次这么深情而炙热地叫她，似乎还是在两年前。

现在，他叫她不是冷冷的"时光"，就是冷怒的"时小小"，偶尔喊她一声"小小"，也不像现在这般温柔。

他低柔地问她："你知道我这辈子最不想让你知道的是什么吗？"

时光呆呆地摇了摇头。

陆彦辰扯扯嘴角："你那天问我，这些年是不是一直没有停止爱你、渴望你……这么多年来，我确实从未停止过，见到你的时候总是想撩拨你，也总是受不了你的诱惑，所以我控制不住地想靠近你，想要和你结婚。我的结婚对象并不是谁都可以，而是只有你才可以。可是我不想让你知道，不想让你在我面前傲娇得飞上天。"

时光鬈翘的睫毛微微颤抖，一脸惊愕而又复杂地看着他。

陆彦辰浅笑着，嗓音越发暗哑："也不想让你知道，那个下午，在你看到我之前，我就先注意到你了。"他额头微垂，轻轻抵着她的额头，又道，"更不想让你知道，我当时心里还闪过一个念头，如果这个女孩属于我该多好！"

时光眼眸里一片温热，她轻轻闭上眼睛，晶莹剔透的眼泪瞬间滑落。

陆彦辰的吻落在她的眼泪上，轻轻的，柔柔的。他的唇缓缓而下，忍不住吻在她侧脸、她的发丝，越吻越缠绵。

当他滚烫的嘴唇覆上她的唇时，他的呼吸突然变得有些粗重。

他深深吻着，又急又重，像是沙漠里的旅人发现了一汪清泉，吮吸得那么用力，恨不得将她狠狠侵吞入腹，和他融为一体。

空气被掠夺殆尽，时光被吻得头晕目眩、呼吸困难，酥酥痒痒的感觉一波一波袭上心头……可是她的身心依旧死死绷着，感觉快要窒息了，他在她耳边低语："好好照顾自己，你太瘦了……"

然后，他强迫自己推开她，转身，迈步，向着电梯走去。

时光看着他消失在眼底的身影，胸口忽然有一阵尖锐的疼，眸内泪光氤氲，迅速模糊了视线，眼泪像断了线的珍珠，一颗一颗从脸颊上滑落。

陆彦辰，陆彦辰，陆彦辰……

你等我，等我……

陆彦辰从公寓下来后，没有立刻离开。

他坐在车里，靠在车椅上，并不是闭目养神，而是盯着顶楼，直到顶楼的灯熄灭了，又等了一会儿，这才放心地离开。

这段时间发生的一切，肯定让时光身心俱疲。

他很想陪在时光身边，可是现在这个情况，如果他坚持陪在她身边，对她而言，和知道真相一样残酷。

他现在唯一能做的就是尽快找到她姐姐。

陆彦辰抓着方向盘的手猛地收紧。

无论如何，他一定要找到莫非非，他踩下油门，朝别墅区行驶而去。

"唰——"一声刺耳的响声，车子一停稳，陆彦辰就推开车门，大步朝别墅里走去。

开门的是楚牧北，他打了个哈欠，问道："老陆，都这么晚了，你怎么过来了？"

"有莫非非的消息吗？"

"哪有那么快！"

楚牧北懒洋洋地靠在沙发上，眉眼之间难掩疲惫，猜测道："时光她姐姐像人间蒸发了似的，那天有人在杜鹃城看到她姐姐的时候，极有可能是看错了。"

他停了停，然后还是把心里的猜测说了出来："如果那天真的看错了，那个人不是莫非非，而我们又怎么都找不到莫非非的话，不排除她已经遇害了的可能。"

陆彦辰垂在身侧的手猛然攥紧，深邃的眼眸里闪过一丝痛苦。

楚牧北叹息一声，"我知道这个结果让人难以接受，可是我们找不到人，那就只有这个可能了。"

"她姐姐一定会回来的！"

如果莫非非再也回不来，那么时光真的会恨自己一辈子，无论如何，莫非非都绝对不能有事。

楚牧北哭笑不得，只好说："我再派点人手去找找吧。"

"不能只在杜鹃城找，毕竟那只是一个景点。以杜鹃城为中心，在周围开展地毯式搜索，只要她在京都，我们就一定能找到她。"

陆彦辰的态度让楚牧北有些吃惊。

看来这件事，他得再用用心了。

可是又一天过去了，人手加了两倍，依旧没有任何消息，要不是好几个人看到了，他们都要以为那天出现在杜鹃城的那个女人只是一个幻影。

陆彦辰没有在楚牧北家住下，而是又将车开回公寓楼下，他哪儿也没有去，就在车里坐着，除了吃饭，其他时间都待在楼下，看着十二楼。

初冬的白天变短了，傍晚六点一到，天就全黑了，此刻已经晚上七点，可是十二楼仍旧没有开灯。

陆彦辰不知道时光有没有好好吃饭，便给她叫了一个外卖。

外卖小哥上楼，按了许久的门铃都没有人来开门。

陆彦辰十分担心，时光不会是因为担心她姐姐，饭也不吃，直接饿晕过去了吧？

他一颗心顿时提了起来，没有办法静坐下去，他推开车门，以最快的速度上楼。

早知道她这么不会照顾自己，他就不应该去外婆家找她，也不应该拦着她去她表姐那儿，即使没有他照顾她，至少还有别人照顾她。

房间里很黑，也很安静，客厅里空无一人，陆彦辰下意识地往卧室走去，但时光也不在卧室里。

难道她昏倒在了家里其他地方？

然而，他找遍了整个房间，都没有见到时光。

就在他着急时，突然看到茶几上有一张纸条：陆彦辰，你放心，我没事，我会好好照顾自己，你也要好好照顾自己，我出去散心一段时间，你不要担心我。

散心？她这个时候出去散心？

这怎么可能，这不是她会做的事！

对了，昨天他告诉时光，有人在京都的杜鹃城看到了她姐姐，难道她去京都去找她姐姐了？

陆彦辰立刻给楚牧北打电话，让他查一下时光的出行记录。

真的如他所想，时光买了去京都的票，晚上八点出发。

这个笨蛋，她不会以为她去了京都就能找到她姐姐了吧？

陆彦辰转身跑了出去，黑色的车子在公路上疾驰。

此时，离八点还有半个小时，希望能追上她……

时光坐在候车室，还有五分钟就能上车了。

今天是周末，高铁票只剩下商务舱了，可是高铁的商务舱没有单独的休息室，她找了个位置坐了下来。

候车室里人来人往，吵吵嚷嚷的，可是她却觉得心里空荡荡的。

昨天晚上她想听陆彦辰的话，好好吃饭，好好睡觉，可是心里就像压了一块千斤重的石头，沉甸甸的，让人喘不过气来。

她强迫自己睡觉，可是怎么也睡不着，不一会儿就天亮了，可她却一点困意也没有。

难道在姐姐没有回来之前，她都要一直这样等下去吗？

不！不！

与其这么干着急，她还不如去找姐姐。

不是说姐姐在杜鹃城出现过吗，而且，她不是让陆彦辰等她吗，那她怎么能干坐在家里让他等呢？

她要去京都找姐姐，她要把姐姐带回家！

时光抬眸看了一下时间，已经开始检票了，不过人有点儿多，她继续坐着，愣愣地看着前方。

一抬眸，她便看到一个熟悉的、高大挺拔的身影站在不远处。

她呆呆看着那个人，唇瓣下意识地轻启，嘀咕着："陆彦辰……"

他不是说两天后再去家里找她吗？他怎么会出现在车站？

视线越来越模糊，时光眨了一下眼睛，再看过去的时候，却发现那个人不是陆彦辰。

陆彦辰人呢？

时光揉了揉眼睛，再次看过去，那个西装革履、衣冠楚楚的男人并不是陆彦辰。

原来，她刚才认错人了！

时光苦笑一声，然后拉着行李箱去检票，然后找到自己所在的车厢。

她不知道的是，当她从检票口离开的时候，一个高冷帅气的男人神情慌乱地跑了过来。

可是车门已经彻底关上，列车缓缓向前……

陆彦辰剑眉一蹙，拿着手机拨打了电话："楚牧北，你马上给我订一张去京都的车票。"

"这是今天去京都的最后一趟车了,最早的一趟在明天早上七点半。"

"那就买明天早上七点半的车票,你让人在车站出口等着时光,远远地看着她就好,然后向我报告她的行踪!"

"行行行!"

车厢里很安静,时光靠在椅子上,拿着手机在想陆彦辰。

不知道他有没有看到纸条,要不要再给他发一条信息?时光想了想,还是作罢了。

微博上的小号事件,不知道平息了没有。

她已经好几天没上微博了,这会儿没事,想上微博看看是什么情况。

时光打开微博,发现她和陆彦辰的热度彻底下去了。

今天的微博头条人物是从模特转为演员,并且拿了影后的千寻。

千寻是一个长相美艳、身材超棒的超模,东方和西方时尚界在审美上是不一样的,但是在千寻身上,这些完美地融合在了一起。

千寻十六岁出道,用了两年时间走上了模特事业的巅峰,可是就在这个时候,她突然宣布隐退,之后很长一段时间都没有一点关于她的消息。时隔两年,就在大家以为她要彻底消失在观众视野中时,她进了娱乐圈,开始拍戏。

她的粉丝虽然挺多,但大多数都是"黑粉"。

微博扒她的帖子数不胜数,说她耍大牌、不雅照、整容脸、心机女都是小意思,还有勾引某男演员,又与某已婚总裁或者导演有私情,等等。

反正她的微博评论里,每天都有人骂她。

关于她的"黑料",从来没有断过。

时光看过千寻演的电影,虽然她是模特出身,但演技还是挺好的,而且拿了"影后"。她真是有点好奇,为什么那么优秀的超模最后混成了这样。

不过她……

"真美!"最后两个字,时光嘀咕出声。

"谢谢夸奖。"坐在时光旁边的女人红唇轻启,轻声说了一句。

时光闻言,扭头看向身边的美艳女子,她戴着大墨镜,樱桃小嘴,尖下巴,皮肤很白。

时光眨眨眼睛,觉得这个女人有点儿眼熟。

美艳女子的嘴角扬起一丝弧线,笑容妩媚。

她缓缓地摘下墨镜，露出一张艳丽的瓜子脸，一双丹凤眼向上挑起。

时光瞬间就认出来了，顿时惊讶了："你是……"

千寻。

时光捂住了嘴巴，下意识地看了一下车厢里的其他人，坐在后面的好像是千寻的助理。

后排最边上的位置坐着一个戴墨镜的女人，那个女人也是一个明星，网上盛传的氧气美女林意儿。

天啊，要不要这么巧。

刚上车时她沉浸在自己的思绪里，心不在焉，也没注意周围的人，这会儿才发现，她居然同时遇到了两个影后！

今天是什么日子啊？

不过，据她没事刷微博所知，这两个影后似乎有点不对盘。

在"十大不合女明星"组中，她们这一对榜上有名。

时光看着千寻笑了笑，千寻黑溜溜的眼珠转动一圈，然后问她："你好像也有点眼熟，你也在拍戏？"

时光赶紧摆手："我不是，我不是。"

她没有打算告诉别人她的名字。

虽然前段时间她和陆彦辰的事情在网上闹得沸沸扬扬，但是她的私照并没有广泛流传。

千寻没有再说什么，手放在扶手上慵懒地撑着身体，似笑非笑地勾着唇。

旁边突然传来一声冷哼："意姐，你看看这张照片，这人的脸上也不知道动了多少刀子。"

说话的人是林意儿的助理，虽然对着林意说话，却意有所指。

千寻这边也不落后，她的助理指着窗户说："寻姐，你看，真是到哪儿都能听到疯狗狂吠，真不知道坐得这么近会不会得狂犬病！"

时光一时语塞。

八卦新闻上说得没有错，千寻和林意儿真的不合。

林意儿笑了笑，说："寻姐，听说你这次去京都是接了一个香水广告，没想到一向只接国际大品牌的你现在居然也接国产品牌了，看来最近你的资源差了很多啊。"

千寻虽然绯闻多,"黑料"也多,可是她的定位特别高,无论是电视剧、电影还是广告,不是大品牌、大制作,她绝对不接。

林意儿这话中带着很强的讽刺意味。

嘴好毒!

不待千寻说话,林意儿又道:"我就在你隔壁拍摄,是法国SE的香水广告,有空的话,我们一起喝茶。"

讽刺完了之后是挑衅。

网上之前有传法国SE的香水原本定的代言人是千寻。

哇,好扎心,看来这个林意儿跟网上传的不太一样。

千寻立刻哈哈大笑起来,跟个小妖精似的,对林意儿说:"好啊,没问题。不过你可要好好找个造型师,人啊,美丽和气质这些东西是与生俱来的,有时候呢,不是你多说一句话或者抢个广告、抢个男人就能获得的。有些人再怎么整容,那张脸都不好看;有些人穿得再怎么好看,依旧没气质。"

时光暗想,厉害了,这话含沙射影,明明没指名道姓,却字字诛心。

时光偷偷瞥了林意儿一眼,见她脸色很不好看,显然已经处于下风。

而千寻依旧静静地坐着,高高在上,犹如女神一般。

很显然,这一局"娱乐圈宫斗大戏",林意儿惨败,千寻大胜!

时光扭头看了一眼旁边的千寻,就见千寻的红唇向上一扬,眼里闪过一丝狡黠,时光莫名觉得这个小动作跟小白很像。

察觉到时光的目光,千寻也朝时光看过来,容色艳丽妖娆,神色深不可测。

四目碰撞间,她那双丹凤眼微微颤了一下。

接着,千寻的两只手下意识地交叠在一起,眼神直直地看着时光,有些愣愣的,也不知道在想什么。

时光眨了眨眼,有些好奇。

千寻回过神,挑眉,目光移向前方,眼里闪过一丝狐疑。

隔了一会儿,她才看着时光问道:"你真的很眼熟,我们以前是不是在哪儿见过?"

时光的小心肝一颤,她赶紧摇了摇头,轻笑道:"没有,这应该是我们第一次见面。"

估计是因为之前时光上过热搜,所以千寻才会觉得她眼熟。

千寻笑了笑，靠在椅子上，又漫不经心地问道："你叫什么名字？"

"我叫……小小！"

时光没有用真名，毕竟她才下热搜，此刻报真名的话，对方肯定能猜到她是谁。

"小小，名字真好听，你是去京都上学？"千寻又问，似乎对时光非常感兴趣，她的助理都有点惊讶了。

林意儿也看了千寻一眼，脸上闪过一丝不以为然，对时光表示极度不屑，也很鄙视千寻此刻的做法。

对于千寻的热情，时光也有点不解。

千寻不是明星吗？她不是应该高冷一些，怎么这么没有架子？

时光笑了笑，回道："不是，我去京都找我姐姐。"

千寻立刻发出邀请："你姐姐住在哪儿？刚好有车来接我们，顺路的话，我送你。"

"不用了，不用了。"时光连连摆手，神色复杂地说，"那个……我还没有确定住在哪儿。"

"你还没有地方住？"千寻下意识地看了看时光的衣着，以及她放在旁边的陈旧行李箱，心里想着，这姑娘估计是家里条件不太好。

千寻想了想，说："我这次去京都，原本我经纪人也一起去的，她临时有点儿事，上车前取消了行程，但是拍摄方给我们三个人都订了三天的房，要不你跟我去酒店，暂时住在他们为我经纪人订的那间房里，刚好这三天你也有个住的地方。"

时光惊讶至极："这不太好吧？"

这个千寻怎么会那么好心？

"有什么不好？放心吧，虽然我也不知道他们订的房间怎么样，不过应该不会太差。"千寻说着，直接帮时光拍板决定了，"行了，那咱们就这么说定了。"

时光不是一个自来熟的人，她想千寻也不是，可是第一次见面千寻就这么热情，实在是令人尴尬。

都是陌生人，千寻这样做，只会让人忍不住想她是不是别有目的。

可时光转念又想，千寻是一个大明星，应该不至于对她别有目的。

高铁到达京都，千寻带着时光直接走到了停车场。

她们一走出来，司机立刻将车门打开，没有粉丝接机，也没有记者围堵，没有引起任何轰动就离开了。

她们几个人一到酒店便有工作人员接待，千寻把她经纪人那间房的房卡给了时光，然后就挥手说拜拜，跟着助理离开了，留下目瞪口呆的时光一个人在酒店。

在高铁站接受完粉丝热情追捧后的林意儿也住在这家酒店。她的助理看到千寻的助理给时光房卡那一幕时，便啧啧出声，小声地对林意儿道："意姐，这千寻居然真的把她经纪人的房间给了那个路人。你说她有什么目的，是不是想借着这个路人在网上爆你的料？"

林意儿冷笑道："你拍几张千寻和那个女人的合照。如果最近我有什么黑料，不管是不是她们放的，你都把这些推给她们。"

林意儿的助理露出一个"懂了"的笑容："好的，意姐。"

别说林意儿和她助理想不明白千寻为什么会对一个陌生女孩那么好，就连千寻的助理小温也想不明白千寻是在干什么。

回到房间之后，小温满脸疑惑，不解地问道："寻姐，你怎么真把阳姐的房间给那个女孩了？我开始还以为你就是跟她客气一下，你让我给房卡的时候，我都惊呆了！"

千寻看着一脸纳闷的助理，好笑地挑了挑眉。

别说她的助理不明白她为什么会对一个陌生女孩如此亲切，就连她自己也不明白。

这个叫"小小"的女孩，千寻真是越看越眼熟。

千寻不仅觉得这个人似曾相识，还觉得她特别亲切，她说她姓莫，叫莫小小。

千寻仔细回想了一下，她所认识的莫家人里，似乎没有一个叫"莫小小"的人，也没有一个跟她长得像的，或许只是有眼缘吧。

千寻笑了笑，说："她不是学生嘛，来找她姐姐肯定是有难事，看她的样子家里条件应该一般，反正阳阳也没来，房间空着也是空着，不如给她住。"

"可我还是觉得，寻姐你对她实在是太好了……"小温嘀咕了一句，语气酸酸的。

"她给我的感觉很舒服,长得也不错,漂亮可爱,也不多事,而且聪明,很可靠的样子。"

这样的人很适合做朋友,这是千寻一路观察下来得出的结论。

小温皱眉,愣了愣,道:"寻姐,你不会是想换助理吧?"

千寻不解她怎么想到换助理上面去了,笑了一下,调侃道:"这可不一定哟。"

听到千寻这样说,小温的身体一僵,顿时手足无措。

"看把你吓得,我就是开个玩笑。时间不早了,我要休息了。"千寻挑眉,挥了挥手。

小温咬着唇说道:"可是那个周总还在等你商议明天广告的事。"

"差点把这事给忘了,等我补个妆。"千寻揉了揉太阳穴,说完就进了洗漱间。

时光站在酒店房间里时,还是一脸震惊。

千寻居然真的把房卡给了她,也没有提任何要求,似乎不求回报。

房间很好,有个很大的观景阳台。

时光觉得,千寻真的很好,很谦和,与人说话半点明星架子都没有,这份大气是林意儿望尘莫及的。

网上的人真是瞎说,不明真相就乱喷的"水军",他们怎么忍心"黑"这么好的一个人。

时光决定以后要当千寻的粉丝,还得是忠实粉丝。

不过萍水相逢,她怎么会对她那么好?

大约时光遇到的心机女人多了,突然被如此善待,心里感激的同时也有一点点困惑。

千寻为什么要对自己这么好,难道她有什么阴谋诡计?

时光忍不住打了一个激灵,被自己这个想法吓到了。

不会的,不会的,千寻只是人美、心善!

时光摇了摇头,把这个想法从脑海中甩掉。只是她脸上兴奋的神情淡了不少,眉宇间也笼上一层担忧之色。

时光去洗了个澡，躺在床上翻来覆去地睡不着。她拿起手机，灯光亮起，收到了好几条信息，都是陆彦辰发来的，问她在哪儿。

陆彦辰已经知道她离家出走的事情了？

时光犹豫着要不要给他发个短信，就在这时，门铃被人按响，时光很惊讶，这么晚了，会是谁？

她起身，来到门口，透过猫眼往外瞧了一眼，居然是千寻。

时光吓了一跳，大半夜的，千寻来她房间干什么？

妈呀……不会真如她所想的那样，千寻有什么目的吧？不然她一个陌生人，千寻为什么对她这么好。

门铃还在响着，时光咬着手指不知道该怎么处理，是假装听不到，还是告诉千寻自己已经准备睡觉了？

时光又透过猫眼往外看了一眼，然后皱了皱眉，千寻好像有点不太对劲，她穿着一袭红裙，依旧妖娆艳丽，但是她那双丹凤眼却不再璀璨，反而有些蒙眬。

时光把门打开了，千寻立刻跟跄着走了进来，还顺势关上了房门，接着整个人靠在门上，对着时光小声说道："等会儿我助理来了不要开门，不要让她知道我在这儿。"

接着，她像是失去了力气一般，靠着门软软地滑了下去。

"千寻，你怎么了？"

时光吓了一跳，赶紧搀着千寻起身，心想：千寻不会是被人下药了吧？

她刚把千寻扶到床上躺好，门铃又响了。

时光给千寻盖好被子，又走到门口往外瞧了一眼，按门铃的人果然是千寻的助理小温。

时光不想开门，可是门铃不依不饶地响着，她有些头疼，难不成千寻的助理背叛了她，给她下药？

果然心机女无处不在，特别是在娱乐圈这种复杂的地方。

今天就算只是一个陌生人闯进她的房间，她想自己也不会置之不理，更不要说千寻对她这么好了。

时光冷静下来，然后抬手把头发弄乱，装成一副刚刚睡醒的惺忪姿态打开了门。

门半开着,透过门缝,时光眯着眼睛,一副被吵醒的模样,一边打哈欠,一边问外面的小温:"你好,请问有什么事吗?"

小温一副焦急的样子,问时光:"你看到我们家千寻了吗?"

"没有。"时光仿佛还在梦里一般,轻轻摇了摇头,"怎么了,发生什么事了吗?"

小温皱眉,担忧地说:"她说去洗手间,结果这么久了还不见人,我怕她出事。"

时光立刻露出一副被吓醒的表情,着急道:"不见了?怎么会不见了?你等我一下,我去换衣服,马上下去跟你找人!"顿了顿,她又加了一句,"你报警了吗?"

听到时光说要报警,小温吓了一跳,连连摆手道:"不行不行,寻姐是大明星,不可以报警的。"她抱歉地笑了笑,"打扰你了,我再去其他地方找找看吧。"

时光赶紧道:"如果需要帮忙的话,你一定要告诉我!"

"好!"小温没有再停留,转身就走了。

时光赶紧把门关上,然后去看千寻,因为药物的关系,她睡得很沉,完全不知道刚才发生的事情。

接下来,时光遇到一件很尴尬的事,原本两个女孩睡一张床也没关系,她和李芳菲表姐经常一起睡一张床,可是她与千寻不熟,她实在没办法与一个陌生人同床共枕。

难道今晚她要去沙发上睡?

可是整个房间只有一床被子,如果去前台再要一床被子,万一被千寻的助理知道了,肯定会知道千寻在她这儿……

时光纠结了半晌,最后为了安全起见,和衣在床边躺下,和千寻隔着很宽一段距离。

早上阳光明媚,时光起身,洗漱完出来,看到千寻已经醒了,有些茫然地坐在床上,看着她的眼睛里现出一丝困惑,但是很快,她又恢复如常,揉了揉太阳穴,说:"小小,昨天晚上谢谢你。"

昨晚幸亏有时光,否则她真的要栽一个人跟头了,果然做好事的人都会有好报。

"不用谢,这房间原本也是你给我住的。"时光给千寻倒了一杯水,"那个……昨晚你睡着之后,你助理就来找你了,很着急的样子,但我没有告诉她你在我这儿……你要不要给她打个电话?"

千寻抿了一口水,冷冷地说道:"不用了,从现在开始,她已经被我解雇了!"然后她放下杯子,下床,进了洗漱室,看到自己没有卸妆的脸,千寻暗骂了一声,扭头对时光说,"你昨晚怎么不给我洗个脸?"

时光去拉窗帘,回应道:"你都睡着了……"

千寻洗了一把脸,说:"我被下药了,你给我洗个澡,我也醒不了。"

时光顿时语塞。

千寻就看到站在窗边的女孩,晨曦落在她身上,周身带着金光,扭头对她一笑。

这样的场景,她似乎在梦里看到过。一瞬间,她有些恍惚,直到时光的声音再次响起:"下药?是你那个助理做的吗?"

千寻冷笑道:"除了她,还能有谁,我也没想到她是这样的人!"

说到这里,千寻气愤地拿起时光放在床头柜上的手机,然后拨打了一个电话。

电话接通后,她吼道:"李阳阳,你真是个好经纪人!你从哪里找来的破助理,你知道她昨晚都干了什么吗?"

时光看着千寻,对于她的转变,她有点发怔。

原来千寻是一个脾气暴躁的姑娘,可是这样很容易得罪人,特别是在娱乐圈,难怪她总是被"黑"。

"昨晚在我和周总谈广告拍摄的时候,她居然在我喝的水里下药。也不知道对方给了她多少钱,她居然敢做这种事情。我要解雇她,我再也不想在这个圈子里看到她了。"

电话那端的李阳阳应该是被吓到了,连忙问她有没有事。

千寻冷冷地回道:"我没事,有个小妹妹救了我。幸好我没事,不然就不是解雇她那么简单了。"

时光心想:什么小妹妹,千寻看起来也没比她大几岁。

千寻的语调突然一变,她对着电话另一端的李阳阳撒娇道:"我不管,这个广告我不拍了,我要休息。"

结束通话后,千寻看着愣愣的时光,妖娆一笑,说:"为了感谢你,我请你吃早餐。"

时光笑了笑:"不用那么客气。"

"就当陪我。"千寻朝她眨了眨眼。

时光为美色所惑,点头同意了。

两人约好二十分钟后在一楼大堂见。

千寻先到了,戴着墨镜坐在沙发的角落等时光,突然看到一个男人从大门口走了进来。

她挑眉,那不是陆彦辰吗,他怎么会来京都?

最近关于他的八卦挺多的,说实话千寻还有些意外。据她所知,她的未婚夫石泽和陆彦辰有点恩怨。

石泽最近刚回国,陆彦辰就来了京都,难不成他是为了石泽而来?

两个人的视线交汇,陆彦辰对她视若无睹,直接到前台拿了房卡就往电梯走去。

千寻正准备收回目光,就看到另一部电梯门开了,时光从里面出来,完美地和陆彦辰错过。

时光没想到千寻比她早下来,她觉得很不好意思,连连道歉。

千寻并不在意,让她不要那么客气。

两人用餐的地方是一家普通的西餐厅,独立的卡座,倒也安静,不会有人打扰。

"我的助理被辞退了,现在急需找一个助理,你有没有兴趣?"两人一边吃,边聊着天。

"助理?"对于她的建议,时光感到很意外,笑着摇了摇头,"可能不行,我来是找我姐姐的。"

"你要不要再考虑一下,薪酬方面绝对让你满意。"

"不用了。"

"真的不考虑一下?"

"不了。"

被拒绝的千寻不死心,一直在游说时光。

用餐时,千寻接了一个电话,似乎有人要过来,待她们离开时,那人出现在餐厅里,长得白白净净,穿着一件休闲毛衣,不过有些单薄,看上去秀气有余而帅气不足。他担忧地看着千寻,说:"昨晚的事我听说了。"

"不是和你说了没事,好人有好报。"千寻说完,用手拍了拍时光的肩膀,"得亏这个妹妹,我的救命恩人,小小。"

救命恩人,这太夸张了,时光不好意思地说:"别这么说,我只是帮了一个小忙,而且是因为你先帮我的。"

"谢谢你。"男人对时光笑了笑,笑意却不达眼底,"这是我的名片,上面有我的联系方式,有需要可以找我帮忙。"

时光礼貌地接过名片,淡淡地笑了笑,说:"你们聊,我先下去了。"

她看了看名片,上面写着"石泽,EDG公司董事长",估计是千寻的男朋友吧。

千寻说:"司机在下面等你,你到车里等我吧。"

时光点点头,笑了笑,算是告别,然后转身离开了。

时光找到千寻的车,司机看到她,便下了车,找个地方抽烟去了。

时光坐在车后座,拿出手机发了一条朋友圈,照片是刚刚吃早餐的时候拍的,算是给大家报个平安。

很快她就收到大家在朋友圈的评论和点赞,她轻轻地舒了一口气。等了一会儿,她却没有看到陆彦辰的评论,他现在应该知道她离开了,会不会还在生气,不想理她?

时光回复了一下朋友圈的评论,回完消息后,她下意识地看了一眼窗外,随即微微一怔,眼圈瞬间就红了。

陆彦辰没有给她发消息,而是已经出现在她眼前。

时光眨了眨眼,定了一下神,再看过去,没有错,就是陆彦辰。

他怎么也来京都了,他是来找她的吗?

似乎察觉到有人在看自己,正跟人说话的陆彦辰突然往保姆车的方向看了一眼。

时光下意识地躲了一下,停车场光线昏暗,又隔着一定距离,他应该是看不清车里的。

陆彦辰远远地看了一眼,然后若无其事地收回视线,跟身边的人说完话之后,便往时光的方向走了过来。

时光看着一步一步向她走过来的陆彦辰,一颗心提了起来。

陆彦辰的感觉非常敏锐,应该是知道车里有人看着他,但毕竟隔着反光玻璃,光线也不好,想要看清车里的人,除非他有一双透视眼。

就在此时,一道惊讶的声音响起:"陆彦辰?"

时光扭头,透过车窗看到千寻来了,原本去抽烟的司机也回来了,他拉开车门直接坐了上来。

陆彦辰意味不明地看了一眼车里,明知道隔着反光玻璃,他不可能看到自己,时光依旧很心虚。

陆彦辰沉默了一会儿,又将目光放到千寻脸上,眯了眯眼睛,片刻后才出声:"苏千寻?"

千寻弯了弯嘴角,礼貌地打着招呼:"是我,好久不见。"

时光有些惊讶。

千寻和陆彦辰居然认识,而网上根本没有关于千寻真名的爆料,她原本以为"千寻"只是艺名,至于千寻姓什么,网上没有资料。

难道千寻的身份不一般?可是如果她有背景,怎么还被"全网黑"?

真令人费解。

陆彦辰看着她,试探着问道:"这是你的车?"

"对。"千寻点头,"听说你要结婚了,怎么没在家筹办婚礼,来京都了?"

陆彦辰神色微敛,漠然地回道:"苏小姐,你是不是管得太宽了?你好像还没有嫁入石家。"

千寻嘴角一抽,脸色瞬间不好了:"陆公子,我不过是随口问一句而已。"

陆彦辰没有理她,目光移到车窗上,定了两秒之后,什么也没有说,转身便走了。

千寻瞪大眼睛,怒气冲冲地目送他离开,然后冷着一张脸上了车,又冷哼了一声,开始吐槽:"陆家的人还真是讨厌!"

看着她一脸憎厌,时光摸了摸鼻尖,心想:我嫁到陆家了,我也算是陆家的人。

千寻咬了咬牙,看着时光,一本正经地说:"你不是经常看微博吗?前段时间他就上过热搜,只是几张模糊的照片就吸引了一大批粉丝。网上有人说他结婚了,可你看他刚才高冷的样子,跩得二五八万,傲娇到丧心病狂,一看就是个没有'夫妻生活'的男人……"

时光差点被口水呛到。

"他不是结婚了吗?结婚了还没有夫妻生活,难不成是假结婚?"千寻说着说着,突然恍然大悟,"我明白了!"

时光下意识地问:"你明白了什么?"

"他一个男人,长得那么好看,娶了老婆之后还没有夫妻生活,肯定是因为他某些方面有障碍,他现在的老婆其实就是个幌子,掩饰他某方面不行的幌子!"

千寻几不可察地勾了勾嘴角,一副发现重大秘密的愉悦表情,刚才的不快荡然无存,时光有些哭笑不得。

千寻开始猜测:"肯定是这样,你看,都说同流合污,跟他关系最好的人是楚牧北,楚牧北就是一个花花公子,如果不是因为那方面不行,他肯定和楚牧北一个样……"

时光惊讶极了,千寻连楚牧北也认识?她到底是谁?

千寻摇了摇头,又自言自语道:"除了楚牧北,还有叶崇均和莫言止,那几个人都差不多,不可能唯独陆彦辰不同,我看他结婚就是幌子。"

时光语塞,千寻居然连叶崇均也知道。

千寻还沉浸在自己的幻想中:"陆爸爸要是知道自己儿子那方面不行,不知道会不会气得吐血,应该不会,毕竟陆彦辰还有三个哥哥……"

时光心想:放心吧,你想象的这一幕永远不会出现!

片刻后,感觉到千寻吐槽得差不多了,时光对司机说:"师傅,麻烦你在前面靠边停一下。"

千寻看着她,问:"你要去哪儿?"

"我要去杜鹃城。"

"杜鹃城离这儿挺近的,我让司机送你去吧。"

"方便吗?"

"花不了多少时间,有什么不方便的。你要是觉得不好意思,晚上请我吃饭吧。"

千寻抬起手,捏了捏时光的脸,然后让司机前往杜鹃城。

"你一个人去逛杜鹃城?"千寻问。

"不是,我是去找我姐姐。"

千寻原本想说如果杜鹃城人不多,她就一起去逛逛,但是听到时光说去找姐姐,她就没有再说了,只以为时光和姐姐约在杜鹃城,姐妹俩一块玩,她一个外人不好打扰。

杜鹃城是以京都湾畔的一片滩涂为基础发展而成的一个大型主题公园。

下车后时光有点茫然,她只知道姐姐在这儿出现过,可姐姐是恰巧路过,还是过来玩呢?

时光慢慢走着,看到一个小超市,进去买了一瓶水,然后拿着姐姐的照片问了老板,却没有一点收获,她眼里闪过一丝失落,然后继续往前走。

时光不知道的是,有一辆车一直远远地跟着她。

陆彦辰看着前面缓步而行的时光,眼中有着深深的眷恋。

刚才在停车场,虽然没有看清楚车里坐着的人是谁,但不知为何,他确定那个人就是时光。

昨天晚上,他的人在车站出口等她,却没有等到人,查了京都一些酒店的入住情况,也没有她的入住记录。

他顿时心慌意乱,生怕她出意外。

直到刚才看到她从车上下来,他才确定她安然无事。

只是时光怎么会和苏千寻在一起?

想起刚才在停车场的情况,苏千寻似乎并不知道时光的身份。这也是刚才他没有让苏千寻打开车门而是转身离开的原因。

如今时光一个人,他应该开车过去,停在她的身边,然后将她紧紧抱在怀里。可是想到那天她说她需要冷静一下,他又克制住自己,只要看着她,知道她没事就好。

在决定和时光结婚的时候,他就已经下定决心,不管发生什么事,此生只有她,不会再有别人。

不过这个傻瓜不会觉得在杜鹃城转一圈,问遍商家、小贩就能找到她姐姐吧?

还好今天不冷，阳光正好，照在身上暖洋洋的，就当她是出来走走，散散心好了。

时光在杜鹃城待了一天，一无所获，不过她没有气馁，她早就想过了，茫茫人海，不可能一两天就找到姐姐的。她相信只要姐姐在这个城市，她就一定能找到姐姐。

晚上，时光回到酒店，请千寻用晚餐，用餐地点是酒店旁边的一家日本料理店。

千寻要了一瓶清酒，给时光倒了一杯，说："陪我喝一杯吧。"

想到自己酒量那么差，时光皱了皱眉，拒绝了："不了，我酒量不太好。"

千寻执拗地给将酒杯推到她面前："清酒度数很低的，喝起来甜甜的，跟饮料差不多，喝一点没事的。"说完，她拿起手上的酒杯跟时光碰杯，然后一饮而尽，眉头都不皱一下。

时光端起酒杯放到嘴边闻了一下，确实有一股青苹果的味道。

她抿了一口，觉得口感还不错，酒精的味道很淡，有点甜。

那就陪千寻喝几杯吧。

可她似乎忘记了，上次她喝红酒加雪碧，甜甜的味道也让她一时迷乱，然后就喝醉了。不过，她还是很克制，每次都是喝一小口，但千寻一直在劝酒，所以最后她还是喝了蛮多的。

买单的时候，她整个人都晕乎乎的。

千寻看时光这副模样，娇俏地笑了一下，说："小小，你不要告诉我，你喝醉了？"

时光揉了揉眉心："应该没有吧，我现在蛮清醒的。"

酒的后劲还没有上来。

"我没什么朋友，和你在一起真开心。"千寻多喝了几杯，话也多了起来，当然，她是清醒的，只是觉得时光很亲切，莫名想要跟她交心，"自从进了娱乐圈，我就更没有朋友了，那些人当面一套背后一套，我都懒得应付。反正不管我怎么样，他们都会觉得我是靠男人才红的，表面跟我笑嘻嘻的，其实个个都避着我……生怕和我关系好了，会影响他们似的……真是瞎了眼，我要是有后台，现在会被'全网黑'吗？"

千寻真的没有什么"黑历史",网上的爆料大都是捕风捉影,时光笑道:"如果你不嫌弃,以后我们就是朋友。网上那些人,大部分都是收钱骂人,你不搭理就是了。你是一个好姑娘,我很喜欢你,可惜我没有哥哥,只有一个姐姐,不然我让我哥哥追你。不过我觉得你应该看不上我哥。"

"哈哈,当你嫂子,这个建议不错。"千寻说着,伸手捏了捏时光的小脸,"以后你认个哥哥吧,按我对老公的标准来认,认好了,我就嫁给他。"

时光哭笑不得地说:"你不是有男朋友吗?"

"你说他啊。"千寻想到了什么,突然从包里拿出一张红色的请帖递给时光,"如果这天有空,你就过来吧。"

时光打开一看,是千寻和石泽的订婚喜帖,设计得非常精致,可见对订婚宴的看重。

她看了一下时间,有些错愕:"这么快……"

千寻笑道:"对啊,老大不小了,得把自己嫁出去了。"

时光收好喜帖,说:"我觉得你们挺般配的。"

千寻摆摆手:"得了吧,那个人是我家里给我挑的,我对他没感觉。"

时光坐直身体,一本正经地说:"如果不喜欢,为什么要结婚?两个人结婚难道不是因为相爱?"

千寻无奈地勾唇:"小傻瓜,这个世界上因爱结婚的人太少了,知道吗?"

时光眨眨眼,有些撑不住,又趴到桌子上,眼皮很沉,脑袋很重……好困好困!

千寻苦笑了一声:"我曾经喜欢过一个男人,很喜欢很喜欢,可是他留给我的却只有痛苦。"

"他劈腿了,抛弃你了?"

这是时光认为的一对夫妻间最痛苦的事。

"劈腿对我来说都不算什么了!"

不是劈腿?

时光好奇地问:"那是什么?他让你失去了对你来说最重要的人?"

千寻冷笑一声,没有继续这个话题,而是说:"时间不早了,走吧,我们回酒店。"

时光站了起来,整个人晕乎乎的,走路时感觉身体轻飘飘的,一个不稳,差点摔倒,还好旁边的千寻顺手扶了她一把。

时光根本走不动,千寻费了九牛二虎之力才把人给搀回到酒店。

"我这算不算搬起石头砸自己的脚?没想到你酒量这么差,喝了几杯清酒就醉成这个样子。"

千寻见时光酒劲上头,一脸难受,决定去给她买点醒酒片,让她缓缓。

没办法,自己造的孽。

千寻出门之后发现忘记拿房卡了,犹豫了一下,想着还是先去买醒酒片,回来后再叫时光来开门。

第五章

千寻的订婚宴

千寻刚走,门铃便被人按响了。

时光被吵得无法安睡,只能皱着眉头,难受地爬起身,眼睛都睁不开,也没问是谁,便打开门,挡在门口,不耐烦地问:"你找谁?"

英俊挺拔的男人皱着眉心,一言不发地推开她,往里走去。

时光差点摔倒。

陆彦辰大概也没有想到她醉得这么厉害,漂亮的黑眸一震,快速伸手揽住她的腰,然后往自己怀里一带。

"喂,你找谁?怎么这么没礼貌,乱闯别人的房间……"

时光的话还没有说完,陆彦辰就死死地堵住了她的唇,吻得饥渴又炽热,像是要把她吸进去一般。

陆彦辰吻得又急又强势,醉酒的时光原本就没有力气抵抗,这会儿身体更是软得不行，她难受地说："不舒服……"

陆彦辰狂热的动作突然停了下来，嘴唇依旧贴着她的嘴唇，闭着眼睛平复气息。

片刻后，他抱着她在床边坐下，让她舒服地躺着，额头抵着她的额头，声音微哑地道："知道我是谁吗？"

时光迷离地看着他，一副可怜兮兮的表情："当然知道。"

"说说看，我是谁。"陆彦辰忍不住贴近她的脖子，在她柔软的脖子上啃了一口，带着一点惩罚的意味。

时光抱着他的腰，笑嘻嘻地说："亲亲老公，你说你是谁？"

虽然开门的时候脑子迷糊了一下，不自觉就蹦出一句"你找谁"，可这是她心尖上的人，在陆彦辰抱着她的时候，她就算不看也知道他是谁了。

陆彦辰皱起眉，低声问她："你都喝醉了，还直接开门，万一敲门的人不是我呢？"

"那我会打得他满地找牙。"她主动在他唇上吻了吻，"我没有你想的那么弱，陆彦辰。"

陆彦辰眼眸微亮，大拇指摩挲着她的唇瓣，不悦地说道："不是和你说过很多次，不许喝酒。"

"那个不是酒，是饮料，我没想到饮料也能喝醉，真的好过分哟。"

时光说着说着就有点大舌头了，她像小狗一样在他身上蹭，又道："难受，想喝水。"

陆彦辰拿过床头的水，见是冷的，便让她在床上躺好，然后去烧水。

时光歪着身体躺在床上，睁着一双醉醺醺的眼睛看着陆彦辰，生怕眨眨眼他就消失了。

陆彦辰回过头对上时光的眼神，给她倒了半杯水，坐在床上喂她。

和刚才千寻喂水不一样，这一次时光非常配合，喝完还乖乖地靠在陆彦辰的肩膀上。

"好了，这次原谅你，以后不许再喝酒了。"陆彦辰捏了捏她的鼻子，他似乎忘记了，这个女人酒醒之后什么也不会记得。

这个时候说没有下次其实就是一种纵容。

"好好，不喝不喝。"她像小猫咪一样又在他身上蹭了蹭。

"没良心的臭丫头。"

陆彦辰侧头,贴着时光的耳朵骂她,声音却是温柔的。

有时候他真是觉得把她捧在手里怕碎了,含在嘴里怕化了,只想找个真空袋把她装起来,省事。

陆彦辰给时光擦了脸和手,刚准备帮她把衣服也换一下时,门铃"叮咚"响起。

他漠然地瞥了一眼门的方向,没有理会。

时光迷迷糊糊地看着陆彦辰,说:"好像有人按门铃,你去看看?"

铃声似乎没有停,陆彦辰给时光盖好被子,然后起身去开门。

门打开时,千寻正拿着醒酒片,也没看清来开门的人是谁就嚷嚷道:"我说你怎么那么久才来开门,我都以为你睡着了……"

千寻话没说完,看到站在门口的男人时,瞬间愣住了。

她揉了揉眼睛,想确认是不是自己出现了幻觉,否则陆彦辰怎么会出现在小小的房间里?

结果她发现眼前这个人确实是她认识的陆彦辰,已经结婚了的陆彦辰!

千寻想,难道是她走错房间了?她又看了一眼门牌号,没有错,是小小的房间。

意识到自己没有看错人,也没有走错房间,千寻瞬间怒火中烧,声音冰冷地道:"陆公子,你怎么会在这里?你到小小房间里想干什么?"

她认定他是想图谋不轨。

陆彦辰依旧一副冷傲的样子:"我在这儿和你有关系吗?"

"当然有关系呀,小小是我的朋友。"千寻气得跳脚,陆家的男人怎么都那么讨厌,"我不许你伤害我的朋友!"

这话令陆彦辰的脸色稍稍好了些,他沉默了片刻,一字一句地告诉她:"她是我老婆。"

"那你也不能……"

等等,他刚刚说什么?

千寻目瞪口呆。

他说,小小是他老婆?

小小怎么会是陆彦辰的老婆?

她记得早上还和小小吐槽过,陆彦辰娶老婆是个幌子,那会儿小小好像还在笑,也没有辩解,怎么突然之间小小就变成陆彦辰的老婆了?

陆彦辰是在骗她吧?

这般想着,千寻大声说道:"你有什么证据证明你是小小的老公?网上曝光了你的老婆叫……反正不叫小小!"

陆彦辰的表情一贯的冷漠淡然,语气也冷冰冰的:"她叫时光,小小是她的乳名。她是Z省省女子游泳队的运动员,她是不是告诉你,她来京都是找她姐姐的?"

千寻错愕不已,想着小小确实是说来京都找姐姐,难不成陆彦辰真是她老公……

就在此时,房间里的时光慵懒地喊了一声:"陆彦辰,是谁啊?"

听到时光的声音,千寻心里猛地一跳,原来是真的,陆彦辰没有骗她……好不容易交个朋友,怎么又是陆家的人?

她莫名觉得不自在,转身就走了。

离开之后,她才反应过来,明明是时光骗了她,那个该心虚的人是时光才对,她刚才为什么不去质问一下呢?

是因为早上的吐槽?

果然不能在背后说人的坏话。

陆彦辰把门关上,看着裹着被子坐在床上的时光,问:"你怎么会跟她在一起?"

"谁?"

"苏千寻。"

"千寻……"时光微微一笑,"她呀,我在高铁上碰到的。她人特别好,很热心。一开始我以为她想对我图谋不轨,不过后面她差点出事,我帮了她一个小忙,现在我们是朋友。"

陆彦辰走到床边,沉默地看了她半晌,然后很坚定地告诉她:"她不适合当你的朋友!"

"为什么?"

"就是不适合,你不会喜欢她的,所以离她远点,以后不要再见她!"他皱着眉,声音清冷。

时光有点苦恼："可是她人很好，对我也很好……我们才成为朋友，结果没过一天，我突然不理她，这样好吗？你总得告诉我原因吧。"

他都忘记她喝醉了，这个时候和她说这些干什么。

第二天，时光醒来后，看着天花板一脸茫然。

因为她想起自己昨晚又喝醉了，但是喝醉之后发生的一切都不记得了。

她怎么感觉陆彦辰来过，可是房间里很安静，又感觉像是做了一场春梦，以至于她都怀疑陆彦辰是不是真的来过。

而且身上很清爽，显然自己是洗了澡就睡了。

那么是自己洗的，还是……她不敢确定，感觉像做梦似的。

时光在床上躺了一会儿才慢吞吞地坐起身，去了洗漱室，洗澡了之后感觉整个人都清醒了。

她喝水的时候，才发现桌子上摆着一个保温瓶，温在里面的筒子骨粥还是热的，上面一层还放着几个美味可口的生煎包，配上粥，味道刚刚好。

这是谁帮她准备的？

这让时光极度怀疑昨晚发生的一切不是梦，不然早饭哪儿来的？

她隐约记得昨晚好像是千寻把她送回酒店的，那早餐应该是千寻买的，真的很贴心。

时光吃了早餐之后，看了看时间，已经到中午了，她想着要不要约丁寻吃个饭。昨天原本要感谢千寻，结果自己喝多了，不过喝醉前自己说了要和千寻做朋友的。

没想到接下来两三天时光去找千寻，房间里都没有人。

想着千寻应该已经退房了，可是她还没有她的电话号码。对了，千寻给了她订婚喜帖，千寻订婚那天她一定要去。

时光找了几天，依旧未果。

这天天气不太好，下起了瓢泼大雨，时光苦恼地皱了皱眉，看来今天不适合出门。她在酒店门口呆呆地看着雨，犹豫着今天还要不要去找姐姐。

很多事情都是想得简单，总以为来了应该能有一点希望，可是茫茫人海，想找到一个人真的好难。

这场大雨来得快去得也快，天空很快就放晴了，时光还是决定出去。

走着走着，察觉到后面有人在盯着她看，她下意识地扭头，路上的行人匆匆而过，并没有任何可疑人物。

时光慢慢向前走着，内心生出一丝狐疑，最近几天也不知道为什么，总感觉有人在跟着自己……

是错觉吗？

时光不敢确定，她走了一会儿，突然毫无预兆地回头，连续好几次，依旧没有发现任何可疑之处，她觉得是自己想太多了。

她伸手招了一辆出租车坐上去，又去了杜鹃城。估计是因为刚刚下过雨，杜鹃城并没有什么人，时光这次没有走路，而是坐着电瓶车转了一圈就回酒店了。

她在等电梯的时候，看到千寻悠闲地从外面回来。

时光立刻打招呼："千寻，你还在京都呀，我还以为你已经回去了。"

千寻看到时光之后，和以往有些不一样，没有一丝欢喜与热情，漫不经心地"哦"了一声。

时光愣了一下，也没有在意，笑了笑说："那天晚上谢谢你把我扶回来。"

"不用谢我。"千寻大大咧咧地挥挥手，"我什么也没有做，再说了，要不是我喊你喝酒，你也不会醉成那样。"

这时电梯到了，千寻走了进去。

时光跟着走了进去，明显感觉到了千寻的冷淡，她下意识地摸了摸鼻子，心想有了那天喝酒的交情之后，两人的友情不应该得到升华吗，怎么感觉变淡了呢？

她想大概是千寻遇到了什么事情，这会儿心情不好。

一路沉默，两人各怀心思。

时光的房间到了，她看着千寻，想说一声再见，可是千寻头也不回地离开了。她抬起的手又放下了，耸了耸肩膀，掏出房卡开了门。

当她进去后准备关门的时候，房门突然被人从外面抵住，时光抬眸，惊讶地看着一脸怒容的千寻。

"你难道没有什么话要对我说吗？"

千寻的心情很复杂，那天晚上的事情让她太震惊了，她缓了两三天还无法接受。

今天碰到时光，对于之前的欺骗，时光居然一字不提，没有一句解释，也没有一句道歉。

时光愣愣地看着生气的千寻，一脸不明所以。

怎么了？她应该说什么？

道谢？貌似刚才已经说了，而且她怎么感觉千寻好像在生她的气，难道那天晚上她喝醉后做了很过分的事？

她先把千寻拉进房间，泡了杯茶，然后一脸歉意地说："那个，对不起，那天晚上的事我都忘记了。我这人一喝醉就断片，什么都记不得，所以我要是做了什么对不起你的事，你千万不要放在心上。"

千寻感觉自己的暴脾气上来了。她语气不重，目光却尽显鄙夷："我说的不是这个，你之前说什么来找姐姐这些鬼话……"

时光惊愕地道："我确实是来找姐姐的。"

"那你姐姐在哪儿？"千寻声音冷漠，都这个时候了时光还想骗她，亏她想要真心交这个朋友。

"我姐姐……"时光垂下眼睛，掩饰自己的情绪。

她想，既然拿对方当朋友了，可以不主动说，但对方既然问了，那就不应该说假话。

"她失踪了，我是听说她在京都出现过才来找她的，我也不知道她在哪儿。"说完后，她对着千寻笑了笑。

千寻愣住了，然后轻声问了一句："她怎么失踪了？"

时光的那一笑，让她心里的愤怒瞬间消失不见，随之而来的是心酸。

时光苦笑道："我姐姐是个植物人，昏迷了七年，刚做完手术不久，眼看着就要醒了，突然就从医院消失了，我也不知道是谁把她带走了。"

还有这样的事？千寻震惊了，随即抱歉地说："对不起！"

"怎么说对不起？"时光好笑地看着她，"该道歉的是我，我喝醉了可能会有点智商掉线。不管我做了什么，你都不要生气了好不好？"

"你也没有干什么……"千寻沉思着，想给时光一次机会，"就是一直在叫'老公'而已，你结婚了？"

时光点点头："对，我结婚了。"

千寻想问那你老公是谁，他又在哪儿，可是说出口的时候不知道怎么就变成了:"那你现在一个人出来找你姐姐,你不担心你老公忍受不了寂寞找别人吗?"

千寻总觉得好奇怪,小小和陆彦辰明明是两个圈子的人,八竿子打不着的人怎么会是一对?!

时光摇头:"不可能,我相信他,他不会让我失望。"

陆彦辰不会让你失望?

千寻嘲弄地一笑:"怎么就不可能?现在的男人可花心得很,如果他真的爱你,怎么会让你一个人来找你姐姐?我看他就是想趁你不在的时候,出去找女人,不对,也有可能是去找男人。"她想了想,又故意加了一句,"还记得那天我们见过的陆彦辰吧,我就敢打包票,他不是不行,就是花花公子,反正不会对老婆好。"

时光有些哭笑不得,她语气坚定地道:"不会的,我老公不会让我失望,他这辈子就我一个老婆,就算我死了,他也得为我'守寡'!"

千寻忍俊不禁,这一笑,清丽的眉眼之间满是光华。

"你不生气了?"时光软软地看着她,睁大眼睛求抚摸的小模样。

"谁生气了!"

千寻不承认,心想,时光真可爱,如果我是男人,真想挖陆彦辰的墙脚。她捏了捏时光的小脸:"你这么威武霸气,我怎么敢生气呀?"

时光被她调侃得挺不好意思:"那个……你吃饭了吗?我请你吃饭。"

千寻傲娇地看着她,突然笑了,说:"宰你一顿狠的。"

"没问题,随便点。"

安静雅致的餐厅,两人一边用餐,一边说说笑笑,耳边突然响起一道温柔的声音,略带着惊讶:"小姑姑?"

时光下意识地扭头,便看到了苏雅。

千寻是苏雅的小姑姑,难怪陆彦辰叫她苏千寻,是苏雅的苏;难怪所有人都查不到她的姓,因为她姓苏;难怪她根本不在意别人在网上突然骂她,也不在意有没有戏演,也因为她姓苏。

在陆彦辰对她冷冰冰的,又叫她苏千寻的时候,她就应该想到的,可惜她太喜欢千寻了。

千寻准备给苏雅介绍时光,但被苏雅打断了。

苏雅浅笑着看了时光一眼,却没有半丝笑意到达眼底:"小姑姑,我认识时小姐。好久不见了,时小姐。"

时光的双目冷若冰霜,她扫了苏雅一眼,没有理她,只是看着千寻问了一句:"你是苏家的人?"

"这个很重要吗?"千寻皱眉。

"当然重要!"

时光想说要不是你们苏家强势地压下当年的校园暴力事件,她也不可能连一个公道都讨不回。

"你不也没告诉我你是陆家的人,陆彦辰是你老公。"千寻说。

时光不知道说什么,如果一般人也就算了,可是她真的很喜欢千寻,然而没有想到,千寻居然是苏家的人。

如果说那四个欺负姐姐的人里面她最恨的人,那肯定是杨思彤,因为她下手最狠。

如果论她们的家人,那么她最恨的便是苏家,因为苏家用他们的权势压下了整件事。

在她最脆弱的时候,在她懵懂无知的年纪时,她再愤怒,又能如何?

当年她之所以跟着小姨去了县城,除了小姨住在县城之外,其实也是因为来自苏家的压力,就是为了阻止她闹事。

在那个网络信息还不发达的年代,整件事情被压得死死的,没有掀起点波澜。后来稍微长大了一点,懂事了,她也依旧无法撼动苏家那座大山,无法给姐姐讨个公道。

可是千寻怎么会是苏家的人……

她一时之间真的有点接受不了。

苏雅皱眉,似乎在好奇她的反应怎么那么大。

时光放下筷子,复杂地看了千寻一眼。

姐姐失踪后,她整个人就是绷着的,像个炮仗一点就燃,所以她才会和陆彦辰说她需要冷静。

此刻,她也需要冷静……

"我吃完了,先走了。"

她没有看千寻的表情,拿起包包就离开了。

千寻满是疑惑,她扭头看看苏雅,苏雅立刻无辜地笑了笑,一脸茫然。

时光有些失落地在路上慢慢走着,走着走着,脚突然扭了一下,差点摔倒在地上,却被人伸手扶住了。

她抬头,便看到了满脸担忧的陆彦辰,他焦急地问:"伤到脚了?站得稳吗?"

"我没事。"时光推开他站好,只是扭了一下,没有伤到,她看着陆彦辰,"你一直跟着我?"

陆彦辰静默片刻后才回她:"我担心你,又怕你不想看到我,所以……"

他伸手将人揽进自己怀中。

温暖的怀抱令时光鼻子酸酸的,她下意识地伸手环住他的腰。

楚牧北将车停在旁边,刚好看到他们肆无忌惮地拥抱,忍不住骂道:"你们就不能等回了屋再抱,我还是单身啊!"

陆彦辰把时光的脑袋往自己胸膛轻轻一按,面对楚牧北的抱怨,声音冷得掉冰碴:"闭嘴!"

楚牧北嘴角一抽,正想反驳一句,陆彦辰又一个冰冷的眼神甩过来。

他想这局亏大了,下局还得陆彦辰帮忙,只好乖乖闭嘴。

时光此时只想找个地洞钻进去,她用力推开陆彦辰,狠狠瞪了他一眼。

陆彦辰眉开眼笑,又想去摸她的脑袋。

时光一巴掌拍开他的手,气呼呼地扭头不看他,但是陆彦辰很霸道,又勾住她的脖子,往自己怀里扯。

楚牧北从后视镜里瞄了一眼打情骂俏的两人,看不出来时光妹妹还是只小老虎,不过老陆那一脸宠溺,仿佛痴汉一般的眼神是怎么回事?

动不动就爱生气的女人,显然就是无理取闹,他也纵容。

不过,算了,情人眼里出西施,他痛苦地吞下这碗"狗粮"还不行吗?能不能别再虐他了!

车停在酒店外面,时光推开车门,也不理陆彦辰,直接往酒店里走。

一直抱着她的脖子往他身上靠,那劲大得差点没把她脖子勒断了。

臭男人,太不温柔了。

她大步往里走,在电梯转角处差点撞到一个从里面走出来的高高瘦瘦的男孩，黑色短发，戴着口罩，只露出一双无辜的眼睛，外表柔弱，一副谁都能欺负的样子。

时光不小心撞了他一下，他立刻虚弱地往后退，完全不受控制。

幸好柔弱男孩身后有一个高大挺拔的男人，男人眼疾手快，动作利落地扶住了他。

这个男人身穿合身的西服，勾勒出令人羡慕的好身材，犹如电视剧里的贵族绅士。论长相，他或许不如陆彦辰精致完美，却也非常出挑，五官深邃，深棕色的眼眸，鼻梁上的眼镜遮掩掉了他的冷峻和犀利，让他身上散发着高雅温和的气质。

可时光与他对视一眼，立刻便感觉到他身上强大到令人胆战的气场，顿时怔了一下。

男人身边跟着一个保镖，保镖立刻向前，呵斥时光："你怎么走路的！"

时光连忙说："对不起，对不起。"

刚才确实是她不对，她没有看路才会撞到那个柔弱男孩。

这时，陆彦辰和楚牧北跟了上来，忙问她怎么了。

看到站在时光面前的保镖，陆彦辰眼眸微眯，目光淡漠，有种说不出来的压迫感。

那保镖愣了一下，下意识地走回到男人身边，恭敬地叫道："尚先生。"

时光看着那被称为尚先生的男人，抱歉地说道："对不起，我刚才走得太急了，没有注意看路，那个……"她又将目光转到那被自己撞到的柔弱男孩身上，"你没事吧？"

尚先生冷静地看了一眼面前的三人，然后将目光转到身边的瘦弱男孩身上，似乎在说撞的是你，你自己决定。

戴着口罩的柔弱男孩扭头看了时光一眼，时光扬起嘴角，绽出一抹抱歉的笑。他也笑了笑，然后对着尚先生摇了摇头，表示自己没事。

尚先生便没有再说什么，直接迈步离开，柔弱男孩也跟着他一起离开了。

从时光身边经过时，瘦弱男孩深深地看了时光一眼。

时光对上他的眼睛，突然有点发愣。

这个男孩的眼神怎么感觉那么熟悉？不只是眼神，还有他整个人给她的感觉，莫名觉得好像认识了很久一样，但是他看她的眼神又是陌生的。

还有他……是生病了吗？为什么要戴口罩？

他那么虚弱，为什么不住在医院，而在外面乱跑呢？

"走了，你准备看到什么时候？"陆彦辰阴阳怪气的声音在耳边响起，对于时光痴迷的眼神表示不满。

时光瞪了他一眼，迈步走进电梯。

陆彦辰挺爱吃醋的，脸上笼罩着阴霾。

楚牧北笑嘻嘻地说："刚才那个戴口罩的男人怎么感觉跟个女人似的，一副弱不禁风的样子。"

时光也觉得他好像是女人，那双眼睛她一定在哪里见过……

可是像谁呢？

走到客房门前，时光猛地顿住步子，扭头看着一直跟着他的陆彦辰和楚牧北，满脸不悦："你们准备跟我到什么时候？"

陆彦辰立刻冷冷地瞥了楚牧北一眼："你可以滚了！"

楚牧北抓狂："有你这么过河拆桥的吗？"

虽然他也不想再看这两人秀恩爱，可是他就是不想如他们所愿，偏要再当几分钟电灯泡。

不料时光吼道："你们俩都不许进来！"她又看着陆彦辰，说，"是你自己说的，我不想你出现的时候，你绝对不会烦我。"

陆彦辰语塞，话说得太满了。

时光拿出房卡开了门，进屋后直接把门重重地甩上。

楚牧北很不厚道地大笑起来。

陆彦辰冷冷地瞥了他一眼，转身就走。

楚牧北一脸嫌弃地道："没想到你居然是个'妻管严'。"

陆彦辰扭头看着他："你懂什么，老夫老妻都这样，像你这种没有老婆的人是不会明白的。"

楚牧北语塞。

陆彦辰又说："就算不是单身，但不会有真爱的你就更不会明白了。"

楚牧北差点哭出来，有你这么强行秀恩爱的人吗？

楚牧北大声吼道："你也就敢对我凶，你有本事凶你家媳妇去。"

"她是女人，你是吗？"

"我当然不是。"

"去变性，我给你女人的待遇。"

楚牧北感觉自己一口老血都要喷出来了。

时光回屋后直接冲了个澡，换上睡衣躺在床上。她闭着眼睛，却怎么都睡不着，刚才那个柔弱的男孩为什么感觉那么熟悉呢？特别是那双眼睛，像谁呢？

她在脑子里过了一遍，然后惊讶地发现，柔弱男孩的那双眼睛居然和千寻的眼睛特别像。

怎么会像千寻？难不成那个柔弱的男孩和千寻有什么关系，他也是苏家的人？

想到苏家的人，时光就不高兴了，也不愿意再多想了。

时光接到了张书林的电话，要求她马上回去训练，并且不听任何解释。张书林也是着急，他怕时光再耽误下去会直接废掉。

在京都那么久也找不到姐姐，现在陆彦辰又找到她了，时光知道自己再待在京都也没用，就跟着陆彦辰回了Z市。

回去之后，时光去了训练馆，张书林见到她，直接给了她一份训练表，说："接下来有很多赛事，冠军杯结束后，就是十二月底的世锦赛。冠军杯就算了，但世锦赛我希望你可以参加，并且拿到冠军。"

"我一定会努力的。"

努力有什么用，时光在心里自嘲道。

她调整状态，赶紧恢复训练，她也不想给教练丢脸，可是她现在一下水就忍不住想起姐姐。

是的，她治愈了怕水的陆彦辰，可现在她自己面临着不敢下水的困境。

一个游泳运动员要是不敢下水了，那还有什么用？

全国游泳冠军赛由国家体育总局游泳运动管理中心主办，全国各地方省市体育局轮流协办，今年刚好是Z省协办。这是国内最高水平的游泳赛事，比赛将持续七天。

全国游泳冠军赛第一场是女子 4×100 米混合泳接力赛。

时光原本应该参加 4×100 米混合泳接力赛。

看到林七七和其他三个队友拿到了冠军,时光很开心,开心之余却又有些失落。

她垂着头走出体育馆的时候,差点和一个高高瘦瘦的少年撞到一起。

那少年看着十八九岁的样子,穿了一件白色的运动衫,戴了一顶棒球帽,身形流畅,四肢修长。

"对不起。"

"对不起。"

两人同时出声。

时光下意识地看了对方一眼,见他戴着口罩,看不到脸,只能看到他墨色的瞳孔,仿若星辰一般,有些冰冷,又有些空洞,给人一种说不出的妖冶与媚惑。

这双眼睛,时光觉得有些熟悉,不禁微微愣了一下。

咦,这不是那天在京都不小心碰到的少年吗?他怎么会在体育馆呢?

"是你!"时光惊呼出声。

少年双眉微皱,目光专注地看着时光,神色认真,似乎在回想着什么。

"你不记得我了?在京都的酒店,我不小心撞到了你,还记得吗?"

少年眨了一下眼,然后轻轻地点了点头。

时光呆呆地看了他两秒,也不知道为什么,总感觉他有几分似曾相识,她犹豫了一下,轻声问:"你……叫什么名字?"

听时光这么问,少年的眼神又带上了疑惑和防备,这让时光瞬间觉得自己像个坏人。

时光想,自己这么直接问一个陌生男孩的姓名,确定有些冒失,他不会以为她对他有意思吧?

她只是觉得他眼熟罢了。

"不好意思。"时光抱歉地笑了笑,表明自己没有什么意图,"我就随口问问,如果不方便的话,你就当我没问。"

时光说完就准备走,不想少年的声音响了起来:"我叫容陌。"

他的声音像是珠玉沉在溪水里,不高不低,袅袅入耳,很好听。

时光愣了一下。

容陌，在她的印象里，她不认识叫这个名字的人，难不成换名字了？

她扭头看着他，脸上绽开一个灿烂的笑容："我叫时光。"

少年眨了眨眼睛，微微笑了一下。

时光很想看一下他的全貌，口罩遮去了他大部分容颜，只能看到眼睛，无法确定他到底长什么样。可刚才她问他名字就已经很轻率了，再说想看看他长什么样，对方估计会以为她真的有企图。

"还有事，先走了。"少年说完，转身就走了。

走了两步，他忽然回头看着时光笑了笑，和他给人的第一感觉完全不一样，没有妖冶和媚惑，笑得人畜无害，眼睛亮晶晶的，干净得一点杂质都没有。

时光看着少年离去的背影，愣了一下。

她眨了眨眼睛，有些不敢相信，刚刚那一瞬间她真的感觉他很眼熟。

似乎他们是认识了很久的人。

但是，怎么可能？

他说他叫容陌，在她的印象里，她真的不认识一个叫容陌的男孩。

是因为千寻吗？毕竟他的眼睛和千寻很像。

可是千寻笑起来很妖娆，没有这么纯净。容陌刚才笑的时候，一点也不像千寻那般妖艳，那纯净的感觉，千寻没有，但是却让她觉得更熟悉了。

为什么？

时光越想越觉得奇怪，突然她眼睛一亮……姐姐，她以前怎么就没有发现，那双眼睛也像姐姐呢？

因为姐姐沉睡了太久，她都快要忘记姐姐的眼睛看着她的时候是什么样的了。

容陌很像姐姐，很像。

在时光心中，姐姐那个虚幻的影子与容陌重合了起来。

可是容陌是个男人。

也许他只是穿着男装，他也没有说过自己是男人……

"你怎么站在这儿发呆？"

熟悉的声音在身后响起，时光回头，就看到了千寻，她很是惊讶："你怎么会在这儿？"

千寻走到她身边，说："原本我是来看你比赛的，结果你和我一样坐在观众台。"

时光尴尬地笑了笑，不知道该说什么。两人一起离开，在外面的露天咖啡店坐下。

"刚刚在看什么呢，目光痴情，缠绵悱恻。"

"哪有这么夸张，我只是多看了两眼而已。"

两眼而已？她刚才可不只看了两眼，千寻目光如炬，上下打量着时光："你那天怎么回事，我是苏家的人让你反应那么大？"

时光的目光闪了一下："有吗？"

千寻挑眉，目光锐利地盯着时光："如果我没有记错的话，听说我是苏雅的姑姑，你看我那一瞬间简直拿我当仇人，你和苏雅有什么过节吗？"

提到苏雅，时光的脸色瞬间沉了下去，她皱着眉道："当年是因为你们苏家的权势，而不单单是因为苏雅。"

"当年？什么事？"千寻拧眉，一脸不解。

"苏雅和杨思彤，还有那个颜紫一起欺负我姐姐的事，那么严重的校园暴力事件最后没有登报，也没有任何报道，都是因为什么？"时光说着，很是气愤，眼眶发红，一字一句，几乎是咬牙切齿，"就是因为苏家！"

千寻瞪目。

校园暴力？苏雅和杨思彤一起？

难道是爸爸出面解决的，压下了所有的报道？不可能！

这件事情她和爸爸都不知道，那么应该是大哥出手，把当年的事情给强压下去了。

大哥很宠苏雅，他会这么做并不奇怪。

千寻眨了眨眼，声音柔了下来："对不起。"

时光是吃软不吃硬的人，她看着千寻那双真挚的眼睛，下意识地愣住了。

当年的事情其实和千寻没有任何关系，她撇了撇嘴："你道什么歉，这又不关你的事。"

"这件事情如果真是因为苏家，那么我答应你，一定会给你一个交代。"千寻握住时光的手。

时光从来没有想过，某天会有苏家的人说给她一个交代。她现在不想要什么交代,她只想找回姐姐。可是什么时候能找到姐姐呢?

那个容陌有没有可能是姐姐?这个想法很荒唐,但时光回到家后,还是找了陆彦辰,让陆彦辰帮她调查容陌。

时光的话令千寻心里莫名不安,她知道她其实是有些害怕的,害怕自己的侄女是一个阴险的坏女人。她没有回自己独居的公寓,而是心事重重地回了苏宅。

看到她回来,苏老爷子很开心,招呼她一块过去吃晚餐。

父女俩正聊着天,苏雅和她妈妈许亚凤一起下楼,也在餐桌边坐了下来,千寻笑着打招呼:"苏雅回来了。"

苏雅对着千寻笑了笑:"小姑姑,你回家了。"

千寻笑了笑,继续吃晚餐。

苏雅是她的侄女,两人关系还算可以,毕竟是亲人,如果可以,她真的不希望苏雅如自己所想的那般。

晚餐过后,千寻陪着老爷子在后院喝茶下棋,满园的花草树木、喷泉雕塑,古色古香。

结束一局之后,千寻手肘撑在桌上,托着下巴看着苏老爷子说:"爸,我有个朋友,你猜她长得像谁?"

"像谁啊?"苏老爷子随口应了一句,然后开始收拾棋子。

"像妈妈。"

这三个字让苏老爷子的手猛地顿了一下,笑眯眯的千寻又开口说:"我第一次见她的时候就觉得她很眼熟,好像在哪儿见过一样,不过当时没有想太多,后来我才发现,她跟妈妈长得很像。"

苏老爷子沉下了脸:"你是想说,你妈在外面有个私生女?"

千寻笑了,说:"怎么可能,她才二十岁呢,妈妈那会儿已经不在了。"

苏老夫人怀上千寻的时候年纪已经很大了,她的身体根本承受不住,可她无论如何都要生下千寻。为了生千寻,吃了很多苦,也把身体拖垮了,生下千寻后没过两年就去世了。

"那还真是挺有缘分的。"对于那个不认识的孩子,苏老爷子顿时有了一股莫名的好感。

"对啊，我也觉得很有缘分，所以特别喜欢她，不过她……"千寻抿嘴，无奈地笑了笑，"并不喜欢我。"

"为什么？"苏老爷子不解地问道。

苏千寻叹息了一声："因为当年的一些事，她和苏雅有些不愉快……"她的话还没有说完，房间那边便传来了砸东西的声音。

千寻和苏老爷子对视了一眼，站了起来，千寻扶着老爷子往正屋而去，刚走到门口就听到一个女人的尖叫："苏冬乾，你对得起我吗？"

苏冬乾是苏家的老大、苏雅的父亲，此刻正被妻子许亚凤指着鼻子骂，因为苏冬乾在外面养了一个女人，那个人还是苏雅的朋友——颜紫的妈妈。

苏老爷子恨铁不成钢，咬牙切齿把苏冬乾骂了一顿："如果你不是我亲生儿子，你连路边的垃圾都不如！"

苏冬乾夫妻还有苏雅全都脸色惨白。

看到爸爸气得不轻，千寻帮他顺着气："爸，你别上火，大哥有分寸的。"

"分寸，他能有什么分寸？他的分寸就是玩女人！"苏老爷子喘了一口气，又道，"苏冬乾，别怪我没有警告你，别再跟任何女人传出绯闻，不然我一定不会再管你，哪怕你是我的亲生儿子，我也会登报和你断绝父子关系！"

客厅里很安静，苏冬乾瞪了许亚凤一眼，许亚凤心虚地低着头，不敢再闹了。

千寻安抚着老爷子，搀扶着他上楼休息，一直到他睡着了才出来。

苏雅在外面等着，看到她出来，立刻紧张地问："姑姑，爷爷没事吧？"

千寻说："暂时没事，刚刚睡着，你等他醒了再去看他。不过，那个颜紫是怎么回事？你交的都是些什么朋友？她妈妈怎么会和你爸爸在一起？"

"那只是一个……高中同学，我和她来往并不多。"苏雅一脸愤怒，"我也没有想到事情会变成这样，都怪我对人太好了。你放心吧，姑姑，我会把这件事情处理好的。"

"高中同学？"千寻细细揣摩了这四个字后，目光深沉地看着苏雅，问道，"是当年一起欺负时光姐姐的高中同学吗？"

苏雅听得身体一颤，心脏快速地跳动起来。她紧张了，说话不受控制地结巴："姑姑，我……"

千寻抬了抬手，打断了她的话："你可不要忘了自己的身份，爸爸一直希望他的子孙能成为对社会有用的人,我们就算成不了有用的人,但至少也不能是不法之徒。"

"姑姑说得是。"苏雅点头,一副认错的模样,"我知道错了,想对她说声对不起,只是她……姑姑你能不能帮我约她出来,我亲自向她道歉。"

"我问问吧。"

千寻说着,直接离开了,她没想到一诈苏雅,就把真相诈出来了。做了这么多年姑侄,她突然发现自己可能一点也不了解这个侄女。

她心里对时光满满都是愧疚。

次日,她约时光出来喝下午茶,没有拐弯抹角,直接道歉:"对不起,我和苏雅提了当年的事了,原来都是真的。时光,真的很对不起。"

时光淡淡地说:"你不用和我道歉,这件事情跟你也没啥关系。"

千寻握着她的手:"她好像也知道错了,想和你说声对不起。"

时光心里冷笑连连,讥诮地问道:"那么,她有没有和你说过,除非找回我姐姐,不然我是不会原谅她的。"

千寻惊讶地道:"你姐姐失踪也和她有关系?"

"看吧,她根本什么也没有告诉你。"时光嘲弄地勾了勾唇。接着,她把姐姐遭遇校园暴力之后发生的事情简单地和千寻讲了一遍,一直讲到姐姐的失踪。

她抿了一口茶,看着千寻,试探般问道:"其实我真的挺想知道,她欺负我姐姐之后还处处针对我,是不是因为我姐姐失踪的事和她有关系。"

千寻许久没有说话,也不知道应该说什么。她本来以为只是简单的校园暴力,现在却觉得整件事情扑朔迷离。

她握着时光的手,向她承诺,如果莫非非的失踪与苏雅有关,她一定会帮她找回莫非非。

时光不知道该不该去参加千寻的订婚宴,她把订婚帖拿给了陆彦辰,想问问陆彦辰的意见。

陆彦辰静静地注视着时光,问:"你想去吗?"

如果她想去,他就陪她去。

"不想去,但是……又觉得可以去一下。你知不知道,苏雅欺负我姐姐的事,苏家的人似乎都不知道。我若去了,她是不是会很紧张,生怕我扒了她的皮呢?"时光恹恹地说。

"那就去吧,我刚好也想去一下……"陆彦辰意味深长地说了一句。

时光看他一副高深莫测的样子,想问为什么,但还是忍住了。最近一段时间他们看着很平静,好像什么事也没有发生过,可是两人心里总隔着一点东西,那种感觉让人很难受。

她经常问自己,如果姐姐回不来,他们是不是就再也回不去了呢?

苏、石两家虽然只是订婚,但依旧隆重,包下了本城最有名的高级沙龙会所。会所门口停满了形形色色的豪车,奢华璀璨的大厅里尽是衣着华贵的男女。

时光挽着陆彦辰的手下了车,递上喜帖。保安放行,邀请两人进去。

他们一下车,立刻吸引了所有人的目光,还引起了不小的轰动。

时光在陆彦辰耳边小声地说:"好像大家都在看着我们,目光很怪异。"

陆彦辰云淡风轻的表情里是令人不敢靠近的高冷孤傲:"跟我出去好几次了,哪次不是这么多人看着我们,你难道还没有习惯?"

时光抿嘴笑了一下,好像也是。

陆彦辰很低调,进去后坐下就没动过,偶有认识的人过来打招呼,陆彦辰表情淡淡的,并没有要出去交际的意思,就一直陪时光坐着。

时光一直在喧哗又热闹的大厅里寻找着千寻的身影,却怎么都找不到。其实她很想打声招呼就离开,没想到还没见到千寻,却迎来了今天订婚礼的男主人。

石泽一路走来都笑嘻嘻的,在看到他们的时候,脸色瞬间沉了下去,好像很意外他们的到来。

"别告诉我这是巧合。"他冷冷地说。

陆彦辰只是嗤笑一声。

时光回了一句:"我们自然是千寻邀请来的。"

这两人怎么回事,是有什么过节吗,怎么一副仇人见面的模样?之前也没有听陆彦辰提起过。若真是有仇,陆彦辰就不应该来,他怎么还说应该来一趟呢?

石泽看了时光一眼:"原来陆彦辰的老婆是你。"说完,他便转身走了。

时光一脸蒙地站在原地,她看看石泽,又看向陆彦辰:"怎么回事?"

陆彦辰浅浅勾唇:"没什么事,不用担心。"

这可不像没有什么事。不过现在人多,时光也不好多问,想着有什么事等回家了再说。

这时,耳边传来一声惊艳的感叹,她循着大家的目光看向大门的方向,只见苏千寻挽着苏老爷子走了进来。

这一瞬间,整个大厅璀璨的灯光似乎都失去了光彩。

苏千寻穿着一件白色的小礼服,贴身包裹着她玲珑有致的身躯,勾勒出完美的腰部及臀部曲线,每一寸都精准到完美。

她是模特出身,完美的身材加上完美的五官、妖娆的气质,在璀璨的灯光下美得令人震惊,用倾国倾城来形容也不为过。

后背的深V开衩到腰间,那露在外面的肌肤晶莹白皙,诱人无比,让人遐想连连。

一身白色西装的石泽立刻从助理手上接过一束娇艳的玫瑰,走到了千寻面前。

两人都穿着白色的晚礼服,看着应该极是般配。可是千寻是名模,很高,又穿着高跟鞋,是以比石泽要高出一些,哪怕在梦幻的灯光衬托下,也给人一种不怎么相配的感觉。

千寻看着面前的石泽,他挺拔笔直地站着。见她看着自己,石泽立刻勾唇笑了笑,微微弯起自己的手,等待她的前来。

千寻瞥了一眼苏老爷子,苏老爷对着她笑了笑,示意她过去。她想了想,便走了过去,将自己的手放在石泽的臂弯处。

还没到吉时,离宣布正式订婚还有一会儿。

苏老爷子与前来道喜的老朋友寒暄着,千寻和石泽则招待各自的朋友,礼貌地打着招呼,喝酒浅酌。

时光看着苏千寻一直挽着石泽的手,优雅地穿梭在宴会现场,引来无数人的注目和羡慕。

这时,旁边突然响起一道惊讶的声音:"陆公子居然也来了?"

时光扭头,便看到了一身绿裙的苏雅和一身黑色西装的杨驰风,两人应该在他们旁边站了很久。

这时,一袭紫色晚礼裙的颜紫也迈步走了过来,淡淡一笑:"好久不见,两位。"

时光看到他们,脸色沉了一下,不是很想理会。

苏雅笑了笑,说:"看来时小姐和小姑姑的感情真的很好,就算隔着一些恩怨……"她看了陆彦辰一眼,"依旧能让你过来祝贺。"

时光似笑非笑,带着一点嘲讽:"这让你很失望,对吗?"

这时,千寻笑盈盈地走了过来,手里端着一杯鸡尾酒,问道:"大家在聊什么呢?"

她一到场,气氛顿时缓和了。

"千寻,你今天真漂亮。"时光站了起来,看着她夸赞道。

"谢谢。"苏千寻微微一笑,她不惊讶于时光的到来,而是惊讶于陆彦辰的到来,她看着陆彦辰道,"能不能借时光几分钟?"

"可以。"陆彦辰将时光的手交到千寻手上,"把人安全送回来就行了。"

"一定!"千寻拉着时光的手,对着苏雅他们笑了笑,然后牵着时光往苏老爷子所在的方向而去。

苏雅一直盯着她们的背影,努力压下心里的不安,继续淡然地笑着。

千寻轻声问时光:"你们刚刚在聊什么呢?"

时光微微耸肩:"什么也没有说,刚刚打了个招呼,你就过来了。"

千寻遗憾地表示:"那看来我去的很不是时候。"

"不不不,正是时候。"

时光笑了笑,扭头看到一对夫妻正冷冷地瞪着自己,看到她看向他们,便立刻扭开了头。

旁边有个男子也看了她一眼,然后走向了那对夫妇,见时光还一直盯着他们,便看着时光笑了笑。

时光沉着脸收回了目光。

她认识那对夫妻和那个男人,那对夫妻是苏雅的父母,那个男人跟苏雅有些相似,是苏雅的大哥苏文城。

他们为什么那么防备地盯着她?

当年苏雅的事情就算闹起来,她也不能拿苏雅怎么样,最多只是让她丢一下脸。起初她也这么想过，但今天是千寻的订婚宴，她怎么也得给千寻面子，不可能真闹出什么事来。

"爸爸。"千寻带着时光走到苏老爷子面前，介绍道，"给您介绍一下，这是时光。"

苏老爷子看着时光，脸上的表情僵了一下。

面前的女孩脸蛋小巧，五官不是很精致，但是组合在一起却秀美漂亮，穿一条很普通的黑色连衣裙，淡淡的妆容，头发简简单单地梳了一个马尾，清清爽爽的打扮，显得活泼靓丽。

她就是时光，果然跟他的老伴很像。如果不是年龄对不上，他还真以为自己老伴在外面偷生了一个私生女。

见苏老爷子吃惊地看着自己，时光有些尴尬地笑了笑。

千寻忙介绍道："时光，这是我爸爸。"

"您好，苏伯伯。"

"还是叫我爷爷吧。"苏老爷子微笑道，这小姑娘可是嫁给了陆家老四，论辈分，陆家老四应该叫他爷爷。

"会不会把您叫老了，您看着可年轻呢。"时光觉得这辈分有点乱，不过她也知道苏老爷子和陆老爷子才是一辈的。

"你是彦辰那孩子的媳妇，就应该叫我爷爷。"

"那爷爷，今天很高兴认识您。"时光笑着说。

"今天能够认识你，我也很高兴。"苏老爷子笑眯眯地点了点头，还没有说上两句话，小姑娘就开始傻乐了，还真是阳光开朗，也难怪千寻那么喜欢她。

远处的苏雅看着聊得欢乐的时光和苏老爷子，脸上一直挂着的笑容有点僵。她看向杨驰风，轻声问："你妈妈最近还好吗？"

"还是老样子。"

自从杨思彤被判刑，杨夫人就很消沉，还病了，被送到了疗养院。

"过两天我们一起去看看她吧。"

"好。"

苏雅的动作看着很顺畅，说话聊天也很自然，似乎并没有突兀的地方，可却没有逃过陆彦辰那双锐利的眼睛。

苏雅自己都不知道,在苏千寻拉着时光离开时,她垂在身侧的手就慢慢攥成了拳头。

这一幕恰好被坐着的陆彦辰看到了,他余光瞥到她脸上美丽的笑容隐约有一丝僵硬与不自在。

虽然只有那么一瞬间,可还是让陆彦辰捕捉到了。他曾经学习过通过细微的表情去分析人的内心世界。

她在担忧,在不安。

苏千寻带时光去见苏老爷子,苏雅为什么会担忧,会不安?

陆彦辰心里突然有一个很奇怪的想法,一个很离奇的猜测。但是,这太匪夷所思了!

第六章

陷害

陆彦辰端着酒杯转了转,酒已经喝完了,杯了是空的,透过杯子,他突然看到一只纤细的手伸了过来。他立刻抬手狠狠抓住那只手。

"痛!"颜紫感觉自己的手腕都要断了,眼泪猛地一下就掉了出来,"陆少,你这是什么意思?我只不过是想给你倒点酒。"

陆彦辰松开手,拿手帕擦了一下,然后随手将手帕丢进旁边的垃圾筒。

苏雅连忙向前:"颜紫,你怎么了?"

颜紫捏了捏被抓痛的手,摇了摇头:"我没事。"

杨驰风在旁边皱着眉说:"彦辰,作为男人,你是不是有点过分了?"

陆彦辰站了起来,静静地看着他们,最后定定地看着颜紫,冷笑道:"我不是石泽。"

陆彦辰这几个字说出来,似乎是挺奇怪的一句话。

这话是什么也没有说明，但表达的意思却好像很到位，颜紫瞬间怔住了。

哪怕隐忍着情绪，她额头的青筋却暴突。

苏雅和杨驰风听不太懂陆彦辰这句话真正的意思。

不是石泽，不是什么？他们下意识地看了颜紫一眼，有些疑惑。

颜紫回视他们，也是一副听不懂的表情。

陆彦辰却不想，也不屑理他们，丢下一句不明不白的话，跟丢个炸弹一样，就高冷优雅地走了，迈步向时光和苏老爷子那边而去。

苏雅看着颜紫，有些试探地询问："陆彦辰什么意思，他为什么说他不是石泽？"

颜紫嗤笑，已经恢复如常："我哪儿知道，真受不了他，阴阳怪气的。"

"好了，不管他了，我和驰风过去找我爸妈，你一个人行吗？"苏雅也没有追问。

"没问题。"颜紫优雅地挥了挥手，还贴心地笑了笑。

她看着不远处的石泽，眼底闪过一丝不甘。当年她为了报复陆家，和石泽合伙算计陆彦辰的未婚妻杨思彤。这件事情做得天衣无缝，可是听陆彦辰的语气，他好像什么都知道了。

就在此时，司仪上台了，大家纷纷向前。

陆彦辰走到时光身边，时光看向回到苏老爷子身边的千寻，司仪已经在说开场词了。

她叹息一声："千寻真的要订这个婚？"

陆彦辰没有回她，时光又道："在你们这个圈子里，很多都是商业联姻，果然我还是不适合这个圈子。"

陆彦辰锐利的眸子看向他，冷冷的语气里透着极度的不悦："什么叫我们这个圈子，你已经嫁给我了。"

时光撇了撇嘴，道："恕我直言，我一直觉得是我把你从'这个圈子'娶到了我'那个圈子'。"

陆彦辰哭笑不得："你这么一直念叨着，不知道的人还以为是你喜欢的人要订婚了。"

时光嘀咕了一句："我是挺喜欢千寻的，不过我肯定不会抢婚。"

就是不知道有没有别人来抢了，千寻那么漂亮，有人抢也是正常的。

正胡乱想着,时光察觉有人一直在扯她的衣角,她扭头,顿时一惊:"小白,你怎么来了?"

小白的嘴巴嘟得高高的,委屈地吸了吸鼻子,说:"爸爸带我来的。"

"那你爸爸呢?"

"爸爸不见了,让我来找叔叔。"

时光茫然地四处张望了一下,并没有看到大哥的身影,她看着陆彦辰,问:"你哥也受邀了?"

陆彦辰看了看小白,眼神带上几分沉思:"不知道。"

司仪把场面话都说完了,掌声响起,司仪含笑邀请今天的两位主角上场。

掌声再次响起。

石泽走到苏千寻面前,绅士地伸出手,然后牵着她,一步一步优雅而从容地往台上走去。

台下的人看着他们,时不时低声交流。

"真是没有想到苏家的女儿居然是影视女星千寻!"

"石氏的股票这下肯定要大涨了。"

"你还别说,这石总和千寻还挺配的。"

时光听到他们说两人很般配的时候,忍不住朝天翻了一个大白眼。

哪里配了,千寻又高又美,不穿高跟鞋就跟石泽一样高了,穿上高跟鞋就比石泽高了,石泽是有点帅,可站在倾国倾城的千寻身边,简直就是明月身边的小烛火。

搞不懂这群人什么眼光。

就在此时,小白突然挣开了她的手,时光还没反应过来,就见他屁颠屁颠地冲到订婚台上去了。

时光的眼睛瞪得圆圆的,嘴巴张得大大的,足以塞下一个鸡蛋,小白这是干什么呢?

台上突然跑来一个小孩,在场的众人也都惊了,但是更让他们震惊的还在后面。只见那漂亮的小男孩冲上台后,突然一把抱住苏千寻的大腿,并且大声喊了一句:"妈妈!"

这一声"妈妈"简直就像一颗炸弹,炸得在场的人全都"外焦里嫩",风中凌乱。

所有的声音戛然而止。

有那么一瞬间，宴会厅安静得连针掉到地上的声音，似乎都能听见。

千寻震惊得目瞪口呆，茫然地看着陆家这个小孩，深吸一口气，努力保持着完美得体的笑容，垂眸看着小白，半蹲着身体，用只有她和小白两个人才能听到的音量，轻轻地问："你怎么会在这儿，你爸爸呢？你怎么跑到这儿来叫我妈妈？"

小白一改往日睿智高冷的小模样，这会儿完全是一个委屈的小哭包。

他紧紧抱着千寻的腿，一把鼻涕一把眼泪地说："妈妈，你别不要我，我会乖的，我会听话的，你让我做什么我都会答应你。你别和这个男人订婚，别不要我和爸爸。"

众人哗然，吃惊地看着小白和千寻。

有人怀疑，有人惊叹，当然也有人相信了……

时光被小白那一声"妈妈"震惊得呆愣了好一会儿，刚刚还想着会不会有人来抢亲，但是她打死也没有想到来抢亲的人会是小白。

不过，千寻是小白的妈妈？

真的假的？

她下意识地看向身边的陆彦辰，陆彦辰自然地伸出手搭在她腰间，故意忽视了她震惊的情绪，淡淡地来了一句："可能是。"

时光眼眸微动，慢慢调整自己的情绪。

片刻后，她扭头看着陆彦辰面无表情的脸颊，一字一句地说："那这一切不会是大哥授意小白做的吧？"

"不知道。"陆彦辰诚实地回答。

"那你觉得接下来会怎么样啊？"时光紧张地询问，又瞥了一眼订婚台上的人。

陆彦辰眼眸一动，看了她一眼，嘴角一扬，耸肩说道："我怎么会知道。"

时光期待地看着他："就你猜测一下嘛。"

陆彦辰捏了捏她的小脸："我猜不到。"

她觉得陆彦辰应该猜到了一些，只是不愿意告诉她。

石泽的妈妈自然也能认出台上的小白是陆家的小孙子，可他怎么会叫苏千寻妈妈？她的脸色变得很苍白，身子摇摇欲坠，差点跌倒在地。她皱着眉，问道："阿泽，这是怎么回事？"

石泽不是没有想过小白或许是苏千寻的儿子，但是他完全没有想到小白会直接到他订婚礼上喊苏千寻妈妈。

这太不给他面子了！他下意识地看着苏千寻，看向苏家的人。

苏老爷子也蒙了，不过还算镇定，只看着千寻，想问她要一个答案，好用最温和的办法把眼前的意外解决了。

可苏千寻正准备出声的时候，又听到抱着她的小白可怜地哭喊着："妈妈，妈妈……"

一声声叫得可委屈了。

石泽想替苏千寻解释，便对着小白笑了笑："小白，她不是你的妈妈。"

"她是，她就是我的妈妈。"小白大声反驳石泽，小脸都皱成一团了，"叔叔，你不要抢我爸爸的老婆，好不好？"

小白一句话把石泽给呛到了。

怎么成他抢人家老婆了，就算这孩子是苏千寻的，可他才是和苏千寻订婚的人，要说抢人，那也是陆言执抢人。

他想要辩驳，可是跟个孩子较劲，只会让他更丢人。可是他不解释的话，不就等于承认自己是第三者了？

一时之间，石泽也沉下了脸。

他看着皱着眉头、一直没有说话的苏千寻，今天这场闹剧无论如何都不能让他有什么损失。

这个时候，不管小白是不是苏千寻的儿子，错都在她。

他看着千寻，压低声音，含着怒气说道："你不想订婚不来就行了，你为什么要叫这个孩子来演这样一出闹剧搅黄我们的订婚宴？"

苏千寻忙摇头："不是我……"

石泽冷笑："难道他不是你儿子？"

"她是我妈妈。"小白抢着回答，然后又一本正经地看着石泽，一副小大人的语气教训道，"我说这位叔叔，你一个男人不要当第三者，不然会被天诛地灭的！"

石泽的妈妈以为自己的儿子终于可以脱离陆家，过正常生活了，怎么也没有想到,他找的老婆还给陆家生了一个儿子。

她终于受不了刺激,眼前一黑,直接晕了过去。

旁边有人搀扶着她,焦急地大喊:"石夫人你醒醒,醒醒……"

石泽一见母亲晕倒,立刻上前查探,见并没有大事,按了人中就悠悠转醒,为了不让她再受刺激,他赶紧抱着她往休息室而去。

离开的时候,他脸上布满阴云,对苏千寻说:"不管是恶作剧还是真的,你都应该给我一个交代!"

苏千寻不知所措。

她看一眼死死抱着自己的小白,弯腰将他抱了起来,然后也往休息室那边走去。苏家二叔也扶着苏老爷子,带着苏家人跟了上去。

留下苏雅和苏文城兄妹在现场安抚宾客。

时光下意识地也想跟上去,但是被陆彦辰拦住了:"你不要去。"

"那小白……"

"我去把他带回来。"

时光目送着陆彦辰离开,然后耳边就响起一道声音:"时光,真是你啊。"

时光回头,便看到了王彩纯:"你也来了?"

"可不,刚才真是吓死我了,你们小白怎么会叫千寻妈妈?还有千寻是和石泽订婚,陆彦辰居然会来,这真是太不可思议了。"

"小白叫千寻'妈妈',我也不知道怎么回事。不过陆彦辰会来石泽的订婚宴,为什么会令人觉得不可思议?"

王彩纯惊愕地看着满脸疑惑的时光:"你居然不知道陆彦辰和石泽之间的事啊?"

时光摇了摇头,她很想知道是怎么回事,问道:"陆彦辰和石泽之间有什么恩怨?"

王彩纯叹了一声:"石泽的妈和陆彦辰的妈是好朋友,似乎还有点亲戚关系,石泽妈算是陆彦辰的表姨吧。到底发生了什么我也不是很清楚,只听说因为陆彦辰,石泽的爸死了,而陆彦辰又因为石泽差点丢了性命。之后,石泽妈跪在陆家,陆老爷子才没有追究石泽的责任,但是之后两家的关系就恶化了。"

时光震惊得瞪大了眼睛,脸上满是难以置信的神色:"因为陆彦辰,石泽的爸爸死了？你是说陆彦辰害死了石泽的爸爸？"

王彩纯解释："不是说陆彦辰害死了石泽的爸爸，是因为陆彦辰，石泽的爸爸死了，这是两个意思好吗。"

"到底是怎么回事？"

"具体细节我也不知道，听说当年石泽爸爸杀了人，不巧让陆彦辰看到了，石家不想让陆彦辰把真相说出来，还想让他做伪证。可是陆彦辰是陆老爷子教出来的，陆老爷子那个人特别正气，陆彦辰是他一手带大的，性格像他，非常有正义感，所以最后说了真话。石泽的爸爸坐牢，结果第三天在牢里发生意外，死了，石泽就把一切的错推到了陆彦辰身上。"

时光一脸无语地看着王彩纯："这怎么能算到陆彦辰头上呢？那石泽是什么逻辑啊！"

她沉着脸又问："那陆彦辰又因为石泽差点丢了性命，是石泽想杀了陆彦辰，给他爸爸报仇吗？"

王彩纯点头："对啊！但具体细节我不太清楚，只知道是杨思彤救了陆彦辰，后来他们就订婚了。"

时光惊呆了。

杨思彤救陆彦辰，那不就是当年陆彦辰落水，没想到居然是被人陷害的。当年她就奇怪，陆彦辰怎么会掉到护城河里，原来是石泽做的。

天啊，石泽那么小就心思歹毒，那现在该有多恐怖，真是太可怕了！

宴会厅的客人是被安抚了，可是大家都心知肚明，这场订婚宴是不可能继续下去了。苏家兄妹接到老爷子的电话，说订婚礼取消后，客人就开始陆续离开。

时光担心陆彦辰，准备去休息室看看，在通道上就看到带着小白而米的陆彦辰。她立刻加快步子走了过去，担忧地看着小白："小白……"

"还是小婶婶最好。"小白抱着时光的腿，语气莫名有些惆怅，这孩子跟个大人一样忧伤。千寻不认他？可他真的是千寻的儿子吗？

时光抱着小白，用眼神询问陆彦辰。

陆彦辰伸出一只手，揉了揉她的头发："走吧，回去再说。"

可是还没有走两步，陆彦辰的电话便响了起来。

陆彦辰拿起手机看了一眼，眼眸微眯，按下接通。

也不知道对方说了什么，他直接挂断电话，然后带着时光回到宴会厅："你带着小白在这儿等我一下，我去去就回。"

时光扯住他的衣角，问他："谁啊，叫你去哪儿？"

"石泽，楼顶。"陆彦辰似笑非笑地勾唇，"有些话，我和他也应该说清楚了。"

他拍了拍时光的手，示意她不要担忧，这才迈步离开了。

可时光还是满腹忧心，一直看着陆彦辰的背影，直到他进了电梯。

小白轻声问："小叔叔去哪儿？"

"去见一个人，很快就回来。"时光抱着小白在沙发上坐下，一道身影向他们走了过来……

时光正问小白饿不饿时，身后传来一道声音："这个孩子真的是我姑姑的儿子？"

是苏雅的声音，时光扭头看了一眼："不知道。"

苏雅端着一杯红酒，坐到时光和小白对面，温柔地看着小白："你的妈妈真的是千寻？"

小白看了一眼小婶婶，发现小婶婶似乎很不喜欢眼前的这个阿姨。小婶婶不喜欢的，那他也不要喜欢。

没有得到回应的苏雅觉得自讨没趣，脸上虽然还有笑，却淡了许多。

她看着时光，意有所指地问道："既然那么不想看到我，为什么还要来？"

苏雅的意思是时光来参加订婚礼是自己找罪受。

时光淡淡一笑，冷眼看她："为了让你不自在。"

苏雅眼底滑过一丝阴冷，她笑着说："麻雀飞上枝头变成凤凰，果然就不一样了。"

时光好像完全听不出她话里的讽刺，微微一笑，说道："能娶到你的男人，至少少奋斗二十年，那会更不一样——"

尾音拉长了之后，她又赞美道："我真心觉得苏小姐简直是这个世界上最好的女人，是所有男人梦寐以求的女人，不仅可以让自己的男人少奋斗二十年，还愿意让自己的男人去追别的女人。"

当初，杨驰风为了杨思彤追求她的事情，她就不信苏雅会不知道。

她这话让苏雅的脸色难看了片刻，脸上的笑容依旧完美地维持着。

时光说完后不再理她，抱着小白走开了，就等着看他们吵起来。

果然她走出去之后，远远回头，看到苏雅和杨驰风吵得，面红耳赤，她无声地冷笑，带着轻蔑和讥诮。

小白好奇地问了一句："小婶婶，那个女人是谁？"

"坏人，以后你见到她要绕路走。"

"我知道了，我会保护小婶婶，不让坏人欺负你的。"小白发挥小男子汉的魅力。

"我们小白真棒。"时光说着，忍不住在他脸上亲了一下，左右瞅了一下，见周围没有人，她一本正经地问小白，"对了，你老实和我说说，刚才你为什么要跑去叫千寻阿姨妈妈呢？"

"因为她是妈妈。"小白不悦地嘀咕了一句。

"千寻是你妈妈，是谁告诉你……"

时光正说着话，却突然被一道"哐哐哐"的巨大声音打断了，那响声很大、很恐怖，吸引了所有人的注意力。

随即有人发出了尖叫声，是从外面传来的："啊——"

时光愣了一下，发生什么事了？

接着，疯狂的尖叫又响了起来，还伴随着惶恐的喊叫："死人啦……死人啦！"

时光蹙眉，表情一下子就凝重起来。

小白也有些不安地看着时光。她摸摸小白的脸，安抚道："没事，别怕，小婶婶在。"

这意外太令人震惊了，声音也很大，休息室里的人都被惊到了，她看到苏老爷子和千寻都出来了。

这时，她又听到有人在说："是……是陆家四公子……"

时光眸子瞪大，眼里是天塌了一般的恐惧。

什么陆家四公子，为什么说是陆彦辰，死的人是……陆彦辰？

不，不可能！绝对不可能！

她把小白往千寻那儿一推："千寻，你帮我看着小白。"然后她就迅速跑了出去。

透过前面包围的人群,她只隐约看到地上趴着一个黑色的人影,然后鲜血流了一地……

陆彦辰今天穿的就是黑色衣服,不会……

巨大的恐惧汹涌而来,时光感觉整个世界都在晃,有那么一瞬间站都站不稳。

不会的,绝对不会是陆彦辰!时光忍着内心的惶恐,强势地推开人群走了过去。

虽然没有看到脸,只远远看到了腿,时光便立刻松了一口气。

不是陆彦辰,不是!

吓死她了……

可不是陆彦辰,为什么他们会说陆彦辰呢?

周围有人抬头看着楼顶,而这个人是坠楼下来才会……时光立刻抬眸,看向高高的楼顶。

楼顶,天台边上站着看不清脸色的陆彦辰。

他们说是陆家四公子,是说这人是陆彦辰推下来的吗?

闪烁着警灯的警车很快来到现场,时光也看清了那个从楼顶摔下来的人,是一个她怎么也没有想到的人——吴兴。

她以前的游泳教练吴兴。

可是吴兴怎么会出现在顶楼,约陆彦辰上去的不是石泽吗?他和陆彦辰之间发生了什么事,才会从楼上摔下来?

时光不相信会是陆彦辰所为,就算陆彦辰再讨厌吴兴,也不会草菅人命。

警察分了好几批取证,因为这桩意外发生时,楼顶只有陆彦辰和吴兴,是以其他人在原地取证就行了,但陆彦辰必须去一趟警局。

时光看着陆彦辰,满脸担忧。

陆彦辰倒很镇定,也没有过多的情绪,看到时光,还给了她一个安抚的眼神。

陆彦辰作为当事人,警察要对他进行例行的询问,所以他应该是被请去协助调查的。

然而谁也没有想到,事情突然又发生了转变,有人突然发出一声惊叫,看着宴会厅的大屏幕,满目惶恐:"天啊,太可怕了!"

大家循着她的目光,看到宴会厅的大屏幕上出现了令人惊心动魄的一幕。有两个男人同时站在天台上,其中一个是陆彦辰,另一个则是吴兴。也不知道两人在说些什么,也看不到陆彦辰是什么表情,只看到吴兴一脸痛苦,好像很害怕,一直往后退,退到天台边的时候,陆彦辰突然伸手,接着吴兴便掉了下去。

画面定格在陆彦辰将吴兴推下楼的那一秒。

众人哗然、震惊。

这不是一桩意外,也不是一桩自杀案,而是一起谋杀案!

顿时所有人的目光都充满探究,带着各式各样的想法,看着陆彦辰。

陆彦辰一直沉默不语、面无表情,没有人知道他在想什么。他只是对时光交代了一句:"先带小白回家。"

时光的呼吸渐渐变得急促,脑海中一片空白,她疑惑地看向陆彦辰,死死咬着唇瓣:"陆彦辰……"

陆彦辰对她笑了笑:"没什么事,我只是跟着去一趟。"

他伸手抚摸了一下她的脸,然后作为嫌疑人被警察带走了。

时光一直看着他的背影,捏紧了拳头。

虽然陆彦辰的语气还算轻松,虽然她也可以肯定这件事情没有表面上看到的那么简单,但她还是满心担忧。

推人下楼,视频,时光下意识地便想到了石泽。是石泽叫陆彦辰上楼顶的,结果吴兴从上面掉下来了,肯定是石泽用了什么办法陷害陆彦辰。

她捏紧拳头,告诉自己不要慌张,也不用慌张,陆彦辰没有做,一定不会有事的。接下来,她要回家找陆父,找大哥,让他们想办法解决这件事。

"真可怜,你嫁的男人居然是一个杀人犯。"旁边响起一道嘲讽的声音。

时光扭头,就看到石泽,他嘴角带着嘲讽,眼里却有难掩的得意之色。

时光狠狠瞪着石泽:"我知道,是你陷害了陆彦辰!"

石泽一脸被冤枉的表情,无辜地摊手:"这关我什么事,是陆彦辰杀了人,又不是我。"

"是你打电话叫他上去的,是你陷害了他!"

当年石泽的爸爸也是推人下楼,石泽很明显就是在报复陆彦辰,就是不知道这个局他设计了多久。

"我打电话让他上去,是要和他好好谈谈我们之间的恩怨,但是我妈的身体突然变得很不好,耽误了一会儿,在这段时间里他做了什么事情,跟我可是没有任何关系。"石泽的语调淡淡的,说出的话却能气死人。

时光控制着自己的情绪,死死地咬着牙。

石泽又冷冷地讥笑道:"杀人犯可都是有暴力倾向的,如果我是你,这会儿就应该好好想想,嫁给一个杀人犯实在太可怕了,还不如赶紧离婚,免得下一个从楼上掉下来的人就是自己。"

时光冷笑:"杀人犯?你就是杀人犯的儿子!不是所有杀人犯的儿子都会跟他父亲一样,但是你显然比你那个杀人犯的父亲还恶心。我相信陆彦辰,他是待人冷漠,但是他三观正,而且极有正义感,绝对不是你这种卑鄙无耻下流到了极点的人可以诬蔑的。"

"视频都放出来了,你还不能接受,时光,我对你表示同情。"石泽的语气带着讽刺。

时光冷笑连连。

她稳定了心绪,没有说话。

因为说了也没有用,这会儿视频摆在眼前,但是她一定会调查清楚的,一定会让人知道视频是假的!

她走到苏千寻面前,把小白接过来,然后对她说:"看到了没有,这就是你选的合作伙伴,就算你不是因为爱情而结婚,也应该找一个品行稍微好一点的人。"

旁边的苏雅皱着眉说道:"时光,陆彦辰杀了人,你把一切怪到石总头上就算了,现在为什么还要扯到我姑姑?你今天带着一个小孩,故意毁了我姑姑的订婚礼,这还不够吗?"

如果能借着这个机会,让苏家和陆家结下老死不相往来的恩怨就好了。

"你姑姑不是你,你找个石泽叫蛇鼠一窝,但如果是你姑姑,那叫鲜花插在牛粪上。"时光说着,笑得很冷漠。

"你⋯⋯怎么这么粗俗。"苏雅的脸色瞬间变得很难看。

"我粗俗?你当年和杨思彤、颜紫对我姐姐使用校园暴力的时候,难道就不粗俗了?你别以为自己出身好,就显得高高在上,你就算表现得再高贵优雅,骨子里却是低贱粗俗的!"

时光此言一出，震惊了在场的所有人。

"你这个小贱人，你胡说八道什么！"一道愤怒的声音响了起来，许亚凤奔了过来，走到苏雅面前。

她护着苏雅，怒气冲冲，手指颤抖，指了指时光："你别血口喷人，当年的事全是杨思彤干的，和我们雅雅没有关系。我警告你，你不要诬蔑人。"

时光冷笑一声："果然有什么妈，就有什么样的女儿。我诬蔑你们，那你女儿之前一直说什么要跟我道歉是什么意思？没有做对不起我的事，干什么要假惺惺地道歉？"

"那是因为……"

许亚凤还想人喊人叫，苏雅却瞥到了站在不远处的苏老爷子和苏家二叔苏秋道。

她脸色一沉，眼里闪过一抹阴险，然后伸手扯了一下许亚凤："妈，你别说了。"

许亚凤下意识地望了周围的一圈人，虽然大部分宾客都走了，但还是有挺多人的。这些人的目光探寻而隐晦，不轻不重地往她身上放。

她这才发现场合不对，自己刚才过激了。

再看苏老爷子，她顿时猛然一震，赶紧回想自己刚才说的话。

就算没有什么不妥，她还是害怕极了，为了显得无辜，赶紧又加了一句："你胡搅蛮缠！我告诉你，不要往我女儿身上泼脏水。"

"以前你们可不是这么说的，现在居然撇得一干二净，觉得我把脏水往你女儿身上泼，真厉害啊！是想着，反正我没有证据，现在我姐姐还失踪了，也没有办法再控诉你的罪行吗？但是人在做天在看，做了坏事的人，总会遭到报应的！"

时光说完这一句，就牵着小白离开了。

在回家的路上，时光就给陆父打了电话，陆父的语气十分平静，让她不要担心，先回家等消息。

可是坐在家里，她急得跟热锅上的蚂蚁一样。

陆彦辰把吴兴推下楼的视频被传到互联网上，并且上了新闻头条，只在瞬间，关于陆彦辰涉嫌谋杀的消息就铺天盖地，一下子便闹得沸沸扬扬。

每一个热点背后，都会有充满冲突的话题。

陆彦辰这件事情的话题性更强。

有些网友自认为很正义，跟打了鸡血一样，开始到处发帖发评论，被有心人士故意带节奏，把这件事情往某种层面上引，硬生生炒成了一个最敏感的话题。

弱势群体与权贵人士的对弈。

吴兴成了弱势群体的代表方，陆彦辰自然就是权贵人士。

网友还跟"再世包青天"一样，把杀人的理由都推测出来了，编出一堆没谱的事，还涉及时光。说吴兴是时光以前的游泳教练，因为得罪了时光，才会被开除，甚至说陆彦辰会杀吴兴，是因为时光当年被吴兴侮辱过。

"证据明摆在这里，你们看，最后肯定会被说成是意外。可是你们想过没有，陆家四公子这件事情怎么可能一下子闹得那么大，瞬间人尽皆知，我看肯定是有人在背后搞他们，会不会陆家要垮台了？"

时光看着这些评论，心里很着急，很想反驳回去，可是这件事情闹得太大了，最好的办法就是低调，不回应，毕竟陆家不是一般的家族，等事情调查清楚，公布真相就好了。

可是那个视频简直跟"实锤"一样……

沈灵双去哄小白睡觉了，时光在楼梯处走来走去，时不时看着楼上陆父书房的位置，三个哥哥都回来了，跟着陆父一起去了书房。

也不知道他们谈得怎么样了，陆彦辰的事情会不会有转机。

陆家的男人都有些大男子主义，说什么正事女人别多听，陆彦辰是她老公，她为什么不能听？

他们只让她不要担心。陆彦辰在警局里，被人诬陷杀人，她怎么可能不担心！

也不知道陆彦辰现在怎么样了，不知道睡在哪儿，是不是暗无天日，大冬天的暖和吗？会不会被子也没有，直接冻一个晚上。

时光打开手机，忍不住又刷了一下微博。

她惊讶地发现，失踪了许久的何心诺突然跳了出来，用她的微博号控诉着时光和陆彦辰以前的"罪行"。

何心诺还再次提起了当年的兴奋剂事件。

说她没有冤枉时光，说时光确实服用了兴奋剂，只不过她有陆彦辰这个后台。

为了时光，陆彦辰利用自己的权势修改了鉴定书，隐瞒了一切，还把知道真相的她和吴兴赶走了。

她发的长微博，简直声泪俱下，整个人似乎已经崩溃到无处发泄。

大概是因为蹭到了热度，得到了很多人的关注，何心诺继续爆料，又发了一条微博。

她说吴兴并没有侮辱时光，是时光勾引了吴兴，陆彦辰凭什么杀了吴兴，不能因为有权有势就可以草菅人命，这有没有王法了。

总之，她这两条微博在互联网上引起了轰动。

接下来，各种莫名其妙的爆料、各种奇奇怪怪的猜测纷纷出现，完全牛头不对马嘴，问题是一堆不带脑子的网友全都相信了，来到她的微博下面跳脚大骂。

幸好她的粉丝还是挺相信她，一直在给她净化网页。

忍忍忍，时光默念着这个字，在床上翻来覆去，怎么都睡不着。

一天过去了，互联网上还是清一色对陆彦辰的攻击，石泽看着这些对陆彦辰和时光的攻击，倒了一杯酒，愉悦地轻抿了一口。

陆彦辰，你的嚣张全因你是陆家的人，要是没有陆家的庇护，你什么也不是。

当然，他想陆彦辰也不会想到，他的报复不是找比陆家更高的权势来压制陆家，而是选择了用最直接的"民众攻击"，来让陆家不敢直接插手陆彦辰的事。

如今的陆家成了陆彦辰的"累赘"，这有可能成为置陆彦辰于死地的最大原因。

他倒要看看，陆彦辰还怎么嚣张得起来。

颜紫在他旁边坐下，庆祝一般与他碰了碰杯。

抿了一口酒之后，石泽顺势揽住她的腰，吻了一下她的唇，逗弄着。

杯子被放在旁边的茶几上，两人在沙发上一番纠缠。

事后，颜紫躺在石泽怀里，扭头看着他问道："你和苏千寻的订婚还要不要继续？"

石泽并没有直接回答颜紫，片刻后他站了起来。

"如果这次陆彦辰出不来了……"他回头看着颜紫，"我就娶你！"

陆彦辰被拘禁了二十四个小时，然后被保释了。

来保释他的并不是陆家的人，而是楚牧北。

楚牧北原本以为陆彦辰会在警局受罪，结果见他表情淡定，一副气定神闲的样子，真不知道该哭还是该笑。

他捂额叹息："老陆，外面满城风雨，我们忙得焦头烂额，时光也急得快要发疯了，你怎么还跟个没事人一样，一派悠闲呢？"

听他说到时光，陆彦辰的脸色才稍稍变得凝重一些："时光怎么了？我不是和她说了不要担心，我会没事。"

"你知道那个视频拍到你推人了，不是造假。时光说你接了电话才去顶楼的。说实话，你要是没有一点防备，我是真的不相信。"楚牧北一副"我很了解你"的样子，"之前申请保释你的时候，这边都不肯，现在怎么又突然肯让你保释了？肯定是你做了什么吧？"

"她在外面？"陆彦辰没有回答楚牧北，嘴里的她自然是指时光。

"对啊，时光在车里等你，我让小陈陪着她。"小陈是陆彦辰的助手。

"回去再说。"陆彦辰说着就往外走。

楚牧北让时光在车里等，但时光焦急，没忍住，还是下了车，不想刚下车，一堆记者不知道从哪儿冒出来围了过来。

时光一惊。

小陈连忙上前，将时光护在身后，但还是阻止不了记者的轰炸。

"时小姐，陆彦辰推人下楼的时候，你在现场吗？"

"时小姐，真的如同网上所说的，陆彦辰是因为你才会杀人？"

"时小姐，陆彦辰这么草菅人命，想过社会舆论吗？"

时光因为担忧陆彦辰，一个晚上没有睡，早已身心俱疲，这会儿一群人围着她，声音又多又杂，还带着攻击性，简直震耳欲聋。

她眼前莫名发黑。

她实在不想，也没精力搭理这群记者，但他们尖锐的话语让她很烦躁。

她深呼吸一口气，正欲开口。

突然一道低沉的男性嗓音从左侧方传来，带着冰冷的温度，一字一句地说道："我才是案件的当事人，有什么问题应该问我。"

是陆彦辰的声音，时光一喜，扭过头，刚看到陆彦辰，那群记者便疯了一样围了过去。

他们提出的问题很尖锐——

"陆先生，请问吴兴突然死亡是怎么回事？"

"网上的视频显示是你推吴兴下楼，请问是因为什么？"

"吴兴和时光小姐的关系，你知道吗？他的死和这件事有关吗？"

记者们围得水泄不通，手里的采访话筒举得很高，凑到陆彦辰的脸边，几乎都要打到他了。

就在所有人都围着陆彦辰，注意力都在陆彦辰身上的时候，突然有一个女人不知道从哪里跑了出来，猛地一下冲到了时光面前。

"时光！"她似乎是要打时光，但是被时光挡住了，她顺势狠狠抓着时光的手臂，指甲用力掐着，嵌入时光的皮肤，"都是你害了我和教练，你这个坏女人，你会不得好死！"

时光惊了一下，待看到抓住自己手的女人是何心诺时，她皱起眉，用力甩开她的手："何心诺，你想干什么？"

"为什么是教练死了，而不是你死了？你这样的坏女人怎么还活着？都是因为你，陆彦辰才会杀了教练！"何心诺很激动，死死抓着时光的手，任时光怎么甩也甩不开。

时光又不敢用武力解决，毕竟那么多记者在，如果她动手了，真不知道头条会怎么写，又会不会把一切都推到陆彦辰身上。

在这种关键时刻，陆彦辰真的不能再有任何不好的传闻了。

何心诺大喊着的时候，还伸手想打时光的耳光。

可是手被人拽住了，一道蛮力突然将她们分开了，这一下的力度也让何心诺猛地摔在了地上。

她抬头就看到陆彦辰将时光死死地护在怀里。

陆彦辰看着她的目光冷漠如冰，仿若利刃能将她刺穿，何心诺从心底深处感到一丝恐惧，但是一想到陆彦辰杀人了，陆家也不可能保住他时，她又硬气起来。

她坐在地上，尖叫道："你们这对狗男女不会有好报的！你们不要以为害死了教练，就没有人知道真相。陆彦辰，时光就是个贱人，就是只破鞋，我一定会看着你们……看着你们不得好死！"

陆彦辰抱着时光，沉着脸，不带一丝表情，只是目光含着一片肃杀之气。他满心嫌恶地指了指何心诺，冷冷地对旁边的小陈不耐烦地吩咐："她捏造并散布虚假的事实，贬损他人人格，破坏他人名誉，给我起诉她！"

陆彦辰说完，就抱着时光上了车，留下呆若木鸡的何心诺。

车子缓慢向前，时光回头看了一眼，那些记者正追着何心诺采访，大概是陆彦辰刚才说的话起了作用，她感到怕了，这会儿不敢再乱说话，逃避着记者的采访。

感觉一条有力的臂膀将自己狠狠地搂在怀抱里，时光收回目光，然后伸出双手抱着陆彦辰，带着急切，带着心安。

她带着哭腔问："你没事吧？"

陆彦辰侧头吻了一下她的额头："我能有什么事，不是已经和你说了，不要担忧，我只是去协助调查。"

她将脸贴在他的胸口，听着他均匀的心跳，才感觉自己一颗心安稳下来。

"但不是有那个视频？刚开始我以为那个视频是假的，后来证实不是假的，没有被刻意剪辑的痕迹，现在所有人都认为你杀了人，你说我怎么可能不担心。"她气愤地说，"为了报复你，石泽真可谓不择手段，不知道他接下来还会做出什么事情来，毕竟有些人要钱不要命呢，像吴兴……"

说着，她抬眸看着陆彦辰："被栽赃陷害真的太可怕了，我能体会这种感觉！"

她就被多次栽赃服用兴奋剂。

陆彦辰抚摸她的小脸："你相信我？"

那个视频很难让人还相信他，毕竟一般人往往只相信自己的眼睛。

时光却肯定地表示："我当然相信你！"

陆彦辰笑了，把她抱得更紧了。

坐在副驾驶的楚牧北忍不住对着开车的小陈说道："陷入爱情的人都无可救药，这都什么时候了，还能在这儿卿卿我我。"

时光瞄他一眼："楚牧北，你等着，等你动心，喜欢上某个姑娘的时候，看我怎么嘲笑你。"

楚牧北不以为然地表示:"那是绝对不可能的!"

陆彦辰看着楚牧北说:"你去调查一下吴兴,他所有的账户以及他家人现在的情况,包括他曾经去医院的记录,全都要仔仔细细调查清楚。"

"医院?为什么要查他去医院的记录?"楚牧北有些不解。

"因为他说他已经活不了了,死之前想为家人做一点有意义的事情,他希望我不要因为他祸及他的家人,他也是无路可选。"陆彦辰说着,眼眸微微一眯。

"什么玩意儿,他不会是用死卖钱吧?"楚牧北一边说着,一边开始打电话,吩咐人去调查。

时光看着陆彦辰,好奇地问道:"那天在楼顶上到底发生了什么事?"

楚牧北也很好奇,扭头看着他们。

"回去看了视频再说。"

"视频?"

一直很安静的小陈出声说道:"陆少去宴会前,安排了几个航拍。"

楚牧北哈哈大笑:"我就知道老陆你不可能没有后招。"

陆彦辰沉默,他还真没想到石泽居然会复制当年他父亲那件惨案,以此来对他进行报复。果然他还是高看了石泽,不管多少年过去了,他依旧是不择手段、急功近利。

陆彦辰和时光在警局门口跟何心诺对上的那一幕,被网友拍了视频上传到网上。

视频从何心诺冲出来,抓着时光的手大骂开始,到陆彦辰为了时光把何心诺推倒在地上为止。

网上又是一片哗然。

明明是何心诺先冲出来打人的,却没有人去讨论,全都在说陆彦辰嚣张,杀了人,不仅没有坐牢,被放出来后也不知道收敛,居然还在警局门口打人。

他只是为了保护时光,结果被硬生生地说成了打人。

一些网友发出最恶毒的攻击和诅咒,他们带着仇视的心态,希望陆彦辰身败名裂,也希望陆家能够倒台,从此以后彻底从世界上销声匿迹。

时光拿着手机，刷着评论，脸色很难看。

陆彦辰是就被追捧着长大的，从来没有被人这样恶毒地骂过，也没有人敢这么骂他。就算前几次他因为和她结婚的事情，在网络上承受了一些流言蜚语，但是大部分的攻击都指向她，而不是针对陆彦辰。

如今这些人还没把事情弄明白，就把他描述成了这个世界上最可怕、最恶毒的人。

她真的忍不住暴怒，想冲他们吼，明明什么也不知道，怎么可以这样胡说？

见时光脸色难看，旁边的沈灵双问她："怎么了？"

"没什么，我们还是看视频吧。"她不想让沈灵双看到那些评论后跟她一样焦急，老人家最见不得的就是那些恶毒的咒骂。

她看着小陈，小陈正在开电脑，准备投影到客厅的电视上。

屏幕上的画面定格在天台上，天台上有两个男人，陆彦辰和吴兴，天台上的风很大，吹乱了他们的头发。

陆彦辰面无表情，冷冷地看着吴兴，而吴兴一脸痛苦，航拍的画面特别清楚，完全可以看清他们的五官和表情。

吴兴眼眶很红，激动地说着话，有些声嘶力竭。

沈灵双忍不住问道："他在说什么？"

不待当事人陆彦辰出声，二哥陆西漠便说："他说，你不要怪我，我也不想的，可是我没有选择，我只能这么做。"

时光惊讶地看着陆西漠："二哥，你怎么会知道他在说什么？"

陆彦辰握住她的手，解释道："二哥会唇语。"

唇语，她差点忘记了还有这么一项技能。

因为有了二哥的解读，就算是无声的视频，也能让人知道当时发生了什么事。

吴兴的话并不多，他看到陆彦辰要向前，立刻大声制止他，让他不要动。

陆彦辰没动了。

他含着苦楚说："当初是我对不起时光，我故意想将她带歪。因为她跟个木头一样，不知道给我送礼，连句好听的话都没有，她太不会做人了。可是我知道我错了，我以为我离开俱乐部已经得到了报应，可是我没有想到那只是开始。我现在过不下去了，可是这一切也是因为你把我赶出了俱乐部，否则我也不会落得现在这样的下场！"

吴兴说着，又后退了一步，然后毫不犹豫地纵身一跳。

陆彦辰立刻向前一扑，同时迅速伸手，在天台边缘处一把将吴兴拉住了。

吴兴整个人已经腾空，抬头看着拉住他的陆彦辰，脸色一片惨白，再看着楼下，满目惊恐，可能他也是怕死的，然而他却对陆彦辰说："不要你救我，你不要救我。"

陆彦辰没有放手："你这样跳下去有什么意义？你想过你的家人没有？我知道你父母年纪大了，也知道你小孩刚上初中，你死了解脱了，那他们呢？你想过他们没有？"

"我就是为了他们。我已经活不了了，无路可选了，我只想死之前为他们做一点有意义的事情。陆公子，一切都是我的错，我现在以死谢罪，我希望你不要祸及我的家人。求求你，千万不要怪到我家人身上，他们什么也不知道，什么也不知道……"吴兴说着，用另一只手狠狠地掰开了陆彦辰的手。

陆彦辰原本是可以救下吴兴的，只要吴兴配合。然而，他不仅不配合，还拼命挣扎。

陆彦辰的手根本抓不住他的手，而且这般死死拉着会产生汗渍，吴兴的手从陆彦辰的手心滑落，然后就这么掉了下去。

看着这惊心动魄的一幕，时光不禁心跳加速。

她后怕地捂着胸口："吴教练他……他为什么非要死不可呢？为什么？"

沈灵双也被吓坏了，看着陆彦辰说："你说他怎么就找上你了？这哪里是以死谢罪，这简直就是想害死你，拉着你一起死啊。"

楚牧北冷哼一声："肯定有人在背后指使他，这是一个设计好的局。"

沈灵双有些难受，陆西漠搀扶着她起身："妈，你先去屋里休息，这些事情我们来处理就好了。"

她点了点头，由陆西漠搀扶着回了房。

石泽，她以前那个最好的闺密、最好的表妹的儿子，她一定要打个电话问问她，当年她的彦辰到底哪里错了，以致他现在要用那么恶毒的计谋来陷害她的彦辰。

第七章

舆论

石泽靠在沙发上，闭着眼睛养神。

不多时，门突然被人推开了，颜紫匆匆走了进来，一脸焦急的神色，看着他说："怎么回事？为什么还会有一个从正面角度拍摄的视频？"

"什么？"

"你看网上，那个视频才发布几分钟，已经点击过万了。"

石泽伸手拿起平板电脑，待看到颜紫所说的视频后，脸色一下就变了，他万分震惊！怎么会这样，怎么会……明明一切都做得天衣无缝，怎么会又冒出这么一个视频来？

他看着颜紫："视频是假的对不对？"

颜紫摇头："不是假的，是真的，陆彦辰那个伸手动作不是推人，而是在救人。他当时是在救吴兴，现在所有人都知道了。"

网上已经传开了，他们之前讨伐的罪人，认为杀了人的罪犯和凶手，居然是在拼死救吴兴。

是跳楼的吴兴不想活了，是他自己想死，才会硬生生掰开了陆彦辰的手。

网友哗然了，除震惊之外，还有满腹的内疚，他们在微博上向陆彦辰道歉，并且声援他。

有些人虽然还是不相信，并认为这一切都是假的，陆彦辰还是有可能杀人了，但是也不敢再乱站队了。

还有人开始扒最初的视频是怎么回事，为什么陆彦辰明明救了人，却会出现一个推人下楼的视频，这不明摆着故意陷害陆彦辰，并且把广大网友当成攻击武器使用吗？

网友是神通广大的，只要顺着一点点蛛丝马迹，就能扒出一堆事情。

案发现场是石泽的订婚宴，于是石泽的父亲以前醉酒推人下楼的案件被人扒了出来。

这起案件和吴兴这起跳楼案非常像，于是网友发了很多案情分析帖，最后都认为是石泽陷害了陆彦辰。

石泽公司的官博下面聚集了一众网友。

由于被当成了攻击的武器和工具，网友很不爽，他们质问石泽，甚至已经给石泽定罪，简直恨不得扒了石泽的皮。

石泽看着网上快速扭转的舆论风向，青筋暴突。他恨到极点："这些网友简直不知所谓，关他们什么事？"

这会儿他似乎完全忘记了，之前他可是利用这些网友对陆彦辰进行了最恶毒的攻击。

他咬着牙，却控制不住怒火，直接将茶几上的酒扫到了地上。

颜紫被吓得后退了两步，心里也是惶恐不安，但是这个时候，石泽被激怒了，她不能跟着慌乱，她必须冷静……等等，颜紫眼眸一亮，突然心生一个想法。

她握住石泽的手，激动地说："石泽，我们没有输，我们还有办法可以反击陆彦辰，可以将吴兴的死算在陆彦辰头上！"

石泽慢慢冷静下来，既然战争已经开始了，那么就没有回头路可走，只能硬着头皮再斗下去。

他盯着平板电脑上那个无声的视频，看着看着就又疯狂地笑了。

对，他还没有输，他手里还有筹码，还可以反败为胜。

看到石泽笑了，颜紫知道他已经冷静下来了，便道："吴兴就算不是陆彦辰推下楼的，可是那又怎么样，当年他为了时光，把吴兴和何心诺赶出了俱乐部，是他逼得吴兴走投无路，吴兴才会在他面前自杀的。"

石泽脸色紧绷，心内了然。

没有错，就算陆彦辰没有杀人，可是吴兴却是因为他才死的。

广大群众依旧会谴责他，陆家依旧不会好过。

现在网友不是在询问，吴兴为什么要自杀吗？

他就给他们一个吴兴自杀的理由。

吴兴和时光有一腿，陆彦辰被戴了绿帽子，所以各种打压吴兴，害得吴兴走投无路，最终选择自杀。

不然，他为什么不在其他地方死，刚好选择在陆彦辰面前死，这就是对陆彦辰最大的报复。

他立刻拿起手机拨打了助手的电话，让他在网上带节奏，制造出舆论。不过也不着急，让陆彦辰先得意一阵子，现在维护他的声势越高，稍后的谴责就会越猛烈。

弱势群体对上权贵人士，在舆论方面一向都是弱势群体占上风。

当天晚上他回到家时已经很晚了，却在客厅看到他妈妈还没睡，一看便知是在等他。

石泽愣了一下，然后在石夫人身边坐下："妈，你怎么还没有睡？"

他怀疑他妈妈是不是看到了网上的新闻，所以担忧他。他握着她的手说："放心吧，网上的人都是瞎说的。"

石夫人抬眸看着他，脸上看不出什么表情："真的都是瞎说的？彦辰被陷害杀人的事情，真的和你一点关系也没有吗？"

"能和我有什么关系？是陆彦辰自己做了错事，这会儿想找人背锅，我本来就跟他不和，所以才会倒霉地被他诬陷成了替罪羊！"石泽冷冷地道。

"你不要骗我了，你做的事情，陆彦辰已经抓到把柄了！刚才灵双打了电话过来，质问我到底是什么意思。儿子啊，你为什么非要和陆彦辰过不去呢？"石夫人说着，眼泪都冒出来了，"我们就不能好好过我们自己的日子吗？

陆家我们惹不起，而且当年你推陆彦辰下水，差点让他死了。"

"差点……就是没有死，他还活得好好的！"石泽咬着牙，恨恨地说，"当年我对他掏心掏肺，拿他当最好的朋友，甚至可以为他去死。我求他救我爸，对他们陆家而言，这只是一个很小的要求，可他却不肯，说什么正义。他们这些人，如果是他们自己的家人犯了法，就算证据确凿又怎么样，他们依旧能够让人没事！正义对他们来说又算什么！"

石夫人惶恐地看着自己的儿子："所以你现在是想告诉我，你要和彦辰不死不休吗？"

反正话已经说开了，石泽也不想再瞒着他妈妈，声音冷到了极点："对！"

石夫人身体摇晃，又忍不住要晕了，她扶着沙发的扶手，死死忍着，眼眶发红地看着他："阿泽，你是想气死我吗？"

"妈！"见石夫人不对劲，他连忙伸手抚她的背帮她顺气。

"算妈求你了，你不要再和陆家过不去了，你收手吧！"

"现在收手已经来不及了，我们已经开战了，陆彦辰不会再放过我了。"

"只要你愿意收手，我可以去和你灵双阿姨说。只要灵双开口了，陆彦辰一定会听的，他一定不会因为这件事情而为难你。"

石泽的表情一下就沉了，他永远都不会忘记他妈妈跪在陆家磕头的样子，直到尊严扫地，陆家的人才愿意放过他。他是推陆彦辰落水了，可陆彦辰不也没死吗，他们摆明了就是侮辱人。

他吸了一口气又吐出来，忍着不发火："妈，这件事情我自己会处理，你相信我，我一定会赢的！"

"你赢？我不是要你赢，我是想你好好地活着，结婚生子，有一个美满幸福的家庭。你这孩子怎么就不明白呢？"石夫人苦口婆心，心都操碎了。

可石泽却满不在乎，他已经沉浸在仇恨里，被仇恨蒙蔽了心智。

"行了，我知道了。妈，我累了，先去休息了。"说完，石泽就起身回了自己的房间。

石夫人一看他这个样子，就知道自己的话他没有听进去，顿时急得脑仁都疼，搓着双手快要崩溃了，为什么她的儿子会那么犟，十头牛都拉不回来。

她拿着手机拨打了一个电话。

不多时，电话接通了，她叹息一声，说："对不起，灵双，都是我不好，我不会教儿子。现在彦辰的案子已经真相大白了,我求求你,能不能放过石泽这一次?"

还没有进房间的石泽听到石夫人的话,脸色瞬间就变了。

他回了自己的房间,眼眸里充斥着愤恨、仇恨与痛苦,陆彦辰居然让沈灵双打电话到他妈妈这儿告状。

以为使这点绊子就有用?

他一脚踢在旁边的椅子上,然后拿出手机,拨通了颜紫的电话。

"你不是说苏雅对时光有一种莫名的执着,希望时光不和苏家的人接触吗?我们若想制造舆论,就一定要把时光和吴兴的关系放大,如果苏雅愿意帮忙,那么定能事半功倍。"

颜紫接到石泽的电话,听到石泽的提议,有片刻的犹豫。

如果她找苏雅帮忙,以苏雅的聪明,不可能不怀疑她和石泽的关系。但是没有苏雅的帮忙,事情处理起来还真的没有那么简单。这个时候是击垮陆家的最好时机,苏雅也不可能不知道,如果她有私心,应该会出手。

反正现在石泽也不会和苏千寻订婚了,就算让苏雅知道自己和石泽的关系,似乎也没有什么关系了。

这般想着,颜紫拨打了苏雅的电话。

"你说什么?借机放大时光和吴兴的暧昧关系?"苏雅有些惊讶,不过她也在心里肯定了,颜紫和石泽果然有一腿,难怪那天陆彦辰会说一句那样的话。

显然,陆彦辰也知道颜紫和石泽的关系,看来她得找人好好调查一下颜紫了。

"这样一来时光的名声就臭了,陆家肯定会让她和陆彦辰分开,老爷子也肯定不会再让你小姑姑与她来往。"颜紫游说道。

"我想想。"

苏雅没有拒绝,但是她心里已经拒绝了,她又不傻,哪里不知道颜紫打的主意,又怎么可能帮颜紫。

陆彦辰这件事情影响如此之大,揣测和流言蜚语数不胜数,陆彦辰肯定会给出一个交代。

这个时候,她浑水摸鱼,如果陆彦辰给出的交代让大众不满意,对她而言是一步好棋；可若是陆彦辰的交代大众非常满意，那整件事就只是一个不痛不痒的闹剧，那她就得不偿失了。

她可不会做吃力不讨好的事。

不过真是没有想到，颜紫居然会和石泽勾搭在一起。不过，他们两人本来就恨陆家，勾搭在一起也不奇怪。

那马，花那么多人力物力把莫非非从医院弄走的人肯定就是石泽！

只过了一个晚上，互联网上的舆论风向似乎又变了。

石泽和颜紫制造出的舆论——陆彦辰害人走投无路而自杀，效果还挺明显的。

不过有了先前视频反转的经验，真正加入石泽那方的人并不多。网友现在都学聪明了，他们在等，先看热闹，看看有没有反转，再站队。

网上那种直接攻击的，更多的是石泽花钱请来的水军。他们造谣、抹黑、恶意攻击，时光被他们丑化成这世界上最"渣"的女人。

这一次时光没有生气，陆彦辰却生气了。

昨天沈灵双给陆彦辰打电话，让他放过石泽一回。陆彦辰想过，如果石泽不再纠缠下去，他愿意就这么算了。然而，石泽却拿攻击时光来反击他，想营造出他女人给他戴了绿帽子，他才会用手段逼得吴兴自杀的假象。

看到时光微博下面那些不堪入目的评论，他直接将手机砸在了地上。

正在准备晚餐的时光和一旁正在看资料的楚牧北都被吓了一跳。

时光放下刚刚做好的油焖大虾，在围裙上擦了擦手，然后帮他把砸坏的手机捡了起来。

"怎么了？"

"没事。"陆彦辰万分心疼，如果不是因为他，她也不需要遭受这样的攻击。

时光看了旁边的楚牧北一眼，楚牧北点了点手机上的微博，时光立刻便知道原因了。

"哎呀，你和网上的人生什么气啊？他们大多是收了钱的水军，拿钱骂人，那是一份工作。还有一部分人是平时生活压力大，就想着在网上骂骂人，缓解一下压力，顺便找一下存在感，你别和他们计较。"

被骂的时光还主动安慰他们。

陆彦辰看了看她，扬了一下嘴角，显然怒气已经消了一半。

原本他是打算给石泽留条后路的，但显然对方不领情，既然如此，那他也没必要客气了。

"吴兴的资料传过来了，果然如你所想的那样，吴兴生病了……"楚牧北说着，将手里的笔记本递到陆彦辰面前。

陆彦辰接过笔记本，立刻看了起来。

吴兴得了癌病，已经到了晚期，家里人为了他的病，已经将积蓄花光了，吴兴已经山穷水尽了。

就在这个时候，石泽找上了他，要与他做交易。他知道自己要死了，为了家人，他同意了，从石泽那儿得到了一大笔钱，然后将他的家人安排出国。

"石泽给的钱都是现金支付，我们无法证明吴兴的户头上多出来的钱是石泽给的，但是……"楚牧北得意一笑，又道，"但是我们从某个监控里找到了一张石泽和吴兴见面的照片，这足够证明吴兴死之前见过石泽，吴兴的事和石泽脱不了干系。把这些资料和吴兴在天台上说的话一起公布出来，就可以证明吴兴的事和你没有关系，他是石泽叫来陷害你的！"

陆彦辰冷冷地道："别忘记何心诺，一定要起诉她，除了诽谤罪，还要告她故意伤人罪、涉嫌杀人罪……反正你看看她的资料，能有什么罪就加什么罪，一定要让她郑重道歉！"

楚牧北想吐血，在心里为何心诺默哀。

可是谁让她胡说八道呢，那些攻击时光的恶言恶语，全都因她而起，她也是活该！

陆彦辰让人将吴兴生病的资料，与石泽见面的照片，以及之前天台视频里吴兴所说的话全部整理出来，并丢到网上，顿时又掀起了一场腥风血雨。

这些料才是真正的"实锤"，一旦发布出在网上，石泽的公司将面临巨大的困境。

石泽不是没有想过拦下一切，他动用了所有的人脉关系，希望拦截陆彦辰发布的这些内容。

可是他却忘记了，陆彦辰不是一般人。

如果是一般人，这些东西大概就没有人会看到了。

然而，陆家的地位让媒体不敢给予石泽任何庇护，不管他给多少钱，毕竟陆家的人不可以得罪。

警局那边也彻底调查清楚，用官博发布了调查结果，吴兴的死和陆彦辰没有任何关系。

同一天下午，有人上传了石泽被警察带去警局的照片。

不过是吴兴见石泽的一张照片，吴兴也没有明确说出来让他去死的人就是石泽，没有证据，石泽当天就被释放了。

然而，这并不代表他就没罪了。

网友唾弃石泽，他公司的股价也直线下跌，他之前谋划对付陆彦辰的一切计划瞬间反弹到他身上。

这个时候，如果想要压下所有的舆论，最好的办法就是有更轰动的新闻爆出来，从而吸引网友的注意力。

如此，他就可以从这件事情里全身而退。

娱乐圈的绯闻更吸引人一些。

石泽现在是火烧眉毛，一连买了三个有价值的娱乐新闻曝光。

陆彦辰一看就知道是石泽的手段，笑得尤其冰冷。

石泽公司的股价对陆彦辰而言跌得还是太少了，他可不能让这件事情的热度这么快就下去。

在陆彦辰的推波助澜之下，那三个有价值的娱乐新闻依旧没能压下石泽这件事。

每天吐槽石泽、声讨石泽、骂石泽的人不仅没有减少，还越来越多……

石泽当然知道这是陆彦辰的手笔，看着各种各样恶毒的评论，再看一直不停往下跌的股价，他想，陆彦辰是不是要整死他。

时光想起沈灵双之前打来的电话，问陆彦辰："你妈妈说，让你给个面子，别把石泽玩死了。"

陆彦辰闻言，露出一个五味杂陈的笑，他现在的心情也挺复杂的。

"以前，我带着他和楚牧北他们玩，在那些人里，我与他的关系是最好的，比楚牧北还要好，怎么也没有想到有一天，我们会结下不共戴天之仇。"他缓慢道。

"他这人有点偏激。"时光想起上次在餐厅外面,石泽知道她和陆彦辰的关系后,突然跟个疯子一样的表现,就莫名脊背发凉。

陆彦辰看着前方,也不知道在想什么。

沉默了几秒之后,他深邃的眼眸看着时光,用低沉的嗓音淡漠地道:"他之所以觉得我错了,是因为圈子里的一个传言。传言说我爸当年为了我妈妈打死过人,他觉得有权有势就可以解决一切……他恨的是我们可以帮他,但是没有帮他,我反而还去做证,因为我的证词还让别人不敢帮他,再加上我们是好朋友,所以他才会如此恨我。"

"这……肯定是假的吧?"时光轻声问。

"当然是假的。我爸没有害人,而且那个人罪有应得,做了坏事,最后的结果是在牢里度过了一生。"

"就算当年你做了证,因为你们是朋友,他觉得你对不起他,可他不是也差点害死你,你还放过他了,按理来说你们应该两清了。如今他又要这样算计你,你要是再放过他,他肯定不会领你的情,绝对还会有下次。"

陆彦辰揽住时光的肩膀,然后将她抱在怀里。

当年他们是好朋友,他出庭作证的时候心里也不好受,不知道自己做出的选择是不是正确的。他心里愧疚,觉得对不起石泽。

直到石泽推他下水,之后他整个人变得很冷漠,爸爸妈妈觉得他是得了创伤后遗症,其实并不是,他只是一夜之间长大了而已。

他不想放过石泽,可就他对石泽的了解,石泽不是那种穷凶极恶的人,若将石泽逼入绝境,石泽很可能会选择鱼死网破。他无所谓,可是他现在有时光。

这又让他想给石泽留一条活路。

他不确定石泽走投无路的时候,在没有办法对付他的情况下,是否会选择对时光下手。只要一想到石泽可能会对时光下手,他就觉得很不安。

而且妈妈也说了,他不能一点情分都不给,毕竟石泽是他表姨的儿子。

这两天石泽根本顾不上陆彦辰的事,因为公司的事已经让他忙得焦头烂额了。

他今天离开公司的时候,已经晚上十二点了。他刚走出公司,就见一个高大挺拔的身影从黑暗处走出来。

"谁?"他警戒地喊了一句,看着那个身影步伐稳健地从阴暗处优雅地走出来,一双冷眸似深不见底的潭水,没有温度地看着他。

石泽愣了愣,随即目眦欲裂,吼了一句:"陆彦辰!"

人称温雅总裁的石泽一遇上陆彦辰就会跟暴躁的狮子一样。

相对而言,陆彦辰冷静多了,淡定地看着他,明明是来找他的,却完全不将他看在眼里。

"别告诉我,你一直站在这儿等我?"石泽咬牙冷笑。

"你当我想站在这儿等你?"陆彦辰勾唇,似笑非笑地说,"你以为自己还小吗?这么大个人了,闯了祸,还要自己妈妈来收拾烂摊子。"

这话带着深深的嘲讽和讥笑。

石泽的脸色更黑了,而且他最讨厌的就是他妈妈为了他的事去求陆家。他瞬间就控制不住自己的情绪,愤怒地抬拳向陆彦辰砸去。

陆彦辰眸子一暗,身体快速一闪,躲开他的攻击,同时利落地还了一拳。

没有打到陆彦辰,反而受了陆彦辰一拳的石泽承受不住突如其来的痛,忍不住呻吟了一声。

他用手指抹了抹嘴角,发现竟然出血了,顿时彻底怒了,如同一头发狂的雄狮,喘着粗气、眼珠发红地盯着陆彦辰,挥着拳头就朝陆彦辰砸过去……

陆彦辰一个敏捷的转身再次躲开了石泽的攻击,然后他一个转身旋风踢直接将石泽踹得摔倒在地上。

石泽知道自己打不过陆彦辰,索性就坐在地上不起来了,嘲弄地笑了笑:"打啊,最好打死我,正义的陆公子。"

陆彦辰居高临下地看着他,扯出一个轻蔑的笑:"打你,脏了我的手。"

石泽冷冷地沉着一张脸,眉心紧皱:"可是正义的陆公子,你似乎就只会使用暴力!"

"不管是暴力还是脑力,你都不是我的对手。"陆彦辰讥笑一声,"你以为你叫我上楼顶,我会什么也不准备,还和当年一样被你叫到护城河边,然后毫无防备地被你推下水?这些年来我一直知道你心有不平,你一定会做点什么来泄愤,不在我和苏千寻的订婚宴上,就一定会在其他地方。与其躲不过,还不如就让事情在这儿发生。"

陆彦辰去参加宴会之前安排的人，其实是为了保护时光，他怕石泽会对时光下手，为防万一，他还安排了航拍，可以随时知道出入这场宴会的车辆和人。

幸好石泽没在时光身上做文章。

看来石泽比他想象的更恨他，所以才制造出跟当年石父一样的坠楼案。可他总觉得这个计划并不完美，不应该是石泽精心设计了那么久的计划。

"这个局你设计了多久？"陆彦辰这么问的时候，还带着试探的味道。

"没多久。"石泽冷笑一声。

陆彦辰并不相信："这应该不是你原本的计划。"

石泽脸色一暗，陆彦辰怎么会知道？

一看他的表情，陆彦辰就知道自己猜对了。在他知道颜紫和石泽的关系之后，他心里就想到过一种可能。

"你原本安排的人是莫非非，对吗？"陆彦辰的语气依旧是询问、试探，但这次是肯定句。

石泽表情没变，却咽了咽口水，陆彦辰立刻一记重踢狠狠招呼在石泽身上。

他还以为石泽不够卑鄙，原来他比他想象的更卑鄙恶毒。

陆彦辰对着石泽又是一番踢打。

那愤怒凶悍的样子与平时高冷孤傲、清秀优雅的陆公子完全不同。

石泽抱着头，痛得在地上打滚。

陆彦辰这个怪物，这居然都让他猜到了！

他原本想利用的就是莫非非。从杨思彤和苏雅那儿，颜紫知道了莫非非要做手术，总有一天会醒来。那时，他们就计划着利用莫非非报复陆彦辰。

他提前让人在莫非非身体里注射了可以让她记忆退化的药。

只要莫非非醒来，她就一定不会记得自己是谁。

如果莫非非从楼上摔下去，还是被陆彦辰推下去的，陆彦辰就杀死了自己心爱的女人的姐姐，那他这一辈子也不可能得到幸福。那么他的报复才是真正地完美。

可是那场车祸之后，莫非非就失踪了。

他和颜紫计划好的一切泡汤了，最后临时换成了吴兴，一个与陆彦辰和时光有过恩怨的人。

最终,他运气差了一点,也小看了陆彦辰。

陆彦辰整理好衣服,冷酷的目光停在石泽身上,石泽情绪的变化,陆彦辰一丝不落地看在眼里。

陆彦辰没有问石泽莫非非在哪儿,因为石泽若能找到莫非非,他就不会退而求其次选择吴兴。可是石泽设计的这一切,令陆彦辰没有办法原谅他。

陆彦辰打开车门,从里面取出来一个文件袋,然后看着石泽说:"当年你父亲出事的时候,我们都还小,你怪我就算了。可是现在,你已经不是小孩子了,我对你的容忍也已经到了极限。这是最后一次,看在你妈妈的面子上,你妈为了你都做到什么份上了,你应该很清楚。如果你真的不顾你妈的身体,不管你妈的死活,那你就继续吧,下一次我绝对不会放过你!"

接着,他将那个文件袋往石泽身上狠狠一砸,然后毫不迟疑地转身离开。

石泽死死捏着拳头,用力到骨节发白,并且咔咔作响。

他死死瞪着陆彦辰的背影,眼角的余光瞥到了从文件袋里面掉出来的照片。他愣了一下,觉得难以置信,赶紧捡起照片瞧个仔细,却又惊得瞪大眼睛。他赶紧打开文件袋,里面劲爆的照片让他的脸瞬间变得十分苍白。

"不可能……"他重复着这几个字,猩红的眸子里有着滔天的恨意,将文件袋狠狠甩在地上。

他噌地跳了起来,快速奔向陆彦辰的车。

"陆彦辰!"他发出嘶吼,"你骗我的是不是!"

陆彦辰没有理石泽,彻底无视从旁边冲过来的石泽,直接加油向前快速行驶。

石泽那伸出去的手连车尾也没有摸到。

"陆彦辰!"他又发出一声怒吼。

当陆彦辰的车消失在眼前时,他心里紧绷着的那根弦嗯然断了。

他跟跑了几步,跌倒在地上,看着散落一地的照片,猩红的眸子涌上一层温热。脸上带着癫狂般的笑,嘀咕着:"假的……"

假的,一定是假的。

是陆彦辰故意设局报复,一定是假的!

时光听说颜紫出了车祸,还是因为石泽,两人不仅闹翻,还反目成仇。

为什么会这样,是因为陆彦辰给的那份资料吗?

她问陆彦辰给了石泽什么东西,陆彦辰便将当年的一件往事缓缓说给时光听。

当年,石泽的父亲出轨,和一个有夫之妇搞在一起,至于那个妇人是谁,陆彦辰不知道。石泽的妈妈发现后,就开始在石家闹。

石家只是一般的小豪门,石泽的妈妈可是沈家的亲戚、陆彦辰的表姨,石泽的父亲自然不敢得罪她。

他要依靠沈家,但又不甘心被自己的老婆压着,心里憋屈,经常到外面买醉。

事发那天,陆彦辰陪爷爷去茶楼见他的老朋友。爷爷和朋友聊天的时候,陆彦辰在茶楼里闲逛,刚好看到石泽的父亲和一个服务员起了争执。

准确地说,是石泽的父亲在骂那个服务员。

那个服务员不知道怎么惹到了石泽的父亲,石泽的父亲很生气,估计是因为喝多了,一身酒气,直接恶狠狠地抬腿,踢了那个服务员一脚。

服务员骂了石泽父亲一句,估计是在家里受到石泽妈妈的辱骂已经让他不爽了,石泽父亲把他在石泽妈妈那儿受的气全发泄在那个服务员身上。

他狠狠甩了那个服务员两巴掌,嘴里却骂着石泽的妈妈,最后直接把那个服务员推下了楼,嘴里还说着:"贱人,你去死吧!"

那个服务员摔下去后,直接死了。

巨大的响声引来了很多人,陆彦辰作为目击证人,免不了要被警察叫去询问。

石泽和他妈妈来找陆彦辰,让陆彦辰作伪证,说只是看到石泽的父亲和服务员在争吵,但是石泽的父亲并没有推那个服务员,是那个服务员自己失足掉下楼的。

可是陆彦辰亲眼看到了整个过程,作为朋友,他想过那毕竟是好朋友的爸爸,是他表姨父。然而,他看到那个服务员的爸爸妈妈哭得很伤心,普通家庭的孩子也是一条命,怎么可以如此草菅人命。

他把一切都告诉了爷爷,爷爷说当然要说实话,而他也觉得应该说实话。

在人性和道德之间反复思考之后,陆彦辰选择了说实话,所以石泽父亲被判了刑……

他对石泽有愧,石泽约他出去,他完全没有多想,二话不说就去了。

在护城河边,他还向石泽保证,争取给石泽爸爸减刑,让他早点出来。他不知道的是,前几天石泽的爸爸在牢里意外死了。

石泽叫他出来是为了报仇,石泽笑着走到他面前,说"谢谢你",可是转头脸色就变了,冷酷地对着他吼"你少给我假惺惺",然后直接将他推到了河里。

陆彦辰在河里挣扎的时候,石泽在上面骂他,说一切都是他的错。这世上有多少人狼狈为奸,为了利益沆瀣一气,又有多少有权有势的人压下了多少不能曝光的命案。为什么陆家不可以?明明他们是好朋友,明明这是他陆彦辰的表姨父,如果是亲姨父的话,他陆彦辰是不是就会说谎了?

石泽又骂陆彦辰不想做伪证,可以说没看到,如果陆彦辰不做证的话,以石家和陆沈两家的关系,石家还是可以打通一些关系把案子压下去的。

陆彦辰一出来做证,就代表陆家不会管这事,也就代表了没有人会愿意给予方便,压下石泽父亲的案子。所以石泽恨陆彦辰,恨陆家。

他想杀了陆彦辰,骂完之后就转身走了。

那个地方是没有什么游客的,他走了,等待陆彦辰的就只有死!

护城河的水由上往下流,陆彦辰被推下去之后其实挣扎了很久,以为自己就要死了,没想到刚好被经过的时光救下了。

陆彦辰说完这些往事之后,问时光:"如果你是我,你会怎么做?"

虽然他的语气淡淡的,但是时光看见了他压抑而复杂的内心。

当年的他在这件事情上,应该犹豫了很久,也思考了很久,纠结,无措。

时光安慰他:"如果是我,我也不知道怎么办,我也会问爸爸。我觉得你没有做错,最后我也会和你做一样的决定。那不是小事,他都闹出一条人命了。那个服务员多无辜,不过是吵两句而已。如果这一次放过了他,没有人能保证他下次不会变本加厉,更加嚣张,再次闹出人命。"

陆彦辰无奈地笑开了,心头点点温柔化开:"如果重来一次,我还是会选择这样做,因为可以遇上你。"

时光心头软软的,好像被什么东西重重撞击了一下。她叹息一声:"顾紫是为了报复陆家,所以带坏你的未婚妻,对吗?"

陆彦辰点了点头。

颜紫一直恨陆家，以为她妈妈出轨的对象是陆彦辰爸爸，为了对付陆家，还和石泽合作。

他今天给石泽的照片上是石泽爸爸当年出轨的对象，令人大跌眼镜，居然是颜紫的妈妈。而颜紫最恨的人，就是当年勾引她妈妈出轨的男人。

石泽接受不了这个真相，颜紫更接受不了，她回家质问了她妈妈，得到真相之后崩溃了，这才会发生意外。

时光心头沉重。

原来悲剧的源头居然是石泽的爸爸。

他因为出轨而杀人，陆彦辰做证，才会被他儿子推到河里，她才会救下陆彦辰，杨思彤才会成为陆彦辰的未婚妻，才会为了掩饰一切对她姐姐进行校园暴力，才会害得她家破人亡……

时隔一个多月后，时光进行了第一次水下训练。

当身体被水包裹的那一瞬间，时光再也体会不到那种飞翔的感觉，也没有打从心里的欢喜与高兴。

她不想下水，就像是喜欢的事情，天天做，久了也就腻了一样。

以前她想过，如果有一天自己不想游泳，但游泳依旧是她生命中不可或缺的存在。如果有一天，没有了游泳，她想她应该会感觉不到自己活在这个世界上的价值。

就像此刻，她感觉自己已经没有生存在这个世界上的理由。

张书林很生气，站在池边一直骂时光，林七七和其他的队员被吓得目瞪口呆。

她的教练对她可好了，无论什么时候都是温柔地教导着，哪像张书林，平常还好，训练的时候凶起来简直跟人猿泰山发狂一般。

最后他还直接把水压板往水里一甩，那暴怒的样子，吓得林七七想翻白眼装晕。

这个时候她无比佩服时光，时光居然还能特别淡定地游过去，把水压板捡起来，然后放到池边。

张书林瞪着时光说："捡上来干什么，加训水压板，要是一个星期恢复不了状态，下个星期训练加倍！"

丢下这句话，他就气呼呼地走了。

林七七吁了一口气，游到时光身边："吓死我了，平时张教练都是这样的吗？"

时光淡定地笑了笑："是我的问题，你也看到了，我再这样下去就废了，所以教练才那么生气。"

林七七安慰了时光一会儿。训练结束之后，大家都走了，只剩下时光，可是不管她怎么努力，依旧没有办法克制自己。

一个星期后，时光还是老样子，张书林从开始的怒骂到细心劝导，但都没有用，无奈之下他只能给陆彦辰打了个电话。

时光的心结只有最亲近、最心爱的人才能帮她解开。

这天训练时，时光上网找资料，却看到了林意儿和陆彦辰的绯闻——

"林意儿神秘男友首次曝光""林意儿新男友疑似某公子""林意儿和男友恩爱现身，低语缠绵"。

时光搜索林意儿，然后看到一堆微博标题。

她看了几条，是某狗仔意外拍到林意儿和男友亲密的照片，下面的文字解说指向某公子，然后配了一张模糊不清的照片。

时光点开那张照片看了一下。

那是一个昏暗的晚上，在一家清吧门口，照片上的那个男人也确实是陆彦辰，可是这也叫亲密？明明就是两个人面对面站着，好像在说话。

时光又翻了一下微博才发现，不怪记者想太多，是林意儿那边的回答让人想歪了。

记者问她关于绯闻的事。

她的回答模棱两可，说什么让大家不要多想，我们只是朋友，并不是大家想的那种关系。

开始的时候，大家真没有想到那种关系上。结果她的经纪人这么一回应，媒体和网友们就想歪了。

时光连连冷笑。

朋友？

陆彦辰认识林意儿？她怎么从来不知道，也没有听陆彦辰说过？

时光觉得如鲠在喉，怎么都不舒服，她忍着不悦，继续训练。

训练结束后,林七七一拉开门,就看到一个俊美的男人,身材高大,五官精致,特别是那双深邃的眼睛,淡漠轻謷间给人一种高冷禁欲的感觉。

空间突然陷入了一种奇异的安静。

一秒后,炸了!

"啊!帅炸了!"林七七一副眼睛都快被美瞎的表情,还抬起双手捂住了脸。

时光从来不知道,林七七居然还花痴。

当然她更没有想到,陆彦辰居然会来接她。她瞬间想到了那些绯闻,难不成陆彦辰真做了对不起她的事?

陆彦辰就算在网上曝光过,但都没有高清照,所以林七七根本没认出来。她笑嘻嘻地看着陆彦辰:"嗨,你好,请问你找谁?"

陆彦辰一直盯着时光,淡淡地启唇:"找她。"

林七七脸上的花痴表情更甚了,人长得帅也就罢了,居然连声音都好听,她感觉自己的耳朵快要怀孕了。

不过等等,他找时光?

林七七惊愕地扭头看着时光:"这不会是你老公吧?"

时光立刻摇头,故意不承认:"不是!怎么可能,我老公那么忙,这个是我老公的助理。"

林七七很惊讶:"助理都这么帅?你老公一共有几个助理?"

她眼里闪过了一丝玩味的光,让人猜不透她在想什么。

陆彦辰终于瞥了林七七一眼,看着时光似笑非笑地说:"刚才在外面遇到人,我可都说我是你哥哥。"

这是在变相拆穿时光的谎言吗?

林七七疑惑地皱眉:"哥哥?"

时光瞪了陆彦辰一眼,然后笑眯眯地说:"对呀,我哥哥,也是我老公的助理。"

"那你有女朋友吗?"林七七一脸羞涩的样子,凑到时光身边贼兮兮地问陆彦辰。

陆彦辰淡淡地回道:"没有女朋友……"

时光瞪大眼睛,没有女朋友,那她算什么?

林七七眼里闪烁着晶亮的光。

"但是有老婆！"

陆彦辰后半句说出来时，林七七表情一僵，然后一脸痛心疾首。

有没有搞错，长得这么好看，居然这么早就结婚了，简直太浪费了！

时光笑了一下，不再逗林七七："他叫陆彦辰。"

林七七愣了一下，就明白怎么回事了，暧昧地笑着，然后长长地"哦"了一声："行了，我知道了，你们俩好好聊聊吧，我先撤了。"

说完，人已经跑没影了，只剩下陆彦辰和时光两人。

时光轻轻蹙眉，一副不悦的语气："你来干什么？"

"来看妹妹，顺便帮我老板看一下他老婆。"陆彦辰勾勾唇，嘴角多了一丝意味不明的古怪笑意，带着淡淡的揶揄。

时光目光锐利，看着他，质问道："突然来接我，有什么事？"

这么问完之后，时光觉得有点委屈，眼睛有点酸涩。一般来说，男人突然送女人礼物，或者接女人下班回家，都是因为做了对不起女人的事。

难不成他和那个林意儿真有一腿？

如果真是这样，她再爱他，也要和他离婚！

看着这小可怜的表情，陆彦辰挑了挑眉："你这是怎么了？不喜欢我来接你回家？"

时光控诉道："你觉得这个时候我还能对你笑脸相迎吗？你真当我喜欢你就会什么都不在意吗？那是不可能的！"

时光看他还装，勾唇冷讽道："你可别告诉我，你不知道林意儿是谁？"

林意儿？陆彦辰细细回想了一下，然后确定地回道："林意儿是谁？"

他居然真这么回答，时光气笑了，她死死皱着眉头，一副既伤心难过，又暴跳如雷的样子。

陆彦辰也严肃起来，沉着脸问："我需要认识她吗？"

时光有点蒙圈了，陆彦辰的样子不像是在开玩笑，他好像真的不认识林意儿。

她拿出手机，打开微博，找出那条绯闻，然后将手机递到他面前："这个，就是这个……虽然很模糊，但是这个男人是你吧？"

陆彦辰接过手机看了一下，然后点了点头："这个人确实是我。"

时光冷笑两声:"现在承认了,刚刚还想骗我说不认识林意儿,要不是有照片,我就相信你了。"

陆彦辰瞥了她一眼,突然笑了:"你很关心我和这个林意儿有什么?"

时光怒道:"你知不知道因为这个,我差点都没有心情比赛。如果我今天没有拿到冠军,那都是因为你!"

"我相信你不会为了这点小事而耽误比赛。"说着,陆彦辰伸手想去抚摸她的头。

时光一巴掌拍开他的手:"谁说的!"

陆彦辰弯起嘴角,笑得揶揄而又俊雅:"看来,你这醋吃得不轻!"

时光很不客气地啐了一口:"呸,我才不是吃醋,我吃什么醋!"说完,她气呼呼地往外走。

陆彦辰跟上去,拉着她的手,带着她上了自己的车,"咔嚓"一声,还将车门锁上了。

她扭头瞪着他:"开门,我要下车!"

陆彦辰单手捏着她的下巴,勾唇轻轻笑了一下,然后倾身过来,轻轻地咬了一下她的嘴唇。

"只是问个路而已,你就已经气得要暴走了,真要看上别的女人,你不得拿刀砍我。"陆彦辰戏谑道,一副玩味的表情。

时光愣了一下。

问路?她没有听错吧,还是陆彦辰在哄她玩,刚才他可不是这么说的。

"看来以后要多几个这样的明星来问路,让你多吃吃醋。"陆彦辰宠溺地捏了捏她的脸颊,"你吃醋的时候比较像吃可爱长大的。"

时光瞪大眼睛:"你什么意思?"

"字面上的意思,陈年老醋王。"总算是把这个称号还回去了。

"你和那个林意儿……你们真不认识?"

"当然,不然你以为呢?她是谁我根本不知道,昨天从你这儿离开后,我去见了楚牧北,出来的时候碰到她就问了一下路。"陆彦辰解释道,嘴角的笑容仿佛寒冬的明媚的阳光,魅惑横生,性感迷人。

"那她为什么要说你们只是朋友,不是大家所想的那种关系?你们明明没有关系,为什么她要这么说?"时光无语了,林意儿难道不怕被拆穿,拆穿了得多尴尬啊。

"我怎么会知道，我又不认识她。"陆彦辰脸上露出失望的表情。

时光嘟了嘟嘴："那你也不能怪我啊，你也不看看你是什么体质。唉，担忧死人！"

看着她那副头疼的模样，陆彦辰挑眉："我什么体质？"

时光忿忿不平地抱怨道："招蜂引蝶的体质啊，你看某个女人一眼，就能让那个女人想歪。"

陆彦辰危险地眯眼："到底谁的体质招蜂引蝶了？"

时光有点心虚，她是不小心招过一朵，也就一朵啦。

不过这林意儿真是太过分了，她那么回答真不是故意的？

时光眉心蹙了一下。

陆彦辰也若有所思，怀疑整件事情不是一个巧合，否则他只是问个路，就能惹出一桩绯闻，看来一定要调查清楚那个林意儿到底是怎么回事。

车子平稳地向前行驶着，时光无聊地刷着微博，正准备退出微博时，突然看到千寻转发了一条消息。

是她的新剧宣传，订婚泡汤之后，千寻是不是小白的妈妈这件事还没有结束，但她似乎有点想逃避，于是接了一部电视剧。这是她首次出演电视剧，大制作的女主权谋电视剧《九重天》。

时光随意看了一眼，突然整个人都僵住了，因为她在宣传名单上看到了容陌的名字。

没错，就是容陌。

她点开下面的评论，几乎全是关于容陌的。

容陌饰演的是男二——天下第一美男公子凌。可是就在昨天，有内部消息传出，饰演男二号的是另一个流量小生，结果今天就换成一个默默无名完全没有任何演绎经历的新人。

那个流量小生的粉丝群情激奋，完全不分是非黑白，各种维护偶像，帮自己的偶像声讨剧组，声讨容陌，说他带资进组，说他背后有人捧，是背后的金主给了钱，才让他挤走别人，拿下了男二号。

反正不管原著粉，还是流量小生粉，都对容陌的剧照进行花式嘲讽。

就算有几个"颜粉"夸容陌长得帅，但是他们的声音很快就被淹没了。

大部分人嘲笑他只是脸长得好看,没有演技也是白搭。

时光看着容陌那张剧照,眼睛睁得如铜铃一般大。

俊美清润的少年,一身白衣锦袍,手执玉笛,修长的手指骨节清瘦,似白玉雕成一般。他眉眼如画,薄唇微抿,一头漆黑的长发从身后垂落,优雅地侧头,一双眼睛灿若星辰,目光深邃,清秀的眉头微微一皱,似乎在思索着什么。

时光看傻了,只能听到自己的心脏在剧烈跳动。

不是因为少年太帅了,而是因为这个人……这个容陌……跟她姐姐长得太像了!

时光一颗心都揪了起来。

容陌……容陌……为什么他跟姐姐长得这么像?

姐姐昏迷了七年,很瘦,而且七年来她一直躺着,时光对于她的印象除了很久以前的一笑,就是后来卧病在床的样子。如果让容陌闭上眼睛,如果他再瘦一点,就真的跟姐姐长得一模一样!

他是姐姐吗?

可他是一个男人,但他怎么和姐姐长得那么像?而且每次见到他,她都有一种很奇怪的感觉,会不会其实他就是莫非非呢?

时光愣愣地跟着陆彦辰下车,回到家时,她看着陆彦辰,轻声问:"上次我和你说的,让你帮我查一下容陌,你查了没有?他长得太像我姐姐了,你快帮我查一下,他到底是不是我姐姐!"

陆彦辰眯起了眼眸。

他见过莫非非,闭着眼睛躺在床上的莫非非。

时光让他调查一下容陌,容陌的资料已经在他电脑里,但是他并没有看,如今时光居然说容陌像她姐姐。

这会儿他也来了兴致,倒想瞧瞧那个容陌有多像莫非非了。

回到家,陆彦辰直接带着时光去了书房,时光坐在电脑前,怀着一颗狂跳的心,屏着呼吸,盯着屏幕看起来。

容陌,男,京都人,今年十八岁,在孤儿院长大,两个月前进了尚家,据说是尚家的老夫人认识容陌的奶奶,所以才收留了他。

尚家算是京都的百年世家了,一直相当低调。

容陌参演的那部电视剧是尚氏进军娱乐圈的第一个项目，不是容陌抢了男二的角色，而是男二在官宣的前一天毁约了，容陌属于临时被喊去救场的。

时光愣愣地看了半天才回过神，喃喃低语："所以，他真的是个男人？"

陆彦辰轻轻"嗯"了一声。

资料应该是不会有假的，当然也不排除另一种可能。

时光不信，她刚才看到容陌的剧照那一瞬间，真的以为是女扮男装的姐姐。

"我能不能见他一面啊？"她真的觉得容陌不像男人，他那么像姐姐，怎么可能会是个男人，他怎么看都像个女人，都像她的姐姐。

"时光。"陆彦辰眉头一皱，带着警告的意味，就算这个容陌像姐姐，陆彦辰也不喜欢她把过多的注意力放在容陌身上。

"孤儿？"她指了指电脑屏幕，然后问陆彦辰，"你不觉得很奇怪吗？一个像姐姐的人居然是孤儿，直到两个月前才突然出现在尚家，被尚家的老夫人收养。两个月前不正是姐姐失踪的日子吗？你不觉得这太过巧合了？我不相信，没有亲眼所见，我不相信他是个男人。"

陆彦辰一怔，眼眸微暗。

他从后面死死抱着她，凑到她耳边咬牙低语："你是不是没有看到他脱下衣服，就无法相信他是个男人？"

温热的气息在耳边萦绕，带着危险的气息。

时光身体微缩，眼睛却是一亮："对啊，这是个好办法，可以确定他到底是不是个男人。"

陆彦辰给楚牧北打电话："那个容陌和莫非非长得很像，你再查查他。"

"容陌？像莫非非，像吗？"楚牧北一只手拿着电话，一只手打开自己的电脑，然后看了看那些传送到电脑里的资料。

他看完后，忍不住爆了几句粗口，然后说："还真的很像，之前看到时没往这方面想。我就说，我查了所有的女人，活的死的，就是找不到莫非非，敢情她把自己扮成了一个男人。"

陆彦辰目光阴沉，表情凌厉："也不一定就是莫非非。"

"对对对，你放心，我会好好查的。"

第八章

容陌是谁

时光只是抱着试一试的心态,给千寻的微博发了一条私信,说想去看她拍戏。

没想到千寻立刻就回她了,说她随时可以过来,到了影视城门口给她发信息,她会让人去接。

懒洋洋的时光瞬间充满了力气,用最快的速度收拾好自己。

她想去告诉陆彦辰,听到陆彦辰在和楚牧北打电话,便没打扰他,留下一张纸条就出发了。

当时光见到千寻,已经是三个小时之后了。

千寻穿着古装,绣着雏菊的素色纱裙,梳着回心髻,插了一根木簪子,简单整洁,看上去非常灵秀。不过,她那双眼睛却隐藏着一丝妖气。

这很像这部剧的女主人设,表面是医女,实则身怀冤屈,腹黑多智。

对于她的到来，千寻感到很奇怪，说："你不是说每天都要训练吗。"

"是的……"时光犹豫了一下，然后问她，"那个……容陌在哪儿？"

"容陌？"千寻好奇，她怎么会问容陌。

"我和容陌也认识，既然来看你了，自然也要去看看他。"

千寻妖娆一笑："一般剧组只有男主和女主才有专用的化妆间，不过他例外，在隔壁化妆间。"

说完，她就走了。

时光看着她的背影，越发觉得她的眼睛和姐姐的眼睛……不对，是和容陌的眼睛很像，都是微微上挑，带着一点魅惑的气质。

千寻，容陌，姐姐……

时光舒了一口气，然后去了隔壁的化妆间，敲了敲门，得到允许后便推门进去。

她进去后就看到一个外貌俊俏，气质清雅的白衣男子。

她一下意就想到了"陌上人如玉，公子世无双"这句词，放在他身上真是一点也不违和。

看到时光，容陌微微愣了一下："你怎么会在这儿？"

"我和千寻是朋友，今天来探她的班，知道你也在这个剧组，所以就来看看你。"

时光说话结结巴巴的，整个人看着有点坐立不安。

容陌指着旁边的椅子："坐。"

时光紧张地坐了下来，却不知道应该怎么开口问他，想了半天才问了一句没用的："我没有想到你居然是演员，不过你长得挺帅的，演戏也挺好的。"

容陌不动声色地打量了时光一会儿，然后垂着眼睛笑了笑："拍戏挺有意思的。"

时光紧紧盯着容陌的脸，死死地捏着自己的手指，太像了，他垂眸的时候真的好像姐姐。

"那你最喜欢的是什么？我是说除了拍戏。"

"画画吧。"

时光一颗心紧紧地揪了起来，姐姐最喜欢的就是画画。

她激动得一把抓住了容陌的手，正想开口问他是不是她姐姐的时候，剧组的人来叫容陌,他要拍戏了。

时光等在外面,想等容陌结束拍摄之后与他聊一聊,不料有人来找容陌,容陌就直接离开了。

她差点儿控制不住上前拉住容陌,不过转念又一想,这部剧可不是一两天就能拍完的,可以下次再来。

时光正想挥手告别,就见容陌对着她浅浅一笑,向她走了过来。

时光顿时心跳如擂鼓。容陌找她是想说什么?会不会和姐姐有关?

"你还不回去吗?"容陌在离她两三米远处停了下来。

"我要等千寻,你要回去了吗?"

容陌淡淡地点了点头,时光咬了一下唇,轻声问:"可以……留个电话号码吗?"怕容陌多想,她赶紧又道,"那个……我想我们现在也算是朋友了,所以就想着有空可以聚聚。"

"我暂时没有电话,等我有了再告诉你,再见。"

他对着时光微微一笑,然后就离开了。

从影视城回来后,时光直接去了公司找陆彦辰。

楚牧北正在与陆彦辰说容陌的事:"他出现的时间很巧合,刚好在莫非非失踪之后。从照片来看,他是有点像莫非非,但我觉得也不是完全像。"

他没见过莫非非,也没见过容陌的真面目,只觉得两人的轮廓有点儿像。

抿了一口酒,他又继续说:"关于容陌的资料很少,他出现在尚家之前的事几乎查不到,不只是我们在查,尚墨也在查,怀疑他是尚家流落在外的私生子。"

陆彦辰问:"他有没有可能就是莫非非?"

"应该不可能。"楚牧北分析道,"虽然容陌的出现是在莫非非失踪之后,时间上是有点巧合,再加上他们长得像,可是莫非非是个女的,容陌是个男的……"

陆彦辰勾唇:"也有可能是女扮男装。"

"尚墨和他做过亲缘鉴定,想确定他们是不是兄弟。如果他是女的,尚墨鉴定什么兄弟,而应该是兄妹。他们天天住在一个屋檐下,他是男是女我们不知道,尚墨不可能不知道吧?"

楚牧北说着,眸子转了转:"是不是时光妹妹这么认为的?"

陆彦辰没有说话，但楚牧北已经知道了，他叹息一声："在莫非非这件事情上，你尽心尽力做了那么多，有些事情可以跟她坦诚的。"

坦诚？在莫非非的事情上，他和时光根本就不能够坦诚，陆彦辰心里莫名有点烦乱："你再去查查那个容陌吧。"

"行！"

楚牧北叹息一声，哀叹自己的劳碌命，然后仰头将杯里的酒一饮而尽。

他出去的时候刚好撞到时光，有些惊讶，时光几乎不来公司找陆彦辰，他主动出去，不当这个电灯泡。

时光在陆彦辰身边坐下，说起了今天的事："我今天去找容陌了。"

陆彦辰修长的手撩开她几绺垂下的头发，轻轻别在耳后，还顺势捏了捏她的耳朵："怎么样？证实他是莫非非了？"

时光摇了摇头："还没有，不过我相信下次一定可以证实的。"

陆彦辰危险地挑眉："还有下次？"

时光嘴角噙着笑，说出自己心里的感觉："我真觉得他可能就是我姐姐。"

陆彦辰不悦地道："他不是莫非非。"

"你为什么那么确定他不是？万一是呢？"时光觉得在这件事情上，陆彦辰有点过分了。她想坐起身，但被陆彦辰按住了，他看着她，认真地道："如果容陌真的是莫非非，我一定会调查清楚。把他交给我，以后你不要再单独去找他了。"

"等你调查得到什么时候，这都多久了，也没有查到我姐姐的踪迹。"时光下意识地嘀咕了一句，令陆彦辰的面色瞬间冷了下来。

他说不出来自己的心态究竟怎么回事，莫名感觉心里极其不舒服。

明明刚才还算温馨的气氛，这会儿突然间冷气四散，时光回想了一下自己的话，似乎也没有说错什么。

最后那一句非常直接，他不会误会她在嫌弃他找不到姐姐，而在怪他吧？

她并没有！

"好啦好啦，你不要生气了好不好？我答应你，以后没有你的允许，我不去找容陌还不行吗？"时光捧着陆彦辰的脸，在他嘴上亲了一下，又顺势吻了吻他的耳根，感觉他的身体一动不动，对于她的撩拨，他怎么没有任何反应呢？她笑眯眯地看着他："你不怕痒吗？"

他每次吻她耳朵的时候，她都有酥、软、麻、痒等感觉。

陆彦辰拉住她的手，黑白分明的眸子认真地凝视着她。

这么严肃？时光感觉自己这次用平常的法子似乎哄不好陆彦辰，顿时收起了嬉皮笑脸。

她也正色看着他："你到底怎么了？"

陆彦辰轻轻地摩挲着时光的脸蛋："如果我告诉你，你姐姐……"

时光笑了笑："我姐姐……怎么了？你是想说，如果我姐姐真的是容陌，那么他是怎么变成容陌的，变成容陌后……"

陆彦辰打断她的话："我是说，如果你姐姐再也回不来了，你还愿意和我在一起吗？"

时光愣了一下，错愕地看着陆彦辰，张了张嘴，好半天才挤出一句话来："好端端的，你为什么要做这样的假设？"

既然说开了，有些事情干脆坦白好了，陆彦辰轻声叹了一口气："因为你姐姐可能回不来了。"

时光的脸色更难看了，她忽然间感觉头有点晕，便从陆彦辰的腿上站起来，转了一圈，再看向陆彦辰，鼓鼓腮帮子，有点不高兴地说："怎么可能，我姐姐明明好好的，怎么可能回不来！"

陆彦辰看着她说："你姐姐是植物人，她失踪了那么久，不可能没有遇到危险，这个时候有些事情就算不会发生，你也得考虑。"

"陆彦辰！"时光虎着脸，一脸怨怼地看着陆彦辰。

而陆彦辰只是回望着她。

时光用力地揉了揉自己的脸，内心深处突然变得焦虑起来。

"我不喜欢这样！"她的眼神变得很阴郁，语气斩钉截铁，丝毫没有商量的余地，"我说过我姐姐会没事的，你也答应过我说我姐姐不会有事的，你现在为什么要跟我讨论我姐姐再也回不来了？你明明知道我最不想听什么，你明明知道我最相信你，我也相信你可以找回我姐姐，可是你为什么……为什么……"

她焦急得气都喘不过来，陆彦辰站起来，将手放在她背上帮她顺气。

时光恼怒极了，直接躲开陆彦辰的手，又狠狠推了一把陆彦辰的胸口："好端端的为什么要说这些？"她扭开了头，"你找不到姐姐，我也不会怪你，我会自己找！"

说完，她转身便想走。

陆彦辰见时光忽然间情绪激动起来，他也感觉一阵烦躁，因为心里一直不愿意去面对的事，不愿意去深想的事，突然之间有了答案。

他拽住她的手，不让她走。

时光也没有强行甩开他的手。

两人看着平静了，但是他们之间的关系却紧张极了。

陆彦辰的双唇抿得紧紧的，许久，他终于说了一句："其实你始终觉得是因为我才会害得你家破人亡。"

就算她嘴上说没有，她心里也告诉自己和他没有关系，她不应该怪他，可是总会意难平。所以她才会在他们最甜蜜的时候，总是偶尔提一句她姐姐，她才会拼命地让他找回她姐姐。

时光气炸了，直接把桌上的文件全部甩到地上："陆彦辰，你干什么那么讨厌！我什么时候这么觉得了？你找回我姐姐不就好了。"

陆彦辰紧紧握着时光的手："如果我说，我找不回你姐姐了呢？你就会和我离婚？"

时光想抽回自己的手，她心里好乱，她不喜欢陆彦辰这样逼问她。

她的沉默不语，让陆彦辰苦笑了一声，他松开握住时光的手，揉了一下太阳穴："如果可以，我希望你当年没有救我。"

时光气恼地看着他："你别闹了行吗？我不过是去看一下容陌，你要是不喜欢，我就不去找他了，让你去查他还不成吗？"

陆彦辰脸色一沉，眼底似是积蓄了三尺寒冰："其实你心里知道，夹在我们之间的从来不是容陌。"

"那你想我怎么样？你觉得找可以当作什么也没有发生过吗？"时光嗤笑了一声，"然后在我姐姐下落不明的时候心平气和地接受一切？那不是你姐姐，你可以做到，但是我做不到！"

确实不是因为容陌，谷陌只是导火线，他们之间的根本问题就是那个最初的结。

她以为不怪他，她就可以无所谓，可以不在意一切。

大家假装相安无事，看似什么事都没有发生过，可是心里都憋着一股子气，吐不出来，咽不下去。

时光没有办法忘记一切，她经常会梦到爸爸妈妈问她，姐姐去哪儿了。她相信陆彦辰可以找回姐姐，那样她才能继续和他在一起。

找不到姐姐，事情永远过不去，否则哪怕他们相拥着，心里也会觉得隔着一条银河。

陆彦辰心里比她更清楚，所以才会越来越无法忍受这样的局面，所以在她为了姐姐去找容陌的时候，他心里才会万分不痛快，然后他们之间的矛盾就越来越深。

可是她能怎么办？

时光有点不耐烦，但还是耐着性子说："我明天回宿舍住，刚好我还有一场比赛，这期间我想好好在省队训练。"

陆彦辰的脸色骤然变了："你的意思是，你要跟我分居？"

时光闷闷地说："我只是想专心训练。嫁给了你，不代表我不可以有自己的梦想。"

陆彦辰漠然地反问："我什么时候说过不让你游泳了？"

时光语塞，有些无可奈何："你为什么非要跟我吵架？"

"我跟你吵架？"陆彦辰勾了勾唇，有些讽刺地说，"我只是说了一句，如果你姐姐回不来，而你就要搬到宿舍去住。到底是我跟你吵架，还是你心里一直就是……"

陆彦辰没说完，却用一种很直白的眼神望着她。

他一直忽略了心里最真实的想法，一直想着事情是因他而起，所以他可以不去在意。然后，每次他们浓情蜜意之时，她就会提她姐姐，她会刻意地说如果她姐姐不回来，她就不会幸福。

她当然不是在告诉他，而是在提醒她自己。

可是他听了会不舒服，不是没有想过一直忽略，可是人心是控制不住的。

她恨杨思彤和苏雅，但是对他却充满了矛盾。

而他想要的从来都只是爱。

除了找回她姐姐，不然他们之间根本无解。

对吗？

最后两个字，他是在心里问她，可答案在哪儿？

他想,也许她自己也不知道。

"我还有些事要处理,你先回去吧。"陆彦辰的声音温软下来,他深深地看了她一眼,才转身离开。

时光看着陆彦辰的背影,死死咬着唇,当他关上门的时候,眨了眨眼睛,眼泪滑落出来。

一直等在在外面的楚牧北看到陆彦辰离开时,居然没有带时光一起,万分惊讶。

待陆彦辰离开之后,他推门进去,刚好时光拉门准备出来,他担忧地问道:"怎么了,时光妹妹?"

时光没有说话,只是撇了撇嘴。

见她一副要哭不哭的样子,楚牧北便猜到他们应该是吵架了,也不管谁对谁错,直接埋怨陆彦辰:"老陆那个人就是傲娇,有时候不会说好听的话,不过他的心时刻都在为你着想。"

时光笑了笑。

她不想多说,拒绝和楚牧北多聊,也拒绝楚牧北相送,打车回了家。

回家之后,看着空空的公寓,她收拾了几件衣服,还是选择去宿舍住。

自从姐姐失踪之后,她心里就压着一座山,而在杨思彤指责她,说她姐姐失踪,她居然还能天天和陆彦辰恩恩爱爱时,哪怕明知道杨思彤是故意那么说的,可是一想到姐姐的失踪跟她和陆彦辰都有关系,她就没有办法无视。

她已经尽可能地想要和陆彦辰好好相处了,然而事情打了死结,若是解不开,又怎么可能一切顺畅呢?

林七七看到时光宿舍的灯亮着,便敲了敲门,不想时光还真在里面,只是一脸可怜巴巴、惨遭抛弃的样子。

她惊讶地问:"你这是怎么了,不会是跟陆彦辰吵架了吧?"

时光蔫蔫的,跟霜打的茄子一样。

林七七更震惊了:"真的啊,不是吧?陆公子对你那么好……你们俩那么痴缠,居然还会吵架?"她摇头嘀咕着,"果然,这个世界上没有不吵架的夫妻,如果不吵架,那肯定是假夫妻。"

时光撇了撇嘴,万分无奈地看着林七七说:"你能不能别在这个时候发表感慨?"

"不就是吵架吗？哪对夫妻不吵架？你们今天吵了，明天就会和好了。"

时光的心揪在一起，一时不知道要怎么和林七七说了。她摆了摆手："你回去吧，我有点累了，想睡觉。"

林七七见她不愿意多说，也就没有再问，笑着挥手："行，那你好好休息，明天训练我叫你。"

时光淡淡地"嗯"了两声。

她现在是真的难受，难受得已经失去思考能力了。

她不确定，如果姐姐回来了，若是姐姐知道一切，会不会觉得是陆彦辰的错，又会不会还让他们继续在一起。

她更难受，万一姐姐真的回不来了呢？她还能继续和陆彦辰在一起吗？

她装傻、逃避，一是她太喜欢陆彦辰了，二是她害怕自己最后给不了他想要的。

一对夫妻能够长久下去，除了身体上的契合，还要精神上的融合，当他们的精神无法分割，才会脱离形式而真正在一起。

可是他们呢？

她太清楚他们之间有什么了，她以前一直刻意忽略，假装不懂，可是今天被陆彦辰摊开了，让她不得不去面对。

她心里像挤着一团什么东西，很难受，难受死了！

时光去宿舍住，只是想要静一静，她想陆彦辰来找她，她就会跟他回去的。

可是她都恢复训练了，陆彦辰也没有来找她。

月底在水立方有一场友谊赛，时光没有参赛，但是依旧来到了现场。

比赛结束之后，她坐在领奖台上，想着陆彦辰上次给她颁奖的画面，发了一条朋友圈，心里希望陆彦辰看到，然后来找自己。

这个地方于他们而言还是挺特别的，可是她等了很久，陆彦辰也没有来。

时光正失落之时，突然一支棒棒糖递到她面前，时光还以为是陆彦辰……她笑着抬头，不想看到了容陌。

她心里闪过一丝失望："是你啊。"

和陆彦辰吵架后，她也没有再去找容陌。

"你不喜欢吃吗？"容陌将手上的棒棒糖往时光面前递了递，他也不知道为什么，看到时光一脸伤感的模样，他就忍不住想买支棒棒糖递到她面前。

"没有，我挺喜欢吃的，谢谢。"时光接过糖，对着容陌笑了笑，舒展的眼睛像月牙儿，很安静美好。

容陌看着她的笑容，脑海里闪过一幕似曾相识的画面。

只是那是一个小女孩，咬着糖对她笑的模样和时光特别像。

他的妹妹才是那个小女孩，他对时光如此有好感，就是因为她像自己的妹妹吗？

"你在等人？"

时光摇了摇头，剥开糖，然后把糖含到嘴里，又拿出来，对着他笑着说："谢谢你的糖，很好吃。"

"你是在等你老公吗？"容陌轻声问。

"不是……"时光说着笑了笑，笑得有些干涩，"其实也算是吧。"

其实她在等他来找她，那天吵架后她也后悔，可是他不来找她，她也低不下头主动去找他。

她心情沉重，当容陌在身边的时候，她莫名想向他倾诉一下自己的烦恼。

容陌安慰她："夫妻之间吵架是一件很正常的事。"

时光迷茫地笑了笑，垂下目光说："你知道吗？许多婚姻开始的时候都因为爱情而很甜蜜、很幸福，可是到了最后，往往会情尽缘断，以离婚收场。"

听说过相爱的人也会反目成仇，也会没有理由和原因就残酷地分手，她害怕自己和陆彦辰有一天也会变成这样。

如果将来有一天果真如此，那还不如在变成怨偶之前分开，毕竟回忆会美好一些！

可是她就算这么觉得，心里还是难过，也不想和陆彦辰分开……

"相爱的人最后以离婚收场，并不是因为爱情，而是他们本身的原因，所以你不能把他们和你们混为一谈。"容陌嘴角弯弯，微风轻轻吹过他的头发，他的发丝有点长了，带着几分凌乱的美感。

时光回想着以前的姐姐，发现他和姐姐的差别还是蛮大的。

"相爱的人都会患得患失，你知道是为什么吗？"容陌轻轻问她，对着她笑了笑，还在安慰她，"因为爱！"

时光已经听不进去他的劝告和安慰了。

她在想，自己是不是真的搞错了？容陌是不是只是容陌，而不是姐姐呢？

风渐渐大了起来,容陌看到时光身上穿着薄薄的运动服,便问道:"你冷吗?"

时光刚想说不冷,立时打了一个喷嚏。

她不好意思地揉了揉鼻子。

容陌脱下身上的西装外套,披在时光身上,时光特别不好意思:"不用了,不用了。"

"披着吧。"容陌说着,扯了扯身上的衣服,"我还穿了毛衣。"

时光扬起小脸,眼神十分迷离,试探般问道:"容陌,你知不知道,你长得很像我姐姐。"

容陌垂下眼睫毛,掩饰了眸底多余的情绪,然后笑着问:"你有个姐姐?"

时光点头:"对,我有个姐姐,她……可好了,特别好,也特别漂亮,还是个天才,从小到大,在我心里就没有她不会的。"

她说着说着,心扑通扑通直跳,仿佛要跳到手掌心里,忍了半晌没忍住,终于问了出来:"你是我姐姐吗?"

容陌看着时光的眼睛,心情很复杂。

他不知道自己是谁,也不确定自己是不是她姐姐,不过应该不是吧。就算他有个妹妹,可是他妹妹才十一二岁。

他笑了笑,对着时光歪头问道:"你姐姐是个男人吗?"

时光摇头:"当然不是。"

容陌嘴角一勾:"可我是个男人。"

"你真的是个男人?"她满脸的失望和不愿相信,怎么都觉得不可能。

"你要不要摸一下?"容陌说着,垂眸看了看自己的裤裆,然后笑了笑。

时光白净的小脸上顿时泛起丝丝红晕,吓得魂都快没了,赶紧摆了摆手:"不用了,不用了……"

她是想过给容陌验身,但她想的是最多也就扒一下他的衣服。

谁敢动他裤裆啊?

万一他真不是姐姐,真的是个男人,陆彦辰要是知道她动了别的男人那个地方,估计真的会杀人。

容陌被她的表情逗笑了,觉得手心有点痒,特别想摸一下她的头……

他这么想的时候,已经直接伸手摸上了时光的头,揉了一下她的头发。

时光忙往旁边退开,然后一本正经地道:"你如果真的是个男人,那咱们以后还是不要见面了。"

"为什么?"容陌好笑地问。

"我老公比较小气,控制欲和占有欲都超强,他不喜欢我跟别的男人关系太好。"时光严肃地说,然后又问了一句,"你确定你真的是个男人?"

容陌不可否认,自己对这个叫时光的女孩莫名很有好感和亲切感,但还是没有办法全然相信她。

他温和地笑着点头:"自然,如果你不怕你老公吃醋的话,我们可以一起去泡温泉。"

时光尴尬地笑了笑:"不用了,不用了。"

容陌真的不是姐姐,也是,容陌若是姐姐,怎么可能不认她?

那么,她姐姐又在哪儿呢?

楚牧北坐在驾驶位上,看着前面相谈正欢的时光和容陌,再看看坐在副驾驶位的陆彦辰,他的嘴角抿得紧紧的,周围的寒气越来越重,气压也越来越低。

"开车。"

这两个字简直像是从陆彦辰牙缝里挤出来的。

楚牧北略有些无奈:"他们只是聊天,而且时光妹妹和他聊的肯定也是莫非非。"

陆彦辰抚着额头叹了一口气:"开车吧。"

之前几天,他是想冷静一下,所以才没有去找她,结果这几天他撕心裂肺般难受,她却完全没事,还跟别的男人谈笑风生,看来这段时间难过的只有他了。

那天从外婆家回来,他抱着她的时候,她心里难受,他也浑身发冷,他告诉自己慢慢来,终有一天所有的不愉快都会过去,更何况她还救过他的命。

后来,他们也都在无声地告诉彼此,对方是完全可以相信的,终有一天一切都会好起来,然而……什么道理都知道,可是这个坎还是过不去。

她过不去。

对于他们,她心底总是无法抑制地生出抵触情绪。

他用了好长时间,也想了好多话来说服自己,可最后还是被她摧毁了。

他有时候觉得，了解她是一件好事，有时候又觉得不要太了解她才是一件好事。有时候他还会烦躁地想，当初她还不如不救他，至少她不会像现在这么痛苦。

时光接到王彩纯的电话，后者约她去打高尔夫球。

高尔夫球时光学过一些皮毛，也就上次和沈灵双一起玩了一个小时，她也没有什么兴趣，想要拒绝，但是王彩纯说："可是我已经在你宿舍楼下了。"

时光没办法，只好换了衣服下楼。

在绿茵鲜嫩、无边无际的球场上，王彩纯娴熟地挥出一杆，白球在半空中画出一道优美的弧线，然后消失不见了。

她轻咳一声："好像太用力了，哈哈！"

时光笑话她："你以为打棒球呢，还能来个全垒打。"

"你来试试。"王彩纯招手，让球童过来，球童立刻给时光递杆。

"我不会打。"时光拿着球杆对准了一个球，第一次打偏了，第二次是打正了，但是球向前滚了一两米就停下了。

王彩纯眨眨眼睛，向时光抛了个媚眼："这么点力气，你没吃饭啊，要不要先带你去吃点东西？"

"好。"时光点头，她又不会打球，又不爱打高尔夫球，也真的没有什么心情玩。

王彩纯走过来揽住她的肩膀，调笑道："如果把我换成陆彦辰，你是不是就吃了饭了，力气满满可以打球了？"

"怎么可能！"时光拍开她的手，"行了，难得出来打场球，我就好好陪你玩玩。"

她又从球童手里接过球杆，对着刚才自己打了一半的那个球，把它当成了陆彦辰，然后狠狠一挥杆。

球立刻飞远，落在球洞旁边，滚了两下，然后就进到洞里了。

"好球！"王彩纯拍掌。

她走到时光面前："不过话又说回来，你怎么突然又有力气了？说来说去还是陆彦辰效应。"

"你到底还打不打球，不打球我就回去睡觉了。"时光瞪着她，不太想聊陆彦辰。

王彩纯非要和她聊陆彦辰,一脸八卦地问道:"你为什么不回家啊?"

"回家干什么?"

王彩纯点了一下她的额头:"你还装傻,那可是陆彦辰啊,你嫁了他当然要看紧,你要是不回家,他带小妖精回家怎么办?"

"他敢带小妖精回家,我就和他离婚。"时光特别委屈地冷哼了一声,然后往出口处走去。

"他带了小妖精回家,你也不知道啊。"王彩纯笑嘻嘻地跟了上去。

见时光的脸色越来越难看,她又赶紧道:"我开玩笑的啦,陆彦辰出了名不喜欢招惹女人,怎么可能带小妖精回家。而且楚牧北都和我说了,陆彦辰这段时间走到哪儿都跟身上带着冷气机一样,可问题是现在不是夏天,而是冬天,带着冷气机谁受得了,妹子们冬天本来就穿得单薄。"

两人一边走一边说,突然时光顿住了步子,看着隔壁球场商的三个人。

那个一身白色球服、洒脱而又俊朗的男人,不正是陆彦辰吗?而跟他说话的两个人,则是楚牧北和莫言止。

王彩纯心虚地看了时光一眼,笑了一声,说:"哈哈,好巧哦,陆彦辰和楚牧北居然也来打高尔夫球。"

时光看着王彩纯,嘴角抽了一下:"你演得好假!"

王彩纯叹息:"我又没学过表演,演成这样已经很不错了。"

时光沉声问道:"是楚牧北让你喊我来的吧,你们的关系什么时候这么好了?打算弄假成真吗?"

"不是啦!"王彩纯尴尬地笑了两声,"我承认确实是楚牧北让我叫你来的,但是我也想和你约会啊。"她挽着时光的手,"不过我也是想帮你,你如果不想理他们,那我们就换个地方约会吧。"

时光没有说什么,王彩纯沉默片刻,然后拉着她就向前走。

"我只是不想跟他偶遇……"时光怏怏地说了一句。

如果他想她了,完全可以去找她,为什么要偶遇?他根本不在意她,半个月来,别说找她看她了,连电话或短信都没有一个。

她现在都要以为他那天和她吵架,只是想找个借口分手,其实就是厌烦她了。

看到时光的脸色如此难看，王彩纯抱歉地说："对不起，时光，我不应该自作主张，你不要生气啦。"

"我没有生气，也没有怪你。"时光哑然失笑，"我知道你也是一片好心。我很感激你，但我和他之间的问题不是误会那么简单，一两句话说不清的。"

他们之间的问题是当年她救了他，却因此害了自己一家人，她不想怪他，心里却总是会不舒服。

她心里不舒服，那他心里肯定也是不好受的。就算将来找到了姐姐，也未必能解开……

所以他才会说，如果可以，他宁愿时光没有救过他，这样一切就不会发生了。

"说不清就不说了，我知道你做甜汤的手艺可好了。"王彩纯笑了笑，亲热地搂住时光的胳膊，"这家高尔夫俱乐部的茶室还可以制作甜品哦。上次你不是说要亲手做菜给我吃吗，菜就免了，不如做碗甜汤给我喝，大冬天的我也不是很想打球，还是坐在屋里吹着暖气喝着热甜汤来得舒服。"

时光同意了："好。"

这家高尔夫俱乐部不只是有高尔夫，还有酒吧、会所、赛马场等娱乐设施。两人到了茶室，还碰到了王彩纯的朋友，大家便坐到了一起。王彩纯和她们说说笑笑，时光在旁边的开放式小厨房里用高压砂煲煲甜汤。

煲甜汤特别简单，把材料洗净放在煲里就行了，熟了再调味。

这些东西服务员都已经准备好了，如果她们不想动手，想吃什么也可以叫服务员做。

时光和王彩纯还有她的朋友正一边聊天一边等甜汤，看到三个人说说笑笑地走了过来。

三人都穿着一身运动装，配着顶运动帽，青春阳光。

时光愣了一下，怎么也没有想到会在高尔夫球场的休息室碰到千寻和苏雅跟一群人在一起。

他们这个圈子里的人玩乐的地方真是太少了。

千寻见时光愣了一下，忙走到她面前："好巧，你们怎么也在这儿？"

时光的目光掠过苏雅，淡淡一笑："对啊，和朋友出来玩。"

她想，或许她不应该和千寻继续保持朋友关系，不然总能见到这两个不讨喜的女人。

还不能当作不认识。

"时光，好久不见。"苏雅主动出声，和善一笑，然后直接在旁边的空位上坐了下来。

千寻不悦地皱了一下眉头，然后就在旁人的拉扯下也坐了下来。

时光一张脸沉了下来。

苏雅看着时光，主动去握她的手，但被时光躲开了，苏雅立刻一脸难过地说："时光，我们不能好好聊聊吗？我也想像姑姑那样成为你的朋友。"

说着她看了千寻一眼，温婉地笑了笑。

千寻有些后悔，今天不应该跟苏雅一起出来，出来也就罢了，居然撞上了时光……

"朋友？"时光的声音淡淡的，却含着一些嘲弄，"我打你两耳光后，我们再成为朋友好不好？"

众人震惊。

不明真相的群众有些意外这两人的交锋，眼神在时光和苏雅之间来回打量着。

他们看了看王彩纯，王彩纯也是一脸意外。

看来时光和苏雅之间的恩怨远比她们想象的严重，那么时光和苏千寻怎么又会成为朋友呢？

苏雅尴尬地笑了笑："时光，你怎么这么说……其实我……"

时光冷笑一声，打断了对方的话，语气颇为无奈："你到底想干什么？当年你和杨思彤欺负我姐姐还不够，今天还想再给我好看吗？"

众人面面相觑。

他们都是人精，想到最近的传言，很快就知道了事情的大概，看着苏雅的眼神都有些微妙。

苏雅顿时觉得特别难堪，脸上一阵白一阵红。

她用求救的眼神看着千寻。

千寻见一向长袖善舞的苏雅此刻脸面有些挂不住，想着她完全没必要在此刻和时光握手言和，便开口打圆场："好了，你上次不是说想道歉，那今天这茶就由你泡吧。"

"好！"苏雅开心地笑了。

她立刻拿起茶具，开始准备烧水泡茶。

气氛一时有些紧张，她大方地笑了笑，对大家说："茶要品，而品茶，品的不只是茶本身，还有泡茶的过程，以及饮茶时的环境和心情。大家可不可以稍微放松一些，不然我泡的茶再好，品起来也很苦涩。"

旁边有人笑着接话："怎么会，你养茶、泡茶、煮茶的手艺我是见过的，心情不好的喝了也会变好。"

其他的人都跟着笑了起来。

既然都坐下来了，总不想气氛太过尴尬，毕竟一个圈子的，低头不见抬头见。

"早就听闻苏雅小姐泡茶为一绝，看来我们今天有口福了。"

"我学过一段时间煮茶，可是怎么煮感觉都一个味。"

"要是人人都多泡两下就会了，那怎么能称得上是手艺呢？"

苏雅薄唇微勾："我也是献个丑而已。"

长袖善舞的女人完全化解了刚才的尴尬，好像什么事也没有发生。

王彩纯在心里说了一声，虚伪。

看到旁边的时光沉着脸，一言不发，王彩纯便笑着说："时光，糖水应该快好了，是不是要调味了？"

时光看了看壁钟，时间好像是差不多了，便站了起来。

这边苏雅已经提壶注水，先将第一遍的茶水过掉，第二泡才将那茶水滤了出来。

众人端起自己的茶杯，杯里的茶是淡绿色的，十分好看，低头轻轻一闻，茶水似乎还带着淡淡的桂花香。

大家饮了一口，纷纷夸赞起来。

时光回来了，不一会儿服务员便端了几碗甜汤过来，并没有千寻和苏雅她们的。

千寻看着面前的芋头番薯糖水，情不自禁地咽了咽口水。

她对服务员说："还有吗？也给我盛一碗来。"

服务员笑着说："还有一碗，请稍等。"

不一会儿，服务员就将芋头番薯糖水放到千寻面前，她立刻舀了一勺。

番薯软绵，糯糯的芋头渗着糖水味，软乎乎甜滋滋特别好吃，尤其是大冬天吃着感觉十分温暖。

她竖起大拇指，对时光说："不错，很好喝。"

"真的好喝，时光你果然没有骗我，你做的糖水仍是一绝啊。"王彩纯笑嘻嘻地说。

时光疑惑了一下，她什么时候说过这话了。

王彩纯是在帮她回击苏雅。

其实她觉得没必要，她才懒得跟这些千金小姐比拼呢。

其他人也都一致夸甜汤好喝。

大家喝了甜汤之后，苏雅泡的茶就再也没有喝过了，苏雅的脸上闪过一丝不自在，随后又挂上温婉的笑。

"是吗？说得这么神，搞得我也想喝了。"

她让服务员给她盛一碗，服务员说已经没有了。

苏雅看着时光，笑得怪异："要不，时光再去煮两碗，也让我们尝尝？"

时光脸色一沉，直接无视她。

她不喜欢跟这些人虚与委蛇，以后也不想和千寻来往了，嘲笑地想自己真是笨蛋，居然还跟苏家的人交好。"我去一下洗手间。"她对其他人说了一句，就起身离开了。

洗手间里，时光准备给王彩纯发信息，说不回去了，让她出来一起离开。

就在此时，镜子里出现一道身影，时光下意识地瞟了一眼，然后不耐烦地皱了皱眉。

"时光，我们能聊两句吗？"苏雅看着镜子里的时光，微微笑着说。

时光转过身，冷冷地看着她，问："你想找我谈什么？又想耍什么阴谋诡计？上次你找我是想打击我，让我拿不到冠军。好可惜，我拿到了冠军，没有看到你的后续行动……这次，我真的特别好奇你又想玩什么。"

苏雅怔了一下，压下那种漫上来的不安感。她声音很轻地说："时光，我觉得我们之间……有很多误会，不过事情都已经过去了，既然都过去了，那我们就和解吧。你觉得我有什么对不起你的地方，我可以道歉。"

时光笑了一下："道歉？我上次和你说过，你搞错对象了，你要道歉的不是我，而是我的姐姐。可是我姐姐去哪儿？苏雅，这儿只有我们两个人，明人不说暗话,你也不需要再藏着掖着了,你到底把我姐姐藏到哪儿去了?"

这也是她愿意和苏雅聊聊的原因。

她想试探一下,姐姐的失踪到底和苏雅有没有关系。

苏雅一脸惊讶,表情变了又变,脸上的血色都褪没了。她苍白着脸,万分惶恐地说:"我怎么会知道你姐姐在哪儿?当年我是帮着杨思彤一起欺负了你姐姐,但是除此之外,我没有做过任何对不起你们家的事。"

时光一直紧紧盯着她,不放过她脸上一丝一毫的表情。

表面看着并没有什么,似乎姐姐失踪确实跟她没有关系,可时光还是不相信苏雅,苏雅相比杨思彤,苏雅的心机深多了。

苏雅叹息一声,声音有些晦涩:"我知道当年的事情是我做得不对,我再一次向你道歉,还有向你姐姐道歉。我们之间的恩怨可不可以就此化解,你能不能让陆彦辰停手?"

停手?陆彦辰做了什么?

苏雅可能还不知道,时光已经很久没和陆彦辰见面了。

时光冷笑一声:"陆彦辰做了什么跟我没有关系,你想让他停手,请你自己去和他说。"

苏雅扭头往旁边看了看,叹息道:"你非不给大家留点儿余地吗?我都跟你道歉了,你硬是要揪着当年的一点小事,怎么都不肯放过我吗?"

"当年的一点小事?"时光被她这话激怒了,她们毁了她姐姐的一生,居然说只是一点儿小事。

苏雅笑着说:"那个时候我们都小,打打闹闹本来就不当真,别说因为我欺负你姐姐而给她留下什么心理阴影,她那么小,懂什么心理阴影?"

时光怒不可遏。

她没遭受过校园暴力,但是她看过相关的小说和影视剧,很能理解那些被欺负的学生会受到怎样的伤害,这种伤害足够改变一个人的性格。

更重要的是,她姐姐就是一个活生生的例子。

如果没有那场校园暴力,她姐姐又怎么可能……

时光很想压下心里的怒火,可是怎么都压不下去,她根本克制不了,扬起手就狠狠扇了苏雅一耳光。

对于苏雅这种人,只要能动,时光一点也不想跟她废话。

不是说打闹吗？

好啊，那就打闹一下！

被甩了一巴掌的苏雅瞠目结舌，她摸着自己的脸，不敢置信地看着时光，随即嘴角微微扬了一下。

时光以为自己看错了，可是没有，苏雅刚才真的在笑，不是那种爆发愤怒的笑，而是计谋得逞的笑。

时光瞬间便明白过来了，苏雅是故意在使招让她出手打她。

她惊讶极了，不知道苏雅又想干什么，为什么要逼着她动手。可不管她想干什么，既然已经动手，她不介意再重一点。

时光又反手一巴掌，在苏雅出手想挡的时候，时光又踢了她一脚。

你送上门让我打，不打白不打，打完再说。

时光将苏雅整个人反扭着按在墙壁上，冷冷地道："当年，你和她们几个曾经压着我姐姐的头按到厕所的马桶上是吧，所以我姐姐那天回来一身又脏又臭。"

苏雅无力反抗，听到时光的话，脸色惨白地喊道："你想干什么？"

"我想干什么，你不是很清楚吗？学校的公共厕所又脏又臭，这里的马桶可是干净多了，水也很干净啊！"时光押着她就往厕所的格间而去。

苏雅顿时惊愕地瞪大眼睛。

一开始她没挣扎，可是这会儿被时光押着，她想挣扎也挣扎不了，于是大声喊道："救命！救命啊！"

时光脸色阴冷，目光凶狠："救命？那时我姐姐也是这么喊的，你们放过她了吗？"说完，她手里的力道加重，然后按着苏雅的脑袋往马桶而去。

"啊！"苏雅失声尖叫起来。

她怎么也没有想到时光居然会来这一手，只得疯狂挣扎。

"时光，你在干什么？"一道凌厉的声音响了起来，千寻快步走了进来，拉住时光的手把她拽开了。

苏雅大声哭了起来，背靠着墙，勉强支撑着身体，一脸惊吓地看着千寻："姑姑，姑姑……"

她的情绪有些崩溃，软着腿，走过去抱着千寻，悲痛地哭了起来。

这个时候王彩纯也走了进来，她担忧地看着时光："时光，你没事吧？"

"她能有什么事？"千寻目光复杂地看着时光，脸色阴冷，有愤怒，也有失望。

时光看着这一幕，顿时明白苏雅故意逼她动手的目的了。

似乎在刚才见到她的时候，苏雅就开始布局了，先是示弱，装可怜，然后到厕所，故意激怒她，真是好深的心机，环环相扣，手段凌厉。

为的就是让她和千寻反目，站在对立面。

时光心里冷笑连连，其实根本不需要，她在见到千寻和苏雅一起进来的时候，就已经决定不会再和千寻做朋友。

苏雅泪光盈盈，哭得上气不接下气："姑姑，我知道错了，知道当年是我不对，我只是想道歉，想弥补当年自己的过错，可是她为什么要这样咄咄逼人，难不成她真要打得我也成为植物人才肯原谅我吗？"

她的脸白得不成样子，声音哽咽，听得人心都要碎了。

千寻难以置信地看着时光，似乎没想到温柔可爱的她竟然是一个如此歹毒的女人。

时光能猜到她们心里的想法，她从来没指望千寻会帮她，千寻就算再喜欢她，她终究是个外人，而苏雅是她的侄女。

如果某天她表姐和别人吵架，她肯定也会不管对错，只帮表姐。是以，她也不会想千寻帮自己。

更何况误会就误会了，也好，她本来就不想再和苏千寻联系了。

"对于一个从来都不是真心道歉的人，我根本不需要给任何机会！"

时光丢下这句话，就迈步离开了。

王彩纯赶紧追了上去，和时光去了休息室。

时光在沙发上坐了下来，虽然她早就在心里想着，她和千寻不可能成为朋友，然而真到了这一天，她仍旧控制不住地有些伤感和愤怒。

算了，苏雅再坏也是千寻的家人，这个世界上没有人不帮自己的家人。

有人走了过来，她以为是王彩纯，抬起头却发现王彩纯已经不见了，而陆彦辰正站在对面看着她。

她下意识地皱眉："谁让你进来的？出去！"

陆彦辰当然不会出去，依旧挺拔地站在她面前，问她："刚才怎么回事？王彩纯说得也不是很清楚，你受伤了没有？"

时光忍不住红了眼眶："关你什么事！"

这个时候才来关心她，不觉得太晚了吗，之前干吗去了？就算吵架，可他是男人，他就不能稍微让一让她吗？

那么久不联系她，不去看她，是不是觉得她特别喜欢他，喜欢到非他不可？而她也是个很没有骨气的人，他不出现的时候，她特硬气；他一出现，她就觉得委屈了。

她抬眸看着天花板，想止住眼泪，谁想眼睛更酸涩了，她赶紧站起来想要离开，不想让他看到自己狼狈的样子。

她快速转身，想留给陆彦辰一个潇洒的背影，来终结今天的见面。

可是刚迈出一步，手臂就被人从后面狠狠一拉，然后就跌到了陆彦辰的怀抱里。她伸手去推他，挣扎了好一会儿也没有推开。她忍着怒气，瞪向他："你给我放手。"

陆彦辰霸道地说："不放！"

时光皱眉，继续挣扎，继续去推他。

陆彦辰揽着她腰的手越来越紧，时光一直推搡，突然一个不小心，指甲抓了他一下，随即陆彦辰的脖子上便出现了一条血痕。

她吓了一跳，瞪大眼睛看着自己的手，又望了一眼陆彦辰脖子上的血痕，结结巴巴地说："我……我不是故意的……"

陆彦辰松开一只手，摸了摸被时光挠出血痕的脖子，问："气消了？"

"什么气消了？"

时光抿着嘴，露出了紧张的神色："我刚才又不是故意的。"

陆彦辰用力抱着她的腰，呼出的气息喷在她脸上："气没消，要不要再抓一下？"

时光能感觉到他灼热的呼吸，她咽了咽口水，揪着一颗心说："我都说了我不是故意的，如果你气不过，也在我脖子上抓一下好了！"

陆彦辰凑到她耳边，低声道："你当我是你啊，我可舍不得。"

"有什么舍不得的，你不是都要跟我离婚了吗？"时光很愤怒，眼泪终于控制不住地落了下来。

陆彦辰眸内寒光一闪："谁说我要跟你离婚了？"

他行事一向理性，也正是因为理性，了解自己对时光的感情，也了解时光对他的感情是建立在她姐姐没事的基础上,莫非非一直没有消息,他因为害怕失去她,所以才会有点惴惴不安。

那天他把一切都说开了,就是想给时光打预防针,哪里想过和她离婚?

这辈子他都不可能跟她离婚的!

就算推不动,时光还是推了他一下:"恋爱里有个不成文的说法,很久不联系就是慢性分手,而一对夫妻一个月不联系则代表着他们就要离婚了,不是吗?"

陆彦辰低沉地笑了,心底却微疼,手指探上她紧咬的唇瓣:"离婚?现在我可以清清楚楚地告诉你,我是永远都不会跟你离婚的。"

时光气死了,受不了他这看似云淡风轻,实则蛮不讲理的作风。

陆彦辰冷哼一声:"我可不像你,一和我吵架就想出轨!"

时光气得头顶冒烟,牙齿都要咬碎了:"谁出轨?你不要冤枉人。"

陆彦辰俊脸一沉,傲娇地说:"你敢说你没有背着我和容陌卿卿我我?"

听他说到这个,时光反而不生气了,学着他上次的样子,语气淡漠:"我不跟你吵,现在说这些已经没有意义了。我突然想起来我还有点事要去处理,你自己回家吧。"

丢下这一句,时光转身就跑了。

留下陆彦辰叹息一声。

第九章

遇险

自从那天在高尔夫球场和陆彦辰相遇之后,时光直接将手机关掉了,也不出门,天天待在省队训练。

林七七恨铁不成钢地说:"时光,不是我说,就你男人那张脸、那个声音,还有那家世,不只女人会和你抢,男人也会和你抢的。男人抢男人的手段可比女人厉害多了,你这么天天不回家,真不怕他被抢走?对了,你大概不知道吧,你做梦的时候经常喊着'陆彦辰、陆彦辰'……"

"真的假的?不可能!"时光不敢置信地说,表示自己没有睡觉说梦话的习惯。

林七七摊手:"但是是真的,你自己看着办吧,我去训练了。"

她离开后,时光就从床上坐了起来,她睡觉的时候经常会叫陆彦辰?时光咬着嘴唇,想着陆彦辰给她道歉了,她被苏雅气得又没顺着台阶下,要不要给陆彦辰打个电话,然后吵架的事就这么算了?

手机在此时响了起来,是楚牧北打来的,她犹豫了一下,还是接通了,电话里响起楚牧北焦急的声音:"时……时光……不……不好了!"

他已经完全没有了平日的从容,时光也跟着紧张起来:"怎么了?"

楚牧北赶紧说:"北桥山路那一段发生了泥石流……老陆在找你姐,发生泥石流的时候,他刚好就在那儿附近。"

这话像惊雷一般在时光心里炸开了。

楚牧北告诉她,石泽去找过陆彦辰。

石泽说他多年来一直在策划着报仇,结果到了最后才发现是一场自欺欺人的闹剧。

他恨陆彦辰,恨陆家,所以才会将陆彦辰推下护城河,可是没有得手。于是他又心生了另一计,便是与同样恨陆家的颜紫合作。

颜紫听从他的话,认识了陆彦辰的未婚妻,想借杨思彤来报复陆家,并没有真的想害莫非非,更不想害她家破人亡。

这件事情被颜紫的妈妈发现了,颜紫被带到国外,但是他们心中的恨依旧没有消失。

几年后,莫非非的妹妹嫁给了陆彦辰,莫非非也可能会醒过来,他们便想着利用快要醒过来的莫非非陷害陆彦辰,于是收买了医生,提前给莫非非注射了记忆退化的药物,并且把莫非非从医院弄走了。可是半路出现了车祸,莫非非失踪了,石泽也不知道她去哪儿了。

楚牧北告诉她,他找人调查了很久,才查到莫非非最后出现的地方是在一条河边,之后线索就断了,所以陆彦辰才会赶去,可谁也没有想到,那边发生了泥石流。

一种未知的恐惧猛然攫住了时光的心脏,她脸色苍白,心脏快速地跳动起来,赶紧拨打陆彦辰的手机,可是总是暂时无法接通……

时光心中的不安越来越甚,心脏发疯一般狂跳起来。

她的身体也控制不住地颤抖起来,她一秒钟都待不下去,鞋子都忘记换,直接往外面冲。

北桥山发生了这样重大的事故,司机一听说她要去北桥山,都不愿意载她,也劝她不要去,说那边现在很危险,路也不通,还有山体滑坡的风险。

时光打不到车,刚好看到路边的共享单车,她在小店买了一件雨衣,穿上后就踩着单车往事发地而去。

雨一直淅淅沥沥下个不停,现在虽然是早上,但是天空暗沉沉的,就跟傍晚夜幕降下来一样。

滂沱大雨似乎很快就要来临。

时光拼命踩着自行车,雨滴打在她的雨衣上,发出滴答滴答的清脆响声,时不时还会落在她脸上,视线慢慢变得模糊,能见度特别低,但都阻止不了时光前行。

然而,她还是没有办法畅通无阻地到达受灾地带。

前面的路被封死,警察站在路口维持秩序,不许任何人通行。

有人比她先到,路口乱糟糟的,有女人哇哇的哭声,也有男人骂骂咧咧的声音,还有劝慰声、呵斥声……

时光闯不过去,还听到他们在讨论。

据预测,等会儿还会发生大规模的泥石流,有人说幸好周围没有城镇、小村庄,否则一边是山一边是河,肯定全部坍塌。

时光想跟着其他人一起冲过警戒线,但是被警察拦下了。

"你们不可以再进去了,退后退后!我们已经派了搜救小组进去搜救,你们进去只会添乱!"

时光没有办法进去,只能和其他人一起站在警戒线外。她不停给陆彦辰打电话,可是一直无法接通。

时间已经到了下午一点,雨势越来越大,搜救人员救出大量的伤员,但是里面没有陆彦辰。

你到底在哪儿?到底在哪儿?陆彦辰……

时光皱着眉头,听见旁边有个男人大喊:"你们快点,再不快点就来不及了!"

这个男人的妻子今天出城,也要经过北桥山。

"请你退回到警戒线外。"穿着雨衣站在警戒线前的警察看着他,严肃地说,"我们一定会全力搜救,请你冷静一点。"

男人语塞,不敢再说。

一个小女孩上前哭着说:"哥哥,我的爸爸妈妈都在里面,求求你让我进去吧!"

警察理解她的心情,但是不能让任何人进去,因为实在是太危险了。

此时,远处传来一道震耳欲聋的响声。

有人喊了一句:"天啊,泥石流又来了,山快要崩了!"

距离很远,又隔着山,时光看不到,只听到一道如同万马奔腾的水声从上而下倾泻下来,带着气吞山河的气势,那声音极快,快得人来不及反应。

时光心里是深深的恐惧。

这么凶猛的泥石流,根本就不给人逃脱的机会。

雨声簌簌,刚刚还吵闹的人群这会儿都安静了下来,也没有人吵嚷着要进去了。

时光脸色苍白,一颗心如坠冰窖,身体冷得发抖。

陆彦辰会不会已经……

不会的,不会的。

时光不相信陆彦辰会有事,陆彦辰出过很多危险的任务,但是都没有事,他肯定会平安的,肯定会。

虽然她这样告诉自己,但牙齿却一直打战。

内心的恐惧怎么都压抑不住,她站不住了,只想快点找到陆彦辰。可是山区这么大,怎么找呀?

就在时光急得快要发疯时,又一批人员被解救出来,有几个是游客,有几个是本地居民,大家都受了伤,医护人员正在给他们进行急救。

时光找了一圈,依旧没有陆彦辰。突然,她在一个女人身上看到了一件衣服,那件薄外套正是她给陆彦辰买的。

时光立刻冲了过去,心急如焚地问:"这件衣服的主人呢?他在哪儿,他在哪儿?"

那个女人估计是被吓坏了,被她这么大声质问,便嗷嗷大哭了起来。

一个救护人员走过来解释:"这件衣服是我捡起来披在她身上的。"

时光深吸了一口气,然后慢慢地说:"这是我老公的衣服……"她死死拽着搜救人员的手,"请问你在哪里看到的衣服,他人呢?他人在哪儿?"

救护人员说这衣服落在河边,旁边有一辆车,车门打开着,车上的人应该是逃生的时候跳到河里去了。

时光脑子里嗡嗡作响,整个人眩晕得厉害。

陆彦辰就算会游泳,可是能不入水,他绝对不会下水,因为他知道自己游泳的极限不会超过100米。

这条河那么长,他怎么可能会跳到河里去?不会的,他不会跳进河里逃生的。

而且遇到泥石流,最好的逃生方式不是往下走而是往上走。陆彦辰在军队待了两年,他不可能不知道这一点。

时光抓住救护人员的手,说:"山上呢?你们去山上搜索了没有,他一定在山上,麻烦你们去山上找。"

救护人员拉开时光的手:"这个时候,越到高处形势就越严峻,不时还会有泥石滑下来,指不定还会再一次发生山体滑坡。"

时光大喊:"那你们总不能不管山上的人吧?"

救护人员皱眉:"不会不管,山上也有搜救人员,还有救护直升机,已经开始搜救了,你等着吧。"说完,他转身就走了。

每个搜救小组只有五个人,到山上搜救的人比较少,天又那么黑,照这样下去,他们得找到什么时候才能把人救出来?

时光颓丧地站在旁边,嘴唇发白,双眸失焦。她很恐惧,也很绝望,可是她没有哭,因为她相信陆彦辰不会有事的。可是,她要怎样才能找到陆彦辰呢?

等等,她怎么忘记陆父了呢,时光赶紧掏出手机,激动地给陆父打电话。

陆彦辰出事了,她都忘记给陆家报个信了。

她是不想妈妈担心,却忘记了陆父的身份,他一定能让人上山找陆彦辰。

手机响了几声,电话便被接起了,那头响起了陆父威严的声音:"时光。"

时光的眼泪瞬间盈眶,她轻轻地喊了一声:"爸爸……"

"怎么了,出了什么事?你慢慢说。"陆父的声音爽朗低沉,带着成熟的力量。

且不说他们认错了救命恩人,害得时光家出意外,也不论她救了陆彦辰的性命,就她嫁给陆彦辰,还喊他一声爸爸,不管她提出什么要求,他都会尽量满足。

"我们这边发生了泥石流,陆彦辰被困在里面,他明明是跑到山上,搜救人员却硬说他往河里去了,怎么会在河里,陆彦辰不会去河里的。爸爸,你知道的,他怕水,可是他们不愿派太多人上山,说山上人不能太多,否则可能会发生意外。可是从早上到现在已经快半天了,陆彦辰还没有找到。爸爸,你快救救陆彦辰……"

陆父早已经知道,他安慰着时光,让她不用担心,陆彦辰不是普通人,他知道如何在危险的境地里最大程度地保护自己,所以他一定会没事的。

时光还是担心,不安和恐怖让她完全失去了理智。

等到了发现陆彦辰衣服的地方,看到停在那儿的车子已经被泥石流包围时,她觉得触目惊心。

时光想上山一起搜救,但是被拒绝了。她只能站在原地,带着一颗不安的心,睁着无措的眼睛,看着搜救人员用生命探测仪到处搜索。

突然,一个搜救员呼喊道:"快到这边来,这下面有人!"

时光猛地回过神,赶紧冲了过去,人已经被救了出来,并不是陆彦辰。

那人受了重伤,昏迷不醒,被直接送去了医院治疗。

其他的人继续开展搜救工作。

时间已经快下午六点了,从泥石流发生到现在已经过去十二个小时了。

十二个小时是黄金救援时间,超过这个期限,多一分钟就会多一分危险。

山上的人开始撤下来,说雨势越来越大,需要先撤下来一部分人,只能留小部分人继续搜索。

时光慌了,人还没有找到,怎么能撤?

可雨势慢慢变大,万一又暴发泥石流,那么大家都会很危险。

毕竟在大自然的力量面前,人类是那么渺小。

时光也不能强行要求他们为了寻找陆彦辰而不顾自己的生命。她看了看救援队脱下的装备,趁大家不注意的时候,悄悄地上了山。

泥泞不堪的山路特别难走,时光一步步艰难地朝大山深处走去,脸上带着凝重和坚定,仿佛天塌下来也不能影响她要找到陆彦辰的决心!

到半山腰的时候,她忽然听到一声巨响,天崩地裂般,震得人头晕目眩。

时光透过模糊的雨幕,看到对面的峭壁上有一股泥流自山顶一泻而下,所过之处,树木和巨石都被带走,山林被毁得面目全非。

时光站在雨中，吓得好半天都不敢大喘一口气。

她想起一则新闻，某工业园发生山体滑坡，覆盖面积约38万平方米，造成33栋建筑物被掩埋，大树直接被连根拔起。那强大的冲击力摧毁了建筑物……更不要说渺小的人了。

时光的身体又控制不住地颤抖了起来，其实她很害怕，可她相信陆彦辰不会有事，她一定能找到陆彦辰。

她有一种奇怪的感觉，陆彦辰应该就在附近。她深吸了一口气，稳了稳自己的心绪，开始使用搜索仪，并一边走一边大喊："陆彦辰，你在哪儿？陆彦辰，你回答我……"

陆彦辰想找到莫非非，特别想找到她，因为只有莫非非没事，时光才会幸福，所以就算天气不好，他知道消息后，还是赶去了。

天气虽然不冷，可是已经连续下了好几天的雨，自昨天晚上开始，倾盆大雨就没停过，今天早上依旧小雨连绵。

行驶在北桥山路段的时候，电台里忽然插播了一条即时信息，说前面路段发生了泥石流。

出租车司机脸色一变，立刻将车子停在路边，看着陆彦辰说："看来今天咱们过不去了……进城只有这条路，我们得折回去才行。"

陆彦辰点了点头，表示同意。

泥石流是山中暴雨等水源激发的、含有大量的泥沙石块的洪流，是一种既像流水又像山体滑坡的现象。

泥石流暴发前没有征兆，来势很凶猛，以高速倾泻下来，破坏性极大，而且持续时间很短暂。

蓝海这边已经连续下了好几天的雨，山坡上的泥土经不住大雨的冲刷，再加上先前山林的挖掘，引发山洪，演变成泥石流是一点也不奇怪的。

北桥山路是去机场唯一的路，他也只能回去。

回去的话，估计时光还在睡觉，看到他留下字条又出现，估计会抱怨他在逗她玩。

忽然，前面传来一阵巨大的轰鸣声，连续不断，像打雷一般。

司机觉得很奇怪，皱眉看向陆彦辰。

陆彦辰敏锐地察觉到不对劲，整个人神经紧绷，严肃地侧耳聆听着，突然他大喊一声："快，马上掉头回去！"

但已经晚了，一道泥石流从山巅以倾泻的方式滑落，轰隆隆地摧压着树木、山石。

司机神色剧变，呆愣之下想要掉头，可是已经来不及了。

陆彦辰大喊道："快！下车！往山上跑！"

司机被吓得腿脚发软，陆彦辰只好扯着他一起向前跑。当他们跑开的时候，泥石流砸了下来，车尾直接断裂开来，随后整辆车被直接吞噬了！

司机似乎还没有反应过来，只管跟着陆彦辰跑。

旁边有其他的司机和路人，有人直接跳到河里，有的则被泥石流冲走了。

陆彦辰反应迅速，他受过特训，自然知道躲避泥石流的方法。

遇到泥石流时，要跑向和泥石流成垂直方向的两边山坡，越高越好，而不能跑到下游和平行处。

他一边跑，一边大喊："快，往山上跑！斜着跑！"

两人一路跑上山，虽然司机一直跟着陆彦辰，但不知道是太害怕导致腿软，还是因为被什么给绊到了，他突然整个人趴在地上。

他慌乱地大喊："救命！救命！"

陆彦辰转身一看，只见他整个人几乎被泥石流吞没。被泥流冲刷的他脸上终于露出了惊骇的神情，死死抓着旁边那棵树，拼命地挣扎。

陆彦辰回过身，跑到旁边一块坚硬的高地上，一只手抓住树，另一只手去拉他。

他想把司机拉出来，可是司机人高马大，身上又沾满了泥浆碎石，全身太重了。

主要是手上太滑，司机整个人太慌乱了，硬是没有抓住陆彦辰的手，直接随着泥流滚了下去。

被强大的冲力狠狠一带，陆彦辰脚一拐，也被带了下去，他迅速抓住旁边的树稳住自己的身体。

泥石流"轰隆隆"地往下冲，泥浆翻滚着推倒了山和树，浑浊的泥水夹杂着巨木和岩石不断从上面冲下来，仿佛荆棘枝条无情地抽打在身上，刮出一条条血痕。

陆彦辰咬着牙,死死抓着树,看到旁边倾斜的大树下有一个小型的山坳,跟个小山洞一样。他使出全身的力气往上一纵,然后滚了进去。身后的大树挡住了洪流,洪流往两边分散开来,吞噬着周围的花草树木。

山坳上的树终于被洪流折断了,但刚好盖住了坳口,那洪流以更加迅猛的姿态从坳口朝山坡下面冲去。可是树并没有把坳口遮严实,雨和泥流劈头盖脸地砸下来,夹杂着泥沙、枯枝和烂叶,整个小山坳快要被填满了……

这样苦苦挨着也不是办法,如果泥流再不停,他整个人就会被淹没。

陆彦辰用力折断一根树枝,立在头顶上方,虽然摇摇摆摆的,但是减少了泥流的填入。

也不知道过了多久,泥流终于停了,但是他已经精疲力竭了,躺在树枝上一动也不动。

等他恢复力气想要站起来的时候,发现上面压着的大树太重了,而他的腿似乎受伤了,人又半躺着,根本搬不开压着的树。

不知道过了多久,他似乎听到远处有车声,应该是救援人员到了。

他没有大声喊,因为他知道喊了也没有用,对方离他所在的地方很远。与其大喊,还不如保存一点体力。

又不知道过了多久,也没有人往这边来。

他闭着眼睛继续休息,继续恢复体力……脑子里时不时闪过时光的脸,想到她在操场外面笑得像阳光一样灿烂;想到她在图书馆里,走到他面前,带着一点羞涩对他说"陆彦辰我喜欢你";也想到那天她不顾倾盆大雨,连夜跑到他面前,紧紧抱着他,那么依赖、那么爱恋地喊着他的名字。

"陆彦辰!

"陆彦辰!

"陆彦辰!"

是幻听吗?他似乎真的听到了她的声音。

他没听错,真的是时光的声音!

时光知道自己任性固执,非要一个人上山找陆彦辰,如果让别人知道,肯定会骂死她,极有可能还会给搜救人员增加工作。

可是他们都无法理解她的心情。在这样恶劣的环境下,她明明就能感觉到陆彦辰就在附近,可她却什么也做不了。

丢下他，直接离开？都到这儿了，她怎么可能跟着他们一起撤回去。

淅淅沥沥的小雨打在脸上，时光借着手机的微光，几乎看不到前面的路况，只能看清面前很小的一片范围。

泥石流经过的丛林，连一条平坦的路都没有。

时光好几次都不小心被横伸出来的枝蔓绊倒，她又爬起来继续往前走，还好她穿的是运动装，才不至于一身是伤。

轰隆一声巨响，闪电照过整个丛林，时光被吓得全身一颤，心里越来越慌，但依旧硬着头皮往上走。

她一不小心就踩到了一个斜坡上，身体沿着塌陷的泥土急速往下滑。

她吓了一跳，然后死死抓住一旁的树木，稳住了身体，但掌心被刮破了，火辣辣地疼。她喘了口气，顿时又甩掉所有的不安与惶恐，勇气倍增，用脚去够边上的树桩，然后借力往上攀爬。

重新站好之后，她又一边走，一边大喊："陆彦辰！"

她不能退缩，她已经失去爸爸妈妈了，姐姐也不见了，她不能再失去陆彦辰。

如果没有陆彦辰，她真的不知道要怎么活下去

为了一个人活不下去，这话似乎太矫情了，可这真的是她心里最后一丝信念。以前她没有发现，此刻，她发现原来在死亡面前，一切都微不足道。

她一边喊，一边往上走，突然，她隐约听到了回应声。

一时之间，她还以为自己幻听了。

时光眨了眨眼，在原地转了一圈，更大声地喊道："陆彦辰！"

不一会儿，她又听到了回应，声音不大，断断续续的，因为相隔的距离还是有点远，虽然那声音干涩得厉害，但是时光很确定，那是陆彦辰的声音。

时光的眼泪不自觉就掉了出来。她更焦急地大喊："陆彦辰，你在哪儿？你在哪儿？你听到我在叫你对不对？"

时光差点忘了自己还拿着搜救仪，她赶紧看着仪表，寻找人所在的方向。

"陆彦辰，你在哪儿？你再回应我一句。"

片刻后，她又听到了陆彦辰的声音，他不急不慌地对她说："别急，你不是去排队办证，慢慢走，边走边找一棵被泥石流推倒的大树！"

他的语气还带着调笑，时光真是被他打败了，这都什么时候了，他知不

知道她都快要急疯了！

不过很神奇的是，听到他的声音后，她发现自己竟平静了下来。她借着手机微弱的光亮，按照他说的，四处搜寻一棵被推倒的大树。

过了好一会儿，她才在一棵倒着的大树下的土坳里听到他的轻唤："时小小。"

时光呼吸一窒，大步跑过去。

在看到他的时候，她脑子一片空白，他整个人几乎被淹没在坳里，俊美的脸上满是泥垢，还有很多细细的伤痕，身上的衣服也沾满了泥浆。可就算如此，他脸上的神色也没有变化，依旧淡漠高冷，似乎并不在意生死。

时光快步走过去，坐在地上，伸手去摸他的脸，颤声喊他的名字："陆彦辰……"

"我在。"明明是他压在树下面，结果却是他在安慰她，"别担心，我很好。"

时光没忍住，一下子就哭了。

陆彦辰却跟个没事人一样，戏谑道："时小小，你一脸泥，哭起来真丑。"

这个时候，时光也不跟他生气，道："我能找到你，真的很开心。"

开心还不足以完全诠释她此刻的心情！

"别怕！"他轻声哄她。

可是她怎么可能不怕，她都快要窒息了。

陆彦辰握住她的手，嗓音难得温柔："看着我，告诉我，我有没有事？"

时光摇了摇头："你没事！"

"对，我没事，所以不要哭。如果你再掉眼泪，我会以为我要死了！"

时光立刻不敢哭了，使劲闭眼，把眼眶里的泪水挤出来。当她再看着陆彦辰的时候，简直想抬起拳头打人了："你胡说八道什么呢？"

"除非我死了，否则你不需要为我掉眼泪！"

"我不哭……"时光勉强笑了笑，可是声音却有点颤抖，那是巨大的惊恐过后的后怕。

"这才乖。"陆彦辰说着，指了指坳上的大树，"恐惧和眼泪对我们没有帮助。现在我需要的是你的力气，来和我一起把这棵树移开。"

时光立刻坚定地点头，然后抱着大树。

陆彦辰轻笑道："不是这样抱的，你站在右侧，然后往后拖，我也会使力推它。"

时光听话地走到陆彦辰指定的位置，在陆彦辰说开始的时候，使劲往后拖那棵树，然而，她把吃奶的力气都使出来了，那棵树依旧丝毫不动。

怎么办，那棵树移沉重得简直像山一样，徒手完全搬不动，时光又开始慌了。

对对对，她有手机啊，她可以打电话叫人。

她拿出手机一看，才想起这里的通信和电缆都被破坏了，手机根本没有信号。

看着时光又露出惊慌失措的神色，陆彦辰皱了皱眉，然后说："笨蛋，平时让你多吃一点，你就是不肯，你要是再胖点，就可以移开这棵树了！"

搬不动树，时光几乎又要泪奔了，可是听到陆彦辰的话，她又哭笑不得。

她横了他一眼，又在地上坐了下来，带着鼻音说道："都什么时候了，你怎么只知道呛人呀？"

"别总跟小孩似的坐地上，起来！"陆彦辰皱着眉，冷声说道。

"说我跟小孩似的，你才不成熟，当现在这情况还是玩吗？还骂我丑死了笨死了，你现在才丑死了、笨死了……"时光娇嗔着骂道，但她却下意识地由坐变成了蹲。

她又问他："你有没有受伤？"

陆彦辰说："我没有受伤。"

"那就好，那我们再试一下，想法子把这棵树移开。"他一直困在下面出不来，她实在是慌，生怕再来一场泥石流。

突然，她想到了一个法子："要不我把这边的口子挖大一点，然后把你拉上来？"

"不行！"陆彦辰看着她道，"就你这智商，想出来的办法都行不通。"

挖大洞口当然是可行的办法，可是怎么挖？她肯定是用手挖。

时光嘟着嘴看了他几秒，明明是他被困在里面，怎么他一副事不关己的样子？她又问道："那你说怎么办？"

"你下去叫人上来救我。"陆彦辰提议，他暂时也没事，可是他看天色，这会儿虽然雨停了，但还是很危险，可能有新一轮泥石流。

"不要！"时光根本不记得自己来时的路。

"乖，你要听话。"

"不听，不听！"她是绝对不会留他一个人在这儿的。

陆彦辰瞧她那想生气却又忍着的模样，笑出了声："你个笨蛋，那我们只能再试一试了。"

"真是的，你能不笑吗？这个时候咱们能严肃一点吗？"时光说着，拿着一根树枝，在树要移动的地方松土，"把这里弄斜一点的话，应该会好移动一点。"

泥土被拨开了大半，大树很明显地往下倾斜，她高兴地跑到陆彦辰面前："这会儿应该可以移动了。"

她刚才摔了一跤，手就破了皮，这会儿用力松土，破皮的地方直接流血了。

陆彦辰看到了，脸上没有任何欣喜，只是皱眉瞄着她的手指，说："你受伤了？"

时光忍着疼痛，摇摇头："之前不小心摔了一跤，没事的。"

"笨蛋，不是告诉你慢慢走吗！"陆彦辰握住她的手，"你背着的搜救包里应该有急救药品，你先把手上的伤口清理一下。"

"不急不急，我们先赶紧把树移开！"时光说着，回到搬树的位置，"等会儿你帮我包扎吧！"

陆彦辰看着眼前的女子，明明他现在所处的环境阴冷潮湿，可是他却感觉特别温暖。

他想到当年在水下，他以为自己快要窒息的时候，她也是如现在这般，坚强地绝不放弃，带着他重新见到了阳光，那么美，那么温暖。

两人重新开始移树，在喊开始的时候同时用力，大树终于动了一下。

时光高兴地大喊起来："动了，动了！"

"再来一次，收腹，挺胸。"

"好！"

"挺胸。"

"我挺了……"

陆彦辰的视线定在某个点，眯了眯眼，"挺了也这么平？"

时光走到他面前，一脸幽怨地瞪着他："你再呛我，我就走了！"

陆彦辰一本正经地赞同道："你走了是好办法，快去叫人来救我。"

"我走了,才不会叫人来救你!"时光一脸凶悍,"让你一辈子困在这儿,然后我去找个'小鲜肉',气死你!"

陆彦辰挑挑眉,然后意味深长地笑了笑。多余的话他也不说,只是让时光再去移树。

"往右边一点。"

"一,二,推……"

时光照着陆彦辰的话,深吸一口气,往旁侧挪着身子,然后用力。

大树慢慢移动了位置,虽然无法完全搬开,但是足够把陆彦辰拉出来了。

她伸手给陆彦辰,陆彦辰却让她让开,然后双手抓住旁边的树,一用劲把自己提了上来。

当陆彦辰在树上坐下时,时光立刻揽住他的脖子,死死抱住她:"吓死我了!"

陆彦辰抱着她,安抚性地拍拍她的背。

虽然他遇到过比这更危险的事情,可他知道这次时光被吓坏了。也因为她的存在,他才感到惶恐和害怕,不想经历先前那一幕。

他能坦然面对自己的生死、别人的生死,但是没法坦然面对她的生死。

他是绝对不会允许自己看着她,就像看着那个司机一样,在自己面前掉下去,而没有任何办法。

然而,在灾难面前,人是那么弱小。

感觉她的情绪平复得差不多了,他笑了笑:"我这不是没事了?"

时光离开他的怀抱,看着这个从头到尾一脸淡定的男人:"陆彦辰……你不怕吗?"

"怕,所以才会一直等你。"他轻笑着刮刮她的鼻子,然后用力捏了捏她的脸,冷下脸沉着声音问她,"刚才你说什么?把我丢在这儿,找个小鲜肉……"

这个男人要秋后算账了,时光立刻推开他,吞吞吐吐地说道:"我哪有这么说过,你听错了!"

陆彦辰将她双手反扣在腰上,然后在她的臀上拍了几下:"那你刚才说的是什么?再说一遍!"

时光眨巴着眼睛,往他怀里蹭了蹭,撒娇道:"我刚才说,陆彦辰……不对,是彦辰哥哥，我最喜欢你了！"

轻俏缓慢的语气，带着说不出来的妩媚。

陆彦辰的眸色变暗，猛地落下一个吻，虽然短暂，但是激烈缠绵，离开她的唇时，他还用鼻尖轻轻地蹭了她一下，似乎在回味。突然，他戏谑一笑："你嘴里全是泥。"

时光汗颜："到底谁嘴里全是泥？明明是你，还吻我，臭死了！"说着，她往旁边"呸呸呸"了几声，然后站了起来，"走吧，我们赶紧回去吧。"

陆彦辰却不动，不是他不想动，而是他的脚受伤了，骨头一直疼，但是这儿真的不能久留。

"把急救包给我。"

"不用了，我这点小伤，回去上药也行。"时光想到先前她手上破皮了，只以为陆彦辰要给她上药，但是随后她就察觉到不对劲，在陆彦辰身边坐了下来，"你受伤了？"

"不小心扭了一下。"他说得云淡风轻，可时光听后却胆战心惊。

"你刚才为什么骗我？"时光立刻蹲下来看他受伤的脚，脚踝都肿了起来，肯定是伤到了骨头。

她拿出急救包，一边给他处理伤口，一边咬牙骂他："还骂我笨蛋，你才是笨蛋。刚才问你有没有受伤，你为什么说没有？你看都肿成什么样了！"

"这算不上伤。"陆彦辰还是毫不在意的样子，拿过急救包，也帮时光处理了一下手上的伤口。

"你的脚伤得有些严重，这都是山路，不好走。"时光收拾好东西，在陆彦辰面前蹲了下来，"我背你吧，我还是有力气的。"

他虽然高大挺拔，身上全是肌肉，但是她觉得自己应该能行的。

陆彦辰摇头，说道："我无妨。"

她这个小身板，怎么可能背得动他。

但是时光十分倔强，果断地说："我背你。"

陆彦辰脸上带了几分想笑的意味，眉眼弯弯："也罢，那你就背我吧，不过不是往山下走，而是往山上走。"

时光不解："为什么？"

往下走她想应该是能背动的，可是上山，那就很难了……

"我们距离山下更远，离山上更近。而且往上走，如果再遇到泥石流，我们没事的可能性是百分之八十，如果往下的可能性只有百分之四十。"

陆彦辰冷静地给她分析。

时光觉得很对，点头："好，那我们往上！"

她说完，让陆彦辰快点。

陆彦辰笑了笑，然后俯低身子趴了上去。

时光还是有力气的，毕竟运动员不是吃素的，游泳是很费力的，但是背上陆彦辰的那一刹那，她还是受到了地心引力的召唤。

她身体晃了好几下，才勉强稳住。

陆彦辰含笑凑到她耳边，气息在她耳边游荡，轻声问她："怎么样，背得动吗？"

时光咬牙道："没问题。"

可是她背着人，蹒跚走了几步，整个人差点摔倒了。

陆彦辰赶紧单脚站立，然后扶着她说："好了，你捡根树枝给我，然后扶着我走。"

时光没有办法，因为她真的背不动，只能捡根树枝给陆彦辰，搀扶着他往上走，一步一步走得很慢。

两人走了半天，一路上，时光把今天发生的事情全都告诉了陆彦辰。在一处地质特别坚硬的地方，陆彦辰停了下来。

此时虽然没有下雨，但是地上湿漉漉的，空气里全是寒意。

陆彦辰让时光捡了一些半干的木柴，然后生了火。山里夜晚气温很低，没有柴火是很难熬的。而且有了柴火，他们更容易被人看到。

时光坐在陆彦辰身边，脸紧贴着他的臂膀，汲取着他的体温。

她拿着手机这里晃那里晃，一直想找信号。

陆彦辰看着她说"你不用担心，你打了电话给爸爸，他肯定会找人看着你，你不见了，他一定会派人来找你的。"

时光收起手机，将自己的下巴搁在他胳膊上，看着他说："我没有担心，只要跟你在一起，我就不担心任何事情。"

最危险的时刻已经过去，从她找到他的那一瞬间起，剩下的都是暴风雨后的璀璨。

对她而言，就是如此。

他看着她，依然是一副似笑非笑的模样，似乎是不经意间问出来的："和我在一起，你就不担心任何事情？"

"对不起，是我脾气不好。"时光双手环住陆彦辰的肩膀，用鼻子蹭了蹭他的脸，然后凑上自己的嘴唇，吻住了陆彦辰的唇。

陆彦辰不甘示弱地回吻她。

两人纠缠在一起，唇舌火热地摩擦着，热烈而激荡。

许久之后，两人才分开一些。

她闭着眼睛，往他身上蹭了蹭，说："你没有事，真好！"眼泪又一次控制不住地从眼角溢了出来，她努力憋了回去，最后鼻音浓重地说，"陆彦辰，你知道吗，两年来我一直在怪你、恨你、怨你！"

陆彦辰双眸如深潭，淡淡地回了三个字："我知道。"

"那你知道为什么吗？"

"我知道。"还是淡淡的三个字。

时光忍不住轻轻一拳捶在他胸膛上，又想哭又想笑，她将脸埋在他胸膛："你既然知道，为什么从来不说？"

"那些都不重要了。"陆彦辰嘴角勾起淡淡的笑，我们现在好好的才是最重要的。

"不，很重要！"她嗫嚅地说。

"在篮球场上看到你的时候，我就很喜欢你，那会儿我不知道你是陆彦辰。在图书馆，就算我当时有点想报复杨思彤，但是我想，如果你喜欢我，我就跟你一起相守到白头，我也不想骗你。你当时真的很难追，我是个女孩子，其实我脸皮很薄的，之所以那么勇敢、那么坚定，一直不放弃追求你，是因为我想报复杨思彤！"

陆彦辰的心情很复杂，他不知道应该说什么。

"在一起之后，你对我真的很好，好到我都忘记自己到底要干什么。后来你突然和我说分手，而我因为喝醉了，连自己说了什么都不知道，也根本不记得。那会儿明明是我的原因，可是我却一副你对不起我的样子，你是不是觉得我有病啊？"

"没有！"陆彦辰否认道。

"就算是也没有关系,我不会怪你。分手后,虽然有时候我会怪你怨你,但是我不后悔遇上你。因为有了你,我的青春才会那么灿烂。"时光说着,感觉喉头有点痛,她蹙眉,握拳抵住唇轻轻咳了两声。

陆彦辰默默听着,半晌都没有出声,只是紧紧抱着她。

刚才他身体是凉的,这会儿身体稍微暖和了,才发现她的体温很高,他抬手去摸她的额头,一摸吓了一大跳,眼里也带上了一丝担忧和诧异:"你发烧了?"

时光僵了一下,摸了摸自己的额头,摇了摇头:"没有吧,我挺好的。"

不过她现在确实觉得头有点晕。

"我有时候会想,如果当年我没有走,没有去参加比赛,我救了你,你醒来看到我,那个时候你爷爷给我们订婚,你会不会也像对待杨思彤那样对待我……"

"当然不会!"陆彦辰很坚定地说,"当初我一见到她,就觉得她不像救我的女孩。"

"你又没有看到我。"时光的脸蛋越来越红,被火光照着,仿佛红霞在飞。

"是没有看到,可是能感觉到。"他的手指抚上她的脸,"而看到你的第一眼,我有就一种'对了'的感觉。"

"那你为什么还要让我追你那么久?"时光不悦地反问他。

"因为我当时不想喜欢你。"

时光当然知道为什么,因为杨思彤,他想自己有未婚妻,不应该再喜欢上其他的女孩。

陆彦辰闭了闭眼,又道:"我也不是没有想过大概是我的感觉出错了,所以我听爷爷的话,去找杨思彤,刚好看到她在欺负你姐姐,这才让我彻底无法接纳她。"

"你看到她在欺负我姐姐?"时光心一沉,坐正了身体,惊讶地看着他。

"对不起,好像因为我,她们变本加厉了。"陆彦辰闭了闭眼睛,然后定定地看着她,"我怎么也没有想到,当年她欺负你姐姐居然是为了……"

时光苦笑了两声,心里难受。

对于陆彦辰的漠视,她完全不生气吗?

那是不可能的……外人也就算了,为什么那个人偏偏是陆彦辰?

陆彦辰的眸色渐深:"你不要觉得难受,整个事情要说错,那也应该都是我的错。"

如果不是因为救了他,她家里也不会遇上那样的事情。

陆彦辰紧紧抱着她,她的身体真的很烫,他埋在她颈间,轻声道:"如果你当年没有救我,你姐姐就不会认识杨思彤,杨思彤也不会为了隐瞒一切而………"

时光打断他的话:"陆彦辰,你不要这样说。"

她满腔酸涩:"当年的你并没有喊我救你,我也没有后悔救了你,更没有怪过你。只能说有些相遇和相逢,一开始就注定是错的。"

她突然之间就哽咽了,落了泪。

陆彦辰滚烫的吻落了下来,印在她的眼睛上:"可是,哪怕需要诛我心,我也想与你相遇。"

山间晚风冰寒刺骨,这样的夜晚即使有火,依旧还是很冷的。

时光感觉头昏脑涨,眼皮很重。

她觉得自己的身体很好,应该不会那么容易就感冒发烧。

可是今天一天她都在担忧陆彦辰,又冒着雨寻找他,就算穿了雨衣,可是雨水落在身上还是很冰凉。

看到陆彦辰的时候,她觉得陆彦辰穿着湿衣服在洞里待了一天都没有事,她就更不可能有事了。然而,就算她是运动员,她的身体素质还是差陆彦辰太多了。

片刻后,她慢慢平静下来:"你不要觉得愧疚或者想要赔偿我,不需要,如果你心里一直有这种想法,我真不会想和你在一起。我不喜欢我老公因为愧疚而和我在一起,如果你要赔偿,那就离婚,然后把你的钱都给我吧。"

陆彦辰皱眉:"谁跟你说我和你在一起是因为愧疚?你觉得我是那种因为愧疚就会想和一个女人过一辈子的人吗?"

"我不知道,我有时候会不想见你,有时候会想和你离婚……"她看着他,斑驳的火光照在他脸上,"有时候我觉得心里很空,就像走路,突然脚下全空了,或者走在楼梯上,可是楼梯突然变得透明了,你看不到路。你不走,你就悬在半空;你往前走,脚下又不踏实。你不知道楼梯尽头是宫殿,还是会踏空,坠入万丈深渊。"

她的声音里隐藏着某种晦涩的情绪:"你明白我心里的矛盾吗?"

"我知道。"陆彦辰吻在她的额头上,她身上真的很烫,"你发烧了。"

"我没事,只是有些难受,有点冷。陆彦辰,你不冷吗?"

"我不冷。"陆彦辰伸手揽住她的腰,一把将她拉了过来,让她坐在自己腿上。

他紧紧抱着她,又在她额上吻了一下,她额头的皮肤越来越烫了。

她半睁着眼睛,嘴里还在说着话,说她冷,说她想姐姐,想爸爸妈妈,还说之前觉得他不重要了,可是知道他出事的时候,她感觉自己的心似乎被人撕裂了一样……

听着她嘀咕着对他的在意,陆彦辰一颗心却紧绷了起来。

她显然是烧糊涂了,但为了不让自己失去知觉,所以才会一直硬撑着说个没完。

他贴着她的脸,炽热的气息喷在她后颈上:"别说了,你好好休息会儿,等会儿应该就会有人来救我们了,你睡着了就不难受了。"

"我不难受,就是有点冷。"时光缓缓闭上了眼睛,但是这样的环境让她没有办法放松,依旧强打着精神,保持着半醒的状态,"只要你在,我就不难受。"

陆彦辰亲着她的鬓角,然后一点点往下移,最后落在她的唇上。

时光立刻勾住他的脖子,温柔地回吻着。

一吻结束后,陆彦辰再看时光的脸,顿时吓了一大跳,她的小脸烧得通红。这发烧来得这么凶这么猛,是身体紧绷之后,猛地放松下来,怎么都撑不住的后果。

他心跳如擂鼓,低低地喊她:"小小……"

就算烧得如此严重,她还是保持着清醒,微微眯着眼睛,看着他,虚弱地笑了一下:"我在。"

陆彦辰把她放在一旁的急救包拿了过来,却发现里面药并没有退烧药,他只得拿了一颗消炎药出来,直接丢进她嘴里。

"苦……"

时光不想吃,想吐出来,陆彦辰只能捏着她的下巴,强行让她吞下去。

"吃了药就不会冷了。"他抱着她移了移位置,让她离火堆再近一点。

可是火堆很快就熄灭了,因为又开始下雨了。

随着雨越下越大,山似乎又开始在动摇了,山上泥石松动,似乎又要开始涌动了……

陆彦辰看了看时光,暗道陆父这次的援救行动也太慢了,都过去那么久了,直升机还没有来。

他将自己身上唯一的衬衣脱了下来,双手撑开给时光挡雨,但是似乎并没有什么效果,雨水还是落到了她身上。

时光迷迷糊糊地睁开眼睛,用尽力气坐了起来:"又下雨了。"

她把他的衣服弄到他身上:"你快穿上!"

"不用。"陆彦辰又把衣服盖到时光身上,让她靠在怀里,"你缩进来,这边没有风。"

"我没事的,你都把风给挡了。"她趴在他腿上,看了一下他的脚踝处,依旧是红红肿肿的,但是还好,并没有越来越严重。

她又看了看四周,感觉黑黑的山林里似乎有无数的怪兽:"好像看着不对劲,似乎又要滑坡了,我们还是再上去一点点。"

她强撑着身体想站起来,却摇摇欲坠。

她看着陆彦辰笑了笑,之后就觉得眼前发黑,失去知觉前,只听到陆彦辰一声大叫:"时光!"

第十章

我们很合适

时光悠悠转醒,发现自己在医院里。

这一觉她感觉自己睡了好久好久,而且睡得极好,连半个梦也没有做。

这是自姐姐失踪后,她第一次睡觉没有做梦,整个人好像没有意识一样,明明感觉周围都是危险,可就是醒不来。

等等,她猛然想起自己和陆彦辰被困在山上,所以她不是睡着了,而是晕过去了。

现在天气很好,阳光透过窗户洒进来,风轻轻地吹,深蓝色的窗帘摇曳,他们已经脱险了,那陆彦辰呢?

这时房门被人推开了,进来的是沈灵双,时光顿时舒了一口气,陆彦辰肯定和她一样也没事了。

看到时光醒了,沈灵双笑着快步走过来:"太好了,你终于醒了。"

她走过来后，先按了一下呼叫铃。

不一会儿，医生就进来了，先给时光测了一下体温，36.8摄氏度，是正常体温。

见状，沈灵双悬着的心终于落了下来，她笑道："烧已经退了，再好好调理调理就行了，药也可以不用吃了。"

"谢谢妈妈。"时光用力支起身子，"怎么还让你来照顾我？"

"你们两个都受了伤，我不照顾你们，谁照顾你们？"沈灵双上前，帮忙搀扶着时光坐起身，她脸上还带着些许后怕，"你都不知道当时多凶险。"

凶险？

时光不觉得自己凶险，那么就是陆彦辰了，她不禁提高了声音问："陆彦辰呢？他没事吧？他现在在哪儿？"

"你放心吧，他已经没事了，不过他的伤势还是比较重的，身上多处擦伤，特别是脚伤。不过你更严重，都已经烧到40摄氏度，如果不能及时就医，就烧成傻子了。"

"他的脚伤好像并不是很严重。"时光想起之前检查过陆彦辰的脚伤，只是普通的扭伤。

不过她昏过去前，听到陆彦辰喊了一声她的名字。

不是小小，而是时光。

他当时应该是急了，难不成当时他不顾脚伤，想带她离开？

确定如时光所想，沈灵双告诉时光，陆彦辰何止是急了，她当时高烧不退，怎么叫都不醒，又下那么大的雨，陆彦辰吓得魂都没了，也顾不得脚上的伤，也等不了什么救援了，直接背着她就下山。

还好他背着她没有走多久，救援直升机就到了。

如果再多走一段路，救援队再晚一点到，他的脚可能就要废掉了。

沈灵双拍了拍时光的手："放心吧，他的伤已经处理了，只需好好休养。只是没有一个月，他是不能下地走路的。"

时光在心里暗骂了陆彦辰一句，当时那么危险，她只是发个烧，再等一会儿不就好了，他明明知道了救援机马上就到了，为什么不多等一会儿，非要背着她下山，弄得自己伤得更严重。

她问："他现在在哪儿？"

"在隔壁，你一直高烧不退，他的脚伤处理好之后，他便整宿都在这儿守着。"

"整宿守着……他不是也受伤了？"

沈灵双叹着气接话："可不是吗，他怕你有事，一直不肯离开，我找了个借口让他去做检查，然后在他喝的水里放了点安眠药，他实在撑不住了才回了病房，这才刚睡下……你要去隔壁看他吗？"

"不了。"时光摇头，万分心疼，"让他好好睡，我去了肯定会吵醒他。"

"那行，你休息一会儿，我让人送点吃的过来，你肯定饿了。"

"谢谢妈。"

时光吃完东西，整个人又困了，应该是身体里残留的药物的缘故，不一会儿她又睡着了。

睡得迷迷糊糊时，她感觉自己被什么困住了，怎么都动不了，滚烫的温度传来，仿佛置身于一个大火炉，把她热醒了。

忽地，有人在吻她的唇，低沉微哑的嗓音紧贴着她的耳朵响起："我知道你醒了。"

时光慢慢地睁开眼睛，就看到了一张俊美的脸。

她还没回过神来，下一秒，他已经含住她柔软的唇轻咬了一下，他的掌心亲昵地触碰着她的肌肤，引得她的心尖一阵轻颤。

时光一把捉住他的手，严肃地警告他："受伤的人给我老实点。"

她推开陆彦辰，坐了起来，眼睛往他脚的方向瞄去。

"看样子很严重啊，你会残废吗？你要是不好好养伤，让自己残废了的话，我是真的不会要你的。"

陆彦辰长臂一伸，又狠狠地箍紧她的小腰，埋下头，咬着她羞红的耳朵，沉声威胁："你真当我现在不能收拾你？"

臭丫头，什么话都敢说，就知道不能对她好，傲娇的尾巴都要翘上天了。

"你一个伤员！"时光呵呵笑了两声，不以为然，带着点鄙夷，仿佛在说，有本事你倒是给我快点好起来啊。

"反了是吧。"陆彦辰用力一拉她的小腰，让两人的身体完全贴合。

"你想干什么？"感觉到某人的欲望，时光咽了咽口水，"你现在可是一名伤员，再乱来，我可对你不客气了。"

"受伤怎么了,受伤我照样能收拾你。"陆彦辰挑眉,凑近她耳畔哑声道,"不信,现在就来试试?"

"试什么?"

"你说试什么?不能在上面,我还不能在下面弄死你。"陆彦辰捏了捏她细嫩雪白的脸颊,然后吮住她的耳朵。

时光痒得直躲,面红耳赤,支吾道:"你你你……你三句两句不离这个,真是色死了……"

男人没回话,再次吻住了她的唇。

时光被吻得"嗯嗯"两声,又用力推开他,说:"我感冒还没好,不能接吻……"话没说完,陆彦辰的唇又狂风暴雨般压了下来。

房间里瞬间春光旖旎,暧昧的因子在空气里肆意蔓延。

不多时,令人浮想联翩的话响起。

"你轻点轻点。"

"别扯衣服。"

"放开。"

"痛痛痛!"

沈灵双正准备进病房,刚好听到了里面传出来的话,她愣了一下,然后皱眉,彦辰怎么就醒了?

他也不好好休息一下,而且小小刚刚醒来,他就开始欺负人,打打闹闹干什么,怎么都不知道心疼一下。

等等,这感觉不对劲,难不成是……

就算已经生了四个孩子,可是听到孩子胡闹的声音,她还是会觉得尴尬,羞得全身不自在。

她准备开门的动作立刻停住了。

她看着很严肃的样子,但是脸控制不住地有点红,让她看上去风韵十足。她轻咳了一声,推着旁边的陆父一起离房门远点。

"这两个孩子真是的,受伤了还这么肆无忌惮,而且也不看看这是什么地方,怎么在医院就乱来了。"

"小年轻,不就是这样,你以前不也是不管场合,我受伤的时候,你也不放过我。"陆父的黑眸紧盯着她,目光极其冷淡,看着还是一副铁血的样子。

远远看去，还真看不出他在调戏老婆。

沈灵双一把年纪了，还是忍不住害羞了，瞪大眼睛看着陆父："你还真是的！一大把年纪了，能不能正经点？"说着，她赶紧拉着陆父离开了。

她是担心护士和医生会不小心闯入病房，离开时还特意吩咐了，让他们不要打扰那间病房的人休息。

而时光和陆彦辰，自然不知道外面发生的一切。

时光捂着额头，瞪着陆彦辰："我还在发烧，你怎么戳我额头啊？"

"我只帮你检查还烧不烧。"

"你刚刚明明还弹了一下我脑门，你弹什么啊，那是我的脑袋，又不是球，你就不能轻一点吗？"时光背着他，一副不想理他的样子。

"行行行，你现在是豆腐。"陆彦辰从后面抱着她。

很单纯的打闹，但那些话又实在很容易让人误会，也难怪沈灵双会想歪。

时光往后蹭了蹭，整个人靠在他怀里，但是她脸上却有些失落和茫然。

陆彦辰蹭蹭她的脸，嗓音嘶哑："时光。"

难得他如此正式地喊她的名字，时光微微扭头，迷茫地看着他："嗯？"

他目光幽深，抚摸着她的脸颊，一字一句地道："我们很合适。"

时光的心颤抖了一下。

他是在回答她那天晚上的提问。

她动了动唇，声音干涩："我……"

时光欲言又止，陆彦辰也没有立刻说什么，房间突然静了下来。

许久之后，时光轻声道："我不想问这种奇怪的问题，只是我真的好迷茫、好害怕。陆彦辰，如果找不到我姐姐，我永远不可能幸福。"

陆彦辰抱着她的手紧了紧，然后缓慢地应了一句："嗯。"

时光在医院这段时间，来看她的人特别多，不说一起训练的队友和教练，小姨、表姐、李芳菲、霍湛……连王彩纯都来看过她。

好不容易送走了一波又一波的访客，楚牧北又来了。

看到正在收拾东西的时光，楚牧北笑嘻嘻地问："时光妹妹，你准备抛弃老陆，换间病房？"

陆彦辰直接呵斥："滚。"

楚牧北呆住了，他干什么了吗？他好心过来探病，为什么踏进病房没一分钟,就要面临被撵出去的局面?

时光笑了笑:"你过来看陆彦辰?"

楚牧北嘀咕了一句:"其实我是来看你的。"

老陆有什么好看的,看天看地也不想看他,祸害遗千年。

"你很闲啊?"陆彦辰微笑,这笑容让人如沐春风。

可是跟陆彦辰一起长大的楚牧北那里会不知道,他这笑是不怀好意的,楚牧北心想:我到底做了什么,老陆为什么一脸"怨夫"相?

难不成刚才他来之前,他们在做别的事?

他轻咳了一声:"天地良心,我真不是有心搅了你们的好事。"

时光汗颜:"你在说什么呢?诂说,你来陪一下陆彦辰也好,我等会儿就要走了。"

她已经好了,而陆彦辰伤的是脚,还需要继续住院。按理来说她应该陪着陆彦辰的,可是教练说她人没事就要恢复训练,就算训练效果不好也不能间断,不然她会退步得更快。

楚牧北调侃道:"原来时光妹妹不是换病房啊,是直接抛弃你。"

陆彦辰已脸冷漠,拒绝理他。

楚牧北笑道:"时光妹妹,老陆的脚还伤着呢,你不多待两天?"

他努力帮着老陆挽留时光妹妹,想来老陆应该不会再生气了。

调侃一下可以,但不能得罪,反正得罪谁也不能得罪老陆,因为他太阴险了。

时光回道:"他要多住几天院,我训练完了再来照顾他。"

楚牧北在沙发上坐下,一副大男子主义的架势:"女人的正事就是陪男人,你都嫁人了,照顾好你老公才是正事,搞什么训练啊。"

"你把女人当什么了,凭什么女人嫁了人之后,就必须在家相夫教子,不能有自己的事业?"

"宠老婆的最高境界是把她当女儿宠,老公负责挣钱养家,老婆负责貌美如花。"

"那也不能养成一个彻底失去自我的白痴啊,你喜欢这样的女人?"

楚牧北语塞了。

他当然不喜欢了,可是怎么扯到这上面来了?

时光又看着陆彦辰，轻声问："你也和楚牧北一样的想法吗？"说完，她靠近陆彦辰几分，看似温柔地笑着，却透着些威胁的味道。

陆彦辰没出声，这个时候肯定不能说实话。

时光皱眉，小脸带着些娇嗔之意，问："你为什么不回答我？"

陆彦辰淡淡地道："无聊又白痴的问题，不想回答。"

虚伪啊，楚牧北想，他以前怎么没有发现老陆这么虚伪呢？什么无聊，明明他心里也是这么想的。

时光当然也知道陆彦辰心里的想法，她咬着红唇，眨巴眼睛看着他，一副娇俏可人的模样，食指还有一下没一下轻轻地点着他的胸膛，声音软糯："所以你是站在我这边的。"

陆彦辰抓住她的小手，淡淡地回了一个字："嗯。"

时光"咦"了一声，这回答得心不甘情不愿哟。

她嘟了嘟嘴，轻声道："那你说楚牧北说得不对，我说的都是对的，而你最喜欢我了！"

她不肯就此罢休，纠缠着陆彦辰不放，非要他帮忙一起对付楚牧北。

楚牧北在心里冷哼：老陆啊老陆，别让我瞧不起你。

陆彦辰嘴角扬着，他其实挺喜欢这样的时光，感觉自己是她的全部，不过有外人在这儿，还是算了吧。

他半天不出声，时光摇晃他的手："快说快说。"

陆彦辰只得道："你说得对，楚牧北都是瞎说的。"

楚牧北感觉自己一口老血差点喷了出来。

老陆，你太没有节操了吧！

有你这么宠的吗？

鄙视你！鄙视你！

时光开心地表示："我就知道你是最好的，不和他们同流合污。"

陆彦辰脸色一变，话锋一转："快去吧，训练完了来看我，别理一些乱七八糟的人。"

时光知道他在吃醋，她嘟囔道："放心，在我心中你是最好的，其他男人我看都不看。"她笑眯眯地看着陆彦辰，抱住他的胳膊，"你是吃'帅气'长大的！"

陆彦辰伸手揉揉她的头发："那你是吃'美丽'长大的！"

时光万分惊讶："你不骂我丑八怪了？"

"吃'美丽'长大的不一定就美丽。"陆彦辰挑眉，抬手捏了一把时光的脸蛋，"看你丑得很，算了，也就这样了，反正看习惯了。"

"你再骂我丑，我就骂你臭……"

"哪里臭了？"

"脚臭啊，打了石膏，几天没有洗澡了。哈哈，臭男人哟。"时光调侃道，眼神里带着戏谑，看着机灵又可爱。

"我看你才是臭丫头，知道你现在笑得多傻吗？"陆彦辰眼底的笑意化开，突然伸手将她搂入怀中。

时光顺势在他下巴上轻轻咬了一下，随即又跳开了："哈哈，我走了！"然后她看向旁边嘴角狂抽的楚牧北，"陆彦辰就交给你了。"

楚牧北此刻的内心是崩溃的。

我不是来看你们秀恩爱的！

五天后，陆彦辰出院，出院那天他没有直接回家，而是带着时光去了墓园。

时光的爸爸妈妈安息在这个墓园。

陆彦辰先下车，打开后备厢，拿出一袋东西。

时光下车后看了一眼，是祭拜用的香和纸钱，而从这个路口去看她爸爸妈妈的路也是最近的。

她愣愣地看着他："你要干什么？"

"当然是去看你爸爸妈妈。"陆彦辰说着，一只手提着香和纸钱，另一只手拉着时光的手，开始上山。

"你为什么突然想到来看我爸爸妈妈？"时光不解地问。

"不是突然，是一直想来看望他们。"他扭头看了她一眼，"我想感谢他们生下了你，让我此刻还能活在这个世界上。"

他难得如此正经地说这样的话，时光的脸上有些热热的。

到了时光爸妈的合葬墓前，陆彦辰烧了香和纸钱后，就和时光跪在碑前，他上半身贴近地面，虔诚地拜了三拜，然后一直跪着。

时光偏过头，深深地看了他一眼，发现他并没有起来的意思。

她嚅动嘴唇，却什么也没有说，有点想看他打算跪到什么时候。

他们来的时候，太阳有些偏西，这会儿都夕阳西下了，陆彦辰还是没有要起来的意思。

跪久了就会膝盖疼，时光动了动身体，用手垫在膝盖下方，再看陆彦辰，他跟个没事人一样，钉在原地一动也不动。

她伸手扯了扯他："我们回家吧。"

其实，她有点明白他这么做的理由，他是想向她爸妈表示自己的歉意和他会替爸妈照顾她的决心。

可是不需要这样，他不必感到愧疚，她家发生的一切不能怪他。

陆彦辰的眼神十分深沉："我想和你爸爸妈妈再聊会儿天。"

时光愣了一下，笑了两声："你跪下来之后就一言不发，哪里在聊天？"

"这你就不懂了，和爸妈聊天要用心。"陆彦辰语气轻扬，问她，"你要听吗？"

"爱说不说。"时光嘀咕了一句，用手指擦拭着碑上她爸妈的照片。

陆彦辰看了她一眼，然后又将目光移到时光爸爸妈妈的照片上，启唇轻轻道："感谢你们把她教得那么好，见义勇为救了我。如果没有她，我已经在那条河里结束了一生。我能活着是因为她，活着也是为了她。我爱她，但我知道你们更爱她，以前你们一家人生活得幸福开心，可是因为……"他顿了一下，才又道，"因为我，你们家才会发生那些事，你们才会过早地离开她。她一直一个人，我想和她在一起。如果你们因为我非要和她在一起而生气，请你们不要怪他，一切都是我的错，要怪就怪我！"

他缓了缓，继续道："我答应你们，一定会好好照顾她，就算她是这个世界上最不温柔、最不贤惠、最无理取闹，甚至最恶毒的女人，我都会一如既往地爱她宠她，视她如自己的性命。"

时光听着听着，感觉心口暖暖的。她鼻子忍不住发酸，扭头看着他："虽然有时候我脾气不太好，但是你也不应该说我是这个世界上最不温柔、最不贤惠、最无理取闹、最恶毒的女人啊。"

陆彦辰睨她一眼，又看着时光爸妈的照片，无奈地笑了笑："爸爸妈妈，你们看，她又开始呛我了。"

时光撇了撇嘴："我只是问了一句，怎么又是我的错？"

"不，你没错。"陆彦辰摇头，"是我的错，上次吵架也全是我的错，我跟你道歉。"

"陆彦辰。"时光觉得自己的心软得一塌糊涂，哽咽着道，"你正儿八经地跟我道歉，这还是第一次。"

"以后吵架我都跟你道歉。"陆彦辰伸手，握住了她的手。

"那你以后还会不会再嫌弃我、欺负我？"时光并没有想过要陆彦辰跟自己道歉，夫妻之间吵架，哪有绝对的谁对谁错？

只要他愿意给个台阶，她就会当作什么事也没有发生过。

陆彦辰抬手，做发誓状："我向你爸爸妈妈保证，以后绝对不会嫌弃你、欺负你！"

"你少了一个词。"她眼里闪着泪光，嘴边扬起暖暖的笑，有一种释然后的美丽。

"我从来没有嫌弃过你，又何来再嫌弃你？"他偶尔表露的嫌弃，往往都是他最喜欢的时候。

"你说的都是真的？"

"当着你爸妈的面，我怎么敢说假话，如果有一字半句是假的，那就让我不得好……"

时光一把捂住了他的嘴："你不许瞎说……偶尔相互嫌弃一下是可以的，听说可以增进感情。"

她说着，紧紧地抱住了他。

她以前害怕自己就这么若无其事地和陆彦辰在一起，看似是以爱之名，其实是她自私的借口。

自私就自私吧，爸爸妈妈曾对她说，虽然他们工作忙，不能常在她身边，但他们是这个世界上最爱她的人，就算她自私，他们也不会怪她吧？

时光没有想到，陆彦辰会带着她来到她爸妈面前，如此郑重地把一切都揽在自己身上，只为了让她不那么难受、纠结和痛苦。

爱上一个人很简单，可是一生都只爱一个人却是极难的。

她以前想，自己这辈子最大的幸运应该就是遇到了陆彦辰。之后知道杨思彤的目的，她开始厌恶自己的幸运，却又控制不住自己的心。

她不是没有想过，如果没有遇到陆彦辰，她的人生会是怎么样的。生活里不会有杨思彤，大概也不会有那么多不幸。但是陆彦辰呢？谁会救他……

时光以前觉得，妈妈和老婆同时掉进水里先救谁是一个特别傻的问题。可是仔细想想，这道题看似无理取闹、莫名其妙，其实是很有意义的。

人的时间、精力和金钱都是很有限的，总有些时候会遇到两难的选择，如果刚好发生在你的父母和你的男朋友之间，这个时候你要如何抉择？

这是一个永远无解的问题。

从墓园回来后，时光就跟陆彦辰回家了。

两人躺在床上，紧紧地抱在一起，很长时间里谁都没有说话，享受着此刻的温馨。

不多时，时光睡着了，睡得很香，似乎沉浸在了美梦之中，嘴角微微上扬呈微笑状。

陆彦辰看了她一眼，然后在她额头上亲了一下，这是自她姐姐失踪之后，他们第一次这么亲密。

不是身体，而是心灵。

正准备陪着她睡一会儿，手机就响了起来，怕把她吵醒，陆彦辰赶紧按掉。看了一眼来电号码，见是工作电话，便轻手轻脚地起身，去了书房回电话。

他再回来，已经是一个小时后。

他看到躺在床上熟睡的人，似乎已经从美梦转换到噩梦，她眉头紧紧皱着，脸色惨白，全身剧烈颤抖，手抓着裤子的一角，无助而又绝望。

"小小。"陆彦辰轻轻喊了一声，她没有任何反应，整个人还是沉浸在噩梦里。

"时小小，你醒醒……"陆彦辰推了一下时光。

时光猛地惊醒，尖叫一声，从床上坐了起来。

她额头上满是汗水，胸口剧烈地起伏，瞪大眼睛，没有焦距地看着前方好一会儿。

她做了什么梦，怎么会吓成这样？

陆彦辰抬起骨节分明的手指，轻轻抚摸着她的脸，帮她驱除恐惧，擦去汗水："小小……"

听到他的声音，时光愣愣地抬眸，看着男人那张俊美的脸，她恍然惊觉自己是在做梦。

她眼眶一红，突然紧紧抱住了陆彦辰。

"好了，没事了，只是梦而已。"也不知道她刚才梦到了什么，居然被吓成这样，他想大概是因为莫非非。

他不想承认，有些时候却又不能否认，他挺嫉妒莫非非的。

时光定定地凝视着前方。

是梦吗？

哪怕现在知道自己刚才是在做梦，她依旧有点分不清刚才发生的一切到底是在梦里，还是在现实中。

一幕接一幕的场景那么清晰、真实。

她在陆彦辰身上蹭了蹭，小声说道："刚才那个梦太奇怪了……我都不知道是我多想了，还是一种预告。"

陆彦辰问她："梦到什么了？"

时光闷声闷气地说："我梦到你落水的那天，我因为临时有事没有去比赛，所以没有出现在护城河边，也就没有救你。可是我爸爸妈妈和姐姐依旧没有躲过悲惨的命运，车祸依旧发生了，问题是我姐姐也在车里，她成了植物人，爸爸妈妈则永远离开了我，至于你……"

陆彦辰顿时不知道应该如何安慰她了，他的心情很复杂，但是很显然，时光此刻的心情比他更复杂。

"那只是梦，梦都是假的，你看我现在……不是好好的吗？"陆彦辰拍着她的背，抱着她躺下，把她搂在怀里轻声安慰着。

时光想让狂躁的自己平静一下，却怎么都静不下来，这个梦带给她的感触太大了，想想就觉得头疼，心口仿佛有什么在揪着，难受极了。

梦里，她的结局居然是掉到水里，她拼命挣扎，可是怎么挣扎都没有用，最后只能任由冰冷的水吞没了她，带着不甘沉进了黑暗之中。

一个游泳冠军，最后被水淹死，何其可悲，何其可笑，光是想想，她就觉得浑身血液都凝固了。

她又抬眸看了一眼陆彦辰，目光格外贪恋。她舒了一口气，依偎进陆彦辰的胸膛，陆彦辰立刻合拢双臂，把她抱在怀里。

"陆彦辰……"

"嗯？"陆彦辰轻轻应了一声，在她额头上轻轻吻了一下。

"你不要担忧，我没事，我现在很平静，不管能不能找到姐姐，我都不会和你分开了。"时光对着他笑了笑。

陆彦辰给她抚背的手微微停顿了一下，片刻后又开始顺着摸："嗯。"

"还有……我和容陌才不是你想的那样。"她在他胸前捶了一拳，"以后不许再冤枉我，你要再敢冤枉我出轨，我就把你告上法庭！"时光威胁道。

容陌？

陆彦辰听她主动提起这个名字，顿时一脸不爽，那天他们欢笑聊天的画面可是很长时间在他脑海里挥之不去。

"不是我想的那样？"他的语气酸酸的，"我看你们关系好着呢。"

"好？对啊，是挺好的。"时光鼓着腮帮子说道，见陆彦辰目光渐冷，一副醋海翻波的模样，她得意地笑了笑。"他知道我和你吵架了，一直帮你说好话。"

闻言，陆彦辰的脸色稍微柔和了一些，随即他又冷冷地道："他怎么会知道我们吵架了？"

时光继续说："就是你看到的那一次，其实我是在等你，我告诉自己，只要你来了，我就不生气了。结果等了很久都不见你，后来我准备离开时，碰到了容陌。容陌看我脸色不好，猜出来我们吵架了，所以安慰了我几句。"

"哦，那他很好啊。"陆彦辰皮笑肉不笑。

"人是挺好的。"时光突然觉得话题聊着聊着，开始有些不对劲了。

"那他好，还是我好？"

"啊？"

"说啊，他好，还是我好？"

时光无语了，在心里大声哀嚎，她为什么要主动提容陌。她伸手勾住陆彦辰的脖颈："当然是你好了，要不是因为他长得像姐姐，我是不会多看他一眼的。"

"时小小，脚踏实地做人是正确的！"陆彦辰稍微有些满意了。

时光却觉得自己要哭了。

为什么明明是他冤枉她出轨，而清白的她在向他解释，并且控诉他，怎么到了最后，反而他一副受害者的模样呢？

事情不应该是这样的。

时光正准备出声反驳时，陆彦辰的声音又响了起来。

"我知道你心里在想什么，我不是独裁的暴君，我只是不喜欢你独自去找他。尚家的人不是普通人，尚墨的资料你也看过了，他会有这样的口碑，也是因为他本身就爱用一些非常手段。"

时光嘟了嘟嘴，脸上有掩饰不住的失落："算了啦，感觉已经没有那个必要了。"

"嗯？"

陆彦辰奇怪于她的态度，难不成她已经看过容陌的身体了？他马上沉着脸问："你都干了什么？"

时光叹息道："我问过了，他说他是个男人。"

原来是问，陆彦辰的表情暖了一点："可据我所知，他有可能真的是你姐姐。"

时光一下坐了起来。

"你让人查过了，他其实是个女人吗？"她的心激动得狂跳了起来，她就说，容陌长得那么像姐姐，那么清秀美丽，怎么可能会是一个男人呢？

而且直觉告诉她，他就是姐姐！

"他是不是个女人我就不知道了。"陆彦辰也跟着坐起身，看着她分析道，"容陌出现的时间刚好是你姐姐失踪后不久，太巧了。凭空冒出一个人，可调查的资料又少，来历不明，身份不明，又和你姐姐长得那么像，所以他极有可能是你姐姐。可问题在于他是个男人。"

这是时光心里最大的疑惑，她眉心紧紧皱着："对，他不是个女人，这才是重点。我问过他，他说他是个男人，不可能是我姐姐。"

"你真好骗。"陆彦辰刮了一下她的鼻子，"他要装成男人，自然不会告诉任何人他的真实性别。还有，如果他是你姐姐，你有没有想过，他为什么要装成男人？"

时光轻轻地点了点头："我想过，所以有人在的时候，我是不会和他说这些的。可我问他的时候，只有我们两个人，如果他是我姐的话，他没有理由骗我。"

"如果他是你姐姐……他失踪的原因我们不知道，但是他自己肯定知道，就算不知道，也明白自己有危险，所以他改变性别应该是为了保护自己。你和他才见了几面而已,他是不可能相信你的。"

时光内心五味杂陈,她怏怏地说:"我又不是别人,我是他妹妹。如果容陌是我姐姐,他可以不相信别人,但不能不相信我啊。以前医生说过,植物人虽然昏迷着,但是他们是有感知的,她就算我长大了,不记得我的样子,但是我的名字没有变。"

陆彦辰说:"也许他什么也不记得了。"

时光皱眉:"什么也不记得了?"

"医生说过,植物人长期昏睡会损伤人脑中储存记忆的区域,所以醒来后不一定就会记得自己是谁。你想想,一个没有记忆的人,又昏迷了七年,他的记忆也只会停留在七年前。"

陆彦辰说着,握着她的手:"而且,我们并不知道你姐姐是怎么失踪的。如果容陌真的是你姐姐,在我们没有调查清楚一切之前,我也不允许你跟他相认,因为我害怕这是一场阴谋。"

时光头疼。

她怎么感觉很简单的事情,突然之间变得很复杂了呢。可她又不得不承认,陆彦辰说得很对。

"那现在我要怎么办?你的推测都是建立在容陌是我姐姐的基础上,但容陌到底是不是呢?"

陆彦辰似笑非笑地扯了一下嘴角,略带无奈地说:"都说了,正在调查中。"

时光的身体瞬间软了。

陆彦辰安慰似的亲了亲她的额头:"告诉你,不是想让你失望。"

"我没失望。"时光笑了笑,"我挺高兴的,认不认不重要,重要的是姐姐没事就好。"

苏雅坐在梳妆镜前,看着镜子里自己的脸,白皙的脸颊上被时光打出来的鲜红指印已经消掉了,但是她心中的愤慨却怎么都消不去。

她平静淡漠的脸上,殷红的嘴角冷冷地扬了起来。

苦肉计如果能让苏千寻和时光反目成仇的话,那么这两巴掌,还有差点喝了马桶水就值了。

毕竟她姓苏,都是苏家的人,没道理苏千寻还向着外人。

如果她爸争气点,她也不至于冒着毁容的危险送上门让人打。

苏雅一手撑着桌面,一手撑着额头。

在偌大的苏家,她的父亲真是一个奇特的存在,或许是因为奶奶太过于宠爱,也或许因为血缘的关系,二叔和小姑姑都那么优秀,她爸却成了纨绔子弟。

这些年来,他一直不思进取,老爷子已经很不高兴了。

她真是庆幸她和哥哥是老爷子教大的,也庆幸两人很早就懂事了,如果跟她爸一个德行,那现在他们一家都不知道生活在哪个穷沟沟里。毕竟人们对待亲人和对待陌生人的容忍度是不一样的,更何况还是仇人呢!

苏雅无法确定自己的苦肉计是个是真的离间了苏千寻和时光。

为了确定一下,她特意去影视城探班。

在影视城看到容陌的时候,她整个人都呆住了,脑中瞬间一片空白。

这……这个容陌怎么那么像莫非非?

她见过昏迷的莫非非,大概因为是植物人,她的容貌和七年前在学校时没有多大的差别。

可是一个男人,怎么会和莫非非长得那么像?再说莫非非失踪了,她也派人找过,但没找到,跟人间蒸发了一样。

会不会找不到,就是因为她假扮成男人了呢?

苏雅脑子里全是容陌,她觉得就算容陌和莫非非没有关系,这人也是一个深藏不露的人,她无法确定自己所看到的一切会不会只是表象。

她觉得必须再试探一下这个容陌。

可她自己显然不能亲自去,毕竟她不是那个圈子里的人。

电视上正播放着娱乐新闻——华梦造影投入巨资拍摄一部西方玄幻题材电影,女主角已经确定下来,昨天官宣,是拿过金猪奖的影后林意儿……

苏雅看了一下电视里林意儿的定妆照,嘴角慢慢扬了起来。

她在沙发上坐下,拿起自己的手机,然后拨打了一个电话。

电话响了很久才被人接了起来,那边传来一道很轻的声音:"苏小姐。"

"好久不见,林小姐,最近还好吗?"

林意儿最近很不顺,自从上次苏雅非要她和陆彦辰闹那个绯闻开始,就怪事连连,先是有营销号直接骂她,还被某个富豪的老婆直接点名说她勾引她老公,说两人一起度假三天三夜。

而这期间,她正和某个男明星炒作,还装纯情地说,她拍完戏就回家,不认识什么男性朋友,跟男人的接触也不多。

网友们顿时哗然,其实现在的网友很宽容,只要不是太毁三观,演技好还是能接受的,可是当第三者这种事万万忍不了。

还说什么跟男人接触不多,原来早已经跟男人深入交流不知道多少回了!

娱乐圈一向都是捧高踩低的,不过几天时间,林意儿就从神坛跌入低谷,之前她签下来的电影、电视剧和广告代言全都被撤了。

当天下午,林意儿和陆彦辰的那条绯闻被人顶了上去,突然有独家爆料,说时光与陆家四公子似乎在闹离婚。

这条绯闻一出来,又轰动了整个网络,于是林意儿和陆彦辰的那条绯闻的热度怎么都下不去了。

大家纷纷猜测,林意儿是不是当了第三者,破坏了陆彦辰和时光的感情,害得时光要离婚,所以时光才会让人在网上爆林意儿的黑料。

原本林意儿答应苏雅炒一下自己和陆彦辰的绯闻,觉得没有什么,哪里知道这条绯闻会引来一轮爆料,还涉及时光和陆彦辰的婚姻。

如今看来,是陆彦辰在报复她利用他炒绯闻一事。

林意儿一下子就慌了,她赶紧找来经纪人和助理商量,找了无数的枪手上贴吧、论坛和微博为她洗白,重点都放在她和陆公子只是见过几面的普通朋友。可就算如此,仍旧有好多网友跑到她的微博底下来指责她,骂她勾引别人老公,说她这样的人不配当别人的偶像,她就应该滚出娱乐圈。

于是有人发起了"林意儿滚出娱乐圈"的话题。

林意儿委屈,她勾引了陆彦辰那还好,被骂也不冤,问题是她和陆彦辰什么关系也没有。

接到苏雅的电话后,林意儿戴着厚围巾与墨镜,直接到了苏雅的公寓。

苏雅给她倒了一杯水,问了一句:"怎么样,你还好吗?"

"我好不好,你还不清楚?"林意儿颤着声音说。

"还真不清楚。"苏雅摊了摊手。

林意儿冷笑一声,轻轻磨了磨指尖道:"苏雅,要不是你让我去找陆彦辰问路,刻意炒和他的绯闻,我现在也不会这么惨。"

"你知道容陌吧？"

"我知道，和莫非非长得很像。苏雅，当初你要我做的那些事，对我而言很致命，对你而言当然也不是什么好事。"林意儿的语气带了点威胁。

"那你又知不知道，莫非非那件事，我的参与已经不是什么秘密了。"

"我说的不只是这件事，杨思彤不知道，但是我知道，我那天不小心听到你打电话……"林意儿脱口而出，还没说完就脸色大变。

苏雅脸色微变，冷漠地看着她。

房间里很安静，安静得连掉根针在地上都能听见。

林意儿后悔自己一时的失言。

一抹冷笑在苏雅嘴角浮现，她漠然地道："你最好知道自己在说什么。"

林意儿没有说话，手指都掐进了手心里，她害怕这样的苏雅。

毕竟那个秘密，苏雅是绝对不会允许外人知道的，这下怎么办？

她后怕地缩了一下身体。

"我没有听到什么，我只是希望你能帮我渡过这次难关，我是不可能对任何人乱说任何话的。当然，我还会帮你试探容陌，看他到底是不是莫非非。"

苏雅冷笑着站了起来，嘴角扬起一抹微笑："意儿，你是一个聪明的女孩，我相信你知道什么事应该做，什么事不应该做。"

她弯腰拿起杯子，却没有拿稳，杯子"啪"的一声掉在地上，摔得粉碎。

林意儿脸色苍白，满目都是恐惧："你想做什么，难道你想杀人灭口？"

苏雅还是笑着，只是嗓音冷冷的："你当你是在演电影吗？有时候做人还是现实点比较好，小老百姓就应该过小老百姓简单又平静的生活。"

她说着，将额边一缕碎发拨到耳后，又对着林意儿淡淡地笑了笑："如果我是你，这个时候就应该去陪爸爸妈妈，好好过属于自己的生活，野心和欲望真不是好东西。"

她留下这句话就头也不回地离开了，留下全身瘫软的林意儿。

苏雅打开电脑，通过监控看着客厅里的林意儿，只见她颤抖着双腿站起身，然后慢慢走了出去。

苏雅拿起手机拨打了一个电话："哥哥，我们的秘密被外人知道了……"

林意儿回到保姆车上时，依旧脸色苍白、全身颤抖。

助理看她这么不对劲，忙问："意姐，你怎么了？"

林意儿很不安，喃喃地嘀咕着："怎么办，我怎么把那个秘密说出来了，她会不会……杀了我？"她死死地揪着围巾，眸子里闪烁着恐惧的光。

什么杀不杀的？

助理被她的话吓得不轻："意姐，你到底怎么了？你别吓我。"

"是我笨，我太笨了才会被人利用，是我蠢，才会不小心说漏了嘴，怎么办？当年她为了隐藏这个秘密就杀了人，只是不知道我也知道了。现在她肯定不会放过我。"她敲了敲隔板，对前面的司机说，"送我回家，马上送我回家。"

她要出国，必须马上出国。只有这样，苏雅才会放心，否则她真不知道苏雅会怎么对付她。

"意姐，你到底怎么了？发生什么事了？"助理抓住林意儿的手。

"她是个杀人犯，我知道她杀了人，她现在知道我知道了，她不会放过我的。当年整件事其实都不是表面看到的那样，杨思彤的目的只是一个表象、一个幌子，她一直躲在背后，默默地控制着全局，以掩饰她真正的目的。"林意儿越说越惶恐、越不安，"她冷血无情，我怎么会说出来，我怎么会说出来呢。"

"意姐，你冷静点。"

"莫非非……非非，这是报应吗？是我当年背叛你的报应吗？"她已经有点语无伦次了。

突然，前面射来刺眼的光，随着刺耳的喇叭鸣叫，只见右侧一辆大卡车直接闯红灯冲了过来，然后撞上了他们的车。

在巨大的撞击力下，保姆车整个飞了起来，在空中画出一道弧线，然后重重地砸在地上，还翻滚了两圈。

林意儿的事，时光不知道，她不是娱乐圈的人，也不追星，自然不会三天两头地上微博看娱乐新闻。

她最近愁的都是训练，如何才能克服心理恐惧。

见她经常不下水，林七七很疑惑了，还以为她想退役生孩子了。

时光没想过退役，可她现在越来越不想下水，一入水就想到那个梦，她根本就游不出好成绩。

过了年之后就要去国家队报到,到了那个时候,她还是不喜欢下水,怕是一个月都待不了就要退下来了。

时光很苦恼,全身无力地躺在沙发上。

林意儿出车祸的事,时光当然也不知道,她那天陪着外婆去医院做例行检查时碰到了容陌。

外婆笑着下车后,在时光关上车门的瞬间,突然怔怔地看着前方。

"小非?"她眯了眯眼睛,似乎是害怕自己看错了,还揉了揉眼睛。

时光怔了怔,下意识地扭头,就看到容陌微笑着迈步而来。她颤了一下,完全没有想到会在医院的停车场碰到容陌。

"是小非……"随着容陌一步步走近,外婆激动无比,眼泪顺着脸颊滑落下来,她颤声道,"小非好了,小非回来了。小小,你姐姐回来了……"

时光语塞,酸涩一点点涌上心头。

如果容陌不是姐姐的话,她不希望外婆碰到容陌,以免惹得外婆伤心。可是有些事情阻止不了,外婆虽然年纪大了,但是眼睛很尖,比她还先一步发现了容陌。

时光握着外婆的手,笑了笑:"他不是我姐姐,外婆,您看错了。我不是告诉你,姐姐在国外做复健。他是我的一个朋友,是个男人,他叫容陌。"

外婆不太相信:"他不是小非……"

容陌离她们越来越近,自然也听到了外婆的话。

小非?说他像小非?

小非是莫非非吗?

容陌走上前,朝外婆微微鞠了个躬:"您好。"然后他看着时光,"时小姐怎么来医院了,是哪里不舒服吗?"

时光回答道:"不是我,我带外婆来做例行检查。"

在他们聊天的时候,外婆的目光在容陌身上打量了一圈,好像看到了自己的外孙女一样,可是看着看着她又觉得两人并不是那么像了。

她缓和了一下激动的情绪,笑着问:"你是时光的朋友?"

"我叫容陌。"

"好孩子,有空来家里玩。"

"好的，有空一定去看您。"容陌笑了笑，对着外婆轻轻点头。

"约定检查的时间到了，那我们先走了。"时光对容陌挥了挥手，带着外婆往医院去。

容陌一直笑着目送她们离开。

转身的那一瞬间，他脚下那么平坦，却好像被什么绊了一下，整个人不受控制地往前倒去。他赶紧扶住旁边的车子，稳住自己的身体，但是脑子依旧眩晕了一下。

容陌感觉自己的头像要炸开似的，脑子里有无数个片段纷至沓来，一闪一闪的，但是都很模糊。

他痛苦地捂住头，这些突然出现但又看不清楚的画面似乎要撕裂他的脑袋。四肢再也没有力气支撑身体，他顺着车子慢慢地滑了下去。

时光想起自己的手机忘在车上了，她让外婆在旁边的长椅上坐着，然后自己跑回来拿手机，刚好看到容陌整个人坐在地上。

她怔了一瞬，赶紧跑了过去，看着容陌："你怎么了？"

容陌的脸色白得可怕，他似乎想要站起身，身体摇摆了一下，时光赶紧上前搀扶着他的手："容陌，你是不是不舒服？我马上送你去看医生。"

"不……"容陌摆了摆手，闭着眼睛缓了缓才说，"不用，我没事。"

"你的样子可不像没事。"时光惊恐地道。

容陌现在满头大汗、脸色惨白。

"我有点贫血，刚才头晕，这会儿好了，没事了。"容陌说着松开了时光的手，然后微微一笑。

时光看着容陌，他好像真的没事了，但还是不放心他一个人回去。恰好这时，来接容陌的车停在了前面的路口，容陌的助理风风火火地跑了过来："容少，不好意思，让你久等了。"

他很焦急，快速冲过来，脚子没刹住，直接撞到了容陌身上。

容陌被撞得向前迈了一步，时光担心他又会摔倒，条件反射地伸出手想搀扶，结果她的手刚好碰到了容陌的胸。

助理赶紧道歉，从时光手里接过容陌，还向时光道歉。

对容陌而言，一个男人被摸了一把胸似乎没什么大不了的，可是时光和容陌之间的气氛却十分怪异。

容陌深深地看了时光一眼，丢下一句"谢谢"，便和助理离开了。

时光愣在原地，呆呆地看着容陌离开的方向，然后抬手摸上自己的胸，好像又不对，比她的硬，紧绷着。但若说是男人的胸，会不会太软了一点？

时光满腹狐疑，一整天都神思恍惚，做什么都静不下心来。她的脑海里一直回荡着刚才摸到容陌胸的那一幕。那触感，跟她摸陆彦辰时不太一样。

好几天没见到陆彦辰了，今天陆彦辰出差回来，她可以对比一下。不过，她也只摸过陆彦辰，毕竟陆彦辰经常健身，他的肌肉比较硬，不锻炼的男孩子是不是就会和容陌一样呢？

其实容陌有时候真的特别像一个帅气又利落的中性少女。如果他束胸，会不会就是这种感觉呢？

时光正在用晚餐的时候，陆彦辰回来了。

第十一章

当年的真相

陆彦辰一进门,时光突然对他的胸一顿乱摸,陆彦辰看她半天,被摸得全身是火。

时光浑然不知,只是让他别动,然后继续摸他的胸,又捏了捏掌心,对比着手感。

陆彦辰:傻媳妇这是想干什么?突然得了摸胸癖吗?

他看了看她的脸,又垂眸看了看她的手,她摸得还挺认真的,一边摸,还一边发表感想:"很硬,手感完全不一样。"

为什么手感完全不一样?难道是因为穿的衣服不一样?

时光如此想着,突然"喊"了一声,竖起手指:"对对对,应该脱了衣服再摸。"

"脱衣服?"陆彦辰反问,完全不明所以。

"对啊,脱衣服。"时光说着,就开始扒陆彦辰的衣服,中途她解不开衬衣的扣子,陆彦辰便帮着她一起把自己的衣服全脱了。

脱了之后,时光再次开始袭胸。

好像是跟容陌的感觉不一样,容陌的胸是一种紧绷的感觉,但是又有点软,而陆彦辰的胸则是硬硬的,她用手指轻轻摁了摁,是没有办法戳下去的,她加重一点力道,就能引起肌肉的反弹。

再往下,陆彦辰的腰腹肌肉也很硬。

时光这里摸摸,那里点点,还要仔细回味一番,陆彦辰被她摸得一身火,终于忍不住捉住了她的手。

他眯着眼睛,问她:"品味了那么久,说说手感怎么样。"

时光赞道:"手感棒棒的!"

"除了摸,你就不想干点别的?"陆彦辰的手轻轻用力,时光一个旋转便坐到了他腿上。

他将她抱在怀里,一双如黑宝石一般明亮动人的眼眸深邃如同旋涡,里面正燃烧着大火,仿佛要将时光吞噬。

时光愣了一下才反应过来,她推了一下陆彦辰的胸膛:"别闹,我在做正事。"

"是你一直闹,惹了事得自己收拾。"陆彦辰说完,就将她压到床上,下一秒,时光的嘴唇就被堵住了。

他深情地吻着,刺激得时光心间激荡起一连串的电花。

时光被吻得晕晕乎乎的,不多时就魂飞三千里。

直到身上一阵凉意传来,她才回过神来,发现不知何时,陆彦辰已经把她的衣服脱了。

眼看陆彦辰准备下一步动作,她突然捂住他的嘴,喘着气说:"等等……"

"嗯?"陆彦辰的舌头从她手心滑过,那暧昧的撩拨引得时光心间一阵酥麻,她娇嗔:"真的是重要的事,非常重要的事,你等等。"

说着,时光推开他坐起身,也不穿衣服,跑到衣柜前开始翻找。

陆彦辰侧躺在床上,一只手慵懒地撑着头看着时光,耐心地等待着,想看看她到底想干什么。

时光在衣柜里翻了好一会儿,大概是没有找到她想要的东西,她对着衣柜思考了几秒，然后找了几件自己的衬衣，再从抽屉里拿出一把剪刀，剪成布条，再缠在自己胸前。

陆彦辰心想：缠胸？傻媳妇是嫌自己的胸不够平，还想再勒平一点吗？

见她缠了一圈又一圈，完全不拿胸当胸，陆彦辰终于看不下去了。他坐起身来，皱眉看着她："时小小，你到底在搞什么？"

时光束胸束了一半之后，想在后面打一个结，但是试了好几次都不行，她便走到陆彦辰面前："快快快，帮我一下。"

她把束胸带的另一边交到陆彦辰手里，自己转了个身，然后回头，看着他说："你在后面给我系个结，要紧点，一定要紧点。"

"别告诉我，你嫌自己胸大？"陆彦辰嘲讽道。

"别啰唆，快点。"时光焦急地催促。

陆彦辰看了她一眼，便帮她在后面打了个结。他系的时候，时光还一直强调："紧点，再紧点。"

最后，陆彦辰并没有系很紧，但时光已经感觉有些透不过气来。

她狠狠吸了一口气，然后用手摸了摸自己的胸，再回味一下当时摸到容陌的胸的感觉。

没错，就是这种感觉！

所以容陌是个女人，真的是个女人。

那他是不是就是姐姐……

对于这个发现，时光欢喜极了，一把冲过去抱住陆彦辰，大喊着："我知道了，我知道了，我知道了，容陌容陌容陌……"

她高兴得都说不出话来了，松开陆彦辰后，又在屋子里跳了一圈。

正当她准备告诉陆彦辰容陌是个女人的时候，突然被人推了一下，她一个趔趄往后倒去，不过身后就是墙，她并没有摔到，而是整个人贴在墙上，抬头就看到陆彦辰整个人压了过来。

"你……"时光吃惊地看着陆彦辰，刚想问他怎么回事，陆彦辰突然说了一个惊天大消息："林意儿死了。"

时光愣了好一会儿才反应过来，惊恐地瞪大眼睛："什么意思？"

"就在今天，林意儿和她的助理乘坐的车与一辆厢式货车相撞，司机当场身亡，林意儿因抢救无效，也死了。"

"不会是因为跟你的那个绯闻吧？"时光被勒得有点难受，一边解开束胸带，一边问道。

"下手的人应该是苏雅。"

这一句更令时光瞠目结舌，半天没反应过来。

她脸色微僵，呼吸微滞："什么，凶手可能是苏雅？怎么回事，怎么会和苏雅扯上关系？"

陆彦辰说："经过调查，当年欺负你姐姐的四个人之一就是林意儿。林意儿当年在学校也算是个风云人物，可惜有你姐姐在的地方，林意儿永远得不到关注。她一边和你姐姐交好，一边又嫉妒你姐姐的优秀。所以，当杨思彤欺负你姐姐的时候，她毫不犹豫地掉转枪头，和她们一起欺负你姐姐。"

时光眼眶微红。

杨思彤、苏雅、颜紫、林意儿，就是这四个人欺负了她姐姐，毁了她姐姐的一生。

可是人在做，天在看，善恶终有报。

杨思彤自己作孽，现在在牢里；颜紫遭遇车祸昏迷不醒，可能会变成植物人；林意儿则直接被苏雅弄死了；而苏雅这个恶毒的女人，老天也一定会惩罚她的。

不过苏雅为什么要杀林意儿？

时光皱着眉分析道："她们欺负我姐姐，杨思彤的目的我们都知道了，她是为了隐瞒我救了你的事；林意儿是因为嫉妒；而颜紫是恨陆家，和石泽狼狈为奸，以为伤害杨思彤就能伤害到你，可以打击到陆家；那么苏雅又是为什么伤害我姐姐？因为她和杨思彤是好朋友，她又喜欢杨思彤的哥哥，所以想帮杨思彤？以前我是这么觉得的，可是现在你说林意儿的死与她有关，我怎么觉得，她伤害我姐姐的目的不单纯呢？"

陆彦辰看着她："苏雅以为杀了林意儿就能保住她的秘密，却没有想到，林意临死前对助理说了一些话。"

时光立刻问："什么话？"

"林意儿说苏雅是个杀人犯，林意儿知道她杀了人，苏雅现在知道了，肯定不会放过她。还说当年整件事其实不是表面看到的那样，杨思彤只是一个表象、一个幌子，苏雅才是主谋，在背后控制着全局，然后掩饰她真正的目的。"

"那会是什么目的呢？"

时光绞尽脑汁也想不出个所以然，突然，她惊愕地道："难不成当年我爸爸妈妈出车祸不是意外，而是苏雅所为？"

这么一说，她眼里心里全是惶恐与后怕。

陆彦辰伸手将她拥到怀里，安慰道："不管是什么，我都会调查清楚。"

"谢谢你，陆彦辰。"

"我不喜欢你跟我说谢。"

"那我……"

时光对着他甜美一笑，然后吻上他的唇瓣，他很快"反客为主"，与她缠绵地深吻着，霸道又激烈。

又是阳光明媚的一天，时光结束训练后，便去片场找容陌。昨天她亲自试验了，那触感不会有错，容陌一定是个女人，她一定要知道容陌是不是自己的姐姐。

她给陆彦辰打了个电话，让陆彦辰来接自己，也顺便帮她鉴定一下。

到了影视城，时光才知道容陌已经走了，她正准备离开时碰到了千寻。

上次高尔夫球场的事，令两人都有些尴尬。时光以为千寻会直接走开，没想到千寻竟邀请她一起吃饭。

时光想拒绝，可是又说不出拒绝的话。

在多次决定要和千寻划清界限，特别是在上次千寻帮了苏雅后，她就决绝地表示要彻底断绝和千寻的来往，可是找到一个真心的朋友太难，她还是不舍。

时光叹息一声："非常谢谢你，千寻。我知道你对我很好，可是我和苏雅没法和平共处。不管你信不信，那天我是打了她，不过是她让我打的……算了，不说了，说了也没有人会相信，因为我自己也不会相信居然会有人让别人来打自己。毕竟没有什么大不了的事，为什么非得用上苦肉计？她无非就是不想我们成为朋友。"

"她是她，你是你。"

"我不想你为难。"时光看着千寻，抱歉地说道。

"你几时看到我为难了？"千寻无语地白了时光一眼。

时光看着她微抬的下巴，不禁扬起了嘴角："那行，反正我比较穷……"然后她可怜兮兮地说，"我已经吃了好几天土了，你若执意要请我吃饭，我就不客气了。"

千寻看着她逗趣的模样，一个没忍住，扑哧一声笑了出来。

因为千寻晚上还要拍戏，所以两人就在影视城旁边吃晚餐。虽然之前闹了点不愉快，但是气氛很好，两人都是那种"一吃泯恩仇"的人。

吃完之后，千寻准备打电话让助理来送时光回家。时光之前给陆彦辰发了信息，说要和千寻吃饭，他说晚点来接她，这会儿已经在来的路上了。

千寻便陪着时光等陆彦辰，突然，千寻说："下次我带你去一家比较特别的餐厅吃饭，介绍你认识一个特别的人，他看到你一定会很开心。"

"好啊，是谁？"时光有些好奇，"不会是你的什么秘密情人吧？"

"他不算秘密情人，所有人都知道我是他的小情人。"千寻幽默一笑。

时光却会错了意，惊愕地张大了嘴。

千寻嘴角一抽："懂不懂点幽默啊，我说的人是我爸，女儿不就是爸爸的小情人吗？"

苏老爷子想再见时光一次。

时光尴尬地笑了笑："你还真是吓我一跳，叔叔我见过的，不过再见一次也是可以的。"

两人正聊着，陆彦辰来了，一身黑色的西装配着白衬衣，浑身散发着一股清冷高贵又禁欲的气息。那双冷漠的眼眸在千寻身上轻轻一瞥，算是打过招呼，他看着时光说："走吧。"

他的声音清冷如泉，宛若流水击石，冷冷的，却极好听。

三人一同前往停车场，千寻没有叫助理来，时光便让陆彦辰先把千寻送回片场，然后他们再回家。

陆彦辰坐在驾驶位上，时光和千寻都坐在后座，他开车前下意识地看了一眼后视镜，一闪而过的亮光让他眯起了眼眸。

下一秒，陆彦辰推开车门，整个人如离弦之箭往后跑去，手撑着一辆车一个利落的跳跃，直接揪出来一个穿着黑衣的男人。

当千寻和时光下车后，陆彦辰狠狠将那个黑衣男人摔在车边，他手里拿着男人的相机，打开看了一下，厉声问道："你是什么人，为什么跟着她们？"

"她们"是指千寻和时光。

时光第一次遇到这样的事，被吓得有点蒙。

千寻倒是见怪不怪，她是个明星，经常被人偷拍。

"您误会了，我没有跟着你们。"黑衣男人闷哼了一声，然后无辜地说，"我是一名娱记，就是看到千寻，所以想拍点新闻素材。"

陆彦辰看向千寻，娱乐圈的娱记偷拍跟拍的就那几个人，圈子里的人肯定是认识的。

千寻看了陆彦辰一眼，然后定定地看着那个黑衣男人。

那个男人有些心虚地扭开了头，想挣扎着溜掉，结果被陆彦辰一脚踢趴下了，他走不了，于是假装硬气地威胁道："你们想干什么，信不信我报警？"

陆彦辰扬了扬手上的相机："可以，请你马上报警。"

黑衣男人哪里敢报警，从下午开始，他就一直跟着时光和千寻，拍的东西都在相机里呢。

时光从陆彦辰手上接过相机看了一眼，顿时惊讶极了："你一个娱记就算要跟踪千寻，也不是这么个跟法。我又不是男人，能让你爆个绯闻。朋友见面，吃顿饭有什么好跟的？"

"他不是娱记。"观察了他半天的千寻肯定地说。

"不是娱记？"时光惊愕地看了千寻一眼，然后问那个黑衣男人，"那你是什么人？"

"我真是娱记。"黑衣男人哭丧着脸说。

"那你说说，你是哪家工作室的娱记，如果我查证有你这个人，我会把相机还给你，绝对不会为难你。"千寻冷冷地说道，"毕竟我知道你吃这行饭也不容易。"

黑衣男人支吾了半天，也没有说出一个完整的工作室名字，千寻冷笑，一副明了的样子："说，是什么人派你来跟踪我的？"

"没有，真没有人，我刚刚入行，想拍点资料然后换份工作。"男人打死不承认。

陆彦辰居高临下地看着他，黑色刘海下的那双幽暗深邃的眼眸冷漠又锐利："再给你一次机会，如果你不说实话，我们就报警。当然，如果真报了警，就不是偷拍那么简单了,你既然会跟踪我们,自然也知道我们的身份!"

男人完全被陆彦辰那冰冷的目光和浑身散发出来的气场吓到了。

他原本还想说一些无辜的话,可是全都哽在了喉中。

他当然知道陆彦辰是谁,也知道得罪他的后果。

他急忙求饶:"陆公子,求求你饶了我吧,您要是饶了我的话,我把我知道的全部告诉你。我就负责跟着千寻,一般不拍,只有她和……时小姐见面时才拍下一切,然后发到指定的邮箱里。"

"是谁让你拍下我们见面的一切?"千寻怒问,经常被偷拍的她莫名觉得有点慌了。

"我不知道她是谁,她没有留下姓名,为了保密,是可以不透露真实信息的。"黑衣男人说。

"看来,你不肯说真话。"陆彦辰冷漠地掏出了自己的手机。

"不是不是,我说的都是真话。"黑衣男人急忙解释,似乎想到了什么,赶紧说,"不过那次和她通话的时候,我听到有人叫她苏小姐。"

苏小姐?时光和千寻都诧异地看向对方,同时下意识地想到了苏雅。

陆彦辰开车行驶在影视城里,在千寻所在的片场门口停下,但是千寻依旧怔怔的,并没有立刻下车,脸色平静而又沉郁。

下雪了,纷纷扬扬的雪花如鹅毛一般从天而降。

千寻现在心情很复杂,也很迷茫,不明白苏雅为何要叫人跟踪她,关注她有没有跟时光见面,甚至了解她和时光见面时都聊了些什么。

苏雅就算和时光有过节,也不至于如此。

这让人觉得万分怪异。

难不成她们之间还有什么事是她不知道的吗?

这般想着,千寻看向时光:"除了你姐姐的事,你和苏雅之间还有别的恩怨吗?"

苏雅这么做不可能是因为她,肯定是因为时光,可除了时光姐姐的事情,二人并不存在任何利益冲突。

"能有什么恩怨?"时光也想不出苏雅有什么目的。

"那她为什么要派人跟踪我,主要是想知道我们见面的情况呢?"

"这个我哪会知道,你得问苏雅。"时光脱口而出,随即又说,"还是不要问了,刚刚都交代那个男人保密了,就是想先观察一下她到底想怎么样,这么一问就露馅了。"

"你们是不是在争什么东西?"千寻说着,下意识地看了前面的陆彦辰一眼。

陆彦辰从后视镜捕捉到了她的眼神,她不好意思地笑了笑。

其实她也知道,这不太可能。

谁都知道苏雅喜欢了杨驰风很多年,现在两人都准备结婚了。可这是她唯一能想到的,要说时光和苏雅有可能存在的矛盾,那就是爱情。

一个女人只有为了男人才会不择手段,不然苏雅何必跟时光过不去?

苏雅是一个很聪明的女人,可以说很完美,完美到不真实,就像戴着一张假面具,她绝对不会做任何无益的事。

她是一个做什么事都追求完美的人,更不会将大好的时间浪费在与人争斗上。

对苏雅来说,那不值得。

她不会做。

千寻为什么那么了解苏雅?因为苏雅就是以前的她。

苏雅从小到大就喜欢学她,可是后来她经历了一些事情,发现很讨厌那样的自己。也因此,相对而言,她更喜欢二哥家的侄女。

不过这让她更加确定,苏雅这么做一定有原因。

时光说:"我没有跟她争什么,我和苏雅之间的恩怨就是我姐姐,这些你都已经知道了。现在我姐姐失踪了,难不成是她绑架了我姐姐,所以害怕我知道,才会不想让我们见面?"

接着她又摇头:"这样也说不通啊,我现在……并没有任何我姐姐的消息,你也不知道我姐姐的消息吧,我们见个面能影响什么?"

还好她反应快,没把容陌可能是姐姐的事说出来。

在没有与容陌确认前,她绝对不会和任何人聊起容陌可能是女人,可能是姐姐的事。

千寻沉默了一会儿,这才推门下车,时光跟着她一起下了车。

雪花一点一点飘落在她们脸上和身上,轻盈如画,可是她们的心情却沉重无比。

"你放心,虽然苏雅是我的家人,我有义务保护我的家人,但是我也不会让我的家人伤害你。"千寻进去之前，对时光说了这么一句话。

时光笑了笑，不管千寻会不会真的保护她，她有这个心就够了，代表这个朋友是交对了。

她拉开副驾驶座的门，坐到车里。

刚才沉默而又紧绷的氛围里，陆彦辰一张俊脸泛着冷冽如冰的神色，黑眸宛若深潭般浸着冰霜，任自己与这冰冷的冬天融在一起，一言不发。

时光系好安全带之后，看着他问："你刚才怎么都不说句话啊？"

"说什么？"陆彦辰握着方向盘，继续驱车向前。

"可以分析一下，苏雅为什么要这么做。你不觉得她太奇怪了吗？上次她故意让我打她，就是想我跟千寻反目成仇。不管怎么说，千寻是她姑姑，她不高兴我们来往也正常，那会儿我心里郁闷，也不想和千寻交往，所以没往深处想。现在回想一下，她是居心叵测，可她是什么样的居心啊，居然能把自己的脸送上来让我打？这和她隐藏的目的，以及杀林意儿会不会有什么关系？"

时光嘀嘀咕咕说了许久，旁边的陆彦辰还是一言不发。

她朝他努努嘴，突然眼眸转了一下，戏谑道："难不成，苏雅真的是因为喜欢你？"

"你想太多了。"陆彦辰漠然地回了她一句。

"有吗？"时光嘟了一下嘴，一脸苦兮兮地靠到椅子上。她也觉得不太可能，要知道当初杨思彤追求陆彦辰时，苏雅可是杨思彤的头号军师。

天气真的好冷，时光回到有暖气的屋里，才感觉自己活了过来。

她看着前面的陆彦辰，小小助跑了两下，然后扑到陆彦辰身上，双臂缠着他的脖子，然后整个身体悬空起来，双腿夹着他的腰："陆彦辰。"

陆彦辰怕她夹不住自己，双手往后扶了一下她的腰，唇瓣轻启："松一点，我要被你勒死了。"

时光松了手，但还是缠在陆彦辰身上，上楼时也让他背着。她问他："关于苏雅的事情，我觉得你肯定有自己的想法，你倒是和我说说啊。"

"告诉你也不是不可以。"陆彦辰眸中闪过一丝魅惑，他侧头示意了一下自己的唇瓣。

时光的视线转到他的嘴上，陆彦辰的嘴唇比女人的还好看，娇艳欲滴，看上去软软的。她实实在在地亲了一口,还在他耳边吹了一口暧昧的气息,问道:"可以了吗?"

陆彦辰摇头:"当然不可以。"

时光睨着他。

陆彦辰又说了一句:"怎么,不会啊,要不要我教你?"

他的话音刚落,时光便再次吻住了他的唇,霸道地撬开他的唇,然后轻撩轻吮。他渐渐反客为主,封住她的嘴唇,从轻触到厮磨,一点一点地辗转,一点一点入侵她的领地……

然后,他想要将她移到前面。

时光突然退开,眼波流转,千娇百媚地看着他:"快说,不说你今晚就别想碰我!"

这可是最后通牒了,陆彦辰不再胡闹:"行,那你下来吧。"

时光连忙从陆彦辰身上下来,装作很镇定地道:"你的分析是什么?不会真的被我猜中了吧?"

"你傻不傻啊。"陆彦辰捏了捏她的脸,"苏雅若没有目的,只因为争风吃醋去做一件事,你不觉得对她而言太小题大做了吗?"

他说着在沙发上坐了下来,时光立刻跟了过去:"我知道啊,我那不是开玩笑嘛。我也知道肯定有利益牵扯,可是我想不到我跟她会有什么利益上的牵扯。我又不做生意,只是一个游泳的,而千寻是一个演员,怎么都跟苏雅扯不上关系。"

她假装要咬他一口:"除了苏雅看上了你。"

陆彦辰用胳膊勒住她的脖子:"她极有可能是害怕你从千寻那儿知道一些重要的事情,而这些事情会影响到她。"

"比如?"

"比如她做过的坏事。"

"什么坏事?"

"你当我是神仙?"陆彦辰捏了一下她的鼻子。

"你就当猜测一下嘛。"时光觉得陆彦辰应该是猜到了什么,只是不太想告诉她。

陆彦辰确实有所猜测,那就是苏雅绑架了莫非非,并且杀害了莫非非。

可是这只是猜测,他并不想说出来,他怕时光听了又多想,以为自己的姐姐真的死了,最近一段时间她好不容易不再做噩梦了。

如果他说了实话,她今天可能又要睡不好了。

"比如……身世。"这是陆彦辰绞尽脑汁想到的一个原因,他觉得可能性很小。

毕竟以前外婆说过,时光是早产儿,从产房抱出来的时候只有一丁点大,也不哭,大家都以为她可能活不了,没想到她躺到妈妈身边就找奶,而且吃得可多可香了,生命力简直比坚韧的小草还要顽强。

"身世?"时光笑了起来,"我有什么身世,我肯定是我爸妈亲生的……等等。"

时光想到了什么,瞪大了眼睛:"你不说我还没往这方面想……我姐姐的眼睛和千寻的眼睛其实蛮像的……"

她挠挠头:"不会那么巧吧,难道我姐姐出生时和苏雅给抱错了?毕竟她们好像是一年的,但生日也不是一天啊,似乎差了小半年呢。"

陆彦辰深邃的眼眸微微眯起,眼神有些复杂,也有些凝重,轻声道:"和你姐姐调换了身份,没必要让人跟着你和千寻,更何况你姐姐已经失踪了,对她造不成任何威胁,她没有必做一些吃力不讨好的事。"

"这样就对了,我姐姐才是我亲姐姐,要是苏雅是我的姐姐,我真的想……"时光说着做了一个握刀的动作,然后不停往自己身上戳,然后身体一倾,倒在陆彦辰身上。

她顺势在沙发上躺了下来,头枕在陆彦辰的大腿上。

"别想她的目的了,不管她有什么目的,我们都会知道,只是迟早的问题。"陆彦辰轻柔地帮她理顺脸颊边的头发,他犹豫了片刻,又加了一句,"而且她这么做,让我们可以肯定,你姐姐不在她手里。"

时光闻言,对着陆彦辰明媚地笑了笑:"对啊,我姐姐可能是容陌……虽然我姐姐和千寻有点像,但是姐姐的眼睛更像爸爸。我爸爸可帅了,你不说我还没有发现,现在想想,容陌和爸爸挺像的。"她说着,闭了闭眼睛,"反倒是我,既不像爸爸,也不像妈妈,长得丑死了。"

"确实挺丑的。"陆彦辰一双深眸宠溺地看向她。

"陆彦辰。"时光一张小脸透出几分委屈,扭开头不看他。

陆彦辰俯首，轻柔地噙住了她的唇，两人深吻在一起，橙黄色的灯光下，温馨而又缠绵。许久之后，直到时光快要不能呼吸时，他才退开。

"故意的。"他在她耳边低语，呼吸有些粗重。

"哼……"时光委屈地说，"你小心故意多了，把我气跑了，到时候我去外婆家，一辈子陪着外婆，不理你了。"

陆彦辰似笑非笑地勾唇，这时，手机响了起来，他拿起手机一边看信息，一边问了一句："好像从来没有听你说起过你爷爷奶奶？"

时光轻轻咬唇，闷声闷气地说："我爸爸是孤儿，他说他自打有记忆起就在孤儿院，也是在孤儿院长大的。曾经有人收养过他，但是那家人一年后有了自己的小孩，于是爸爸又回到了孤儿院。他说他这辈子最幸运的事就是遇到妈妈，是妈妈给了他一个家，让他有了自己的家人。"

说着，时光的眼眶有些泛红。

陆彦辰静静地听着，把手机放下，也不理会信息，他用手指轻抚着她的脸："要不要帮你查一下你爸爸的身世，找一下你爷爷奶奶？"

时光摇了摇头，看着天花板，眼里透着一丝清冷："没那个必要了。"

"也许你父亲并不是他们丢弃的，而且……也许你爸爸生前非常渴望找到自己的家人呢？"

时光闭了闭眼睛，抿嘴想了片刻："那要不查一下？"

陆彦辰点头："嗯。"

时光坐起身抱着他："陆彦辰，有你真好，再冷的天，心也是暖的。"

陆彦辰笑了，在她额头上轻轻吻了一下。

千寻拍了一个晚上的夜戏，累死了，回到家后就径直回了自己房间，想着洗漱一下就睡，可是倒在床上就迷迷糊糊地睡了过去。她看上去睡了，人却还有意识，只是身体很疲惫，只想闭着眼睛。

她越睡越清醒，最后睁开眼睛看着天花板，眼眸里全是疑惑，疑惑苏雅和莫非非、时光之间的事。

她起身去浴室洗了个澡，整个人完全清醒了，再也睡不着了，心事重重地回到苏宅。看到她突然回来，苏老爷子很开心："千寻回来了。"

"早啊，爸爸。"苏老爷子正在用早餐，千寻便在旁边的空位上坐了下来，阿姨立刻给她准备好餐具。

"你的脸色看着不太好，是不是又拍了一个晚上的戏？"苏老爷子关切地看着她，"你这戏怎么白天拍了，晚上也拍？"

千寻失笑，细细地打量爸爸，老爷子看着精神矍铄，身体很好，没再因为订婚的事而受影响，她心里暗暗松了一口气。

"爸，夜戏是有的，必须晚上拍，但是晚上拍了，白天可以休息，所以你看我这不是来看您了。拍一个晚上的戏，可以休息两天。"

"你啊！"苏老爷子一副拿她没办法的样子。

一家人围着桌子吃早餐，千寻看着苏雅，想到了昨天晚上那个男人。虽然陆彦辰放走了那个黑衣男人，让他隐瞒了他们知道他跟踪的事，但是也让他把她和时光见面的事，如实告知了苏雅。

苏雅知道她和时光又见面了，会有什么反应？她今天觉也不睡直接回来，为的就是想看看苏雅到底在搞什么。

苏雅比她想象中耐得住性子，早餐都快用完了，和她说的仍是家常闲话。

千寻想了想，便当着众人的面给时光发了条信息。

不多时，时光的电话便打了过来，千寻当着他们的面约时光吃饭。

苏千寻挂断电话后，苏老爷子抬眸看了她一眼，随口问了一句："是上次那个像你妈妈的小姑娘？"

"对啊，就是她，晚上约我吃饭。"千寻笑了笑，用眼角的余光瞥了一眼苏雅。

她打电话的时候，苏雅一直垂着眼睛吃早餐，看不出异样。

"小姑姑，你和时光还有联系啊？"突然，苏雅抬眸看着她，大大的眸子里似乎有水光在荡漾，轻轻淡淡的，却似乎在向千寻默默地倾诉着委屈。

这吸引了苏老爷子的注意力，他皱起眉头。

"怎么了？"千寻假装不知，嘴角微微扬起弧度，妖艳华丽得仿佛最美的牡丹一般绚烂。

"我以为经过上次的事情，姑姑知道她……就不会再理她了。"苏雅说着，可怜兮兮地苦笑了一声，一副极其无奈的样子。

同时，她眼眸之中迅速积起朦胧的雾气，泪光点点，看起来楚楚可怜。

苏老爷子眼中闪过一道精光，察觉到不对劲的他平淡地问道："怎么了，是发生什么事情了吗？"

被苏老爷子这么一问，苏雅立刻一副委屈至极的表情，眼睛红了，下一秒似乎就要流出泪水，但是又被她硬生生憋了回去。最后，她对着苏老爷笑了笑，好像在说也没什么事啦。

许亚凤冷哼一声："怎么回事，雅雅，有人欺负你了？"

"算不上欺负啦。"苏雅一副不甚在意的样子，却又道，"是我以前对不起姑姑的那个朋友，我想跟她道个歉，她不接受，还直接……"说着，她摸了摸自己的脸，意思很明显，说人家甩了她耳光。

许亚凤怒问："她打你了？"

"那是因为我以前上学那会儿不懂事，她姐姐和杨思彤打架，我就帮着杨思彤，一起打了她姐姐，她就挺恨我的。"苏雅说着，无奈地叹息了一声。

千寻咽下嘴里的东西，笑着说："你们之间可能有点误会，那天时光打你有错，但也不全是她的错……"

这话的意思是苏雅也有错。

许亚凤的脸色瞬间就变了："她都动手打人了还没有错？我们雅雅居然没和她计较，也就我们雅雅善良，换成别人可没那么好说话了。"

苏雅一副不知所措的样子，其实这会儿她心里有些不安，心脏怦怦直跳，总感觉哪里不对劲。

"时光是一个心思单纯的人，性子直来直去。于她而言，因为你们，她失去了姐姐，她心里有恨也很正常。"

听到千寻这一席话，苏雅心里的不安就更甚了。

明明上次她用了苦肉计，忍痛送上去让时光打，已经让千寻和时光之间产生了矛盾，按理来说，她们应该断绝往来才是，怎么突然间又和好了，而且她们的关系似乎比以前更亲密了。

因为昨天晚上的见面吗？那人说她们也没聊什么，只是吃了一顿饭。

"失去了姐姐？"苏老爷子抓住关键词，问了一句。

苏雅的心猛地漏跳了一个节拍，她突然有点慌，所以抢在千寻回答前先开口："就是当年我们打架之后，她姐姐想不通跳楼了，结果成了植物人。她就一直怪我，觉得是我害她姐姐变成了那样。"

千寻愣了一下，苏雅这个回答把责任推得一干二净了。

"有什么误会,大家坐下来好好聊聊就解开了。"苏老爷子似乎想要大事化小小事化了,他看着千寻说,"要不,改天你叫那个小姑娘来家里吃顿饭,让雅雅好好给她道个歉。"

对于那个长得像自己老伴的孩子,苏老爷子是真的想见见。

许亚凤和苏雅对视一眼。

许亚凤感觉自己的太阳穴突突直跳,脑袋快要炸开了,老爷子怎么会想着请那个时光来家里吃饭?

苏雅的脸色瞬间苍白起来,一向温柔似水的笑容也有了裂痕,但是很快她又恢复如常。

哪怕她脑海里有个声音不停地提醒着她:不可以不可以,绝对不能让她来家里,不能让她和苏家人过于亲密。她依旧没有做出过激的反应,只是默默地垂下眼睛。

可许亚凤却控制不住情绪,她看着老爷子,笑道:"爸,雅雅知道自己做错了,一直很愧疚,一直想跟时光道歉。可是你不知道她有多嚣张,小孩子不懂事,做错了事已经跟她道歉了很多次,她不听也就算了,还一而再再而三地动手,现在还要请她来家里吃饭,我不同意!"

"嫂子,时光现在嫁到了陆家,总不好和陆家的关系闹得太僵,吃顿饭,表面过得去还是需要的。"千寻淡淡地问,"你说对吗?"

"对,那天跟她一起来的是陆家老四。"苏老爷子看着千寻,笑呵呵地说。

千寻笑嘻嘻地眨了眨眼睛:"是的。"

"那就……"苏老爷子的话还没说完,旁边的许亚凤突然"手滑",将一杯咖啡打倒了,她猛地惊跳了起来:"哎呀,不好意思,一时没有拿稳。"

苏老爷子的笑容瞬间沉了下去:"慌手慌脚的干什么?"

他严肃的声音带着威严的气势,尽显一家之主的风范。

千寻瞪大了眼睛,有些怔住了,心里闪过一丝异样的情绪。

她真是越来越搞不明白了,这是在干什么啊?不只是苏雅怪异,连她嫂子也如此怪异。

邀请时光来家里怎么了?至于那么害怕?

餐厅里的意外平淡地过去了,苏雅低着头优雅地吃着早餐,心思却已经翻滚如浪潮,眼里也全是隐忍的怒气,只是低垂的眼睑将她的情绪都遮掩了起来。

吃完早餐后,她就冲到许亚凤的房间里,先是打开客厅里的电视,把声音放大,然后扯着许亚凤去了卧室,冲着许亚凤吼了一句:"妈,你知道你在干什么吗?"

苏雅这会儿的火气是真的有点大,怎么都控制不住。

许亚凤吓了一跳,睁大眼睛看着自己的女儿,莫名有些害怕:"怎……怎么了?"

苏雅咬着牙,气得全身发颤:"你知不知道你刚刚在干什么?你以为这样打断了对话,他们就不会邀请时光了吗?"她在原地转了一圈,又冲许亚凤喝道,"你有没有脑子,这样阻止不仅起不了什么作用,指不定还会让苏千寻产生怀疑!"

指不定现在苏千寻已经开始怀疑了,不过应该不会怀疑到那上面去。但是以后绝对不能再出任何差错。

不行,这段时间得把爸妈送走才行,不然真的极有可能被苏千寻诈出什么不应该说的话。

苏雅深了一口气,压下混乱的情绪,然后看着许亚凤说:"明天,你和爷爷说,你想哥哥,你和爸一起去哥哥那儿住一段时间。"

许亚凤一脸担忧:"把你一个人留下来能行吗?要不,你跟着我们一起去吧。"

"我们都走了,谁看着这边?"

苏雅说完就气冲冲地走了,脸色阴森可怖,出去的时候狠狠地把外面房间的门给甩上了。

她一抬头,却看到苏千寻站在面前。

苏雅愣了一下,随即笑得纯真灿烂,温柔地喊道:"小姑姑。"

她并不担心苏千寻听到了她和妈妈的谈话,客厅开着电视,声音那么大,她们又是在卧室说的话,先不说家里隔音效果好,就算有点问题,千寻也只能听到电视声。

"你这是怎么了?"

千寻有些怀疑自己的眼睛,刚刚苏雅甩门出来,表情似乎因为压抑的愤怒有些狰狞。虽然只是一瞬间,但是她应该没有看错。可是苏雅一向淑女,她对自己的言行举止要求特别严格。

刚才的她和平时温柔的她差别太大了。

苏雅不好意思地笑了笑,有点无奈地说:"和我妈妈吵架了,我准备和驰风结婚了,可是她却说要和爸爸去哥哥那儿住一段时间,感觉他们爱哥哥多过我,我就吃醋了。"

千寻也跟着笑了笑,道:"你哥哥可是很宠你的,他要是知道你吃他的醋,肯定会立刻过来陪你。要不,你给他打个电话,最近不忙的话就回家住一段时间吧。"

"我也想,但是哥哥最近确实挺忙的,怕是没有时间回家住了。"苏雅撒娇地说,走过去轻轻挽住千寻的胳膊,"小姑姑今天有空,要不要陪我去逛街?"

千寻打了个哈欠,一脸疲惫:"我昨晚拍了一晚的夜戏,到现在都还没有睡。"

"这样……那你赶紧睡会儿,下次我们再去逛街。"

"好的。"

千寻和苏雅告别后,就回到自己房间睡了,她躺在床上,有些疲惫地叹了一口气,想着刚才发生的一切,心里的那点疑惑就更甚了。

虽然苏雅的说辞似乎并没有任何不对,可她就是觉得这对母女吵架应该不是这个原因。

刚才苏雅甩门出来的那一瞬,简直跟换个人似的,感觉特别恐怖,带着一股子阴狠,当时,她鸡皮疙瘩都起来了。

如果不是有双重人格,那一定就是平时掩饰得太好了,而这两种情况她都不愿意相信。

她宁愿苏雅真的只是冲许亚凤发发小脾气。

有些事情与可能性在她脑海里越来越清晰。她下意识地想起那天,在高尔夫俱乐部的洗手间里,她当时看到的确实是时光在打苏雅。

时光气得浑身发颤,不只是打了苏雅,看着她的时候也像看着仇人一样。之前发生了什么事,让时光如此愤怒?

千寻和时光认识的时间虽然不长,但是几次接触下来,她能感觉到时光的性格特别好。之前看到苏雅时,时光虽然心生不悦,但也没有主动挑衅。

若不是苏雅故意激怒时光时,时光应该不至于直接动手。

当时时光一句话也没有解释,但是昨天见面时光却大概说了一下,"不管你相不相信,但真的是苏雅送上来让我打的……"

苏雅又不是傻子,怎么可能会送上门让时光打,但如果真是苏雅送上去让时光打的呢?

如她刚才所想,苏雅不是傻子,她会送上去让时光打,那肯定是有目的,就是不希望她和时光来往,阻止她和时光来往。

而且这个目的对于苏雅而言特别重要,否则她也不会牺牲自己的脸。

难不成时光的姐姐莫非非真的已经不在了?

千寻不停地告诉自己,苏雅并不是她此刻心中所想的那样,她就算有点算计,应该也是一个善良的好女孩,最多争风吃醋一下,不会真的去害人。

可心里又有一个声音告诉她,如果苏雅真的没有做什么见不得人的事,为什么千方百计地阻止,甚至害怕她和时光见面呢?

时光约了容陌出来吃饭,她想找一个安静的地方和容陌聊聊,所以订了私房菜,要了一个比较安静的小包厢。

菜都上齐了好一会儿了,时光也不知道该怎么开口。

容陌神色极淡,面无表情,默默地坐在那里吃着东西。

她努力压抑着自己的情绪,想着要如何打开话题。

不想,容陌喝了一口汤之后,先出声了:"你今天怎么又去医院?是哪里不舒服,还是探病?"

"去拿一些我姐姐的东西。"时光说着,抬眸定定地看着容陌,"忘记告诉你了,我姐姐之前是植物人。"

"哦。"容陌嘴上只是淡淡地应了一下,心里却已经开始翻江倒海。

植物人,莫非非也曾是植物人,难不成时光的姐姐就是莫非非?

时光见容陌没有反应,愣了一下,继续说:"以前我姐姐住在疗养院,后来姐姐因为动手术住进了省医院,留了一些相册和小东西在疗养院,姐姐的主治医生也调到省医院来了,就顺便帮我带了过来。"

容陌随口问了一句:"刚才在停车场和你说话的人,就是你姐姐以前的主治医生吗?"

"对啊,刚才那个就是常医生,姐姐以前的主治医生。"时光并没有发现容陌垂在身侧的那只手攥紧了。

当然,隔着桌子,时光没有透视眼,也不可能发现。

时光抬起一只手撑着半边脸,抿嘴笑了笑:"我上次和你说过,你长得很像我姐姐,你还记得吗?"

容陌轻轻应了一声,随即否认道:"可是我不是你姐姐。"

真的不是吗?可你明明是个女人啊。时光深吸了一口气,才道:"我姐姐很优秀,也特别聪明,早熟又懂事,性格文静又温柔,智商很高,学什么都是一学就会,特别是画画,非常厉害。"

容陌只是垂着眼睛,静静听着,默默吃着东西。

时光继续说:"小的时候,爸爸妈妈工作特别忙,几乎都是姐姐带我、照顾我,我想做什么,姐姐都会支持我。她给我买我喜欢的漫画书,买我爱吃的零食,讲我喜欢听的故事。在我心中,她什么都会……哦,不不不,运动方面姐姐很差的,我教她游泳,她怎么都学不会。所以用起武力来,她的战斗力就弱爆了,也因为这样才会被人欺负。如果换成我,别说四个人了,八个人我也能全部打趴下!"

她说的时候咬着牙,一脸愤慨。

容陌似乎被她突然的暴怒气势吓到了,夹菜的动作都停止了。

时光意识到自己失态,赶紧说:"抱歉抱歉,我姐姐上高中那会儿被几个女同学欺负了,过程极其残暴。我姐姐的身体本来就弱,怎么可能打得过她们四个。"

"校园暴力?四个人打一个?"

"对啊,姐姐每天在学校都被欺负,到底怎么欺负的我也不知道,只知道后来姐姐整个人都变了。爸爸妈妈发现她不对劲,就想帮她把这个事情处理了,结果发生了车祸。姐姐觉得自责,就跳楼自杀,结果成了植物人。我恨我自己天天和姐姐在一起,居然没有发现她的不对劲。如果早一点发现,或许事情就会不一样了。"

像是积压了许久的情绪一下子得到释放,时光忍不住满面泪流。

她看着容陌,仿佛容陌就是她姐姐,淡淡地说道:"我等了七年,终于她姐姐快醒了,结果却失踪了,怎么都找不到。我真的好想她,好想她!"

容陌内心猛颤,心肝仿佛被什么东西狠狠地戳了一下。她嚅动着嘴唇,轻轻问了一句:"你姐姐叫什么名字?"

时光一颗心揪着,回答道:"我的姐姐叫莫非非。"

那一字一句在容陌心里如同珠落玉盘一样,响起一下又一下清脆的叮咚声,她惊愕地问:"你不是姓时吗?"

"我爸爸姓时,妈妈姓莫。当年妈妈和小姨同时怀孕,外婆说谁生下女儿就跟她姓,结果两人都生了女儿,就一起姓了莫。"

时光眼眶微热,容陌问这么多,是承认他是姐姐了吗?

容陌清澈的眼眸里闪过一丝惊讶,但是只一瞬间便消失不见。

他温和的小脸逐渐变得苍白,连颈部那纤细的毛细血管似乎都能看得一清二楚。

"姐姐……"时光直勾勾地盯着容陌,声音中带着紧张,"你和我姐姐真的长得好像。"

"或许像,但我们不是一个人。"容陌不知道自己是谁,他正在找寻自己的记忆,可是他无法完全相信对方的话。

毕竟女人天生就是做戏的一把好手,表面看着大方又优雅,可谁又知道她内心会不会隐藏着一条毒蛇呢?

"不是吗?"时光的眉头下意识地蹙在了一起,她抿着嘴沉默了片刻,又道,"你是不是想说你是个男人,你不可能是我姐姐?"

"我记得我上次已经和你解释过了。"容陌温和的眉眼染上了笑,显得温润如玉,却有点冷冷的。

失忆以来那种根深蒂固的猜忌,让他没有办法全心全意地相信一个人。

"那你上次说愿意让我验证你的身份,是真的吗?"时光说着,伸手指了一下他的衣服和裤子,"那你脱吧,我就不客气看一下了。"

容陌刚喝了一口汤,差点被呛到,他用纸巾抹了抹嘴,说:"大冬天的,你让我在包厢里脱衣服?如果你真那么想看,等会儿我们可以一起去泡个温泉,我相信你就会确定我到底是男是女了。"

时光当即便道:"好啊,我们一起去泡温泉。"

容陌眯着眼睛,脸色变冷,淡淡地问了一声:"和一个男人一起泡温泉,你就不怕你老公吃醋?"

时光摇头:"不怕。"

这个是她姐姐,陆彦辰当然不会吃醋。

容陌沉默了片刻后,突然冷笑了起来:"你都是这样肆无忌惮地勾引男人的吗?"那个温和有礼、俊秀帅气的容陌不见了,此刻的容陌放下筷子,站了起来,一脸的冷漠和鄙夷,"对一个才见了几次面的男人,你用怀疑他是'姐姐'这样莫名其妙的借口,就可以和他一起平泡温泉吗?这就是你勾引男人的手段吗?很抱歉,你不是我的菜。"

"你在说什么啊?"时光惊讶地看着容陌,"你不会以为我说什么姐姐都是骗你,就是为了勾引你,背着我老公出轨吧?"

容陌似笑非笑,也不搭话,然而答案不言而喻。

时光焦躁不已,忍不住怒了,猛地站了起来:"你有没有搞错,你明明就是一个女人,那天我……"她手指向前,示意了一下容陌的胸。

容陌定定地看向时光,一把推开她的手,说:"你的眼神再怎么羞涩,偶尔流露出来的本性叫人看得清楚,充满了侵略性。我不知道你是第几次这样做,可你的行为如此放浪,你老公知道吗?"

一丝剧痛从心脏传来,惹得时光全身颤抖起来:"你怎么可以这么说我,我只是想确认你是不是我姐姐。"

"我对你没有兴趣,你也不看看自己的年纪,还嫁了人,无论你用什么手段,我都不可能喜欢上你。我原本还以为应该能与你成为朋友,但看来我错了,请你以后不要再出现在我面前。"说完,容陌迈步就要走。

他不希望时光是那个害他的人,更不希望时光再来找他,因为他现在的处境很危险。如果时光来找他,那时光也会处在危险之中。

时光眼睛猩红,死死盯着容陌的背影,声音颤抖地喊道:"姐……"

容陌的脚步顿了一下,接着他伸手拉开门走了出去。

第十二章

她是姐姐

陆彦辰回到家时是晚上八点,家里很黑,他以为时光没有回来,开灯后就给时光打了一个电话,想问她什么时候回家,结果听到楼上传来铃声。

时光忘记带手机了?

他一边打着电话,一边上了楼,铃声是从卧室传来的。

门没有关,借着手机微弱的光,他看到卧室的沙发上放着一部手机,沙发的角落里有一个黑黑的不明生物,刚想开灯,就听到时光沙哑的声音:"陆彦辰。"

这是哭了,陆彦辰放弃开灯,迈步走到她身边,时光立刻靠在他身上,抱着他的脖子。

陆彦辰顿时蹙眉,抱着她:"怎么了?"

时光埋首在他颈侧,可怜兮兮地说:"没事。"

没事？她这个样子可不像没事，陆彦辰将她扶正，黑夜里他的眼睛璀璨明亮："有什么事就和我说，或许我可以帮你分析分析。"

时光是想问问他，但是怕他知道后发脾气："我怕你生我的气，你先答应我不生气。"

"好，不生气。"陆彦辰想也没想就答应了。

"今天我去找容陌了，因为上次不小心碰到了他的胸，我觉得容陌就是个女人嘛。"时光说着，小心翼翼地看了陆彦辰一眼。

陆彦辰眼眸微眯，看来上次她摸他的胸是因为不小心碰到了容陌的胸，后来她缠胸就是想要确定容陌是不是女人。

"我今天和他说了很多很多，都是关于我姐姐的，他也问了我一些问题。就在我以为他要承认的时候，他却突然翻脸了。他说自己是个男人，不可能是我姐姐，还直接骂我……"时光说到这里，猛地闭了嘴。

"骂你什么？"陆彦辰追问。

"骂我……说他长得像我姐姐，其实是我勾引他的手段，他才看不上我呢。"时光说着，撇了撇嘴，"我不知道他是什么意思，到底是我搞错了，还是他很讨厌我啊？"

陆彦辰听了她说的这一番话之后，心里十分后悔刚刚答应了她。

这个臭丫头，那个容陌可能是个女人，但也可能是个男人。

如果时光知道陆彦辰如此想，肯定会感到庆幸，幸好没有告诉陆彦辰要和容陌一起泡温泉的事。

陆彦辰低头亲了亲时光的嘴唇，拍了拍她的臀部："你是不是傻？"

时光双手环住他的腰，抬头嘟嘴道："我感觉应该不会错啊，为什么你们都不相信我？"

"这不是相不相信的问题。"陆彦辰沉下声音，"我上次和你分析过，容陌如果是你姐姐，估计是什么也不记得了。你可知道失忆的人都会有一个通病，那就是猜忌，因为他们没有过去，不知道自己是谁，全靠别人告诉自己。那么自然而然地，他们会对周围的人和事物存在着怀疑和排斥，除非真正融入他的生活、得到他的信任，否则他不可能会相信你这么一个意图勾引他的女人！"

时光嘴角微抽，冷冰冰地看着陆彦辰说："什么叫不会相信一个意图勾引他的女人，那是我姐，我哪里勾引他了？可他就是不肯承认，好想弄一根他的头发做一下亲缘鉴定。"

"可以是可以，但是你能弄到他的头发吗？从他用的物品上搜集而来的不一定就是他的，最好是直接从他头上拔。"只有这样才精准，而不出现任何意外。

"这个有点难，他是短发啊，大冬天的还经常戴着帽子，除非用强。可是，在他可能什么都不知道的情况下，他也不会相信我，只会觉得我……"

又在勾引他。

"他是不是你姐还没有确定，现在他是一个男人……"下一瞬间，陆彦辰直接将时光压在沙发上，俯身贴在她的耳边，轻声低语，"那个容陌既然说你勾引他，你应该不只是说他像你姐姐，说说，你还做了什么。"

时光赶紧说："没有没有，我什么也没有做。"

嘲讽般的浅笑淡淡地挂在陆彦辰的嘴角，这显然是不相信她。

他修长的手指轻轻攥着时光的下巴，时光立刻笑眯眯地夸了一句："你的手真好看，又细又长，很适合弹钢琴。对了，我记得你以前会弹钢琴，好像还说过，以后跟我求婚就给我弹钢琴，现在想想，你都没有跟我求过婚。"

她想转移话题，陆彦辰眯了眯眼，嘴角勾起一抹邪笑："我觉得我的手指最适合的不是弹钢琴，而是……"后面几个字，他是咬着她的耳朵极小声地说的。

他的声音很轻，但时光听得很清楚，小脸瞬间爆红，然后推开他："你快起来。"

"你给我乖一点，就算容陌是你姐姐，你也别老找他，脱他衣服或者一起泡温泉，不然……"他那修长的手指放在时光的脖子上，警告意味十足，"看我怎么弄'死'你！"

怎么她想的办法都被他说中了呢？时光心虚，心漏跳了一拍。

她扯起嘴角笑了一声："哎呀，我知道了，我听你的就是了。"

闻言，陆彦辰立刻松开了手，拉着她坐起身："走吧，吃夜宵去。"

"你还没吃饭？"

"嗯。"陆彦辰是看她心情不太好，想带她出去散散心。

他们吃夜宵的地方是一家虾蟹店，外表看着很普通，但是特别干净整洁。

或许是因为冬天，晚上顾客特别少。

店里只有他们两个人，时光和陆彦辰就没有去包厢，直接坐在大厅，点了一份大闸蟹、一盘秘制小龙虾和一份青菜。

"哇，看着好好吃啊。"时光一边戴手套，一边开始剥虾。她剥完后放到嘴里，一边吃，一边做了一个特别夸张的动作："真的好好吃哦！"

看到陆彦辰也开始剥虾，她本以为他是给自己剥的，不想他剥了之后直接递到她嘴边。

时光"嗷呜"一口吃掉，然后朝他甜甜一笑："谢谢，可不可以再帮我剥一只？"

"好，你想吃多少，我就给你剥多少。"陆彦辰说着，又拿起一只小龙虾开始剥。

"那我给你剥蟹。"时光剥开一只蟹，取下手上的一次性手套，拿起勺子挖了一勺蟹膏递到陆彦辰嘴边。

两人你一口我一口，别说多甜了。

千寻躺在床上刷微博，她的微博人气还是很旺的，几分钟的时间，转发和评论就上千。她刷了一下评论，大多是她的粉丝夸她很美。一小部分网友却在说容陌和她在眉宇之间有些像，两人那张合照很有夫妻相。

开始的时候，千寻并没有在意。

她和容陌像吗？她点开那张合照看了起来，发现还真是有点像。

突然之间，她就感觉到怪异了。

时光和她妈妈很像，但只是大体有些像。

时光的姐姐和容陌长得几乎一模一样，而容陌与她眉宇之间又有些像，也就是说，时光的姐姐和她也长得像。

她并不像妈妈，特别是眉眼，而是像极了爸爸。

时光姐妹俩一个像妈妈，一个像爸爸，怎么都感觉应是一家人。

难不成时光的爸爸或妈妈，是他们苏家流落在外的孩子，还是有其他原因呢？

是不是自己想太多了。哪天回家问问爸爸，除了他们兄妹三人，爸爸妈妈是不是还有其他的孩子。

千寻又去找苏老爷子了,苏老爷子坐在椅子上,两条腿放在桶里,膝盖被毯子盖得严严实实,只余袅袅蒸汽。

千寻在旁边坐下:"这样蒸有效果吗?"

"有啊,蒸完了爬白云山,腿都不打战。"苏老爷子说着,把老视镜拿起来架到鼻梁上,但是有水汽。

千寻接过来帮他擦了擦:"大冬天的您就不要去爬山了,在公园里锻炼一下就行了。"

父女两个聊了一会儿,千寻突然想起之前的疑惑,便随口问道:"爸,您和妈妈就生了我们三兄妹吗?"

"对啊。"苏老爷子奇怪地看着她,"怎么突然想起问这个,难不成你又在想那个时光是你妹妹?你要真那么喜欢他,我认她当干女儿怎么样?"

"还是算了吧。"

苏千寻听到父亲说苏家只有他们三兄妹时,心里的疑惑就更重了。既然时光不是苏家的人,那怎么会有这样的缘分呢?

不过,她没有见过莫非非。

也许莫非非和容陌相像,是其他的地方相像,而眼睛并不相像。就算眼睛相像,也是有差别的,隔了一个人,那莫非非与她的差别就更大了。

"你怎么突然问起这个?"

苏千寻笑了笑:"就随便问问,大概是和时光姐妹俩太有缘了。时光太像妈妈了,而时光的姐姐又跟我有点像,而我有点像爸爸,总感觉像是一家人,或许我们真是一家人呢。"

"你和那个小白不是要做亲子鉴定吗,你也给你和那个时光去做个亲缘鉴定看看。"

苏老爷子只是打趣一句,却让苏千寻心中一亮,这似乎是个不错的主意,与其怀疑来怀疑去,不如来点实际的验证。

苏雅来找苏老爷子,走到外面,刚好偷听到了最后两句,她眼底流露出了惊慌,转身便走了。

她并没有回自己的房间,而且去了许亚凤的房间。

"雅雅回来了?"许亚凤看到女儿便笑了起来,但当她看到苏雅脸上凝重的表情时,神色蓦地一紧,小声问道,"这是怎么了?发生什么事了?"

苏雅一脸厉色:"看来,有些秘密要掩盖不住了。"

许亚凤神色一紧:"什么?怎么会?"

"如果苏千寻去做了亲缘鉴定,老爷子迟早会知道真相。"苏雅双手紧握成拳,隐瞒了那么多年,难道终究要功亏一篑吗?

不行,绝对不行!至少在哥哥接手苏家之前是绝对不行的。

许亚凤担忧地问:"之前不是已经搞定了吗,好好的,怎么又……你别吓唬妈啊!"

"什么时候搞定过?从来就没有搞定过……"苏雅咬牙说道,她死死皱着眉,"苏千寻和时光一直保持着联系,这样下去,迟早有一天她们会知道一切的!"

"一定要想个办法。"许亚凤有些急,快要乱了方寸,"当年就不应该留下祸害,早解决了,也不会有现在的事。要不我们……"说着,她做了一个抹脖子的动作。

苏雅立刻扭头看着她,许亚凤愣了一下:"怎么了,我说得不对吗?"

苏雅优雅一笑:"不,你说得很对!"

如果纸终究包不住火,那也绝对不能让自己无路可走!

苏千寻并不知道,她与苏老爷子的对话被苏雅听了去。她在家里陪了一会儿老爷子就准备出门,因为她约了时光吃夜宵——在一家专门吃小龙虾的夜宵店。

"你怎么来现在才来,我都快饿死了。"时光一看到她来了,赶紧叫服务员过来点菜。

"你饿了可以先吃。"苏千寻取下帽子和围巾,服务员看到她露出真容,惊喜地叫了一声。

"那怎么成啊,你请客,当然得等你来了再点。"时光点了自己想吃的,便将菜单推到苏千寻面前。

苏千寻加了两个菜,还给服务员签了名,服务员兴高采烈地离开了。

"不错哟,真受欢迎。"时光喝着茶,调侃道。

苏千寻没有接她的话,只是问道:"大晚上的,你一个人出来,你那二十四孝老公呢?"

时光嘻嘻一笑:"和楚牧北在楼上的包厢里。"

苏千寻恍然大悟："我就说嘛，真受不了你们。"

她抿了一口茶，又道："对了，东西呢？给我吧。"

"你那么急干什么？在包里呢。"说着，时光不好意思地轻咳了一声，"我的包在陆彦辰那儿。"

服务员来上菜，两人停止了聊天，待服务员出去后，苏千寻才又道："时光，我还想要你的头发。"

"你要我的头发干什么？"

苏千寻还没有回答，房门又被敲响，只见陆彦辰提着时光的包走了进来，时光笑看着他："你们吃完了？"

"嗯。"陆彦辰在她旁边坐了下来。

时光看着苏千寻，等待着她的回答。

"鉴定我俩的亲缘关系。"苏千寻郑重地说道。

"我俩？"时光瞪大眼睛看着她，满眼的不敢置信，片刻后笑了，"你怎么突然想到鉴定我们的亲缘关系？"

要验不是应该验千寻和小白吗？

也不知道千寻和大哥之间到底是怎么回事，小白又是不是她的儿子。自从订婚宴之后，这件事情再也没有进展。旁的人着急，可是两位当事人却好像什么也没有发生过一样。

苏千寻心里是真有怀疑，但也只是猜测，于是撒了谎，笑着说："我二叔有个女儿，小时候丢了。我第一次见到你的时候，就觉得你和我妈妈长得很像，你也知道，孙女像奶奶这样的事情太多了，所以我就想鉴定一下你是不是我二叔的女儿。"

时光摆手："不可能，我是我爸妈的亲生女儿！"

陆彦辰眸子里闪过一丝精光，他抿着薄唇，深深地看了苏千寻一眼。

她在说谎。他可从来没有听说过苏家二叔丢女儿这件事。不过，他之前有过一个猜测，或许……

陆彦辰勾唇笑了笑，看着时光说："鉴定一下也好，指不定你真的会如你妈妈所说，是在垃圾桶里捡的。"

时光满头黑线，撇了撇嘴："你才是从垃圾筒里捡的呢？"

陆彦辰将手搭在她椅子靠背上，宠溺地看着她："可是你自己说的，你既不像你爸爸也不像你妈妈,所以他们都说你是从垃圾筒里捡来的。"

"那是开玩笑的,开玩笑的。"时光强调再强调,她看着千寻说,"你可能搞错了,我是我爸妈的亲生女儿。"

千寻当然知道她是她爸妈的亲生女儿,她其实是想验她爸爸或者妈妈与苏家是不是有关系,但是她又不能说得太直白,只得笑呵呵地说:"鉴定一下应该也没有关系吧?"

陆彦辰捏着杯子,眉间透出几分强势:"要鉴定可以,把你的头发给我,我去给你们鉴定。"

"就只鉴定我和千寻的,能鉴定出来吗?"

"亲子鉴定检测是检测是否符合孟德尔遗传定律,比较简单。而亲缘鉴定可以算是统计学,非常复杂,考虑的情况比较多,一不小心就会出问题。姑姑和侄女有一对相同的X性染色体,即来源于姑姑的母亲、侄女的奶奶,这个实际操作上的可行性不高,如果不是极其专业,根本不可能验得准确。"

苏千寻只知道隔代亲缘的鉴定很难,而且极为复杂,陆彦辰看起来好像挺懂的,交给他似乎更好。

"那行吧,我把我的头发给你。"苏千寻特别爽快,直接从包里拿出一个胶袋,然后扯了几根头发放在袋子里,交给了陆彦辰。

时光目瞪口呆地看着他们,目光慢慢地阴晦了起来。

她微微扯了扯嘴角:"哎,等等,我还没有同意呢。"

苏千寻看她一脸不高兴的表情,问:"你不想鉴定?"

时光抿了抿嘴,很认真地表示:"我可以肯定我是我爸妈的女儿,不是你二叔的女儿,所以我觉得我们根本没有必要去做什么亲缘鉴定。"

"可是……"苏千寻还想说,陆彦辰打断她:"行,你不想鉴定,那就不做了。"

苏千寻语塞,一时之间不知道说什么。那阴谋论般的猜测,自己都觉得匪夷所思,又怎么好直接对时光说呢?

不过她觉得陆彦辰应该是和她一样想到了什么。

反正头发已经给陆彦辰了,到底要不要验就看陆彦辰。

时光洗完澡,吹干头发,躺在大床上,默然地看着天花板,脑海里一直想着苏千寻的话。

她心里一直有个疑问,苏千寻为什么要鉴定她俩的亲缘关系?

苏雅……

这肯定是关键人物,千寻是知道了什么,或者在怀疑什么,而且跟她和苏雅有关系,才会想着验她们的亲缘关系吧。

陆彦辰从浴室出来,就看到躺在床上满腹心事、郁郁寡欢的时光。他在床边坐下,随口问了一句:"想什么呢?"

时光抬眸看向他:"在想千寻说的亲缘鉴定。"

陆彦辰挑眉,薄唇微动:"你不是不想验?"

时光咬唇,片刻后道:"那是因为千寻说谎了,我不相信你听不出来。她没有说实话,什么她二叔丢了女儿,这一听就是假的。我在她订婚宴上见过她二叔,看着挺儒雅的一个人,而且他要是丢了女儿,为什么不自己来说,要千寻来说?更扯的是,要验也应该是验简单的亲子鉴定,为什么要搞那么麻烦,跟我做什么亲缘鉴定呢?"

陆彦辰问她:"那你觉得,应该是怎么回事?"

时光想了想,分析道:"苏雅为什么那么紧张我和千寻来往?当然这不排除和我姐姐有关,但也有可能是出于别的原因……我也不知道是什么,可其实吧,我还真的不太想验,我怕万一我不是千寻二叔的私生女,而是苏雅老爸的私生女。"

如果是这样的真相,她宁愿不知道。

陆彦辰轻笑一声。

时光瞪他一眼:"你笑什么?"

陆彦辰忍着笑,问道:"那除了这个,还有没有可能是别的原因呢?"

时光想了想,说:"别的原因?那就可能是我爸是苏老爷子的儿子,因为我爸不在了,而我这个孙女和爷爷是没有办法做亲缘鉴定的,所以就只能让我和千寻做。"她慢慢眯起双眸,"你不会是想说,我爸爸可能是苏老爷子的儿子吧?"

"一切皆有可能。"

"苏老爷子家里条件那么好,为什么要把我爸爸丢到孤儿院呢?"时光不解,不过她看到苏老爷子时特别喜欢他,感觉他就跟自己爷爷一样。虽然不知道有自己的爷爷是什么感觉，但她就是觉得苏老爷子很亲切。

"也许不是苏老爷子丢的，也许是被拐，或者其他的什么原因。"陆彦辰也觉得这不可思议，但这也是唯一可以解释苏雅和她爸妈那么在意时光的原因。

"那你听说过苏老爷子以前丢过儿子吗？"

"我的年纪才多大，苏老爷子多大，和苏老爷子同辈且又知道他家事的，还活着的已经不多了，大部分都是德高望重的人，谁会去和别人讲这个？"

"那要不要验一下？"

陆彦辰犹豫了一下，点了点头："我都说了，随便你。你说验就验，你如果不想验的话，那咱就不验。"

因为千寻与陆彦辰的分析，时光心里有点七上八下，总是纠结着爸爸会不会是苏家的人，她会不会是苏家的人，想着想着突然特别想外婆和小姨，就直接打车去看外婆和小姨。

外婆她突然回来，以为她又和陆彦辰吵架了。

时光笑着抱着外婆，说："没有，我们好着呢，你放心吧。"

"没吵架就好，不过吵架也没关系，这夫妻没有不吵架的。不过吵架归吵架，不能说话太伤感情。"

听到外婆又开始给她"上政治课"，时光觉得太阳穴突突直跳，她重重地点头："外婆，你就放心吧，我今天来和陆彦辰没有任何关系。除了看你，我就是想问问你爸爸以前的事。"

"你爸爸？"外婆有些意外。

"对啊，爸爸的事，我只知道爸爸从小就在孤儿院，其他的，我就不知道了。"

"你爸爸是在孤儿院长大的，这孩子孝顺、懂事，对我和你外公就跟自己的亲生父母一样。你外公还在世的时候，就常说你爸爸就是我们家的儿子……"

外婆说了好多，时光一直靠在外婆怀里静静听着，突然之间对于自己和苏家的关系就不那么在意了。

不管和苏家有没有亲缘关系，她最亲的人依旧是姐姐和外婆。小姨和姨父则对她视若己出,表姐和表弟跟她也特别亲。

外婆说着说着,察觉到时光话里的不对劲,皱眉询问:"你是不是找到你爸爸的亲人了?"

时光淡淡地道:"不确定,只是怀疑而已。"

只是怀疑也让外婆震惊了,她一双温柔慈爱的眼睛不敢置信地盯着时光,然后又变成了担忧:"那家是什么人?怎么突然找上你爸爸?你爸爸都过世那么久了。"

"我也搞不懂。"时光拍拍外婆的手,嘴角微微上扬,"你不要担心,外婆,只是怀疑,还没确定呢。"

外婆温柔地抚摸着她的手:"如果确定了那是血缘亲情,如果真是你爸爸的家人,那也应该是你爷爷奶奶或者伯伯叔叔……"

外婆似乎突然想到了什么,转了个话题:"对了,你姐姐出生的时候,你爸爸给她戴了一把银锁,说那是他被丢到孤儿院时身上唯一的东西。银锁是长命锁,你姐姐出生后身体不太好,你爸爸给她戴上是想着驱邪避祸、永葆平安。"

银锁?

时光确实看到过,但具体放在哪儿不记得了,她站了起来:"我回去找一下。"

看她风风火火的样子,外婆无奈地握住她的手:"你急什么?东西又不会长脚,吃了饭再回去找。"

"好。"时光重新坐下来,抱着外婆笑道,"好久没有吃小姨做的菜了,今天要多吃两碗饭。"

买菜回来的小姨听到时光这句话,立刻笑呵呵地表示:"多吃三碗也没有问题。"

在小姨心里,时光就跟自己的女儿差不多。

姨父不在,表姐中午也不回来吃,就三个人,小姨仍旧做了满满一桌子的菜。

时光回到家,在姐姐那堆东西里找到了一把银锁,她看了一会儿,原本想要丢回去的,想了想又拿起来,第二天就把银锁给了苏千寻。苏千寻并不认识这把银锁,便直接拿回家给老爷子看。

苏千寻的手握着绳索悬在半空，慢慢地摇晃着，银锁在灯光下泛着银光。

苏老爷子看到那把银锁，瞳孔陡然一阵紧缩。他的脸上闪现出不敢置信的神情，猛地站了起来。

他从千寻手上抢过银锁，仔细看了又看，待确定就是他心里的那把银锁后，立刻问千寻："这把银锁，你从哪里拿到的？"

"是时光给我的，她说这是她爸爸的东西。她爸爸出生后就被丢到了孤儿院，这是她爸爸身上除衣物之外唯一的东西。"

苏老爷子颤着声音说："这是当年我送给老大的出生礼物。老大出生的时候，我就给他戴在脖子上，后来在医院弄丢了，怎么会在她爸爸身上？"

千寻皱着眉，把心里的疑惑说了出来："爸，也许您丢的不是银锁，而是孩子。"

"什么？"苏老爷子一脸不敢置信的神情，他心跳如擂鼓，只想着亲缘鉴定结果可以快点出来。

时光不仅给了苏千寻一个银锁，还给了她一颗星星，就是当初她在姐姐失踪的地方捡到的星星。

上次的事情之后，时光不知道该怎么和容陌解释，怎么才能让容陌相信自己，所以她托苏千寻将那个发夹交给容陌，希望容陌能够相信她，或者说想起她。

这段时间容陌睡得很不好，他总是做梦，梦里出现一个女孩，他想努力看清女孩的长相，可怎么也看不清。

女孩有一个温馨的家，有爱她的爸妈和妹妹，她很聪明，学什么都很快，每次考试都是全年级第一。

女孩走到哪儿，都能听到周围人的赞美，说她是天才少女。

女孩很安静，几乎不和任何人来往。她不是不想交朋友，而是总觉得同班同学都很幼稚。

久而久之，女孩就习惯了一个人。

上了高中之后，不知道为什么，女孩突然间被人欺负，不是那种孩子之间的打闹、欺负，比如揪揪头发，或者在铅笔盒里放毛毛虫，等等，而是拳打脚踢，甚至撕女孩的衣服。

女孩从开始的临危不惧到惊慌失措，最后崩溃绝望。

他看到女孩跑到大海边，女孩想自杀，他心急如焚，想要阻止女孩，却发现自己好像并不存在，他只能看着女孩越来越靠近海边。

突然，女孩停了下来。

一滴泪水从她眼角滑落，接着眼泪仿佛失了控，一直无声地往下流，但是没有一点哭声，女孩呆站着，一直任凭眼泪不停地往下流。

过了一会儿，女孩发出轻轻的呜咽。

女孩用牙咬着自己的拳头，试图竭力制止那一声声压抑的哭泣声，战栗得如同的受伤的小兽受伤。可最后失败了，女孩突然对着一望无际的大海失声痛哭了起来。

女孩哭得那么大声，那么用力，那么悲痛欲绝，哭声仿佛是从她灵魂的深处发出来的，令听者伤心。

容陌猛地从梦中惊醒，睁开了眼睛。他捂着胸口坐了起来，气喘吁吁，大汗淋漓，一张小脸惨白得瘆人。

梦里的事虽然有些模糊，但是那个女孩对着大海痛哭的场景十分鲜活。

那个女孩是他吗？他不确定，也想不起来。

他去看过脑科医生，医生给他检查了半天，却没有给出准确的答案，都是"也许""可能"，而且很多个"也许""可能"。

知道他睡不好，做一些乱七八糟的梦后，医生就给他开了一种药，说也许会对他有帮助。

那些药他并没有吃，那些梦虽然扰得他睡不好，但是他想起来的事却越来越多。

如果吃了药，睡得好了，他的记忆就暂停了呢？

杀青那天，苏千寻把时光给她的发夹给了容陌。

容陌瞬间睁大了眼睛，然后沉沉地看着苏千寻，这颗星星他太熟悉了。

"这个星星是时光让我给你的，她说是她姐姐的。"苏千寻深深地看了他一眼，说道，"时光和我说了上次你们吃饭的事，其实你真的不要误会，时光一直找你，并不是因为看上了你，只是觉得你和她姐姐长得像。她不是那种心机深沉的女人。"说完，苏千寻就走了。

容陌看着苏千寻的背影，面上看着平平淡淡，其实内心已经汹涌澎湃，仿佛掀起了滔天的巨浪。

他立刻回家打开床头柜的抽屉，从里面拿出一个很普通的发夹。

上面的配饰是两颗星星，其中一颗掉了，容陌颤抖着手指将星星放上去，刚好吻合。

容陌激动地捂住了嘴，眼泪不受控制地流了出来。他又从抽屉里拿出一堆资料，都是他最近调查到的关于时光的信息。

容陌看着看着，眼睛红了，手指抚上照片里女孩的脸。

"时光，你就是我的妹妹，对吗？"

不然的话，她怎么会有发夹上的星星？那么普通的一个发夹，若不是来自亲近之人，他怎么可能这么珍爱地收藏着。

容陌整理了情绪，又去浴室洗了把脸，换了身衣服，便准备去找时光，想问问时光发夹的事。

他拨通了时光的电话。

电话打通之后，就传来时光的声音："喂，哪位？"

听到时光的声音时，容陌脑海里便显现出时光那张清丽柔美的脸，以及她脸上像阳光一样灿烂的笑容，容陌眼里瞬间涌出一股泪意。

得不到回应的时光微微皱眉，又问了一句："谁？"

容陌嘴边染上一抹笑，声音微颤，喊了一声："时光。"

一瞬间，很多压抑的情绪都涌了上来，他的喉咙紧得吐不出话来，轻轻叫着时光的名字时，眼眶都红了。

"我是，你是……"顿了一下，时光小声问道，"容陌？"

容陌轻轻回道："对啊，我是容陌，你现在在哪儿？我想见你！"

"我准备到医院去拿一份报告，然后就没事了，我们在哪里见面都行。"时光想起她让千寻给容陌的星星发夹，想来容陌是想起来了。

"我直接去医院找你，你等我。"

"好，我等你……"

时光的话还没有说完，就被打断了，容陌说了一句"我去找你"后，就急急忙忙地把电话挂断了。时光笑了笑，怎么感觉今天的容陌特别不一样，难不成容陌已经彻底想起她来了？如果真是这样，容陌在电话里就应该叫她妹妹了……

时光去医院是拿她和苏千寻的亲缘鉴定报告的,今天陆彦辰没有时间,便让时光过来取。

"鉴定结果出来了,恭喜你,这是你的亲人。"医生是陆彦辰的朋友,对时光很客气,给了她报告,还给她倒了一杯水。

亲人?她和千寻是亲人?时光彻底愣住了,脑子像是经历了一场海啸般嗡嗡作响。她不敢置信地看着那份鉴定书,看了又看,总想着会不会是自己看错了。

然而,真的没有错,上面的鉴定结果都是确定的。

她看着医生,问道:"您确定我们真有亲缘关系吗?会不会有错?"

"不会有错,你拿给我的两根头发,我已经反复检测过了,可以百分百地告诉你,你和这根头发的主人是亲人关系……"

见时光表情凝重、脸色苍白,医生担忧地问:"你没事吧?要不我打个电话给彦辰,让他过来接你?"

"谢谢,不用了,我没事。"

时光向医生道了谢,然后笑着走了出去,但是整个人都有些恍惚。

怎么会这样?她和千寻怎么会有血缘关系呢?千寻是她的什么人,姐姐,妹妹,还是如千寻所说是她姑姑?

那爸爸和千寻是兄妹吗?

无论如何,她有别的亲人,她应该高兴才是,但她和千寻有亲缘关系,那不是和苏老爷子、苏雅都有亲缘关系?

这么一想,她心里又没有了欢喜,反而看到了一个可怕的黑洞。

她怎么都不敢相信爸爸和苏家会有关系,爸爸的身世她又不清楚,爸爸在世的时候她还太小。

孤儿院的院长妈妈应该知道爸爸的身世,以前逢年过节,爸爸都会带她和姐姐去看望院长妈妈。但是多年前,院长妈妈就过世了。

会不会还是搞错了?或者说千寻是他们家的人,和苏家并没有关系呢?毕竟千寻年纪很小,很像是苏家收养的……

当时说做亲缘鉴定的时候,时光就有了心理准备,想过她和千寻或许真的有亲缘关系,然而知道确定的答案时,她还是蒙了,没有办法接受,觉得像在梦中，一切都是那么不真实。因此，她也没有发现有人跟在她身后，观察着她的一举一动。

容陌与时光约好在医院后门停车场相见，那里没有什么人，一眼就能找到对方。容陌很早就到了，找了个地方等时光。

不多时，容陌远远地看到一个红色的身影一路小跑着出来，那人嘴角扬着一抹甜美的笑，令人浑身都泛起暖意。

那一瞬间，容陌好像看到了一幕熟悉的画面，似乎很多年前那个女孩也冲她这般笑过。

"小小……"他下意识地喊出了这个名字，然后想起了他的妹妹……和梦里的妹妹一模一样，只是小女孩变成了大姑娘。

梦里的姐姐说一定会照顾妹妹，会保护妹妹，不会让任何人伤害她。

如果这是他的妹妹，那他没有照顾妹妹，也没有保护妹妹，反而因为他让妹妹受了那么多苦。

七年，他昏迷了七年，而妹妹就照顾了他七年……容陌捂着自己的嘴，泪如泉涌。

他一步一步向着时光走去，就在此时，一辆银色的面包车突然直冲过来，停在时光旁边。

时光发现不对劲，下意识地就想回到自己车里。可是对方太快了，刺耳的刹车声响起时，银色面包车门"哗啦"一声被打开，接着从里面冲下来三个牛高马大的男人，全都戴着帽子和口罩。

时光虽然看不到他们的脸，但能感觉到他们凶神恶煞。

他们的速度非常快，就算时光感觉到了不对劲，转身就要跑，可是还没跑两步，就被人从后面扯住了衣服。

一个男人勒住了时光的脖子，另一个男人拿着一块白布捂住时光的嘴。

时光立即就晕了过去，身体一软，手里拿着的包包也随即掉到地上。

那三个男人以最快的速度把时光拖上了车。

容陌像是触电一般，全身剧烈地抖了一下，含着泪的眼眸惊恐地看着那一幕，估计不到一分钟，却惊心动魄得能吓坏人。他只僵了一秒就回过神，可是当他快速冲过去的时候，那辆车刚好急驰而去。

容陌想追，但他两条腿又怎么可能追得上车子？

时光的包掉在地上,容陌捡了起来,里面有一把车钥匙,他拿出来按了一下,车子传来响声。

确定是哪辆车子后,容陌立刻便坐了上去。坐到时光的车里后,他才想起来自己并不会开车。

他抬手捶了两下脑袋,冷静,冷静,这个时候一定要冷静。

容陌狠狠吐了一口气,努力抑制住自己的心慌,颤抖着双手发动车子,他用力握紧方向盘,然后小心翼翼地开着车追了出去。

他开得不快,离那辆车很远,幸好路上的车不多,也没有分岔路口,他能看到他们走的哪条路。

不行,不能再慢了,再慢就要跟丢了,他猛地一踩油门,车子立刻便如脱缰的野马一般向前奔驰。

车子突然加速,吓得容陌心脏都快跳出来了。

可是这会儿他管不得那么多了,一想到刚刚时光被绑架的画面,容陌就完全忘记了心慌,只管驾着车加速向前。可是他的技术太差了,转弯的时候,车子差点撞到旁边的栏杆上。

他吓得要死,幸好及时踩下了刹车。

他倒车想退出来一些,再跟上前面那辆车,这个时候却看到时光的包里掉出来一部手机。

他调整好车位后,赶紧拿起手机。

他本想直接拨打110,这个时候他本能地想到了报警。点开通话记录后,他看到最上面一个电话是"傲娇老公"四个字。

时光的老公……陆彦辰。

他怎么把陆彦辰给忘了,这种时候他应该第一时间通知陆彦辰,就陆彦辰的能力,他应该能很快救出时光。

容陌拨了陆彦辰的号码之后,按了免提,随即启动车子,向前追了过去。

电话接通后,陆彦辰就听到汽车启动的声音,随即传来一道陌生的声音:"陆彦辰,时光被绑架了,你快点去救她。"

陆彦辰握着电话的手一紧:"你说什么?"

这是时光的电话,而这个声音……应该听到过一两次,并且他能分辨出,这是容陌的声音。

毕竟是一个陌生人打来的电话，正常的人听到都不会相信，都会怀疑和求证。

容陌一边开车，一边焦急地说："我是容陌……我也是莫非非，我去医院找时光，在外面的停车场看到一辆银色的面包车突然停在时光面前，下来三个高大的男人，直接弄晕了时光，把她拖上了车。面包车没有车牌号，我这会儿正开着时光的车追上去，但我并不会开车，我实在追不上他们，被他们甩得很远，已经快看不到他们的车影子了。你快点，快点想办法救时光！"

绑架？陆彦辰心里一慌。

昨晚他就不应该听时光的，就应该打电话把一切都安排好，也就不会有今天的绑架事件了。

也是他没有想到，苏雅居然那么急不可耐，一点时间都等不了。

他凝视着前方，攥紧手机强迫自己镇定下来："你马上把地址发给我，你不要再追了，把车子停在路边等我们。"

如果容陌是莫非非，如果容陌因为救时光而出了事，那时光一辈子都不会开心。

他一定不会让时光有事的，而容陌也不能有事！

陆彦辰赶紧打电话给他的助理和楚牧北，让他们把省队停车场以及周围路段的监控录像都调出来。

不到五分钟，时光出事那段时间的监控就发到了陆彦辰手机上。他看到时光拼命想逃，看到时光被人拖上车……

陆彦辰的一颗心悬了起来，眸子里充溢着杀气与阴霾。他冷静地思考着，要如何才能以最快的速度救出时光。

绑架时光的人无外乎两种，一是为钱，二是有仇。

为钱的话，对方一定不会傻得动陆家的人。那么就是后者，有仇。

与时光有仇的人，苏雅……

可是她为什么突然之间失去理智，直接绑架了时光呢？

亲缘鉴定，时光今天去拿亲缘鉴定报告！

该死，他为什么今天没空，为什么让时光一个人去拿亲缘鉴定报告！

时光醒来的时候，感觉自己身子摇摇晃晃，应该是在车里。

身体被死死绑着，嘴上贴着胶带，眼睛也被蒙着，她蜷缩着身体，以十分别扭的姿势缩在一个极小的空间里。

刚才那三人迷晕了她，绑架了她。

早知道，她昨晚就不应该拦着陆彦辰，可是谁也没有想到事情那么巧合。可到底谁绑架了她？

她下意识地想到了苏雅。

这时，耳边传来一个男人的声音："周老大，苏小姐让我们绑这个女人做什么？"

被称为周老大的男人凶狠地说道："不该问的别问，只管做好自己的事就行了。"

这个时候车子停了下来，周老大又吩咐刚才那个说话的男人："你把她弄进去，然后严加看管。"

"是！"

时光继续闭着眼睛，一动也不敢动，假装自己没有醒。

刚才那人说苏小姐，这个苏小姐肯定就是苏雅。

苏雅想干什么？居然绑架她！

她身体突然悬空，然后被人像扛沙袋一样扛在肩上，她感觉胃里翻腾得难受，也不知道他们用什么药迷晕了她，这会儿整个人难受死了。

男人扛着她走了一段路，然后很不客气地随手丢下，跟丢麻袋一样。她被甩到地上的那一刹那，着地那一边剧痛不已，令她一阵眩晕。

也可能是因为迷药的关系，她虽然醒了，脑袋却昏昏沉沉的。

眼前突然有了光，是男人把她眼睛上的布条给拿掉了，她眼睛动了一下，但是男人并没有发现她醒了，还对旁边的另一个男人说："周老大，这女人长得挺漂亮的。"

周老大骂道："我警告你别乱来，这可是陆家的人。"

"哈哈，我就随口说说。"

两个男人大大咧咧地离开了。

听到门关上的声音，时光微微睁开一条眼缝，周围很黑，没有灯光，也没有窗户。

地上是令人难受的水泥地板，油腻腻的，很恶心，空气中弥漫着腐烂的味道,也不知道这是哪儿。

她挪了挪身子,晃动着身体,用绑在后面的手摸了摸,看看能不能够到什么东西,结果什么也没有。

绑在身后的手又麻又疼,嘴上也是,贴着胶布,令人难受极了。

她忍着身体的不适,开始想着如何才能逃生,或者求救。她想到了自己的手机,在包里,包掉了,那可是她唯一能求救的工具啊。

不过就算没有掉,这些人也不可能让她带包进来。

她舔了舔有些干裂的嘴唇,闭上眼睛。片刻后,当她再次睁开眼睛的时候,已经稍微适应了这样的光线,能微微看清自己所在的地方——三面都是墙,唯一的出口就是前面那扇小铁门,可没有任何光传进来,周围也没有声音。这好像是一间很小的地下室,很静,很阴冷,也很恐怖。

被关在这么个地方,要怎么逃出去?

陆彦辰知不知道她被绑架的事?

刚才她似乎听到了容陌的声音,之前容陌说要来找她,难道那个时候容陌已经到了,刚好在不远处看到了她?幸好他晚到了一会儿,否则他和她一样会被人绑架。

如果容陌看到了,肯定会第一时间找救兵。

这也算是不幸中的万幸了,希望陆彦辰能快点来……

时光低垂着脑袋叹气。

突然,她隐约听到一阵对话声:"苏小姐,我们已经按照你的吩咐把人弄来了。"

这是那个周老大的声音。

"知道了。"一道冷漠的女声响起,这个苏小姐正是苏雅。

来人还有苏雅的哥哥苏文城,是他们兄妹绑的她,他们想干什么?

时光重新躺回到地上,还是刚才的姿势,假装自己一直没有醒。在无法自救的情况下,她唯一能做的就是拖延时间。

门被拉开,在寂静而又阴冷的空气里,"咔嚓"的金属撞击声震人耳膜。

一道刺眼的灯光射了进来,时光差点就要闭紧眼睛。

耳边传来脚步声,她继续躺着,就当自己已经睡着了,还是在自己家的床上,放松身体……

周老大的声音又响了起来:"苏小姐,你不可以露面,若是让她看到了你的脸,那就是明摆了得罪陆家,告诉陆家这一切都是你做的。"

"你害怕什么,这个地方那么隐秘,陆彦辰不可能找得到,难不成你们绑了人,还准备把她放了?放了她,难道她就不知道是我们做的吗?"苏雅冷笑道。

"可是你不是说只是绑架,并不会伤她性命?"周老大又道,他显然是想劝苏雅不要过激。

苏雅微微勾了勾嘴唇,冷冷地道:"不伤她性命?你以为你绑架了陆彦辰的老婆,陆彦辰会放过你?要知道,只有死人才会保守秘密。"

"可是……"周老大皱眉,还想说什么,但是被苏雅打断了。

"你放心吧,这个地方极为隐秘,除非你的人出卖了你,否则就算有十个陆彦辰,也不可能找到这儿来的。"

"万一……"

"你说够了没有?"苏雅脸上此时已笼上一片阴霾,"有事我会扛着,你去看看她怎么还没有醒。"

"可能是迷药太重了。"周老大解释。

"去,把她弄醒。"苏雅吩咐道。

两个高大强壮的男人走到时光面前,粗暴地拽起她,然后用力一推。

地上冰冷又坚硬如铁,这样重重一摔,时光被擦破了手掌,鲜血流了出来,疼得下意识地睁开了眼睛。

她一抬头就看到苏雅,后者正居高临下地睥睨着她。

灯光照在她还包着纱布的脸上,让她整个人看上去特别骇人。

苏雅的目光很诡异地闪了闪,她突然弯了弯嘴角,像讥讽又像是揣度,似笑非笑地说:"看来你早就醒了,刚才是在装吧。"

时光不慌不忙地看着苏雅,不仅不害怕,反而笑了笑,饶有兴致地看着她,问道:"为什么绑架我?你不知道这是犯法的吗?"

这话不仅没有令苏雅感到害怕,她还直接伸脚狠狠踢了时光一下。

时光立刻又跌到地上,"啪"的一声巨响,半边胳膊着地,一阵剧痛传来,她忍不住呻吟了一声。

她咬着牙,用力坐正身体,然后抬眸看着一脸得意的苏雅,哪怕这会儿全身酸痛、头晕目眩,她依旧看起来很镇定。

苏雅冷眼看着时光忍痛的样子,眸底滑过一丝快意的笑:"我早就应该这么做了,在你刚刚出现在我们圈子时,就应该让杨思彤直接绑架你,让你从这个世界上消失,那样就不会有后面这一系列麻烦。"

时光微微眯起双眸,笑眯眯地问道:"苏雅,这还真不像你做的事……因为你最擅长演'白莲花',看来你是被逼急了,或者说你坏事做多了,就快要瞒不住了!"

苏雅吼了一句:"你给我闭嘴!"

第十三章

绑架

时光一直淡笑着，让人看不出半点心慌。

刚才苏雅出现的时候，她的心怦怦狂跳，又急又躁，又慌又怕，可是后来她竟然就不害怕了，因为害怕没用，她能做的就是拖延时间，等陆彦辰来救她。

时光嘴角勾起一丝无奈："其实，直到现在我还不是很明白你到底想干什么。我和你之间除了我姐姐的事，应该没有深仇大恨。"

"从我们出生开始，我和你就注定势不两立。你现在一点也不害怕，反而很淡定，想跟我聊，你是不是听到了刚才我们的对话，以为我不敢拿你怎么样，是吗？哈哈……"苏雅说着，哈哈大笑了起来，"我告诉你，你今天落到我手上，我就不可能放过你。就算你活着离开这儿，我也要让你像个废人一样。"

"既然如此,那么你能不能解一下我心里的疑惑?"

苏雅轻声问:"什么疑惑?"

时光双眸微眯:"当年你为什么要欺负我姐姐?"

苏雅深深地看着她,仿佛在权衡利弊,考虑自己该不该说。

"当年杨思彤应该是被你利用了,对吗?其实真正的黑手是你。你知道了杨思彤的秘密,所以就将计就计,假装喜欢上杨思彤的哥哥杨驰风,然后一起欺负我姐姐?"

苏雅讶异地看了她一会儿,轻声道:"当年真的不应该留下你,你一点也不比你那个天才姐姐蠢……"

"在我姐姐这件事情上,应该是你怕我闹吧?毕竟是你不对在先,我不计较,没有找你报仇,难道你不应该高兴吗?你不应该希望跟我互不干涉,像个陌生人一样,谁也别去烦谁,最好是一辈子井水不犯河水吗,可是为什么你总要找我麻烦?你在知道我和千寻来往的时候,千方百计阻止我和千寻来往,甚至用上了苦肉计。不仅如此,你还派人跟踪我们,想知道我们说了什么、做了什么。我开始想不明白,你为什么要这么做。我还以为是你害得我姐姐失踪,因为怕秘密曝光,所以才会阻止我们来往。直到我拿到亲缘鉴定报告,知道了自己和千寻的关系,我回想了我们之间发生的所有事情,才知道你那么害怕我和苏家的人来往,是因为我爸爸才是苏家的亲生儿子。你为了保住这个秘密,利用欺负我姐姐的事,全家一起合谋了一件更残忍的事,那就是……"时光吸了一口气,声音突然颤抖了起来,"当年,我父母遭遇车祸并不是意外,而是你们所为!"

苏雅愣了一下,她没有想到时光居然直接推理出来了。

那么多年来,她总以为事情做得天衣无缝,总以为不会有任何人知道,没想到还是被人知道了。

这样一来,时光就更不能活在这个世界上了。

她敛起眼瞳,幽怨地看着时光,向前两步靠近时光,眼眸暗淡无光,嘴角阴鸷地扬起:"呵呵,你爸妈该死!"

她眼里有疯狂的怨恨,又踢了时光一脚。

时光立刻又跌倒在地,她扭头瞪着苏雅,努力克制住发抖的身体,让自己镇定下来,半眯着眼睛看着她:"你真恶毒!"

苏雅冷笑一声，不以为然。

"我一直以为自己是苏家高高在上的小公主，结果有一天哥哥告诉我，我们根本不应该姓苏，我们真正的爷爷是一个赌鬼，奶奶是一个乡下妇人。如果换成你，你愿意接受这样的生活吗？愿意认祖归宗，让自己的身份大白于天下吗？不，你肯定不会愿意的，任何人都不会愿意，谁都会选择苏家。要选择苏家，那就只能把所有曝光身世的可能性都扼杀在摇篮里！"

如果失去苏家这个依靠，那他们就什么也不是了。

与其垂死挣扎，不如破釜沉舟，让这个秘密永远成为秘密。

时光看着她说："那你又是怎么知道，我爸爸是苏老的儿子？"

看着宛若困兽一般的时光，苏雅冷笑一声："想要调查并不难，毕竟当年你爸爸是被我奶奶丢到孤儿院的，只要查一下丢弃的日期就能知道一切。当我们知道你爸爸不仅好好的，还和爷爷关系很好时，我们就决定再也不能让你们出现在我们的生活里。只要你们不出现，我们的生活就可以继续平静地过下去。我那个时候是真的挺喜欢陆驰风的，我知道杨思彤的秘密，所以才会对她说，只要莫非非离开学校，她的秘密就没有人知道。她相信了我，于是千方百计地想让你姐姐转学，可你姐姐就是不走。我们本来也没有想过非要你父母的命不可，可是他们居然还想找爷爷帮忙。那就不能怪我们了，要怪就怪他们命不好，命运之神给了我们不一样的身份，那就没有理由再收回去！"

时光心里的怒火瞬间被点燃。她想起爸爸妈妈，心头发酸，冷笑着看着苏雅，想要知道更多，便冷冷地道："你们害死我的父母，让我姐姐因愧疚而跳楼，可为什么还是不肯放过我那成为植物人的姐姐？"

"为什么？因为你！"说到时光，苏雅有些咬牙切齿。

"我们留了你一命，你就不应该再出现在我们的生活里，可是你却嫁给了陆彦辰。如果有一天你姐姐醒了，想起当年的一切，把当年的事情一五一十地和你说了，我可不确定你会不会怀疑当年的车祸。再者，你嫁到陆家，进了这个圈子，就你们姐妹的长相，迟早会引起苏家人的注意。果然，你就和千寻交好了，我绝不允许。"

在心里憋了许久的话，她不管不顾地一吐为快。

"你姐姐是因为杨思彤才成为植物人，而杨思彤这么做是因为陆彦辰。

如果当年你不救陆彦辰，那你姐就不会成为植物人，你的父母也不会死。你姐姐失踪，你若真那么在意，自然就不可能安心和陆彦辰在一起，你一定会和陆彦辰分开，离陆彦辰远远的。可我太高估你了，你也是一个无情的人，就算你姐姐失踪了，就算你明知道是陆彦辰害了你，害了你们家，你依旧心安理得地和他在一起。"

说着，她哈哈大笑了起来，表情有些扭曲可怖："看，谁都是自私的，你也是，在享受了从陆彦辰那儿得到的美好人生后，就不愿意再回到那艰苦的生活！"

时光脸色苍白，艰难地吸了一口气，再也压抑不住心底的愤怒与悲伤。

滔天的恨让她恨不得撕碎苏雅。

对不起，爸爸妈妈，对不起……

她咬着牙痛哭出声："苏雅，你一定会得到报应的！"

"人不为己，天诛地灭！那才叫报应！"苏雅弯弯嘴角，一副理所当然的样子，而后她又质问道，"如果你是我，你甘心让我抢走原本属于你的一切，再将你踩在脚下吗？你甘心吗？"

"'人不为己，天诛地灭'，这句话，不是你这么用的，它真正的意思是如果人不修身，那么就会为天地所不容，而不是你拿来当作杀人的借口。人要生存，要活得更好，要谋求自己的利益，确实需要一些手段，但不是你这样丧心病狂。你这叫丧尽天良、罪恶滔天！"

时光声音缓慢，却如同寒冰一样，冰冷刺骨。

苏雅心里最阴暗的一面，全都呈现了出来。她冷冷地扯扯嘴角："别给我扯这些有的没的，我告诉你，要怪就怪你爸命不好，他已经是孤儿了，就不应该再回苏家！"

时光气得牙齿打战："我们并没有想过回苏家，我们甚至根本不知道这件事。"

"可是未来如何，谁也不知道。我爸爸是个什么人？纨绔子弟！你爸爸多优秀啊，当年你姐姐长得那么漂亮，成绩也优秀，人就更聪明了。如果你们一家回来，还会有我和哥哥的立足之地吗？"苏雅恨恨地道。

"你以为把我们都杀了，这个秘密就再也不会有人知道了吗？天网恢恢，疏而不漏！"时光咬牙切齿地说，眸子里闪过一丝猩红。

最后那八个字，低吼一般从齿缝里进出来，太阳穴上暴突的青筋显示了她的愤恨。

"当年你爸妈死了，你姐成了植物人，你如果也死了，那么这个秘密就再也不会有人知道了！"苏雅揉着额头，惋惜地叹气，"说起来，你姐姐真的很可怜，天才少女，天之娇女，当她变成植物人的时候，我本来是想放过她。都是因为你，如果没有你，你姐永远不会醒，可你不仅让医生给她做了手术，还嫁进陆家。当然也正因为如此，你姐的命运才会那么坎坷。你说她好好当个植物人，在床上躺一辈子不好吗？你为什么非要让她醒来？有些事情不能留一点纰漏，是你逼得我不得不再出手，不得不再想法子把你们处理掉！"

时光愤怒地看着她，简直想将她撕碎。

"你不要那样看着我，也别以为陆彦辰会来救你，一个男人对你好，不代表他会一直对你好。男人都不靠谱，特别是优秀的男人，像陆彦辰这种人，将来一定会出轨。陆彦辰现在没出轨，只不过是没有腻烦你，等再过几年，等他烦你了、腻你了，一样会在外面找女人，不过……"苏雅轻笑出声，她蹲下身，用手指勾着时光的下巴，一双漆黑的眼睛阴森而狠毒地看着时光，像一条怨毒的蛇。

"我想陆彦辰也不需要再等几年了，可能明天或者后天，他就会揽着别的女人……等等……"她一副很头疼的样子，"万一你逃不出去，陆彦辰要装装样子再找找，估计也得等上个一两年了。"

时光沉默。

她大概能猜出苏雅想做什么了，她依旧很平静，声音微颤，却掷地有声："不管你今天对我做什么，陆彦辰一定不会放过你。"

苏雅眼中闪过一丝阴狠，一字一句恶狠狠地说："陆彦辰不会放过我？那我倒要看看，你把陆彦辰的脸面丢尽了之后，陆彦辰是不是还会为了你不放过我！"

她狠狠一推时光的脑袋，站了起来，看着旁边的周老大，笑得轻佻："听说你老婆在外省，你一个大男人长时间不发泄，肯定会憋坏的，不如找她发泄发泄？"

周老大等人都吓了一跳，大家面面相觑，都没敢动作。

苏雅皱起眉:"动手啊,还愣着干什么!"

周老大咽了咽口水:"苏小姐,她可是陆彦辰的老婆。"

"陆彦辰怎么了?"苏雅皱眉,厉声道,"你怕什么,今天的事情不会有任何人知道!"

周老大一脸惊恐,心道苏小姐怕是疯了。

在这个圈子里,大家相互算计不算什么大事,可是谁都不敢把事情做得太绝,被逼急了,谁都不是吃素的!

周老大惶恐不安地拒绝:"不行。"

说完,周老大转身就走了,他求财,可不想弄出人命。

苏雅气得抓狂,全身都在发抖,立刻跟了出去。

虽然陆彦辰让容陌停下车,不要再追了,可容陌又怎么可能站在原地干等呢?她一直开着车向前行驶,但是就她那速度,还是把那辆车追丢了。

她将车停在分岔路口,思考应该走哪条路。

她完全拿不定主意,害怕自己选了错误的路,会离绑架时光的那辆车越来越远。此时,她心急如焚,不停地告诉自己一定要冷静,越是危急越要冷静,只有选择了正确的路,才能救时光。

三条大道,其中两条通往的方向都是人多的地方,只有最右边那条通往郊区。

容陌最后决定走最右边那条路,毕竟他们做的是违法的事,不可能往人多的地方去。就算他们反其道而行之,在市区的话,有陆彦辰在,救时光也来得及,所以她走郊区这条道是正确的。

同样地,如果她开往郊区,接下来的分岔路会越来越多,随时会出错。

容陌开着车也不知道自己走到了哪里,突然看到前面有一栋废旧的小楼房,她立刻将车停在路边。也不知道为什么,或许是姐妹之间的心灵感应吧,容陌觉得妹妹可能被关在这儿。

容陌小心翼翼地靠近小楼房,看到外面站着几个人,其中一个是苏雅,这下子她更加肯定时光在里面了。

容陌四处扫了一圈,随手抄起一根木棍,就轻轻迈着脚步,绕开这些人,从侧面进了小楼房。

楼房已经废弃了很久，里面满是尘埃。

也正因为如此，地上有脚印，容陌循着脚印往前，在一间地下室里看到了时光，她的手脚都被捆绑着，正用力将手上的绳子在墙上磨着，听到有人来，她愣了一下，赶紧老实地坐下。她抬眸，看到突然出现在门口的容陌，顿时惊愕地睁大了眼睛："容陌？"

容陌点了点头，眼睛突然酸涩起来，眼泪怎么也控制不住，就这么落了下来。她立刻跑过去紧紧抱着时光，声音咽呜："小小。"

她一下子就叫出了时光的小名，时光身子一颤，又惊又喜地看着容陌，张大嘴，半晌都没有发出声音来。

时光怔怔地看着容陌，眼角有热泪滚滚滑落，她呼吸都屏住了，颤抖着声音喊道："姐……"

你是姐姐，你真是我姐姐吗？

她想大叫，却放轻了声音，害怕自己一大声，会猛地惊醒，发现这只是一场梦。

她就知道容陌是她姐姐，容陌身材纤柔、挺鼻樱唇、容颜温婉，肤色白嫩得仿佛能掐出水来，怎么可能是个男孩子？

可是，就算她早就怀疑容陌是姐姐，此刻容陌和她相认，还是激动得连呼吸似乎都急促了。

容陌伸手抱着时光，这才发现自己居然忘记给时光松绑了。她赶紧把绳子解开，时光一得到自由，一把抱住了她："我就知道你是我姐，我就知道。"

"对不起，姐姐之前一直想不起自己是谁，对不起，让你久等了，让你担心了，这些年也辛苦你了……"

容陌温柔地絮絮叨叨，脸上、心里都是心疼，抱着时光的手更紧了。她默默发誓，以后绝对不会再让人伤害她和妹妹！

绝对不会！

"我不辛苦，只要姐姐你没事，我就不辛苦！"

时光心想，她终于找到了姐姐，这是多么开心的事，她应该笑，应该开心、可是眼眶却很酸涩，眼泪控制不住地往下掉。

"别哭，别哭……"容陌手忙脚乱地给时光擦着眼泪，然后牵着她的手站了起来，"走，我们先离开这儿。"

时光点了点头,然后笑了笑,又叫了一声:"姐。"

"嗯?"容陌看着她,还以为她是有什么话要说。

哪知时光又泪如雨下,嘴角却控制不住地上扬,笑得很开心:"姐。"

"嗯。"

"姐。"

"嗯。"

"姐,你终于回来了,姐……"

"嗯,我回来了。"

"姐、姐、姐。"

"嗯嗯嗯。"

两人就这么你叫一声,我应一声,然后一起走出破旧的小楼房。

眼看着就要离开小楼房,突然,苏雅眼尖地发现了她们:"人跑了!"

容陌下意识地握住时光的手,拉着时光朝停车的地方跑去。

时光跟着容陌往前奔跑着,明明在逃命,可她却感觉万分温暖。她鼻子酸酸的,心想,就算今天和姐姐交待在这里,她也没有什么遗憾了。

苏雅迅速转身,直接坐上了车,一脚将油门踩到底,追了上去。

时光和容陌也上了车,时光开着车一路向前,用了最快的速度。她一边开车,一边和容陌说:"当年爸妈的死并不是意外,都是苏雅做的。今天她让人绑架我,就是因为知道我做了亲缘鉴定,她害怕我们把事情捅出去。"

话音还没有落下,两人的身体猛地一下向前倾去,时光控制不住车子了,车子像是被推着向前行驶。

时光和容陌忙回头,就看到后面一辆疾驰而来的黑色轿横冲直撞地顶着她的车……

"砰——"

又是一下重击,一股巨大的冲击力袭来,再次将她们的车推着向前。

前面是一个弯道,车再被撞就会直接撞到山上,后果不堪设想!

千钧一发之际,时光猛地一转方向盘,想要绕开后面的车。

哪知苏雅又开车撞了上来,时光的车子被掀翻了。

公路旁边就是大海,轿车翻过栏杆滚了下去。

只听"轰轰"两声,不仅是时光的车,苏雅的车也跟着一起翻滚了下去。

广袤无垠的海面上，水光冲天，响声如雷。

在车子掉下去的时候，容陌几乎是下意识地转身朝着时光扑了过去。

车子"哗啦"一声掉到海里，海水立刻漫延到车里。

时光看着车子慢慢往下沉，顿时松了一口气，幸好旁边是海，否则这么掉下来死定了。她赶紧拿东西敲碎了车窗玻璃，飞快地游了出去。

她等着容陌也游出来，却猛地想起姐姐不会游泳。

不过没关系，有她在，姐姐不会游泳，她也可以带着姐姐游到岸边。

时光从车里把容陌拉出来的时候，容陌的身体立刻往下沉。时光换了一口气，合拢手指，最大限度地甩开胳膊，劈开波浪，双脚灵活而有力地拍打着海水，飞快地向下游去，游到容陌身后，一把托住容陌。

容陌不会游泳，也不会憋气，这会儿脸色已经发紫，死死闭着眼睛，好像下一秒就会窒息。

时光赶紧拉住容陌的手，带着她游出了水面。

浮出水面的时候，容陌立刻睁开眼睛，大口大口地喘着气，然后扭头看着时光，关心地问："你没事吧？"

时光笑了笑："我没事，姐，我们赶紧游到岸上去。"

"好。"

"姐姐，蹬腿，手划水，跟着我说话的节奏，一起往前游……"时光嘱咐着。

容陌点头，深吸了一口气，两腿向后蹬出，一只手拉着时光，一只手划水。

"姐姐好厉害，就是这样，来，继续……"

时光的声音还没有落下，容陌突然扑腾一下沉入水中，时光吓了一跳，赶紧沉下去，想把容陌捞起来。

原来苏雅不知何时也游了过来，并且在水里死死拽着容陌的脚。

时光飞速朝着苏雅游了过去，隔着一段距离的时候，直接踢了她一脚。苏雅死死攥着容陌的脚，怎么都不松手，时光伸手去拉开苏雅，容陌则伸手去打苏雅。

苏雅没办法以一敌二，很快就松开了手。

趁着这个机会，时光赶紧拉着容陌以最快的速度向着岸边游去。离岸边还有一点距离的时候，时光把容陌往前一推，容陌立刻抓住了前面的栏杆。

固定好自己的身体之后，容陌立刻伸手，想要抓住时光，可是她的手只触碰到时光的指尖，还来不及抓住，就眼睁睁地看着时光又往海底沉了下去。

容陌悬着一颗惊恐的心，大叫了一声："时光！"

时光用力浮出水面，对容陌大喊："我没事，姐，你一定要抓好！"接着，她的身体又沉了下去。

不是她想往下沉，也不是游不动了，而是苏雅一直在海里扯她的脚。

时光沉入水中，转过身，挥了一拳，狠狠击中了苏雅。然而，因为水里有阻力，力道被削弱，苏雅的脸只是偏了一下就避开了，接着和时光在海里扭打起来。

时光毕竟是游泳运动员，在水里，苏雅当然不是时光的对手。时光揪着苏雅的头发，将她的脑袋死死按在水里，然后自己露出水面吸了一口气。

下一秒，她又被苏雅扯到水里。时光用力掰开苏雅的手，飞起一脚踹在苏雅的胸口。

苏雅的身体立刻往后退，倒在海水中，然后向着水底沉去。

时光看到苏雅一直往下沉，似乎已经缺氧了。

她在水里转了一圈，想游过去把苏雅捞起来，这么死太便宜她了。苏雅还不能死，她死之前必须先得到审判！

可惜这个时候，时光发现自己的脚有些抽筋。

她被绑了那么久，又被下了迷药，身体无力，刚刚又带着姐姐游到岸边，又和苏雅在水里打斗了那么久，这会儿已经手脚发软腿抽筋。

别说把苏雅捞起来了，她想自救都有些困难。

她用单腿浮出水面，看到一直注视着她这边的容陌，容陌满脸的紧张与担忧，在看到她的时候，焦急得快要哭出来了。

时光笑了笑，伸了一下酸软的手臂，想要游到容陌身边。两人离得并不远，她只要往前游一点点，就能够到容陌的手……

可是扑腾的动作施展不出来，她的身体一直往下沉，冰冷的海水吞没了她的脸。

容陌一直紧紧盯着时光，心揪到了一起。

时光沉下去的时候，容陌还以为她只是换口气，结果她沉下去就再也没有起来，意识到不对劲，容陌大声喊道："小小！"

他下意识地想要跳进水里救人，可是到水里后她自保都难，不停呛水，只能扑腾那么两下子。

强烈的酸涩和恐慌，像海啸一样撞击在容陌心头。

容陌赶紧抓住旁边的栏杆，一瞬间觉得难受至极，头眩晕得厉害。

一幕一幕熟悉而又陌生的画面不停在她脑海里晃来晃去，那一句句熟悉而又依恋的话语在她耳边不停回响着。

她的妹妹每隔几天就会来看她，拉起她的手，轻轻地帮她揉搓着身体，偶尔也会帮她洗个澡，然后絮絮叨叨地讲着生活里发生的事。

"姐姐，我恨她们。

"姐姐，你等我，等我再大一点，我就去找她们报仇。

"姐姐，你说我应该如何报复她们，绑架，还是纵火？

"姐姐，外婆说我这样不对，为了你，我也不应该有这样残暴的想法，外婆说这样你会醒不来。

"姐姐，外婆带我去烧香拜菩萨了，我在菩萨面前许愿，只要姐姐能醒来，只要你没事，我就原谅她们。

"姐姐，你快醒来好不好？

"姐姐，我认识了杨思彤的未婚夫，你说我抢了她的未婚夫好不好？

"姐姐，我真的很喜欢陆彦辰，很喜欢很喜欢。他看着冷漠，每次都喜欢笑我笨，说我长得丑，可其实他对我特别特别好。就是有时候特别傲娇，嘻嘻，我叫他傲娇公子……

"姐姐，陆彦辰和我分手了。我好难过，我不知道他为什么要跟我分手，他说腻了，可是前一天他还说以后要娶我。

"姐姐，我忘不了陆彦辰，我好想他，可是我找不到他了。他走了，再也不理我了。

"姐姐，你醒来好不好？我真的好难过，你醒来安慰我好不好？

"姐姐，我上大学了，以后就去省城了，所以今天我们要搬家。不过，以后我来看你的时间就少了。

"姐姐，我拿了冠军都没来看你，你生气了吗？最近发生了一些事情，我……又遇到陆彦辰了，奖杯是他颁发的……

"姐姐，我要教陆彦辰游泳，我想好好教他，让他克服恐水症。姐姐，你说我的决定是对还是错呢？

"姐姐,陆彦辰说想跟我结婚,我不知道他为什么要跟我结婚。

"姐姐,你马上就要做手术了,手术后你就能醒过来了。我希望在我婚礼前你能醒来,我希望你能参加我和陆彦辰的婚礼。"

妹妹从小小的人儿长成高高的个子,从一个瘦瘦弱弱的小丫头变成一个青春靓丽的少女,然后越来越漂亮、越来越阳光……

妹妹从最初满腹仇恨,到后来因为她而宽恕仇人,也因为她而认识陆彦辰……到最后和陆彦辰真正地走到一起,而她依旧躺在床上。她不是没有任何知觉的,时光说的话她都听得到,只是她醒不过来。

哪怕有时候会睁开眼睛,可是依旧没有办法给予任何回应。

她想起来了,全都想起来了。

容陌死死地咬着嘴唇,却怎么也没有办法忍住眼泪,泪水大滴大滴地往下砸。只要想到妹妹这些年一个人所受的苦,她就无法压抑住心底的悲伤。

对不起,小小,是姐姐不守信用,没有好好保护你,反而让你为了姐姐受了那么多的苦。

但是请你放心,以后我绝对不会再丢下你,绝对不会!

容陌这么说着,这么承诺着,终于他忍不住痛哭出声。

时光……

我的妹妹!

容陌撕心裂肺地喊道:"来人啊,救命!快来人……"

她从来没有哪一刻像现在这般痛恨自己不会游泳。

就在此时,几辆黑色的越野车突然在大桥上面停了下来。

容陌抬眸看着从车里下来的那个男人,虽然隔得很远,看得也不清楚,但她能确定那是陆彦辰。她立刻喊道:"陆彦辰,时光在水里,你快去救她!时光在水里,快救她!"

听到容陌的话,陆彦辰看着大海,二话不说就翻身越过栏杆,准备跳到海里去。

楚牧北被吓了一跳,他立即伸手拉住了陆彦辰的手,吼道:"陆彦辰,你忘记了,你的恐水症并没有全好,让……"

"滚开!"陆彦辰不待他说完,就推开了他,纵身跳下了桥。

什么恐水症,这会儿他只恐会失去时光。

楚牧北傻眼了，陆彦辰还真是不让人省心，也不看看自己泳技多差！

他赶紧脱掉外套，带着其他人纷纷跳下海帮陆彦辰。

陆彦辰跳下海之后，就屏着气，沉到水里找时光。他又不是不会游泳，憋气的时间也很长，这会儿满脑子都是时光，水于他而言没有任何威慑力。

陆彦辰在水里四处找，越潜越深，可是都没有看到时光的身影。

她去哪里了，她到底去哪里了？

她是游泳运动员，知道在水里的自救方法，肯定不会有事的……

就算这么想着，可陆彦辰的一颗心仍旧越来越冷。

他浮出水面换了一口气，然后又沉下去，往前，往深处去。然而，海里只有冰冷，只有黑色，她人呢，到底去哪儿了？

陆彦辰从来没有哪一刻像现在这么害怕。

什么游泳运动员，什么游泳冠军，这会儿都无法安慰他了。

前面的深海里漂着一抹红，陆彦辰想起早上时光出门的时候好像就是穿的一条红裙子。

心脏快跳出胸腔，陆彦辰快速向着那一抹红影游了过去，远远看到一个长发少女，闭着眼睛，放松身体悬浮在海里，她好像已经失去了意识，又似乎只是睡着了。

陆彦辰赶紧游了过去，待确定那个少女就是时光之后，他感觉一抹酸涩刺激了眼睛。

他闭上眼睛，伸手将时光捞到怀里。

修长的手指抚摸着她冰冷的小脸，感觉到她的呼吸时，他那颗悬着的心才稍稍落了下来。

他吻住了时光的唇，一边给她渡气，一边带着她游出海面。

时光沉到水里的时候，她想到了那个梦，梦里发生的一切和此刻特别像。

她一个游泳运动员在水里动不了，而她唯一能做的就是不断地往下沉。

终于，世界陷入一片黑暗，当她以为自己大概会死去的时候，她发现自己突然间回到了过去。

似乎是另一个世界，她又有一个温馨甜蜜的家，她看到了疼爱她的爸爸妈妈，还有姐姐。

可是这个世界里没有陆彦辰，她的生活里也没有陆彦辰。

如那个梦里一样，陆家只有三个儿子，最小的孩子提都没有人提。

时光想在陆彦辰可能出现的地方寻找一点有关于他的痕迹，可是什么也没有找到。

世界上好像真的没有这么个人。

后来，她终于看到了"陆彦辰"三个字，是在一块墓碑上，上面刻着他的名字，去世日期正是当年他落水的那一天。

她如坠冰窖，寒意从指尖蔓延到四肢百骸，连带着浑身血液都凉透了。

怎么会，她怎么会没有救陆彦辰？

她以为只是梦，却又好像真实存在过一样。

这个世界就是这样，她的生活里从来没有过陆彦辰，她姐姐也没有因为陆彦辰而遭受校园暴力，但最终还是成了植物人，因为她的父母依旧发生了车祸，姐姐也在车里。

这一切跟梦里一模一样。

她一直努力学习，参加工作，成为优秀的运动员，还认识了千寻，和千寻成了最好的朋友。

然而，在千寻的生日宴会上，她失足掉到了海里，也不知道是吃了什么，全身无力……

而在此之前，她喝了一杯果汁，那杯果汁是苏雅端给她的。

她与苏雅只见过几面，怎么也想不到苏雅会在果汁里下药。

当她被推下邮轮，跌落到海里，在水里上下扑腾的时候，她怎么都想不明白，苏雅为什么要杀她。

当然现在她知道了，因为她和千寻的关系太好了，苏雅害怕自己的身世曝光。

她慢慢沉到海里，目光穿过那层层漾开的水面，看到苏雅正站在邮轮上笑着，眼里满是得意和嘲弄。

水从鼻子和嘴巴灌了进去，时光的身体突然和这个世界融在了一起，她瞪大双眼死死盯着苏雅，再也没有闭上。

是以她还隐约看到，千寻似乎发现了不对劲。

苏雅对千寻下手，差点伤害了千寻，这件事情惹恼了陆言执。

在那个世界，陆言执和千寻是一对情侣，依旧有可爱的小白，只是再也没有她和陆彦辰。

似梦非梦，那么真实，却又像镜花水月。

她好像被困在一个奇怪的空间里，周围全是令人窒息的水，她却在水的世界里，怎么都出不去，直到耳边传来一个声音，好像有人在叫她。

那是陆彦辰的声音，她的陆彦辰，她的傲娇公子。

时光迫不及待地睁开眼睛，生怕刚才听到的声音只是自己的幻觉。

可是好难受，眼皮好沉，怎么都撑不开。可怕的海水肆意地吞噬着她，她心底升出无助和绝望。

难道她就这样沉到了海底，一个游泳冠军竟然死在了海里？

突然之间，她感觉自己呼吸顺畅了，她好像被揽入一个温暖的怀抱，那人身上带着温暖的力量，他对她说别怕，他会陪着她。

那么熟悉的声音，她当然知道是谁。

陆彦辰，她最爱的男人。

胸口被什么压着，她咳嗽一声，有什么东西从嘴里呛了出来。

她幽幽地睁开眼睛，就看到一个男子紧紧抱着她，仿佛恨不得将她箍进自己的身体里。她隐约看到他的脸，确定是心里的人，便任由自己昏睡在陆彦辰的怀里。

当她再醒来的时候，躺在一个白色的世界里，鼻息处全是消毒水的味道，眼前有一个模糊的人影，还没有看清是谁，那人看到她醒了，立刻抱着她，激烈地亲吻她。

那熟悉的气息、温暖的怀抱，令时光安心地笑了笑。

在她快要窒息的时候，陆彦辰才微微松开她，对着她笑了笑，下一刻又把人抱在了怀里。

"我没事，你不要担心。"她伸手抱着陆彦辰，然后又问，"我姐姐……"

她只记得自己把姐姐推到岸边，后来怎么样她就不知道了。

"没事，她没事！"

陆彦辰抱着她，呼吸着她的气息，几乎要把人嵌入自己的身体，感觉到怀里熟悉温热的触感，耳边响起她软糯的声音，他才感觉自己又活了过来。

时光能感觉到他的臂膀一直在收紧，这让她想起了落在海里时那段似梦非梦的经历，眼眶瞬间就发酸了。

不管那是梦，还是在另一个世界发生过的事，她都很开心，自己曾救下陆彦辰。

她也紧紧抱着陆彦辰，脸在他身上蹭了蹭："谢谢你，陆彦辰。"

"傻乎乎的，怎么突然之间说谢谢？笨蛋，傻瓜……"陆彦辰轻语，骂她的时候，喑哑的声音宛若旖旎的梦呓。

"陆彦辰……"时光将心里的酸涩压下，眼泪婆娑地看着他，"我在海里的时候好像又做了那个梦，那个世界没有你。"

陆彦辰伸手抚上她的眉眼，轻柔地说道："现在有我就够了。"

时光开心笑："嗯！我喜欢有你的世界，那个世界一点也不好，因为没有你。对了，我好像看到你跳到海里，你不是害怕水吗？"

"水有什么好怕的，我没能保护好你，那才可怕。"说着，他又吻住了她的唇。

时光搂过他的脖颈，轻轻地回吻着……

就在此时，病房的门被人从外面推开，容陌看到里面的一切，顿时惊到了，目光尴尬地闪躲着："对不起，对不起……"

此时应该叫她莫非非了，她想赶紧退出去，时光立刻推开陆彦辰，大喊："姐，你别走！"

她那激动的样子，简直恨不得下一秒就扑向莫非非。

陆彦辰面沉如冰，不悦地瞥了莫非非一眼。

莫非非很尴尬地立在门口，窘迫地说："我就是来看看你醒来没有。"

"我醒了，你快过来。"时光一直伸着手，希望莫非非过来。

陆彦辰虽然不高兴，但还是站了起来，把空间留给了相认不久的姐妹俩。

他拉上病房门的时候，往里面瞄了一下，结果就看到时光死死地抱着莫非非："姐！"

哼！臭丫头。刚刚醒来看到他的时候，怎么不见她那么激动，这会儿却激动得不成样。

时光拉着莫非非道："姐，我好想你啊，想死你了，你终于回家了……外婆要是知道了，肯定高兴得要跳舞。"

陆彦辰关上门，舒了一口气。

在海里找不到时光的时候，他恐惧得心脏都似乎停止了跳动，那一刻他真的想过，不如就跟她一起沉睡在海底算了。

楚牧北走了过来，关心地问了一句："老陆，时光妹妹醒了？"

"醒了。"陆彦辰表面上波澜不惊，完全没让人发现他的情绪发生了翻天覆地的变化，"她人呢？"

"谁？你是说苏雅？救起来了，但是因为沉到水里太久了，所以偏瘫了。"楚牧北感叹幸好苏雅没死，不然还真是便宜她了。

顿了一下，楚牧北又道："苏老爷子也知道了，他和千寻来看过你……"

苏雅躺在医院昏迷不醒的时候，警察就找到了许亚凤和苏冬乾。

当警察来找他们，身世的秘密曝光，当年时光父母出车祸的真相也被爆出来后，许亚凤的脸色瞬间就白了，身体摇晃着，差点晕厥。

被警察戴上手铐带到警局后，她强拉着苏冬乾一起承担了一切，说当年的事是她和冬乾找人动的手脚，不关苏雅和她哥哥的事。

她想保下自己的孩子，可是苏雅和她哥哥还是有不可逃脱的罪责。

苏宅的书房里，苏老爷子坐在旋转椅上，一双浑浊的眼睛带着岁月的沧桑和看透世间百态的睿智。

当他听苏千寻说苏雅绑架时光，当年苏冬乾一家人合谋害死时光父母时，苏老爷子暴怒，拍着桌子站了起来。

"爸，您息怒！"苏千寻赶紧搀扶着老爷子，劝慰道。

"他们现在在哪儿？"苏老爷子现在就像一头被惹怒的狮子，浑身上下散发着危险的气息。

在三个儿女里，他对苏冬乾其实是最好的。老大没出息，他就帮老大把路铺平；老大这些年惹了不少事，也全是他帮忙擦屁股；老大的两个儿女，他也尽心尽力地培养。

谁知他们早就发现了身世的秘密，居然还为了隐藏真相，选择杀害他的亲生儿子。

这些年他养的哪里是儿子，分明是一头白眼狼。

他恨自己没有早点发现一切，恨自己在知道他的身世之后，居然还对他们讲感情。

这一家子哪里有什么感情，简直丧尽天良、禽兽不如。

老爷子又恨又气、又悔又怒，一口气喘不上来，直接晕了过去。

幸好家里有医生，抢救及时，他才脱离了危险。一脱离危险，他就去看了时光和莫非非。

苏雅醒来，发现自己偏瘫在床，身体动不了，说话也不利索，一下子成了个废人时，绝望得发疯了。

偏瘫的人虽然有知觉，但是比植物人还令人绝望。

她想见苏老爷子，想再利用祖孙情让苏老爷子救她，但是被苏老爷子拒绝了。

苏老爷子现在恨死他们一家人了，养了一窝白眼狼，恩将仇报，他后悔极了，以前怎么没有直接掐死他们，现在怎么可能还见她。

老爷子去医院看了时光，他有些紧张，也有些激动，更多的是愧疚，因为自己的疏忽，让儿子和孙女在外面受了那么多苦。

病房里的光线特别好，明媚的阳光穿过窗户暖暖地洒进来。

时光怔怔地看着老爷子，只觉得他特别憔悴，上次见面明明精神很好，怎么这会儿差了这么多。也是，发生了这么多事，他怎么可能不受影响。

苏老爷子慢慢走进去，记忆瞬间回到了久远的以前。他第一次见到妻子的时候，她也如这般微笑地看着他。

如果妻子知道有这样一个像她的孙女，一定会很开心。

突然之间，苏老爷子觉得沉郁的心情被点亮了。

"孩子……"他控制不住感情，激动得红了眼眶，心里有很多话想说，最后却只挤出了这两个字。

时光对上了他激动的目光，里面全是温暖与慈爱，那有点苍老而又慈祥的声音也软在心窝里，仿佛有什么东西狠狠地落入心口，像藤蔓一般，扎根缠绕。

"爷爷。"她轻轻地叫了一声。

苏老爷子压下眼中就要汹涌而出的热泪，紧握住时光的手："好孩子，好孩子，这些年可苦了你了。"

说着说着，他声音有些哽咽，眼泪潸然落下。

时光立刻抱了抱老爷子。

老爷子轻声念叨着："回家就好，回家就好……"

外婆和沈灵双也抹着泪，就连跟着苏老爷子风里雨里一辈子的王叔也控制不住情绪地哭了。

苏老爷子待到很晚才回去，时光也没有什么事，她想立刻出院。

不知道为什么，她突然特别想回到训练场，想下水好好畅游几圈。

楚牧北笑嘻嘻地说："雨过天晴了，大家都好了。"

时光看着他，笑着道："谢谢你，楚牧北，一直帮着我和陆彦辰找姐姐。"

"应该的，我和老陆谁跟谁啊。"他说着，又问道，"对了，你姐姐呢，怎么没看到？"

真是说曹操，曹操就到。他正说着莫非非，她就推门走了进来。

今天的莫非非不再是一身男装，她穿着一件女式大衣，里面配着一条素色的连衣裙，穿着平底靴，还戴了一顶黑色的长假发，鼻梁上也架了一副黑镜框，但无损她的美丽，看上去漂亮而雅致，特别有文艺的气质，从一个大男孩变成了一个小女人。

楚牧北将目光转到她身上时，眸底闪过一丝惊艳，接着还吹了一声口哨调戏她。

时光警告般看了楚牧北一眼，然后对莫非非露出甜甜的笑容："姐，你来了。"

楚牧北摸着鼻子笑了笑，很是无奈，他只是想表达自己的欣赏罢了。

时光妹妹这是什么眼神啊，完全把他看成了色中恶鬼，刚刚还是满眼感谢呢，这脸变得也太快了。

陆彦辰看到时光脸上的笑容，脸色瞬间沉了下来，眼神也变得严厉，只觉得时光那笑十分刺眼，因为不是对他笑。而且有她姐姐的地方，她的眼里就没有他。

时光从床上下来，拉着莫非非的手转了一圈："你真好看，可是怎么还戴了一顶假发？"

莫非非微微笑道："因为从今天开始，我是莫非非，而容陌……"将从这个世界消失。

陆彦辰走过去，握着时光一直拉着莫非非的那只手，将她扯到自己身边："你姐姐的证件已经办好了，从今天开始，这个世界上只有莫非非，没有容陌了。"

这话里有一层很深的含义，但是时光没有听出来，她笑了笑，说："这个世界上本来就只有莫非非……姐,昨天你和我说有位奶奶救了你,等我出院后,我就陪你一起去京都谢谢她。"

莫非非把自己失踪后的经历都告诉了时光,她说:"他们都把我当成了男人,可其实我是一个女人,不晓得他们知道真相后会不会生气。"

"姐姐,你受苦了。"时光心疼地抱着她。

"我受什么苦,倒是你,这些年一直照顾我……"

莫非非轻轻拍着时光的背。

陆彦辰在旁边看得酸死了,也没见时小小这个笨蛋这么心疼过他。

他真不是吃醋,只是时光对她姐姐有点过了紧张了。

她完全把姐姐当成一朵菟丝花,或许是因为她姐姐当了七年的植物人,所以她习惯了什么事情都挡在前面,就想着照顾她姐姐,

他真的想说,别看莫非非纤瘦,看起来弱不禁风,其实很强悍,都能从绑匪手里救人,她根本就不用担心。

莫非非温柔地牵起时光的手:"你和陆彦辰真的结婚了?"

时光点了点头。

"可是我听说你们没有办婚礼,而且……"莫非非垂眸看了看时光的手指,"你手上也没有戒指。"

"我不喜欢戴,因为经常训练,我怕取下来弄丢了,所以就没戴过。"时光说着,突然想起一件很重要的事,"姐姐,不要管婚礼的事了,明天我带你去见外婆和小姨。之前我骗她们说你在国外做复健,她们可想你了。"

"好!"

莫非非早已经迫不及待地想见外婆和小姨了,感谢她们这些年一直照顾她和妹妹。

外婆和小姨仿佛她们生命中最耀眼的灯光,将她们周身的黑暗驱散了,让她们生活在美好的阳光下。

千言万语都表达不了她的感激之情,她会永远铭记在心,连带着父母的那一份孝心、那一份爱,在未来的日子里加倍地孝顺她们。

时光已经没有什么事,当天就出院了。

这几天莫非非都住在苏家,她已经和千寻、苏老爷子相认了,她身上的

衣服也是千寻给她搭配的。

老爷子的意思是想好好感谢尚奶奶,不过他尊重莫非非的决定。

时光舍不得莫非非,她出院后就拉着莫非非一起回家了,安排在自家的客房里。

卧室里亮着橙黄色的台灯,时光冲了凉出来,吹干头发,坐到床边拿起手机,还没有开锁,整个人就被陆彦辰压到身下。

时光伸手就想推开他,手机和手却一起被压到了头顶,陆彦辰结结实实地压在她身上说:"不准乱动。"

时光还是忍不住抬脚踢了他一下:"干什么呢?"

"你说我干什么?"陆彦辰说着就吻住她的唇,舌头探进她嘴里,一进一出地缠着她的舌嬉戏。

男人强势地侵略,开始时光还很柔顺地由着他,直到一抹酥麻的感觉在身体内流窜。

时光觉得身子发软,如同融化的春水一般。

她知道陆彦辰想干什么,可是姐姐在家里啊。她不想他乱来,然而陆彦辰已经快速地解开了她的浴袍。

"你别闹啊……"时光伸手掐了一下陆彦辰的腰,好硬,根本掐不动。她笑了笑说:"我要下去陪一下姐姐。"

陆彦辰立刻沉下脸,狠狠咬了一下她的唇瓣:"她不是已经没事了,有什么好陪的。"

有时间还不如多陪陪我。

"好久没见了,我们姐妹有很多贴心话要说。"

"什么贴心话,你的心是我的。"

陆彦辰说完,又霸道地欺上来,狠狠地堵住她的嘴,离开的时候还惩罚般咬了一下。

时光吃痛,皱眉看着他:"姐姐对我很重要,她不是别人。"

陆彦辰傲娇地冷哼一声:"对,就她重要!"

我不重要?

时光哭笑不得,还真是傲娇小醋王,连她姐姐的醋也吃,不过她心里却甜蜜蜜的。

她抱着他的腰,将下巴放在他肩膀上,情话绵绵地哄着:"你更重要哦!"
　　闻言,陆彦辰嘴角挂起一抹宠溺的笑,深邃的眼眸里闪过一丝邪魅,俯身便又吻了下来……
　　他的吻缠绵又温柔,时光很快就晕晕乎乎,宛若飘在云端。

第十四章

婚礼

时光的婚礼都是沈灵双在负责,时光和陆彦辰做甩手掌柜。不过随着时间越来越近,时光也终于忙了起来。

婚礼的前一天,外婆的意思是新郎和新娘两人最好不要见面,而且婚礼有一个出嫁的流程,所以她希望婚礼前一天时光住在苏家。

苏家还是挺大的,外婆、小姨、表姐她们都住了进去。

时光提前一天搬过去,东西看着不多,零零碎碎的却折腾了很久。

婚纱也提前一天送到苏家。

时光穿着定制的婚纱出来时,惊艳了所有人。

雪白圣洁的婚纱,带着点旗袍设计,一针一线都是为时光量身定做,立体裁剪,褶皱收拢处以刺绣缎的形式做装饰,勾勒出她漂亮的腰身,裙摆迤逦散开,上面镶着碎钻,在灯光下散发着美丽的柔光,让她整个人看起来既高贵又梦幻。

时光像淑女一样,提着裙摆弯了弯膝盖:"好看吗?"

莫非非忍不住捏了捏她红嫩嫩的小脸蛋,笑道:"简直漂亮极了,我妹妹是这个世界上最漂亮的新娘。"

时光立刻羞涩地抱住了莫非非的手:"姐姐结婚的时候会更漂亮。"

莫槿酸溜溜地说:"那我呢?"

时光和莫非非同时出声:"你更美!"

外婆、小姨、苏老爷子和二叔全都哈哈笑了起来。

"行了,你们姐妹几个就不要互吹了,都早些去休息,明天天不亮就得起床。"苏千寻一脸受不了她们的表情。

"遵命,小姑姑。"

三姐妹一起回到了房间。

莫非非和莫槿帮着造型师把时光身上的婚纱脱了下来。

把婚纱挂好之后,莫槿就送造型师先离开。

时光把刚才穿上婚纱时拍的照片发给了陆彦辰,问他好不好看,下一秒陆彦辰的视频电话就打了过来。

接通后,看到一身素服的时光,陆彦辰问道:"怎么脱了?"

时光笑着说:"脱了才给你发的,现在有照片给你看就很不错了,你可别不知足哦。"

她切换了一下手机镜头,对着婚纱和礼服拍:"不然就这么给你看。"

陆家一共为时光定制了两套礼服,白色的婚纱是在婚礼现场穿的,而红色的旗袍则是敬酒的时候穿的。原本陆家还准备了一件红色的晚礼服,接待客人的时候穿,但是被时光拒绝了。

陆彦辰在视频里说:"旗袍试了没有?"

"没有。"

"把旗袍换上看看。"

虽然时光的身材没有什么料,但换上旗袍,身段应该会稍微妖娆一些。

"现在?"

"嗯。"

"我可以反悔吗?换衣服很麻烦。"

"不可以。"

"感觉我上了一艘贼船,下不来了。"时光笑着说道。

"嗯。"他只回复了一个字,却是霸道无比。

时光听着,莫名觉得心暖。她说:"别把话说得太满了,万一有一天我们真的不在一起了呢?你遇到一个更喜欢的人,指不定就要和我离婚了。"

陆彦辰扬眉轻笑:"这辈子、下辈子都不可能,快换上旗袍我看看……就当着我的面换,嗯?"他的嗓音低沉,充满磁性,怎么听都很邪魅。

如果房间里只有他们两个人也就罢了,问题是她姐姐还在。

时光的小脸一下就红了,她尴尬地轻咳了两声:"那个,我姐在房间里帮我整理东西。"

陆彦辰语塞。

时光看着旁边一脸汗颜又无奈的姐姐,嘻嘻一笑,对着电话里的陆彦辰说:"那我挂了,明早四五点就要起床,如果睡不好的话,你就会有一个挂着大眼袋的新娘。"

"那就真的娶了一个'奇葩'了。"陆彦辰调侃道。

"哼!挂了。"时光说完,就直接把挂断了。

看着时光把手机放到床头柜上,莫非非淡淡地说了一句:"不是说婚礼前一天不能见面,所以才让你搬回来的,视频聊天也叫见面吧。"

时光忙摇头:"不算不算,没有当面,只是视频,不算见面。"

时光开心地笑着,看上去很甜蜜的模样。

莫非非就不再说什么了,看到陆彦辰对妹妹这么好,她也很开心。

不说别的,单说这场婚礼,她就觉得很不一样。

一般两个人结婚都会因为婚礼的事情累得够呛,时光却什么都不需要操心。除了一些她必须到场的事情,其他的都不用她操心,就拥有了一场盛大的婚礼,这几乎是所有女孩的梦想。

时光嫁到陆家后,应该是不会受任何委屈的。

"姐,要不我们喝点什么庆祝一下吧?"

原本李芳菲是准备和她一起去外面开个包厢,庆祝一下结束单身生活,但是因为第二天起得实在太早了,所以这个项目就取消了。

时光酒量很差,一喝就醉,所以她们用饮料代替酒来庆祝。

两个杯子轻轻地碰撞，莫非非说道："我的小小一定要幸福啊。"

时光笑了一下。

喝了一口之后，时光又和莫非非碰了一下杯，说："姐姐你也是，一定要幸福啊。"

她从陆彦辰那儿得知，姐姐失忆的时候一直被京都的那个尚墨收留。尚墨在知道"容陌"掉到海里之后，一直没有放弃过寻找"容陌"。

如果说"容陌"只是尚墨生命里的一个过客，尚墨不可能一直让人去海里找"容陌"。

姐姐在尚家待了那么久，虽然是以男人的身份，但是外面外界尚墨很变态，所以她想，尚墨和假扮男人的姐姐是不是有感情上的纠葛。

"我现在就很幸福。"莫非非浅笑道。

"姐姐，你真的不打算再回尚家吗？"

如果尚墨并不像外界所传的那样，而且又是真心喜欢姐姐，那么她还是希望姐姐能回尚家的。

不过她姐姐是一个特别有主见的人，有自己的想法和决定。

莫非非把饮料放下，垂着眼眸说："如果尚家不需要我的帮忙，那就不回了吧。"

时光好奇地问："那位尚先生真的如传言那般变态？"

莫非非摇了摇头："不知道。"

她确实不知道，不过从他不在乎她是男是女都照样下嘴来看，传言应该是真的。

"不管怎么说，那位尚先生看着还挺优秀的，你和他相处了那么久，就没有什么想法吗？"

尚墨就比她家陆彦辰差了一点点，也就一点点，已经很难得了。

"你一个要结婚的人，不许对别的男人有那么多想法。"莫非非有些羞赧，但还是冷着脸一字一句地说，她这会儿哪里不明白妹妹在套她的话。

"姐姐，你想到哪儿去了，我怎么可能会喜欢尚墨啊，这个世界上最好的男人已经被我收了。"时光坚定地表示，"我只爱陆彦辰，以前就和你说了，那会儿还说我要勾引你。姐，你再这么说，我可要生气了。"

"我这不是随口说说吗，就像你随口胡猜我和尚墨的关系一样！"莫非非抿嘴，面色沉静地说，"我和尚墨只是朋友关系。"

时光淡淡地"哦"了一声，一脸不相信的表情："好啦，我知道啦，你们只是朋友。"

哪一对恋人不是从朋友开始的？她纠结的是，那位尚先生是不是真的爱姐姐。

她希望姐姐幸福。

姐妹俩喝着饮料，聊着天，后来躺到床上又说了很久的话，明明说好了九点就睡的，最后硬是磨蹭到了十一点多。

人清早，时光睡得正香，就被人叫醒了。

化妆师都来了，排成一排站在屋子里，时光强迫自己起床，去浴室洗了把脸，然后懒洋洋地坐到化妆镜前。

中间好几次她都差点睡了过去，足足折腾了两三个小时，她的妆才画好。

换好婚纱后，以王彩纯和李芳菲为首的伴娘也团到了，看着一袭婚纱的时光，一个个都尖叫了起来。

"好美啊！"

"好漂亮！"

那夸张的表情和语气，令时光觉得她们的演技太浮夸了，还是小姑姑千寻的演技最好，夸得毫不矫揉造作。

八点的吉时，小楼外面停着一排车，全部是军用的吉普，那些车上都挂着红色彩带和红玫瑰。

十个帅气的男人戴着墨镜、穿着黑色的西装下了车，规矩地站成两排，然后穿着白色西装的陆彦辰下车，他手上捧着一束红色的玫瑰，不同于以往的冷漠与淡然，今天的他看上去有些紧张。

伴娘团把伴郎团和新郎一起拦在了门外，表示要闯关，闯不过就不许进门。

伴郎团以楚牧北为首，而伴娘团则以王彩纯为首。

这会儿王彩纯和李芳菲就站在时光的卧室外面，手拉着手站在门口，不许他们再向前一步。

"不许进，想要进去，先喊三声姑奶奶听听。"王彩纯故意为难楚牧北。

"红包，还有红包，不发个大红包，绝对不许进去！"李芳菲大声表示。

"红包那是肯定的，发红包之前先叫三声姑奶奶。"王彩纯想着难得找到机会，不狠狠虐一下楚牧北就亏大了。

楚牧北看着一脸得意的王彩纯，邪魅地笑道："叫姑奶奶是吧？行。"

他直接向前，一把抱住了王彩纯，将她困在怀里，然后吻住了她的嘴。

王彩纯瞪大了眼睛，楚牧北这厮居然强吻她。她又是挣扎又是捶打，可惜都没有用，只能任楚牧北强吻着。

一个绵长的热吻结束之后，楚牧北也没有松开她，热气喷洒在她脸上，撩得她脸颊一阵发红，她挣不开，只能大吼："你犯规，芳菲，快来帮忙啊！"

李芳菲哪里帮得上忙。

楚牧北突然上来耍流氓的时候，她就吓得退开了。伴郎们一哄而上，她只能退到旁边，嘴里大喊着："红包呢？红包呢？"

"给给给！"

伴郎们一连给她塞了好几个红包，反正强行闯进了房间。

王彩纯火冒三丈，咬牙切齿地瞪着气定神闲的楚牧北，踩着高跟鞋跟在楚牧北身后，直接对着他踢了几脚。

楚牧北扭头看了她一眼："谋杀亲夫啊？"

王彩纯冷冷一哼，偏过头高傲地离开了。

陆彦辰离时光一步之遥的地方停了下来，然后单膝跪地，捧着花递到时光面前。

时光刚伸手接过花，就被陆彦辰打横抱了起来。

当天城市的主干道上，一整列婚车队绵延了数条街道。

婚礼现场布置精心，地板、墙上和天花板上都挂满了各式各样的鲜花与自然垂落的璀璨水晶，一层一层，错落有致，飘逸又闪亮，好像星星一般。

酒店前是宽阔的草坪，大厅内有小型的喷泉，周围也全是鲜花，让人仿佛身处仙境之中。

婚礼的大蛋糕有九层，比一个成年人还要高，上面缀满了粉色的花朵，看上去特别梦幻。

现场来宾不是政商名流，就是俊男美女，冠盖云集。

除了楚牧北、王彩纯带领的伴郎团和伴娘团，小白还带领着花童团，萌翻了一众来宾。

豪华的酒店外面围了一批又一批的媒体记者，希望能报道这场世纪婚礼。

然而，陆家并没有邀请任何媒体，虽然招待了那些媒体记者，但是拒绝了他们的拍摄。

时光的爸爸已经不在了，所以由苏老爷子挽着她进场，把她交给陆彦辰。

庄重的婚礼进行曲悠然响起，苏老爷子带着时光走上红色的地毯。

新娘不紧张，但是苏老爷子特别紧张，甚至有点不舍，不过当他把时光的手交给陆彦辰时，脸上却是由衷的开心与祝福。

陆彦辰九十度弯腰，深深地给苏老爷子鞠躬行礼，随后牵过时光的手，嘴角的笑意加深。

时光隔着曲纱，定定地看着俊美的陆彦辰，想着以后他就是她的丈夫、与她相守一生的人，心里就暖暖的，特别安心。

苏老爷子看着这对相爱的璧人，看到他们眼里只有彼此，偷偷地抹了一把喜悦的泪珠。

司仪宣读誓词，让他们交换戒指后，下面便有人起哄："亲一个！"

接着，所有人开始起哄。

时光不好意思，红着小脸看着陆彦辰。

陆彦辰俯首，吻了她的唇，温柔地辗转着……

台下爆发出掌声和笑声。

苏千寻看着他们，心中全是幸福，就好像结婚的人是她一样。她拿起手机定格了这一瞬间的美好，发了微博。

苏千寻：愿这世间最美好的幸福一直伴随着你们。

配的就是陆彦辰亲吻时光的那张图。

看到苏千寻发微博，参加婚礼的媒体朋友也纷纷发微博祝福。

网上瞬间炸了，浪漫又温馨的婚礼令人艳羡。

两人的婚礼瞬间上了头条。

有人扒出时光身上的那件婚纱是用昂贵的白色奥根纱配以白色珠罗纱，饰以老玫瑰色的精美刺绣和银线穿缀钻石碎片，其价值无法估量。

中途时光去换礼服，然后刷了一下微博。看到网上有人在讨论她的婚纱价格，整个人都惊呆了，她傻傻地看着陆彦辰，问："我的婚纱这么贵吗？上面全是钻石？"

她还以为是水晶！

"嗯。"陆彦辰很淡然地应了一声。

"你怎么不提前告诉我啊？"

那么贵的婚纱刚才就穿在她的身上，她脱下来后随手甩在了床上。

时光赶紧跑过去，看看婚纱上的钻石有没有掉。

陆彦辰一脸宠溺，想摸摸她的头，又怕把她的头发弄乱，只好揽住她的腰，说："告诉你的话，我怕你穿在身上会觉得太重，腿都伸不直。"

"你别调笑了，陆彦辰，你知道这么多钱能做多少事吗？我现在回想起刚才穿了一件那么贵的婚纱就腿软。"时光说着，还靠在陆彦辰身上，夸张地做出一个晕倒的动作。

"站稳了。"陆彦辰捏了捏她的脸，"你老公挣了一年钱也就够给你办场婚礼，现在很穷。你不站稳，我们可就要跪了。"

时光满头黑线地看着他："那我以后不得跟着你喝西北风？"

陆彦辰挑眉："为了娶你，我已经倾家荡产了，从明天开始就要喝西北风了。"

时光闻言，哭笑不得地说："你不要开玩笑了，平时你不是特小气，吃饭还要我买单，为什么买那么贵的婚纱？"

"我要倾尽一生宠你、爱你，我挣的钱就是给你花的，你当然要拥有这么好的婚纱。"

傲娇公子说起情话来简直能酥死人。

时光感觉自己的心仿佛荡漾在春水里，像盛满蜜糖一般甜。

"那你会把我宠坏的，以后真的要养不起我了。"

"那以后你养我好了。"

"不养不养！"

"养不养？"

陆彦辰威胁般咬了咬时光的唇，然后吻住了时光的唇，攻城略地，却又浅尝辄止。

他的手还在她身上敏感的地方作怪，逗得时光心痒如麻、骨头发酥，身体好似被一千只蚂蚁咬着，别提多难受了。

她喘着气，低声求饶："养，我养……"

时光和陆彦辰早就制订了蜜月计划，一个是去大溪地，一个是去南极。

南极非常寒冷，要准备保暖性和防风性都比较好的衣服、帽子、手套等物件，为防止雪盲，墨镜也是必要的装备。

出发前，时光和陆彦辰去了商场购买御寒装备。

中途她去了一下洗手间，在回来的路上看到李芳菲和霍湛。

时光躲了起来，因为她看到霍湛将李芳菲"壁咚"了。

因为距离有些远，她没法听清他们在说什么，但感觉是在争执，争执的同时有些暧昧，可是霍湛不是已经有未婚妻了吗？

时光没有出去和他们打招呼，而是从另一条路去找陆彦辰。

晚饭时间，陆彦辰带着时光去了一家西餐厅，点的都是时光最爱的食物，时光却有点心不在焉。

陆彦辰将切好的牛排推到时光面前："怎么了？"

时光犹豫了片刻，淡淡地说："你知道我刚才在商场看到谁了吗？"

"谁？"

"霍湛……"

不待她说完，陆彦辰就沉下脸，冷冷地道："你就是因为他而心不在焉？"

某人醋劲犯了，时光赶紧解释："我不只看到霍湛，还看到了芳菲，他们似乎……哎呀，你是不知道，他们以前就挺暧昧的，偏偏没有在一起。如今霍湛都订婚了，我怎么感觉他俩……"

陆彦辰听懂她话里的意思了，他沉默不语，并不想让她知道霍湛喜欢的人是她。

"为什么以前不在一起，如今他们在一起了，那霍湛的未婚妻怎么办？"时光的心情有些复杂。

一个是她最好的朋友，一个是从小到大对她最好的哥哥，她没有办法不担忧。

霍伯母对她也很好，霍湛都订婚了，还来一个不清不楚的三角关系，估计最担心的就是霍伯母了。

陆彦辰冷冷地说："你不是女侠，不需要路见不平。"

他是在讽刺她爱多管闲事。

毒舌！

时光在心里嘀咕，然后道："我没有管啊，我也不好管，不然的话我当时就直接跑出去问他们怎么回事了。"

陆彦辰抿了一口水:"你以前是想让两个好朋友在一起,觉得他们应该是一对,现在看到他们在一起,你又满心不自在,觉得你的朋友是第三者,觉得霍湛的未婚妻可怜,莫名被牵扯到这段感情里。"

内心的想法完全被陆彦辰猜中,时光叹息一声,点了点头:"差不多就是这样吧。"

陆彦辰笑了一声:"你现在是不是特别庆幸当时选择的是我,否则现在被第三者的人就是你了。"

他这话令时光差点晕倒。

臭美,自恋。

她笑盈盈地说:"不啊,我有时候挺后悔的,怎么会遇到一个脾气这么坏的老公。"

陆彦辰微眯着眼眸看着她:"吃你的东西,不然将你从窗户丢出去。"

时光嘴角抽了抽,真是动不动就威胁,几年不变,傲娇。

吃完饭后,两人就直接回家了。

陆彦辰去后备厢拿东西,时光空着手走进公寓,和往常一样,东西都归陆彦辰拿,她只负责按电梯。

电梯门一打开,时光就看到一个女人从里面走了出来,那个女人长得很漂亮,一头长发微鬈,画着精致的妆,穿着也很有气质。

时光脚下的步子微微一顿,这是霍湛的未婚妻胡欢欢。

时光突然想到了今天看到霍湛和李芳菲在一起,两人好像还有那么点暧昧,这会儿看到胡欢欢,时光莫名有些尴尬。

看到时光,胡欢欢也微微愣了一下,这不是霍湛的那个朋友吗,叫什么名字来着?她不记得了,只知道姓时。

两人一共见过两次面,第一次是霍湛把几个好朋友介绍给她,其中就有时光,那时就觉得霍湛对时光很好,小心照顾着,但是她并没有放在心上,因为时光已经结婚了。

第二次是霍湛的生日,大家一起吃了顿饭,当时也没有聊什么,她对时光也并不熟悉,所以并没有将她的名字放在心上。反正霍湛在国内的这些朋友都是一些上不了台面的人,她也懒得去记。

最近一段时间，霍湛总是躲着她，不接她电话，而且似乎有分手的意思。

如今她在霍湛家楼下碰到这个姓时的女人，想到之前霍湛对这个女的与众不同，难不成霍湛最近冷落她是因为这个女人？

胡欢欢内心沉了沉，再看到时光那闪躲的眼神，只觉得她是心虚。

"你怎么会在这儿？"她的语气极其不友好，下巴抬得更高了，一副不可一世的样子。

打从心里就有些看不起的女人，结婚了居然还要撬走她男朋友，胡欢欢怎么都不可能有好脸色。

"我住在这儿啊。"

时光看着乌云罩顶的女人，心里猜测她是不是知道了霍湛和芳菲的事，所以才会迁怒自己。

不管怎么样，这事情她都得装不知道。

"你住在这儿？"胡欢欢拔高声音，她居然住在这儿，霍湛怎么从来没有说过？

"对啊，我家在十二楼。你是来找霍湛的？"

时光不喜欢霍湛这个未婚妻，总是一副高高在上的模样，令人反感。

可是人品不好不代表就能被出轨，总归她才是霍湛正儿八经的未婚妻，所以时光忍着不悦，细声细气地和她说话。

"你和你老公的家？"胡欢欢问。

时光点了点头，只觉得胡欢欢的话很怪异，她结婚的事第一次见面时霍湛就介绍了，哪个结婚的人还分自己家和老公家？

胡欢欢内心的战斗值瞬间降了下来，原来她不是来找霍湛的，而是住在十二楼。

十二楼是复式楼，这儿的房子很贵，十二楼可是这栋楼的楼王，价格是其他房子的好几倍，看来这女人嫁了个不错的老公。

"我是来找霍湛的，可是他好像不在。"

胡欢欢原本不想和时光聊什么，也觉得自己和她没什么好聊的，不过看她条件应该不错，而且最近霍湛很奇怪，或许她可以从霍湛身边的朋友处打听一下。

这个女人和霍湛的关系不错，或许能够帮到自己。

她拉着一张小脸，向时光诉苦："最近一段时间也不知道怎么了，他总是躲着我，你知不知道他最近都和什么人来往，是不是看上别的女人了？"

"我不知道。"时光摇了摇头。

结婚之后，霍湛很少找她，而陆彦辰的醋劲太大了，她也不敢找霍湛，害怕陆彦辰打翻醋坛子。

上次在学校见到霍湛，霍湛是去找芳菲的，他们还叫她一起去吃饭。

她原本想去的，但是她和陆彦辰约好了回陆宅，便没有去。再见到霍湛就是今天在商场，但是今天到底是什么情况，她也不知道。

胡欢欢皱了皱眉，她感觉时光没有说实话，时光肯定知道什么，只是不愿意告诉自己。

"我们都是女人，如果你知道什么，一定要告诉我，我真的很爱他。"她握住时光的手，一副快要哭出来的样子。

就在时光不知所措的时候，公寓的玻璃门又自动打开了，一个高大挺拔的男子优雅从容地迈步进来，就算手里提着两大袋东西，也不损他身上优雅尊贵的气质。

胡欢欢情不自禁地屏住呼吸，好帅的男人，他也住在这一栋？

她来过好几次了，也在这儿住过几天，怎么没有看到过这样的极品男。

他是刚仕进来的吗？

就在胡欢欢满心疑惑的时候，她看到男人的目光落在时光身上。

胡欢欢愣了一下，不确定地眨了一下眼睛，就见他淡淡地与时光对视，眼里还带着一丝宠爱。

这人认识霍湛的这个朋友？

她嘴角扬起一抹笑，看向时光，问道："这位是……"

时光赶紧介绍："这是我老公。"然后她又给陆彦辰介绍，"这是霍湛的未婚妻。"

什么？这个极品美男子居然是她老公？

胡欢欢难以置信，但是没有表现出来，只是看着陆彦辰笑了笑："你好。"

陆彦辰没有说什么，只是点了点头，算是回应，然后提着东西进了电梯，给人的感觉冷冰冰的。

时光帮陆彦辰按了电梯，其实她很想跟着陆彦辰一起回去，但是胡欢欢喊住了她。

陆彦辰进了电梯之后,胡欢欢笑着对陆彦辰说拜拜,但是陆彦辰这次连个眼神也没给她,静静地等着电梯门关上。

时光对着胡欢欢尴尬地笑了笑:"他这个人性格比较内向。"

其实她内心很欢喜,还是她老公好,难怪王彩纯羡慕她,她家"陆傲娇"从来都不正眼看其他的女人。

"没事,你老公挺帅的。"

时光是想解释陆彦辰的无礼,但是胡欢欢一点也不觉得他没有礼貌,只觉得他高冷傲娇,更显魅力。

时光默默地接受她的夸奖,又道:"我也很长时间没有看到霍湛了,不太清楚他最近在忙什么。"

胡欢欢听到她提起霍湛,脸色又沉了下去:"算了,不提他了。"

时光心道,不提就好,那应该没她什么事了,她应该可以回去了。

不想胡欢欢拉着她聊了起来:"你老公是做什么的啊?"

"什么?"

也不知道为什么,时光觉得胡欢欢对她的态度变了,居然还和她闲聊。

"我的意思是,他在哪儿上班?"胡欢欢问道。

"他刚刚退役,暂时还没有工作。"时光不太想跟人聊陆彦辰,而且作为女人,她的直觉还是很敏锐的。

胡欢欢淡淡地"哦"了一声,心思百转千回,没有工作居然能住这么好的房子,看来这个男人家境特别好。

这个霍湛的朋友也不知道走了什么运,居然泡到一个这么优秀的男人。

"那个,我还有事,就先……"时光出声告别。

结果她话还没有说完,胡欢欢突然"哎哟"了一声。

时光愣了一下,随即就看到胡欢欢痛苦地捂着肚子蹲在地上,一副很是难受的样子。

她关心地问:"你怎么了?"

胡欢欢皱着眉头,说:"我来例假了,这两天一直不怎么舒服,还被霍湛给气了,这会儿肚子疼死了。"

时光说:"那我送你去医院吧。"

胡欢欢摇头："不用了，我只要喝点开水，躺一下就好了。"

"那我扶你回去休息会儿。"时光搀扶着胡欢欢进了电梯。胡欢欢总归是霍湛的未婚妻，现在就算不知道她和霍湛什么情况，作为霍湛的朋友、霍伯母的干女儿，她也不能丢下胡欢欢不管。

电梯停在十一楼，胡欢欢却没出去，她看着时光，说："我没有霍湛家的钥匙，他不给我钥匙，你说他是不是不喜欢我啊？"说着她便哭了起来。

时光忙安慰她，让她不要哭，可是她越安慰，胡欢欢就哭得越凶，哭得时光都不知道怎么办，总不能跟她一直在电梯里吧，只能带她去十二楼，把她扶到家里沙发上躺着，然后去给她倒杯热水。

喝了热水之后，胡欢欢似乎舒服了一些，看着时光感激地道："谢谢你，今天要不是你，我都不知道该怎么办了。"

她眼眶一红，似乎又要哭了。

时光真怕她又哭起来，赶紧说："不用谢，不用谢。"

她想，还是给霍湛打个电话吧，让他赶紧来把胡欢欢领走，她快招架不住了。

看到时光进了厨房，胡欢欢躺在沙发上，目光在屋里四处瞄着。

果然是楼王，跟楼下面的小套房就是不一样，这样的复式楼再加上这样的装修，应该比别墅还贵吧。

看到时光从厨房出来，胡欢欢继续躺好，一副娇弱的模样。

"刚刚我给霍湛打了电话，他马上就过来。"时光对胡欢欢说。

刚刚霍湛接到她的电话，听到她说胡欢欢在她家时很是惊讶，也很生气，一直给她道歉，还让时光不要埋她。

时光能听出霍湛话里的厌弃和嫌恶。

"他居然接你电话了？"胡欢欢的脸色很难看，声音不自觉地提高，看起来很愤怒。

胡欢欢似乎察觉到自己刚才过于激动了，便又笑了笑："不好意思啊，主要是我一直给他打电话，他都不接，我们也没有吵架，我真的不知道我到底做错了什么，他要这样对我。他就算要分手，也应该给我一个理由。"

时光脑海里闪过霍湛和李芳菲在商场的那一幕。

她认识的霍湛是那种虽然交过很多女朋友，但是如果他不喜欢一个女孩的时候，一定会把话说清楚的人。

胡欢欢又笑了笑，说："时小姐，你和你老公是怎么认识的？"

"在学校认识的。"

"那他追了你多久呀？"胡欢欢继续问道。

"是我追的他。我对他一见钟情，然后就跟他告白了，我追了一年他就答应跟我在一起了。"

时光淡淡地说，并没有觉得这话有什么不妥。

可是在胡欢欢听来却不是那么回事，心想原来是时光倒贴，她就说那个男人怎么会看上她。

胡欢欢并没有表现出自己的鄙视，反而惊讶地道："原来你那么主动啊，真是看不出来。"

这话听着真不舒服，时光只希望霍湛快点来把她接走。

这时，陆彦辰从楼上走下来，看到客厅里躺着的人，微微蹙了蹙眉。

陆彦辰并不想跟胡欢欢有什么交流，但因为她是时光的客人，他也不能无礼，走到一半再折回去不太好，就打算去厨房转一圈，然后回到楼上。

谁知胡欢欢喊住了他："那个……老公。"

时光和陆彦辰同时望向她。

胡欢欢一脸尴尬，红着小脸，不好意思地说："时小姐，因为不知道你老公叫什么名字，所以就……希望你不要觉得我没有礼貌。"

时光有些烦躁，冷冷地说："我老公姓陆。"

"抱歉，我真的不是故意的，你别生气啊，时小姐。"胡欢欢可怜兮兮地说，突然"哼嗯"了一声，因为疼痛，她蜷曲着身体，一副饱受病痛折磨、惹人怜爱的模样。

不知道的人还以为是时光拿她怎么样了呢。

陆彦辰看向时光，眼神带着玩味，还有一点幸灾乐祸。

时光早就察觉到不对劲了，胡欢欢动不动就把话题扯到陆彦辰身上。

只是胡欢欢毕竟是霍湛的未婚妻，她希望是自己想多了。

她的语气有些冷："胡小姐，你这么难受，还是送你去医院吧。"

胡欢欢气若游丝地说："谢谢你啊，但是真的不用了，其实我也没什么事，喝点热水躺躺就好了。"

这要躺到什么时候，如果知道胡欢欢没有霍湛家的钥匙，她一定不会扶胡欢欢进电梯。

她扭头看了陆彦辰一眼，惊讶地发现陆彦辰居然在笑。

她目瞪口呆，这人怎么还能笑得出来，难道她看不出来胡欢欢醉翁之意不在酒吗？

看来胡欢欢就是个看到好男人就忍不住撩一下的人，这样子的话，霍湛跟李芳菲也就没什么啦。

天啊，她的好朋友、她的好哥哥，怎么在感情问题上这么随意，霍湛不是一直说要寻找真爱吗？

"时小姐，你能给我煮点红糖水吗？"胡欢欢一脸"拜托了"的表情，"喝了红糖水我就不疼了。"

时光已经没有耐心了，刚想拒绝胡欢欢，结果陆彦辰看着她，似笑非笑地说："还不去。"

胡欢欢目光一亮。

时光气死了，陆彦辰是故意在嘲讽她。时光又看了看胡欢欢，见她的眼睛都快粘到陆彦辰身上了。

"你真好，陆先生。"胡欢欢声音很低、很温柔。

"谢谢。"陆彦辰笑了笑，迷得胡欢欢一脸桃花开，好像春天就要来了的动情模样。

时光愤恨地瞪了陆彦辰一眼，生气地进了厨房，但是她并没有去煮什么红糖水，而是站在门口偷偷望着外面，想看看陆彦辰到底在玩什么。

陆彦辰瞥了一眼厨房的位置，然后在胡欢欢对面的沙发上坐了下来。

胡欢欢别提多高兴了，软着声音说："陆先生，你真是体贴，嫁给你可真幸福。"

陆彦辰没出声，双眸定定地看着她，深沉而又安静。

"真是麻烦陆先生了，可能是今天穿短裙的缘故，所以着凉了。"

胡欢欢说着，故意挪动了一下自己的腿，换了一个姿势，她今天穿着超短裙，这个姿势可以令她白皙的双腿看起来更加修长性感。

陆彦辰瞥了一眼她的腿，眼里闪过一丝冷嘲："你应该穿一双丝袜。"

他这话绝不是赞美，而是讽刺，但是胡欢欢没有听出来，反而觉得陆彦辰是在关心他,是在跟她调情。

她的腿又白又长,她相信没有男人不喜欢。

"虽然挺冷的,但是看到你的时候,我觉得暖和多了。"胡欢欢面露微笑,对陆彦辰说。

陆彦辰轻蔑地看向她。

胡欢欢捂了捂脸,继续温柔地说:"真是可惜,没有早点遇到你。"

若是她早点遇到这个男人,就没有那个姓时的女人什么事了。

陆彦辰冷哼一声:"如果没有她,我连看都不会看你一眼。"

胡欢欢瞬间花容失色,愣愣地看着陆彦辰。

"下次记得穿丝袜遮一下,腿那么丑,就不要随意露出来恶心人了。"

在陆彦辰心中,时光有一对天下无双的美腿,其他女人都要靠边站。

这下子胡欢欢的脸面就挂不住了,她震惊地看着陆彦辰,有些恼羞成怒。

"你说什么?你居然说我的腿丑?说我恶心人?"

这个男人当自己是谁,她可是胡欢欢,无论什么时候男人都是捧着她,她给他三分颜色,他居然敢看不起她?

此刻,陆彦辰看都没看有胡欢欢,而是看着厨房的方向,嘴角弯着,似笑非笑,仿佛在说你还要躺到什么时候。

胡欢欢瞪大眼睛,看着无视自己的男人,完全忘记了时光还在厨房里。

时光深吸了一口气,直接将自己的长裙裙摆狠狠地撩了起来,露出一双修长的美腿,然后迈着优雅的步子走了出来。

她在胡欢欢对面、陆彦辰旁边坐了下来,然后跷起长腿。

那一双腿纤细修长、细白水嫩,就连秀美的莲足也娇嫩玉润。

胡欢欢看着身姿笔挺、长腿翘臀的时光,眼眸暗了一下。她自认腿很美,可是和时光的腿放在一起,完全没有可比性。

胡欢欢下意识地扯了一下自己的短裙,可是裙子太短了,再怎么扯也遮不住她的腿。

时光伸出手一把搂住陆彦辰的脖子,却不看陆彦辰,只是睨着胡欢欢,带着冷傲的调子,淡淡地说:"小样,我包养了你,你居然还敢让我给别的女人煮红糖水。"

陆彦辰望着她的眼睛,轻轻一笑:"我这不是为了配合你玩玩,怎么,不想玩了？"

时光觉得陆彦辰真够狠的，居然把刚才发生的一切称为他们两人之间的游戏，就只是为了耍着胡欢欢玩。

见胡欢欢的脸色由红到白，时光只觉得舒心，不由得展眉一笑，问道："胡小姐，我男人长得很好看吗？"

胡欢欢抿了一下嘴唇，不知道她想干什么

时光用力地拍了拍桌子，一副要打架的架势："说话呀！"

胡欢欢一时之间竟然被吓到了。

时光接着道："长得好看就想勾引别人，难怪霍湛不要你，像你这种女人，霍湛早就应该甩了你。"

"时小姐，你这是干什么？"胡欢欢终于回过神，立刻委屈地哭了起来。

"哭什么哭，动不动就哭，就你这样还想挖别人的墙脚？"时光冷哼。

"我想你误会了。"胡欢欢坐直身子，"请你不要冤枉我。"

时光翻了一个大白眼："我冤枉你？你看到我男人，连肚子都不疼了，一副恨不得将短裙掀到胸上的样子，你这不是想勾引我男人，难不成是想勾引我？"

胡欢欢站了起来，气得全身发颤："请你不要侮辱我！"

时光也站了起来，身高的优势令她看胡欢欢时有种居高临下的气势："想让别人不侮辱你，就要懂得自爱。"

胡欢欢咬牙。

"滚！"时光喝道。

"你们真是莫名其妙！"胡欢欢抬高头，饶是这样，离开的姿势仍旧特别狼狈。

时光气死了，看到胡欢欢留在家里的包包，立刻"咚咚咚"地跑了过去，打开门，狠狠甩到外面，再重重将门一甩。

陆彦辰看着时光的一系列动作，忍不住笑了起来。

时光冲到他面前，狠狠推了他一把："你还笑，都是你招蜂引蝶！"

陆彦辰摊手，表示自己很无辜："你喜欢多管闲事，那我就弄点闲事来让你管管。"

他其实是希望她不要去管别人，莫非非也就罢了，毕竟是她姐姐，什么王彩纯、霍湛、李芳菲，她真不应该操心那么多。

一个愿意和谁在一起，又不愿意和谁在一起，或者谁对不起谁，又不应该对不起谁，真不是一两句话能说清楚的，更不是看一眼就能分析出来的。

所谓旁观者清是错误的，不在当局的人永远不会知道当事人是什么样的想法，又应该怎么做。

"不许笑。"时光威胁道。

"那你还管不管？"彦辰挑眉，笑着问。

时光遥遥头："不管了，不管了，随便他们，左右和我没关系。"

"这就对了，真乖，来亲一个。"陆彦辰说罢，吻在时光的唇上，吻着吻着就擦枪走火了。

"陆彦辰，你这阵子有些纵欲过度……"

胡欢欢一事令时光万分糟心，陆彦辰说得对，谁都有属于自己的人生，是方是圆总会走出一个形状，自己真是瞎操心。

与其操心别人的生活，还不如好好看着自己的老公。

所以今天，陆彦辰给她上了深刻的一课：你老公是很优秀的，就算是个无业游民，也会有人主动贴上来。

直到很多年后，时光想起这一幕，还是觉得陆彦辰很欠揍，但是她更想抱住他，告诉那些觊觎他的女人，这是她的男人，别想动念头。

胡欢欢事件后的第三天，时光刚到达南极，就接到了霍湛的越洋电话。

他是向时光道歉的，言语之间，显然胡欢欢跟她之间的不愉快他已经知道了。

但是他怎么知道的，知道的又是什么版本，时光就猜不到了。

霍湛也没有明说，只跟她说对不起，给她添麻烦了。

不管他从胡欢欢那儿听到的是什么版本，都已经不重要了，因为霍湛告诉她，他和胡欢欢分手了。

时光看着远处被冰雪覆盖的山峰，在夜色下犹如天仙衣裳一般夺目，给人一种冰凉的感觉，如同她此刻没有起伏的心情。

不知道是因为置身在这冰天雪地，还是因为她早已经猜到会有这一天。

她一点也不意外，因为胡欢欢那样的女人配不上霍湛。她很护短，霍湛再不好，她也叫他一声哥，而且霍湛没有胡欢欢"渣"。

不过，她也没有提及李芳菲。

时光虽然很想知道他们现在是什么情况，但是一想到陆彦辰那天的警告以及胡欢欢带给她的不快，她就压制住了自己的好奇心。

不过挂断电话前，她语重心长地说了一句："霍伯母是真疼你，想你早些成家。你以后别再折腾她了，不要那么冲动，看准了再找，当然，找了之后就要好好对人家，千万不要始乱弃终。"

"放心，一定不会了。"霍湛苦笑着说。

其实，他就是太不冲动了，看得太准了，一叶障目，才没有认清自己的心……直到她和陆彦辰在一起之后，他才看清自己的心。

有时候他自私地希望她跟陆彦辰结婚后过得不好，这样一来哪怕她结婚了，他也可以光明正大地跟陆彦辰竞争。

当然，这样的念头只是一闪而过，他肯定是希望她幸福的。再说了，如果她真的跟他在一起，他也不一定能有陆彦辰对她那么好。

他注定是一个多情的人，他现在就甩了未婚妻，喜欢上了另一个女孩。

若是时光跟他在一起，时光与芳菲又是最好的朋友……

这么一想，时光和陆彦辰在一起也就令他不那么难受了。

霍湛撑在阳台的栏杆上，吸着烟，眺望南极的方向，希望陆彦辰能给她一些安稳与幸福。

当然，他也相信陆彦辰能做到。

至于他，他看了看手机上的号码，他和芳菲的事以后再说吧。她说需要时间，那他就给她足够的时间，这一次换他来爱她。

时光挂断电话后，将手机放进自己的羽绒服口袋里，然后吸了吸被寒风吹红的小鼻子，看着旁边一直盯着她、满眼危险与戒备的陆彦辰。

生怕他又多想，时光非常贴心地报备："是霍湛打来的，因为胡欢欢的事情跟我道歉。"

陆彦辰面无表情地问了一句："他们分手了吧？"

时光很惊讶："哎哟，老公，你真神。"

陆彦辰傲娇地冷哼了一声，小样，骗骗时光这个笨蛋还行，骗他，没门。

别以为他不知道，那臭小子找女朋友或未婚妻，其实全是做给别人看的。不过他还算聪明，知道自己追不到也配不上时光，索性把一切都藏在心里。

霍湛最好是这一辈子都别说出来，永远埋藏在心里，否则他绝对不会允许时光这个笨蛋再跟他来往。

"看你的样子很高兴。"陆彦辰再出声，语调变冷了。

"哎呀，看你又吃醋了。要我和你说多少次，我和霍湛之间真的没什么，我就拿他当朋友、当哥哥。"说着，时光凑上去，亲了他一口，"我只爱你。"

望着时光那一脸讨好的笑，陆彦辰心里舒畅了，但是他并没有表现出来，依旧冷着一张脸。

时光咬了咬嘴角，然后献媚般轻轻地喊了一声："老公。"

陆彦辰的嘴角微微扬了一下，并不明显。

时光便又道："好老公。"

陆彦辰嘴角的弧度越来越大。

时光继续努力："我爱你，老公。"

陆彦辰再也按捺不住，目光瞬间幽暗下来，戴着手套的手直接捧着她的脸，然后吻住了她的唇。

时光低低长长地"嗯"了一声，微微张唇，他就强势地入侵，在她口腔里攻城略地，但又不失温柔地缠绵着。

激吻过后，陆彦辰伸手将她搂在怀里，关切地问："冷不冷？"

时光靠在他肩膀上："有你，我就不冷。"

她看着前面的雪山，嘴角扬起暖春一般柔和的笑意。突然，天空中出现一道美丽的光，像高耸在头顶的美丽圆柱灯，随即又变成螺旋状的丝带，接着又像天女手上的彩色飘带一样，变幻多姿，转瞬即逝。

"陆彦辰，你快看，南极光，是南极光！"时光抱着陆彦辰的肩膀，高兴得跳了起来。

像礼花一样迷人的南极光璀璨壮丽，吸引了无数道渴慕的目光，但陆彦辰只看了一眼，目光又柔软如水地落在怀里的女人身上。

世间纵有百媚千红，唯你最美最珍贵。

世间纵有千般诱惑，也不及你微微一笑。

世间纵有万种风情，只有你是我情之所钟。

三年的时间很快就过去了，在这三年里，时光参加了各式各样的比赛，拿了很多金牌，接下来她只需要再拿一块世锦赛的金牌，就完成了大满贯。

可是在比赛的前三天，她发现自己怀孕了，已经一个多月了。

又是比赛前三天，时光觉得她和"三天"真是太有缘了。

原本她就想着，等这次比赛过后，她就要回家找陆彦辰备孕去。没想到那一次他们以为是安全期，所以放肆了一回，居然就怀上了。

比赛当天，时光与陆彦辰吻别。

这些年，只要她比赛，陆彦辰都会到场，特别是重要的比赛，他时刻都跟在她身边。

他也许不会说什么鼓励的话，但是每次她参赛时，他都会给她一个拥抱，一个爱的拥抱。

到达比赛现场后，张书林告诉了时光一些注意事项。

时光进了更衣室，察觉到有人看着自己，她扭头看了一眼，是朴银贤，她勾唇笑了笑，眼底却没有笑意。

朴银贤是她这些年在比赛场上的老对手。

朴银贤一直针对她，而且自信能超过她，结果第一次交手就败下来。这些年来，朴银贤也非常努力，一直在进步，可是每一次都是时光赢了她。

为了这场比赛，朴银贤闭关了半年。

比赛前，她就对媒体发话了，说这次一定要打败时光。

对此，时光只是一笑而过，既然来比赛，她相信每一个选手都是冲着冠军来的。

时光这会儿想的是她肚子里的宝宝，她怀孕的事情，暂时还没有告诉任何人。

虽然孕期前两个月是最关键的时候，可是今天的比赛她若不参加的话，那她就要再等两年。

两年之后，她不可能还是现在的水平，而且她相信，她的宝宝不会那么脆弱，一定会陪着妈妈拿下这块金牌。

比赛就要开始了，时光走了出去，立刻听到粉丝的尖叫声。

时光不是第一次站在世界舞台上，她是泳坛新生代的代表，所以关注她的人特别多，她的粉丝也很多。

虽然这次是在国外比赛，但认识她的人并不少。

在众多粉丝的呼喊声里，"时光"两个字还是很明显的。

这些年，她参加的比赛太多了，每次出场都这样，时光已经习以为常，不过这一次，她心里莫名有些紧张，这场比赛于她而言太重要了。

时光站在泳道边，下意识地吸了一口气，开始调整状态。最近几天她都训练了，可见游泳对孩子是没有影响的。

张书林看着她，不禁皱了皱眉，小丫头片子这次有点紧张，但他以为她是因为大满贯的缘故，暗自希望她能克服一切。

"准备！"广播大声喊着，时光立刻站上了跳台。

"嘟！"发令枪声响起，比赛开始，众人如利箭一样跳入水中。

比赛开始了，所有人都声嘶力竭地呐喊着，赛场的加油声就像炸弹一样，瞬间炸开，震耳欲聋。

他们知道自己支持的人很厉害，可也知道比赛变幻莫测，没有人敢保证自己支持的人就一定会赢。

这一次比赛，时光比任何一次都要集中注意力，就好像回到了第一次参加国际大赛时。

她划水，打腿，均匀呼吸，淋漓尽致地发挥自己的优势，以最快的速度向前冲去。

身体里的细胞充满热量与活力，心脏快速地跳动着，她渴望这场胜利，也必须得到这场胜利。

或许是知道接下来很长一段时间，甚至以后都不可能再有这么痛快的比赛，所以这场比赛于她而言，是最重要的比赛，也是最酣畅淋漓的一场比赛。

她无比享受。

当手触壁的时候，她有些恋恋不舍地看向身后的泳道。

这时赛场沸腾了，好多人在叫她的名字，有些观众甚至尖叫起来。

时光这才知道她赢了，她完成了自己的梦想。

时光哭了，喜极而泣。

颁奖典礼结束之后，有媒体采访时光。

时光看着面前的摄像机，笑了笑："我很开心，但是我这辈子最大的幸运和收获不是拿了多少金牌，而是我的老公，感谢他用他的倾城微光温暖了我的似水流年。"

她看到不远处站着的男人，此刻正目光专注而又充满爱意地看着她。

"老公，我所有的荣誉都属于你。我爱你，还有……"时光顿了一下，摸了摸肚子，看着男人欢笑了，那笑容在灿烂的阳光下闪耀动人，"我们的宝宝。"

众人震惊地盯着时光，下巴掉了一地，怀孕了还拿了冠军，这简直太大胆了，但是感叹过后，大家也很开心，纷纷恭喜她。

陆彦辰再也没有办法冷静了，直接冲过去将她紧紧抱在怀里。

"你真是个笨蛋！"他嫌弃地骂了她一句，但看着她的眼神却透出如水的温柔，然后重重地吻住了她的唇。

摄像机实况直播，众人刷屏——

"好想找一个陆彦辰这样的男人当老公。"

"我却只想要一个时光这样的女孩当老婆。"

"我又相信爱情了，愿我也能遇到最好的人。"

"祝有情人终成眷属，希望所有相爱的人都能一直这么幸福！"

番外

熊孩子日记

时光怀孕之后,除了最初两个月胃有点不舒服,偶尔想吐,之后没有任何反应,能吃能睡,跟平常没什么两样。

当然,孩子的各项指标都十分健康,医生知道时光是游泳冠军后,便说她肚子的小家伙长大了肯定也会跟妈妈一样是个运动健儿。

怀孕之后,时光在饮食方面是越来越矫情了,以前什么都吃的她现在很挑食。

有时候家里请的阿姨做了一桌子菜,她却偏偏只想吃青菜、喝粥。

有时候大晚上的,陆彦辰正睡得香甜,时光就会醒来,可怜兮兮地叫饿。

陆彦辰爬起来给她做夜宵,或者不辞辛劳地去外面买回来,但是时光又突然没有食欲了。

时光摸着自己的肚子,幽怨地表示:"这一定是个丫头,男孩子才不会这么矫情。"

"丫头挺好的。"

"我想要个儿子，你不喜欢儿子吗？"

"我都喜欢。"

时光想生个儿子，因为姐姐生的是儿子，小姑姑生的也是儿子，所以她也想生儿子，暂时不想要一个小娇气包女儿。

女儿为大，会欺负弟弟；儿子为大，却会照顾妹妹。

临产前，时光约了苏千寻和王彩纯去海边烧烤，出发前肚子突然疼了起来，苏千寻有经验，知道她是要生了，赶紧和王彩纯送她去医院。

到了医院，没多久，孩子就出生了，哭声响亮。

陆彦辰急匆匆地赶来，护士告诉他孩子已经生了，母女平安。

他微微愣了一下，他可是只用了二十分钟就赶到了医院。

沈灵双也震惊了，她生了四个儿子，前三个都是顺产，可再顺利，也是半个多小时才生出来的。生陆彦辰的时候是最慢的，用了整整一天一夜。时光怎么这么快就生了？

护士笑嘻嘻地说："对啊，很快，一进去就生了，这是我见过生孩子最快的了。"

沈灵双还处于震惊中，护士忍不住哈哈大笑了起来。

陆彦辰快步走进病房，时光这会儿醒着，正睁大眼睛看着孩子，陆彦辰这才松了一口气，但依旧不放心地问道："肚子不疼吗？"

时光摇摇头，然后皱眉："你看我们女儿长得像谁？"

陆彦辰瞥了一眼，小宝宝闭着眼睛在睡觉，小脸皱巴巴的，小鼻子也红红的。

他在床边坐下，伸手将女儿抱在怀里，有些手足无措，因为小宝宝太小太软了，他生怕自己会伤到她，抱了一下就放了回去。

"很丑是吧？"时光苦笑着说。

"像你。"男人的声音温柔似水，手指轻轻摩挲着她的小脸。

"哼。"

陆彦辰用修长的手指撩开她额头的发丝，然后在她额头上温柔地落下一吻："谢谢你，老婆。"

"不用谢,老公。"

其实应该说谢谢的是她,感恩世间所有的缘分,让她遇上了他,唯美了时光。他用他的微笑和时光温暖了时光,于灵魂深处开出最绚丽的花朵。

时光生了女儿,整个陆家最高兴的人当属陆老爷子和小白。

其实,不只沈灵双喜欢女儿,陆老爷子也喜欢女儿,原本以为第四个孩子肯定会是女儿,结果还是个小子。

没有女儿没关系,有孙女也不错,结果三个儿子生的都是儿子。每次看到陆大伯带着孙女在面前晃悠,陆老爷子就酸酸地表示有什么了不起的,不就是一个孙女嘛,他总会有的。可是,他眼看着孙子一个接一个出生,硬是不见女娇娥露头。

以前陆言执带小白回家的时候,看着长孙,陆老爷子还稍微有些激动,这是他的长孙。后来,孙子陆续出生时,他看在眼里,只觉得是一群皮猴子,他想要娇娇软软的小孙女。

盼啊盼啊,终于老四的媳妇怀孕了,陆老爷子万分期待,总算老四的媳妇很争气,没有让他失望,给陆家生了一个千金大宝贝。

哈哈,他终于也有孙女了。

看着沈灵双抱着孙女,激动得热泪盈眶,陆老爷子轻咳一声,发话让时光去陆宅坐月子,自己则没事就抱着孙女到处嘚瑟。

陆遇白小朋友今年十岁了,他一直想要个妹妹,可是苏千寻受过伤,已经不能再自然受孕了,于是去做了试管婴儿。

之前说是双胞胎,陆遇白一直以为是龙凤胎,结果却是两个弟弟。

陆遇白大失所望,怎么会是两个弟弟呢?

终于小婶婶生了小妹妹,陆遇白高兴得差点哭了。十岁的他已经学会隐藏情绪了,但是面对妹妹时,他立刻化身"妹控",脸上的笑藏都藏不住。

有了陆老爷子和小白,时光坐月子这段时间就没怎么抱过女儿,不是她不想抱,是她想抱女儿还得排队。

女儿的大名和小名都被他们包了。

大名是陆老爷子起的,叫陆锦。

据说,查了几天字典,最终选了这个字,希望孙女的人生繁花似锦。

时光原本想给女儿取小名，可陆老爷子宠长孙，大手一挥便让陆遇白小朋友起名。

　　陆遇白的想法很简单，希望妹妹一辈子开开心心，所以就给她取名开心。

　　一个月的时间过得很快，眼看着时光坐完月子就要带着孙女离开陆宅，陆老爷子很苦恼，万分舍不得孙女。

　　陆遇白当然也舍不得，但是他想到一个好主意，就对陆老爷子说："爷爷，您是长辈，你要养妹妹，那亲爹亲妈也得靠后。"

　　陆老爷子闻言，觉得很有道理。他一拍桌子，霸气地决定要跟养女儿一样和老婆亲自抚养孙女。

　　陆彦辰正准备带着老婆和女儿回家时，却被陆老爷子阻止了："你们想回去就自己回去吧，别让我孙女吹风了。"

　　时光和陆彦辰同时看了看外面的天气，万里无云，阳光明媚，哪里有风？

　　显然，陆老爷子是舍不得孙女。

　　两人体谅长辈，想了想，就在陆宅住了下来，毕竟他们也舍不得女儿。

　　虽说时光嫌弃过刚出生的女儿，但是一个月过去了，女儿早已经不是那个皱巴巴的小屁孩了，开心现在已经是一个粉嫩嫩的娇宝贝了，睁着圆溜溜的大眼睛，唇红齿白，笑一笑就能萌化人心，别提多讨人喜欢了。

　　时光住在陆宅，孩子真没有让她操什么心。

　　这天，时光睡醒后下楼，偌大的陆宅空空如也，就剩下小白以及小白怀里的小开心。

　　时光问道："怎么就你一个人看着妹妹，其他人呢？"

　　"都去忙了。"陆遇白小朋友冷冷地开口，一只手抱着陆开心小朋友，一只手拿着一个奶瓶，摇晃着瓶里香气四溢的奶粉。

　　"你这是干什么？"

　　"喂妹妹喝奶粉。"陆遇白言简意赅地回道。

　　"怎么能让你喂呢？"时光不赞同地蹙起眉头，"来，给我吧。"

　　她想接过小开心，结果陆遇白错开了身体，说："不用了，小婶婶你去休息吧。"然后他将奶瓶放到小开心嘴里，动作非常熟练。

他一副"我妹妹就不用麻烦你了"的架势，令时光呆愣了许久。她尴尬地摸了摸后颈，心想：女儿真是受欢迎。

　　可是太受欢迎了也不是好事，因为女儿开口说话时，喊的不是爸爸，不是妈妈，而是哥哥……

　　陆彦辰不淡定了，这可是他的女儿啊！

　　于是某一天，趁着陆老爷子出了门，陆彦辰带着老婆和女儿回自己家了。

　　陆老爷子回家之后发现孙女不见了，发了好大一通脾气。

　　沈灵双也打了电话给儿子，强烈要求他将孙女放在陆宅抚养，但是被陆彦辰拒绝了。

　　陆遇白大吼一声："妹妹，别急，等哥哥救你出'魔窟'！"

　　陆遇白的"救妹行动"持续了好几年都没有成功，但是他宠妹妹的心丝毫不减，经常忽悠沈灵双把小开心拐回陆宅住几天。

　　小开心也特别黏他，只要看到陆遇白，眼睛立刻就会笑成月牙状，然后迈着小短腿，屁颠屁颠地朝着陆遇白跑过去。

　　熊孩子双胞胎兄弟俩也想要哥哥的同款抱抱，于是学着小开心跑过去，对着陆遇白喊："哥哥，哥哥。"

　　然而，每一次他们都被陆遇白小朋友无视。

　　这个时候，小开心就会窝在哥哥的怀里呵呵笑着，那得逞的小模样，直接将熊孩子双胞胎气哭了。

　　熊孩子哥俩哭着找妈妈，大喊着："哥哥偏心，哥哥偏心！"

　　陆遇白冷着一张小脸，心想：我就偏心怎么样，你有本事去重新投胎当我妹妹！